学史三昧

虞云国 著

复旦大学出版社

目录

遗产批判

也是历史

附　录

捍卫历史的权利（代序）

我曾为执教的历史系讲过多年的"史学概论"课程，但从来没有写过纯史学理论的文章，原因是所知仅限 ABC，意在免于露怯。这篇自序虽然破戒，谈的仍是常识。

文章的标题借用了英国史学家理查德·艾文斯的书名《捍卫历史》（广西师范大学出版社 2009 年版）。那本著作主要探讨在后现代思潮的强势冲击下，历史学如何捍卫其存在的权利。后现代史学提示历史学家重新反思研究的方法与书写的性质，揭明历史文本（包括史料与史著）主观叙述的那一层面，反对精英史学，抵制宏大叙事，批判历史的线性进化论，倡导研究小人物与"他者"，都有值得肯定之处。但是，后现代史学中的极端主义者，肆意扩大历史文本的主观性层面，滑向了历史相对主义与历史虚无主义。相比风从草偃的西方史学界，中国史学界虽不乏得后现代风气之先者，但毕竟未成风靡之势，故不拟从这一视角再饶舌，只想从史学常识说些浅见。

进入议题前，先应说明的是，"历史"作为名词，牵涉到三个既有联系又有区别的概念，即历史、史料与历史学。历史指客观存在的过往，史料指对客观历史的文献记载（兼及实物遗存或口述传承），历史学是研究历史的人文学科。一般人也会把后两种概念笼统称为"历史"，例如读《宋会要辑稿》者也可自称在读历史，这里的历史即指史料；很多大学设历史系，但严格说来，应命名为历史学系。当然，类似《左传》与《资治通鉴》，既能视为文献性史料，也能奉为历史学名著。但区别对待时，两种指向仍是明确的。克罗齐说："记载是死的，历史是活的"，"死的记载是在历史内作成活的"。他说的"记载"即指史料，"历史"则指历史学著作。说明了"历史"的不同内涵，接下去讨论每个人为何与如何捍卫历史的三种权利，即参与历史的权利、记录历史的权利与书写历史的权利。

一、捍卫参与历史的权力

人是社会的主体，是历史的参与者。"人们自己创造自己的历史"，这里所说的人们，包括所有芸芸众生的小人物及其同时代威名赫赫的大人物。也就是说，物质资料生产者、劳动大众、各国人民创造他们自己的历史，非物质资料生产者、非劳动群众、各国统治者也创造各自的历史。

人是具有主观能动性的生命体，人类的历史是在选择中不断发展，在发展中不断选择的。客观历史中所有的人都参与了历史的选择，区别仅仅在于，有的人是积极参与，有的人是消极参与。历史的选择在从底层到上层的不同层次间不断地进行着，从而最终汇成某个历史关节点上的选择。这种选择是由各种因素造成的。其一，上层与下层的选择一致或基本一致时，上层选择兼容了下层的利益、意志和要求。其二，上层选择与下层的选择相去甚远或基本悖逆时，上层选择是以其权位与强力作出的。其三，各层次的选择或互相冲突抵抗而引发剧变，或互相协商完善而达成妥协，则形成一种全新的选择。

历史的选择性是历史偶然性与历史必然性相结合的产物。但人们更容易将结果推诿于历史必然性，潜意识中为作为个人放弃参与历史与创造历史的主观能动性进行掩饰或辩护。我们强调历史的选择性，正是指出每个人作为历史参与者进行选择的重要性，避免把历史必然性曲解为历史宿命论与不作为主义。

这里仍有必要重温历史合力论，恩格斯在 1890 年致约·布洛赫的信里指出：

> 最终的结果总是从许多单个的意志的相互冲突中产生出来的，而其中每一个意志，又是由于许多特殊的生活条件，才成为它所成为的那样。这样有无数互相交换的力量，有无数个力的平行四边形，而由此就产生出一个总的结果，即历史事变，这个结果又可以看作一个作为整体的、不自觉地和不自主地起着作用的力量的产物。因为任何一个人的愿望都会受到任何另一个人的妨碍，而最后出现的结果就是谁都没有希望过的事物。

在他看来，在无数个力的平行四边形的合力指向中，尽管最终上演的历史事变总会不同程度地偏离每个人选择的初衷，但每个人的选择已经融入了平行四边形的历史合力之中：

> （各个人意志）虽然都达不到自己的愿望，而是融合为一个总的平均数，一个总的合力，然而从这一事实中决不应作出结论说，这些意志等于零。相反地，每个意志都对合力有所贡献，因而是包括在这个合力里面的。

对历史合力论，应有全面准确的理解。第一，一切历史事变是由许多单个人，因而也是由许多单个人所构成的集团（阶层、阶级、社团、党派等）力量互相交错、融合而成的合力所决定的；第二，构成这些合力的个人与集团的意志，归根结底受"许多特殊的生活条件"的规定和制约；第三，这种按一定方式结合起来的历史合力，是集合发生作用的，不可能完全清晰地分割其层次性。

在历史合力中，大人物的作用总是备受青睐。这与中西历史上英雄史观长期占主导地位有关。在中国，君主集权的帝制更长达两千余年，一方面，秦皇、汉武、唐宗、宋祖、成吉思汗、康熙大帝等，对历史走向的作用确实引人注目；另一方面，中国民众对圣主明君的崇拜情结也随之根深蒂固，潜意识中认定历史是由奇利斯玛式的英雄人物创造的，主动放弃了自己参与历史的权利。

然而，英雄也好，帝王也罢，作为大人物，他们创造的只是属于他们自己的历史。所谓"兴，百姓苦；亡，百姓苦"，明主昏君的帝国兴亡，只是帝王的历史，并不等同于百姓身受的苦难史。所谓"一将功成万骨枯"，成功的也是"一将"的个人史，"万骨枯"才谱写了充当炮灰的士兵史。时代已进入 21 世纪，这种前近代的英雄崇拜与个人迷信，不仅有悖于现代的民主意识与平等理念，与 150 年前《国际歌》早就唱出的"从来就没有什么救世主，也不靠神仙皇帝！要创造人类的幸福，全靠我们自己"，也完全格格不入。

进入近现代，领袖人物也高扬起人民群众创造历史的旗帜。历史思想家黎澍却认为："只有人民群众才是历史的创造者也有片面性"，因为"人民群众也一样，尽管在历史上作用很大，但不能创造一切历史"，他还提醒有人借口"说人民群众创造历史并不否认个人在历史上的作用，而且以'并不否认'为由，大肆宣传个人崇拜"（《论历史的创造及其他》《再论历史的创造及其他》，载《黎澍自选集》）。

早在 1945 年岁末，诗人臧克家针对当时政府在宣言文告中频频以人民为说辞，在《人民是什么》中尖锐地揭露与辛辣地嘲讽了国民政府把人民抽象化、旗号化、实用化与工具化的伎俩：

人民是什么？/人民是面旗吗？/用到，把它高高地举着，/用不到了，便把它卷起来。

人民是什么？/人民是一顶破毡帽吗？/需要了，把它顶在头顶上，/不需要的时候，把它踏在脚底下。

人民是什么？/人民是木偶吗？/你挑着它，牵着它，/叫它动它才动，叫它说话它才说话。

人民是什么？/人民是一个抽象名词吗？/拿它做装潢"宣言"、"文告"的字眼，/拿它做攻击敌人的矛和维护自己的盾牌。

人民是什么？/人民是什么？/这用不到我来告诉，/他们在用行动作着回答！

这里之所以引用这首诗，意在强调每个人都是独立的个体，切勿自我虚化为"人民""群众""老百姓"这样的抽象名词，更不应该自甘于被代表，成为他人打出的旗号、操纵的木偶或利用的盾牌。每个具有现代价值观的国民，应该自觉捍卫其作为个人参与历史、创造历史的权利。如果说，历史是一幕大剧，每个人作为独立个体，既是这场大剧的剧作者，又是这幕大戏的剧中人，而"历史不过是追求着自己目的的人的活动而已"（马克思、恩格斯《神圣家族》）。

我们常说，生活中没有旁观者，历史中同样没有旁观者。即使你做明哲保身的旁观者，对历史合力投了弃权票，却仍在消极地参与历史，并创造着自己的历史。当这种弃权一旦成为普遍状态，历史的合力就可能滑向恶，而历史的恶完全可能反噬你自己。在历史的恶酿成的时代灾难前，一粒尘埃也许就是摧毁你的一座大山。唯其如此，每一个现代国民都应该主动独立地参与历史，在历史合力中做出自己的理性选择，这样，才能创造好自己的历史，也能有力地推动历史合力更符合人类普遍价值的走向。

在历史合力的选择中，人心的向背决定着其走向。古人说："人所归者天所与，人所畔者天所去。"（《后汉书·申屠刚传》）倘若将"天"理解为历史合力，个人选择无论归或叛，向或背，大体分为赞成或反对两类。但还有第三种选择，即冷漠的弃权，这种情况在当下还占大多数。冷漠的弃权者缺失的是个人独立存在的意义，有违于"独立之思想，自由之精神"的现代价值。他们犹如鲁迅所揭示的，固守一种积重难返的奴隶意识，令人"哀悲所以哀其不幸，疾视所以怒其不争"（《摩罗诗力说》）。

受两千余年皇权帝制的浸淫与灌输，小我服从大我，个人服从国家，已成为许多中国人的行为准则，他们习惯于放弃个体的自我，自觉融入集体与国家之中。但从根本上说，集体是个体的集合，国家是国民的集合，没有单个的个体就没有集体，没有独立的国民也无从构建起现代国家。职此之故，时至21世纪，每个人都应自觉体认自身独有的存在价值，绝不放弃历史合力中的个人选择，践行德国思想家雅斯贝尔斯说的那样："把历史变为我们自己的，我们遂从历史进入永恒。"（《人的历史》）只有每个国民主动积极地参与历史，把历史变为我们自己的，独立做出选择，才能汇成影响历史走向的合力。西哲柏拉图指出："有什么样的人民，就有什么样的政府。"设想两种情况，一是人民仍然只构成一个抽象名词，一是人民真正成为每一个独立个人的集合体，他们选择的各自政府，其优劣高下不言自明。一位西方政治家说过："国家的伟大取决于它的普通百姓的伟大。"（威尔逊）决定了国家伟大的伟大百姓，只可能是具有独立价值的每个人的集合体，而绝不会是放弃历史选择的抽象名词的一分子。

总之，每一个人应该自觉捍卫自己参与历史的权利，在历史合力中做出理性选择时，还应该认识到，历史的进程肯定不是一马平川，但历史选择一旦做出，就将坦然面对，正如车尔尼雪夫斯基说的那样：

> 历史的道路不是涅瓦大街上的人行道，它完全是在田野中前进的，有时穿过尘埃，有时穿过泥泞，有时横渡沼泽，有时行经丛林。

二、捍卫记录历史的权利

客观存在的过往是历史实相，但其稍纵即逝；这就有必要对历史实相真实及时地进行记录，作为历史的证据。这种记录便是史料，记录的技术与载体则随着时代推进而各尽其能。先是口头传承，继而文字记载，还包括传之后世的实物遗存；进入近代，录音、摄影与录像等记录手段应运而生，保存与搜集口述史料与影像史料也渐成史学的自觉。

客观历史丰富复杂，史料只是其中留下的部分残骸，却是联系历史实相与历史研究的唯一中介。相对实验性学科的研究材料，作为历史证据的史料，在史学研究中具有特殊性，即无法再造出来，进行实验性学科式的再现性验证。故而历史学就如胡适所说，"全靠用最勤劳的功夫去搜求材料，用最精细的功夫去研究材料，用最谨严的方法去批评审查材料"（《历史科学的方法》）。

历史的记录总是支离破碎的残片，历史学家只能搜集与发现这些残存的碎片，尽最大可能拼缀出历史图景。于是，史料记录、保留与传承的状况，直接影响到历史复原的存真率。就此而言，自觉、及时与真实地记录历史，对历史研究就显得尤其关键。

然而，在以往的历史上，并非每个人都能拥有记录历史的权利。

这里，不妨简略回顾这种记录权利在传统中国的推演过程。商周时代，史官记录历史渐成制度，但巫史同源，史权（包括记录历史的权利）依附于神权。春秋战国时期，社会剧变，学术下移，史官也从世袭制向任命制过渡，记录历史的权利有所松动。睡虎地秦简《编年记》记录了墓主喜作为书吏的个人事迹和家事，不啻是史官体制外私家记录历史的自觉意识的早期萌动。

尽管史官记录历史始终构成中国史的主流，但这种记录历史的权利也不时横遭摧残，史官为之付出生命的现象，自春秋齐太史兄弟起并不少见。刘知幾一方面表彰这些捍卫历史记录权的壮举是"宁为兰摧玉折，不作瓦砾长存"；一方面感慨"是以验世途之多隘，知实录之难遇"（《史通·直书》）。连素称明君的唐太宗也违背成规，以帝王之尊调阅起居注，对其中玄武门之变的记录深致不满，他对史官一面宣称应"削去浮词，直书其事"，一面却示意他们应以周公诛管蔡定位，将政变记录成"安社稷、利万民"的义举（《贞观政要》卷7《文史》）。正是从唐太宗起，皇帝对起居注从"索观"发展到"进御"，直接侵犯了史官的历史记录权，官方历史记录进一步失真失实。

秦汉以后，官方修史渐成主流，但私家记录历史的权利仍未被剥夺。魏晋之际，张俨在《默记》里保存了三国史料，孙盛在呈献本《晋阳秋》之外另撰辽东本记录历史真相。这种记录历史的非官方现象，在魏晋以降颇为盛行，其间虽真伪相杂，良莠不齐，后代史家却能从中披沙拣金，据以拼缀成图，为复原历史实相保留了证据。有鉴于私家历史记录对官方历史记录的挑战与颠覆，国家掌控本朝历史记录权的趋势在隋唐以后不断强化，但私家记录仍未终绝。这种现象延续到明清之际，直到清代前期大兴文字狱才归于沉寂。

盘点中国历史上官方与私家两种历史记录权的此长彼消，印证了启蒙思想家伏尔泰的名言："历史只有在自由的国家里才得到真实的记录。"然而，从史学理论言，每个人都应该拥有记录历史的权利。这可从两方面理解。其一，历史是丰富多元的，并非只有王朝史或国家史，每个人的生活都是历史，他们都可以也应该记录下亲历的历史。即便当时琐屑的记录，对下一时代的史家也许就成为其拼缀历史全景各尽其用的小拼版。其二，即便牵涉一个时代或国家的大事变，例如法国大革命与中国"文化大革命"等，也都有不计其数的个人参与其间的，他们无论身处要位，还是普通一员，每个人都有对大事变的个人经历与独特体验，都值得记录下来，使之成为揭示历史实相的珍贵史料、拼缀历史全景的有用拼板。

无论是私人层面的小历史，还是国家层面的大历史，每个参与历史的人都应该自觉捍卫自己记录历史的权利。这些历史记录尽管难免有记录者特定的视角、立场与取舍，也未必完全契合当时的历史实相，但不捐巨细，无论正讹，都有其保存的价值。据此，历史学家才有可能以其不怀偏见的发掘与钩沉、考辨与解读，最大限度地复原历史，获取逼近实相的解释与结论。即便这些解释与结论也并非盖棺论定，但总比那些经选择性记录与偏执性篡改的虚构历史接近实相。唯其如此，参与历史的每一个人应该及时行使与捍卫自己记录历史的权利，为后人复原历史实相、完成历史书写留下充分坚实的历史证据。

大体说来，西方自启蒙运动后普通民众才拥有记录历史的权利，中国民众则要迟至新文化运动以后。我们说每一个人享有历史的权利，既指创造历史的权力，也指被历史记录与记录历史的权利（还包括下文论及的书写历史的权利）。如今年届耄耋的民众，无论中西，都经历了二战以来的时代剧变，自觉、及时地记录亲历的风雨沧桑，既时不我待，更责无旁贷。就西方而言，后现代史学中的极端主义者仍有人认为纳粹死亡集中营之说纯出于反德人士的操纵。针对这种历史虚无主义现象，除政治谴责外，有良知的史家就有道义根据幸存者

的亲历记录，结合纳粹档案与实迹遗存，对纳粹大屠杀作最大程度的
历史复原，其时幸存者的历史记录就尤其珍贵。南京大屠杀也有相似
性。倘若抗战胜利不久，大屠杀的幸存者及时记录这段历史，国家层
面及时编制遇害者名录，也就会有更多历史证据回击"虚构派"的
鼓噪。

在中国现当代史上，还有一些牵动政局、影响时势的大事件，公
开教材阙略不提，主流史著语焉不详，致使后来者不明其始末真相。
亲历者倘若再不及时记录，保存真相，一旦陆续谢世，这些大事件或
许真将扑朔迷离、莫名所以，令后世无从以史为鉴，历史或将重蹈覆
辙。所幸的是，改革开放以来，颇有志士仁人秉持"岂容青史尽成
灰"的理念，执着地在做这类历史记录。冯骥才《一百个人的十年》
记录了一百个普通人在"艰难探索"十年里各不相同的遭际命运，为
后代复原这段历史的全景拼图留下了零星的拼板。人民文学出版社出
版的"向阳湖丛书"也是这类历史记录。湖北咸宁向阳湖是当年文化
部"五七干校"所在地，冰心、冯雪峰、沈从文、张光年、臧克家、
萧乾、陈白尘等数以千计的文化名人都在这里下放劳动过。这套丛书
的记录体裁有回忆录与访谈录，均是当时人的口述历史。我有一册
《向阳湖诗草》，精选了这些文化名人的干校诗作，卷首有历史学家任
继愈的题词，指出其独特意义："后来人如写文化大革〔命〕史儒林
传，这是一批极珍贵的第一手资料，此种野史的真实性或为正史所
不及。"

当然，与那些大事件的深度、广度与烈度相比，所有现存的历史
记录仍是既不充分，也不完全的。每一个当事人，当年无论充当何种
角色，都有记录这些历史的必要与权利，及时记录这段历史，有效保
存这些记录，为后代研究预存值得征信、足资利用的历史证据。只有
每一个亲历者都行使与捍卫记录历史的权利，历史实相的逼真复原才

是可期待的。

三、捍卫书写历史的权利

人类总是试图借助历史来理解现在，通过现在去理解历史。历史学的任务就是依据历史记录尽量复原历史，再进行叙述，做出解释，最后完成历史书写。在历史复原、叙述、解释与最终书写的过程中，历史学者难免会有自身的局限、倾向与抉择，但必须遵循史学共同体的公认规范。历史研究既然建基于实证之上，历史书写就必须经得起证伪法的批判与质疑，在史料的搜集、考辨与解读上至少不能容许有意或无意的遗漏、隐瞒、伪造或篡改。

历史学的成果最终以历史书写的形式呈现于世，历史书写也就成为一种历史的权利。具有自觉意识的历史学家尤其珍惜与捍卫自己拥有的这种权利。西汉司马谈临终叮嘱司马迁："余死，汝必为太史；为太史，无忘吾所欲论著矣。"司马迁后来以刑余之人忍辱负重完成《史记》，谱写了捍卫书写历史权利的悲壮一幕。法国史家布罗代尔为了留下对历史深层结构的思考，在德军战俘营的恶劣环境中仍笔耕不辍，继续撰写《地中海与菲利普二世时代的地中海世界》，珍惜历史书写的权利是他生存下来的内在动力。

然而，历史书写既是一种权利，又与权力有割不断的关系，有时也可称之为历史书写权力。我们不妨从两个侧面理解历史书写的权力。

首先，由于历史书写蕴涵着某种意识形态或价值观念的判断，也就植入了某种话语权，这是一种隐性的权力。史称"孔子著《春秋》而乱臣贼子惧"，孔子作为历史书写者对其话语权是自信满满的。直到元代，并非英主的元仁宗也承认"御史台是一时公论，国史院实万世公论"，看重的也是国史院历史书写的话语权力。据《春明梦余录》，明万历帝一次见史官后还宫，偶有戏言，担心外泄，叮咛左右："莫使起居闻知，闻则书矣。"他感受到的是历史话语权的无形压力。史家既然握有历史书写的话语权，不免让人刮目相待。明代王世贞遭遇家难，大臣徐阶施以援手，有人问其故，回答道："此君他日必操史权，能以毛锥杀人。"他将眼光落到王世贞将来必操史权上，足见历史书写的话语权不容小觑。

其次，正是出于历史书写拥有强大的话语权，国家最高权力对其也就志在必得。在现代政治学里，除了传统的立法权、行政权与司法权外，还列有第四权，即舆论权，也可引申为意识形态权力，历史书写的权力即可归入这一范畴。在中国帝制时代，专制权力对历史书写权力的操纵与专断，堪称无所不用其极。王朝修史自汉以后渐成制度，但历史书写形态仍然是官方与私家双轨并存。隋文帝统一，即下诏禁止私撰国史。唐太宗即位，始设史馆，专掌国史，严格区分本朝史（即国史）与前代史的书写权限。国史完全官修，成为不变之规。唐初修前代八部正史，分为完全官修（《隋书》与《晋书》）、奉诏私修（《梁书》《陈书》《北周书》与《北齐书》）与私修官定（《南史》与《北史》）三种形式，前代史也从私家书写向官方书写嬗转。在《晋书》里，唐太宗"御撰"宣帝、武帝两纪与陆机、王羲之两传的史论，帝王权力公然介入历史书写。宋代政治文化相对宽松，私人仍享有书写历史的权利，故本朝史仍不乏私家名著。明代政治虽然专制，但本朝历史的私家书写仍未绝迹。及至清朝康雍乾三朝，大兴文字狱，修史狱案占比尤多，不仅本朝史的书写圈为禁脔，前朝史的书写也成雷区，因私人书写明史而身首异处的史家士子大有人在。而最高统治者更是独断历史书写的权力，公然声称"千古之是非系于史氏之褒贬，史氏之是非则待于圣人之折衷"，比元仁宗倒退不可以道里计。直到晚清，西方文明挟着坚船利炮沛然而至，王朝对历史书写的独断权力才有松动；其后从戊戌变法，经辛亥革命，到五四新文化运动，史学最终完成转型，历史书写权利才开始摆脱历史书写权力的掌控。

最高统治者凭借政治强权，剥夺正常的书写权利，在中外历史上层出不穷而代有其事。以不当手段攫取最高权力的历代统治者心知肚明："力可以得天下，不可以得匹夫匹妇之心。"（苏轼《潮州韩文公庙碑》）只有天下归心，才能政权稳固，遮蔽、篡改乃至销毁历史记录，掩饰、歪曲乃至颠倒历史真相，专断历史书写的权力，为其政权歌功颂德，为其个人树碑立传，将客观求真的历史书写变成弄虚作假的政治宣传，是其统治权术的一贯伎俩。在这一过程中，也不乏史德有亏的历史学家屈从甚至迎合某种强权，其历史书写的动机与后果，无非指望在强权代表的权势集团那里获取自己的份额。例如，明太祖《洪武实录》在建文帝时初修，靖难之变后以解缙为总裁再修，解缙获罪后三修，总裁改为杨士奇，他也参与了前两次编修，"以一人而前后依违者甚多"（《春明梦余录》卷13）。这类政治权力决定历史书写的现象一再登场，久而久之，形成了普通民众的先入之见：历史总是由胜利者书写的，只是胜利者的宣传。

这种成见根深蒂固，却是值得讨论的。胜利者执掌权力时，当然可以动用强权来宣传其胜利的历史。也许有鉴于此，卡夫卡才说："历史大体上是通过官府的工作创造而成的。"但是，倘若这种强权的胜利与宣传从长远的历史来看是违背人类基本价值与理念的，一旦胜利者最终遁入历史，他们在位时那些胜利的书写与宣传，仍将受后世检验与证伪。这种检验与证伪，首先依据的就是那些被胜利者有意歪曲、遮蔽或篡改的，但历经时代淘洗仍幸存至今的历史记载（由此可见前述捍卫记录历史的权利有着何等的重要性）；其次就是秉持与胜利者截然对立的历史观与价值观，对所谓胜利的历史重新诠释与评判，将他们最终钉在历史的耻辱柱上。只有这时，人们才能真正理解林肯所说的历史的公正与力量："你们可以一直愚弄一部分人民，你们也可以一时愚弄全体人民，但是你们决不能一直愚弄全体人民。"

在意识形态与政治强权下，官方历史书写是一种必然，这种历史书写又往往倚仗意识形态与政治强权的加持而定于一尊，不容置疑。然而，历史书写能定于一尊吗？

历史学的根本任务，就是对总体历史做出解释。尽管历史的解释在史实与论点上必须具有内在的逻辑性与一致性。但恰恰在这点上，对同一研究对象的理解与把握，不同的史家基于不同的历史观、价值观与方法论，必然呈现出各种差异性。尽管历史实相是历史解释的证据，但历史解释与其所指向的历史事实并不总是构成唯一的对应关系，而往往是开放的、多元的。秦始皇死于公元前 210 年，作为历史证据与秦始皇诚然处于唯一对应的关系上。其焚书坑儒作为历史证据，无论颂秦派史家还是非秦派史家都无法否证，但颂秦派用其肯定秦始皇的功绩，非秦派据以抨击秦始皇的暴政，就涉及不同史家在处理证据与诠释论证上的差异性。在这里，焚书坑儒的历史证据对颂秦派与非秦派的是否对错不构成判断的依据，只有起用人性的普遍原则，才能对秦始皇的灭绝人性做出价值判断。由此可见，不同的历史解释的大是大非，尽管在更高层次的价值判断上总能泾渭分明，但除非像德国那样对纳粹罪行颁有制裁法令外，在解释迥异的历史书写中，便不能只许某种书写的存在而不许其他书写的存在，这显然是倒退回强权维护历史书写权力的老路上去。

还应看到，既然"历史是现在与过去之间的一场永不休止的对话"（卡尔《历史是什么》），"在这种对话中，现在采取并保持着主动"（雷蒙·阿隆《历史哲学》），而现在将不断变成过去，正是在这一意义上，人类才有"历史之树常青"的理性认识。也就是说，即便同一历史对象，随着时代的不断推移，历史解释必然不断前行，历史书写也必将不断更新。以中国史书写而言，随着五四前后新史学的确立，就不断地推陈出新，虽有高下优劣之分，却从未有定于一尊的中国通史著作；这一现象在断代史领域同样存在。

即便在同一意识形态下，同时代的不同史家或因研究方法的差异，或因史料释读的异趣，对同一历史对象的认识、解释与最终书写也不可能完全相同。郭沫若、范文澜与翦伯赞同为马克思主义史学家，分别主编或独著《中国史稿》《中国通史简编》与《中国史纲要》，在古史分期上各执己见，在其他时段的历史书写上也自具特色。由此可见，即便存在意识形态的导向，也不应该导致历史书写的定于一尊。

专业历史学者，无论官方的还是非官方的，都应享有历史书写的权利，那么，作为每一个普通人，是否也都应该拥有历史书写的权利呢？早在20世纪30年代初，美国历史学家卡尔·贝克尔就有题为"人人都是他自己的历史学家"的著名演讲（在他之前将近一个世纪，英国史家托马斯·卡莱尔早就说过类似的话："从某种意义上说，每个人都是历史学家"）。他所说的"人人"，既指每一个现实的个体人物，又泛指普通人。引入后一含义，旨在承认"一个人单独地形成一段历史"，无论他是英雄伟人还是升斗小民，体现了对每一个独立存在的普通人的尊重，表现出历史学的进步。卡尔·贝克尔告诫职业历史学者："我们不要把自己关于人类历史的理解强加给普通老百姓；相反，到最后，是普通老百姓把他们的理解强加给我们——在政治革命年代，他们促使我们明白，历史是过去的政治；在社会出现紧张和冲突时，他们促使我们从经济方面寻求解释。"对这段论述的正确理解是，当每一个普通人成为自己的历史学家时，他们的历史书写能从政治、经济等不同层面充实或纠正职业历史学者在历史书写上的缺陷与偏颇。试举近年的两例。台湾学者齐邦媛以个人经历书写了一代"大陆人"如何在"现代中国种种不得已的转折"中漂流到台湾最后落地生根的历史,评论者赞许其自传《巨流河》见证了大半个世纪的中国史,自"有战胜历史混沌和国家霸权的潜力"(王德威《后记》)。大陆《平如美棠》的作者更是一介平民,采用"绘画"和"拼贴"的方式书写了个人的婚姻与家族史,以一个普通人的视角再现了国家与民族在半个多世纪里的风风雨雨。这些例证,包括"私人史"公号刊发大量私人历史的书写,无不有力地证明,每一个普通人确实都能成为他自己的历史学家。随着网络技术的传播与更新,这种普通人的历史书写应该越来越普及化、常态化与自觉化。每一个普通人都应该重视与捍卫这种历史记录的权利与历史书写的权利,因为这也是在捍卫自己参与历史的权利。

四、《学史三昧》的编选旨趣

十年以前,复旦大学出版社出过我的《敬畏历史》,这次重续前缘,约我再编一册历史随笔集,这里且略说编选旨趣。

实际上,我内心很喜欢"敬畏历史"这一书名。"敬畏历史"不仅是我作为一个历史学者必须坚持的职业操守,而且也是每个国民对待历史应该秉持的态度。但这册小书毕竟不是《敬畏历史》增订版,书名不宜袭用。本书试图呈献我学史历程中的三类思考:一是对历史观与史学方法的一得之见,二是对中国历史上专制政治的理性批判,三是有关亲历往事的若干随想。相对说来,第一部分分量最重,书名就借用其中的《治史三昧》。这篇记我对业师治学方法的感悟,但对历史也好，对史学也好，迄今我都仍在学习，故改动一字权作书名。

第一辑"学史启悟"，以我对历史与史学的基本看法作为编选主旨，内容包括客观历史的发展及其选择性，历史观与价值观的关系，历史与现实之间的通感，史学研究与人文关怀的张力，一个国家、民族与个人为何与如何敬畏历史；历史学的学术功能与社会功能，应用史学的价值与边界；总体历史与通贯性解释，为现当代知识人作谱传的必要性，理论、史料与文章在史学研究中的辩证关系，历史书写的体裁、取材与可读性，等等。这篇自序探讨"捍卫历史的权利"，也应列入这辑的主题范围。

自《私人阅读的两个三十年》以下诸篇，算是自述"学术成长史"。我的从学经历是学术养成的有机部分，既有向业师程应镠先生等前辈学习的获益，也有套用道学家语"自家体贴出来"的启悟，不敢肯定是否适用于后来者，只是自我结账而已。本辑涉及的原本都是史学理论的大问题，应该用大气力写大文章论述的，我却出之以自序、书评与随笔等轻捷的形式，略抒私见，浅尝辄止，这是必须交代的。

第二辑"遗产批判"，以批判中国历史上的负面遗产为中心（关于宋代的同类随笔因另有结集故不阑入）。自秦始皇以来，君主专制政治流毒二千余年，所谓"祖龙魂死秦犹在"，直到 20 世纪，袁世凯仍以帝制自为，挑战共和而身败名裂。其间，表现形式虽然不一，但无论大秦帝国的铁血文明，还是汉武大帝的独尊儒术，抑或南宋高宗的绍兴体制，以至明代政治的体制性贪腐，无不折射出专制主义药石无效的不治痼疾。在西方文明强势东渐以前，由于大一统集权政治的鼓吹与渲染，其治下臣民形成了远超阈度的中国中心论与中华文化优越感；在西方大炮轰开国门以后，各种形态的文化排外主义甚嚣尘上。魏源式的改良梦想，洪秀全式的天国梦魇，也都或以悲剧而告终，或以败局而收场。不妨借用已故王家范先生的一部书名，为中国历史的沉重遗产做一个盖棺论定："百年颠沛与千年往复"！

第三辑"也是历史"选编亲历往事的那些随笔，记及的也已是历史。我出生在政权鼎革的前一年，或能戏称"民国生人"。但真正懂事在入读小学后，"社会主义改造运动"的敲锣打鼓；"大跃进"的全民大炼钢，尤其"三年自然灾害"中正处发育期的我，那种饥饿感，都还记得的。读高一时"艰难探索"开始，家国遭际更刻骨铭心，就十年中的国事与私事，我也写过些随笔，但出版有纪律，故一概撤下。那干脆一刀切，从影响我们这一代人命运的"高考1977"开始，但如此一来，这辑篇幅就显得单薄，是须向读者告白的。

附录《史学大纲》原为某《国学读本》撰写的，完稿七年，出版无期。内容虽然简略，却可视为我对晚清以前中国史学流变与史部要籍的总体把握，与第一辑主题相关，或有参考价值，故附在书末。至于各辑入选诸文，当年刊出的原文与结集的原书尽管都在，但时移势异，仍颇有删改，也是没奈何的。出版不易，由衷感谢史立丽与陈沛雪两位女士的殷殷厚意与矻矻努力！

2021 年 9 月 30 日于北大静园

学史启悟

历史何以必须敬畏？

感谢上苍，是家国遭际与命运机缘，让我对历史，尤其是中国历史，产生了执着的兴趣，并以其作为终生的职业。三十余年来，我一直在大学里学历史，教历史，研究历史，出于专业评估的体制要求，写过史学专著与学术论文。从我质疑这些专业论著究竟拥有多少读者，能有多大作用起，便有意以历史为视角，尝试着写些随笔与书评，于是，就有了这本《敬畏历史》。付印在即，总得有序，用意无非刘勰所说"长怀序志，以驭群篇"。且不妨从书名破题，说说我对总体历史的若干认识，历史学的社会功能及其与现实生活的关系，历史何以必须敬畏，国人对历史是否还有起码的敬畏？

一

历史研究，是史家思想与历史资料的结合，研究者首先尽可能真实地还原历史过程，然后对自己建构的总体历史给出解释。自历史哲学在近代兴起，史学理论往往过于强调其规律性，这就无形中陷入决定论的困境。说到底，这种认识最终必然导致人们摒弃独立思想，放弃积极作为，从而在翘首坐等某个规律的呈现中受人愚弄或自我譬解。唯其如此，在当代历史哲学中，对历史决定论持批判态度的大有人在。英国哲学家波普尔就认为：任何一种决定论，不论它被当作自然统一性原理，还是被当作普遍因果性规律，都不能被认为是科学方法的必要前提。

历史发展的选择性，是与历史决定论相对照的概念，充分彰显了人的主观能动性对历史创造的作用。从某种意义说，参与历史的人都在参与历史的选择，尽管有的是主动选择，有的是被动选择。历史的选择，从形式上虽然表现为个人、集团、党派、阶级、民族、国家等不同层面，但最终都汇成历史选择的总合力。因而，在反思历史选择性时，必须面对几组关系。

一是历史的偶然性与必然性之间的关系。历史的选择性里，有历史偶然性的因素；而说到历史的必然性，也并不完全等同于不可避免性。重视历史的选择性，其最大意义在于，有利于强调每个人作为历史主体的作用，避免把历史的必然性曲解为历史宿命论与不作为主义。在这点上，唐德刚先生的"历史三峡论"似有历史必然性的偏颇。他在20世纪末指出，中国历史正处于"其千载难逢的机运，来结束这场转型运动而驶出历史三峡"，还不无乐观地预判："再过四五十年，至下一世纪中叶，我们这一历史转型就可结束"。暂且借用这一譬喻，众所周知，现在的三峡已经人为地筑起了大坝，浩浩长江是否还能冲出三峡，就是大可怀疑的。

二是历史的进步与倒退之间的关系。以往历史理论一味强调历史是进步的，前途是光明的。这种历史观容易导致人们对历史进程抱着盲目乐观的单向思维，既不符合逆向思维的思想方法，也会对可能出现的历史逆流放松警觉性，削弱人在历史参与中的选择性。在这点上，我对陈寅恪先生所说"五十年来，如车轮之逆转，似有合于所谓退化论之说者"，深怀一种同情的理解。他要破除的，正是所谓历史总是进步的决定论。这就有必要让人明白，在历史发展中完全可能出现倒退与逆转，产生人类不愿看到的黑暗与浩劫，而这正是有助于人作为历史参与者在历史选择性中进行理性的思考。

三是历史合力与个人作用之间的关系。历史发展的合力系统，是恩格斯对历史动力的经典阐述，这种合力中既有生产力与生产关系所构成的基本动力，也有与其相联系的其他因素的合力作用，例如意识形态的强大反作用力等。历史合力模式，既把历史上大人物对历史发展的正负作用包含其中，也把每个微不足道的小人物对历史的选择性囊括其内，凸显了每个历史参与者在历史选择性上的主体作用，肯定了每个人独有的主体价值。中国文化向来重国家而轻个人，重明君而贱草民（虽然表面上也有民贵君轻的话头），一介小民总是自觉不自觉地拱手把历史的选择权交给领袖与国家。于是，1949年以前，有过"一个领袖、一个政党"的前车之鉴；"十年浩劫"中，也有过八亿人民取决于一个脑袋的沉痛教训。

概而言之，无论过去的历史，还是将来的历史，每个个体，无论自觉还是被动，无论积极参与还是消极放弃，都构成创造历史的主体。那么，在高扬人的主体性的当下，究竟做一个自觉积极的历史参与者，还是依然做一个被动消极的历史裹挟者，这对每个有"独立之精神，自由之思想"的人来说，都是应该深长思之的。

二

历史学何用？对每个历史从业者而言，这都是一个不断自诘与再三请教的命题。毫无疑问，史学的学术功能是历史学自身发展的推动力，而史学的社会功能主要是对人类社会所起的作用与影响。史学的学术功能是实现其社会功能的前提与基础，社会应该向史学前沿研究提供条件，表达敬意。而史学的社会功能则是其学术功能的延伸与补充，社会更有必要让当今全体国民知晓历史、敬畏历史，这是造就现代公民素养的必要前提。

马克思说过："人们自己创造自己的历史，但是他们并不是随心所欲地创造，并不是在他们选定的条件下创造。"必备的历史素养能为人们把握自身历史的前结构提供科学的解释，真正做到司马迁所说的"通古今之变"，使他们在创造未来历史时有一种高度自觉的理性认识。

历史资源有资治、垂范、借鉴、参考等社会功能，国人对此会自然而然联想到唐太宗所说的"以铜为镜，可以正衣冠；以古为镜，可以知兴替"。对整个民族与国家来说，历史教育是振奋民族精神，弘扬爱国主义的重要环节；对每个公民来说，学史可以陶冶人格情操，增强现代人的历史责任感，判别何为善、恶、美、丑，明辨何为公正、进步、正义，从中汲取力量，有所追求，有所摒弃，有所进取。

教育学家陶行知曾两次请著名史家翦伯赞给他创办的育才学校学生讲中国史，为的是"给他们以做一个合格公民的知识"。不言而喻，在现代人的总体素质中，历史素养是必不可少的构件，它可以提高人们认识问题、分析问题的综合能力，在思考问题、处理问题时更趋全面、理性、周密、慎重。培根的名言"读史使人明智"说的就是这层意思。

史学在实现社会功能时，教给公民的，不仅仅是那些具体的历史知识，更重要的是一种与时代契合的价值观。结合当今时代潮流，尤有必要强调以下几点。

其一，关于独立与自由的观念。陈寅恪揭橥的"独立之精神，自由之思想"，不独为个体人格之养成树立鹄的，实也关乎国家与民族之风骨与气运。

其二，关于民主与人权的观念。民主与人权是近代社会赖以成立的基石，对自秦以来长期处于专制政体下的中国国民教育尤为迫切，不必因为这对概念是近代传入而否定其普遍性的价值。

其三，关于平等与仁爱的观念。平等观念不仅指人与人之间是平等的，也指不同民族之间与不同国家之间是平等的。有平等之心始能有仁爱之举，反之亦然，有仁爱之心始能行平等之义。

其四，关于忧乐天下的观念。范仲淹倡导"先天下之忧而忧，后天下之乐而乐"，张载标榜"为天地立心，为生民立命，为往圣继绝学，为万世开太平"，最是中国传统文化的精华。倘若每个国民都将这一价值观融入血液，付诸行动，岂非民族之希望、国家之福祉。

其五，关于民族精神与世界主义的观念。处于当今全球化时代，对于中国与世界的关系，对于中国文化与外来文化的关系，中国人的理性心态应该像陈寅恪所说，"一方面吸收输入外来之学说，一方面不忘本来民族之地位"，这样，庶几能达到费孝通推许的境界："各美其美，美人之美，美美与共，天下大同。"

三

历史学是一门解释的学科。首先是对史料的解释，力求恢复史实的全面真实性；然后对通过史料建构起来的总体历史给出解释，而后者更为关键。对于总体历史过程的解释绝不会是单一的。正如波普尔指出的："既然每一代都有它自己的困难和问题，因而也都有自己的兴趣和自己的观点，那么每一代就有权按照自己的方式来看待历史和重新解释历史。"也就是说，历史的解释无可避免地蕴含着历史学家独有的思想视角与价值评判，这是史家所秉持的当代意识的一种投射。史家的当代意识既来自社会现实，又指向社会现实，这就必须在历史与现实之间把握好合理的张力。

历史是过去的现实，现实是将来的历史。史学研究，无论就其学术功能，还是就其社会功能而言，在历史与现实之间并不存在不可逾越的雷池鸿沟。从这个意义上说，一切历史都是当代史。克罗齐说过："过去的事实只要和现在生活的一种兴趣打成一片，它就不是针对一种过去的兴趣，而是针对一种现在的兴趣。"不懂得过去，就无法理解现在；反之，不懂得现在，就无法理解过去。两者之间某些因果逻辑，本来就可以或举一反三，或触类旁通的。从这一意义说，来自现实的人文关怀，不仅是历史研究不死的灵魂，更应成为历史学家自觉的操守。倘若泯灭了对人类、对民族，对现实、对未来的人文关怀，历史学也就成为丧魂落魄的行尸走肉。

历史与现实的联系，有两种基本的路向。一是从历史到现实的取径，即以严谨的科学方法对某一历史现象做出本质的认识，取得成果，提供给现实作为借鉴。一是从现实到历史的取径，即从现实社会生活中领悟到有必要重温历史上某些与之近似的现象，加深对那一历史现象的再认识。当然，无论何种取径，都必须坚持把历史的东西还给历史，坚持历史事实的全面真实性；而绝不能歪曲、隐瞒、编造或篡改历史，不负责任地借史说事，低俗浅薄地"古为今用"。

四

一个民族，一个国家，对一路走来的全部历史，应该深怀敬畏，坦然面对。在民族与国家的历史记忆中，必然既有辉煌与荣光、崛起与成功，也有劫难与耻辱、沉沦与失败，其中，正面与负面共存，美好与丑恶交织。然而，无论是非成败，无论盛衰荣辱，对一个自信的民族与成熟的国家来说，只要正视与善待，不管何种历史记忆，都是一笔无可替代的珍贵财富。因为，正面的历史记忆，固然让后人深感敬慕与自豪，从而效法与追随，以便再铸辉煌；负面的历史记忆，也足以让后人畏惧与愧怍，从而反思与警醒，以免重蹈覆辙。

之所以必须敬畏历史，还在于历史绝不是当时威权者的"一锤定音"，而是无数后来者的千秋公论。决定一时胜负的也许是威权，决定历史胜负的却只有真理。对国人与后代以歪曲或遮蔽历史的手法来维护某种形象，古今中外不乏其例；但到头来只能瞒得一时，岂能瞒得永世，这已为历史屡验而不爽。正如历史学家王曾瑜所说："人类的是非、善恶、功罪之类，时间的作用是淡化甚至抹煞，而成文的客观而公正的历史的作用，却是部分的保存。但即使是部分的保存，对人类文明和良知的进步，也是至关重要的。"以此而论，历史也确实让人敬畏。

五

我们当下，小到个人，大到社会，是否已对历史充满敬畏之心呢？在教训东邻时，我们也常征引"前事不忘后事之师"的古训，但对自己的历史，却是"有选择地记忆"与"有选择地遗忘"。借用民间对武圣人关公的戏谑，"有选择地记忆"就是一味夸耀咱家过五关斩六将的光荣，"有选择地遗忘"就是绝口不提自个儿败走麦城的耻辱。

这样有选择地记忆与遗忘，就让我们的国民与后人无论打开历史教科书，还是借助大众传媒，都无法了解某些历史的本来面目。

举一反三，姑且以"十年浩劫"为例，这在《关于建国以来党的若干历史问题的决议》中已有过明确的结论。巴金晚年最大真话就是在《随想录·"文革"博物馆》里大声呼吁：

> 建立"文革"博物馆是一件非常必要的事，惟有不忘"过
> 去"，才能作"未来"的主人。

自那以后，中国万丈高楼不知造了多少，不仅没有建造一座让子子孙孙永远铭记的"文革博物馆"，国人感受到的反而是对这场浩劫的讳莫如深。"文革"既然是浩劫，就有必要批判与反思铸成这场劫难的动因与责任，大到一个民族，小到每个个人，都应像巴金说的那样："脱下面具，掏出良心，弄清自己的本来面目，偿还过去的大小欠债。""文革"既然是国耻，就应像司马迁说的那样，"每念斯耻，汗未尝不发背沾衣也"，让中华民族的每个成员，无论现在，还是将来，都知道这场劫难的真相，创立永久性的"文革博物馆"，教育生者，警示后人。孔子说，"知耻近乎勇"，这才是一个敬畏历史的伟大民族应有的自信与勇气。

本文为《敬畏历史》（复旦大学出版社 2011 年版）自序，略有删节

历史的通感

一

近年以来，经常写点历史随笔，也总不时自诘：这种写作应该遵循哪些史学规范，这些史学作品在走向大众时有哪些价值？

所谓通感，就是心理学上的"感觉挪移"在文学修辞上的合理运用。典型的个例就是宋词名句"红杏枝头春意闹"，把枝头红杏这一视觉形象挪移向"闹"这一听觉感受，写活了春意。钱锺书在《通感》里指出，这种"逻辑思维所忌避的推移法，恰是形象思维惯用的手段"。在史学研究与史著阅读上，也完全可以借用这一命题，不妨称之为"历史的通感"。

"一切历史都是当代史"，这句克罗齐被人引滥的名言，落实到具体的史家，蕴含三层意思：一是历史研究总是当时代那个史家的思想活动；二是研究对象的最终确定总是由当时代那个史家的兴趣所决定的；三是作为研究对象的历史客体，总是那个史家按他在当时代中的兴趣进行思考与解读的。而前代历史的某个对象之所以催发这个史家的当代兴趣，古今之间必有某个契合点激起他的共鸣。这种从历史挪移当代的共鸣，就可以视为历史的通感。

柯林武德认为："历史学家所研究的过去，不是一个死的过去，而是在某种意义下仍然活在现在之中的过去。"他所说的过去活在现在之中，包含着两层含义。其一，过去的某些因素或现象仍以某种方式再现于现在之中。黑格尔所说"一切伟大的世界历史事变和人物，可以说都出现两次"，也不妨从这一层面去理解。其二，历史学家看到了过去与现在之间的某些共通性，发心立意将那个过去作为研究对象，而其所欲传达的论旨却指向现在。司马迁强调"通古今之变"，某种意义上，已有历史的通感在内。克罗齐说过，在历史研究中，"过去的事实只要和现在生活的一种兴趣打成一片，它就不是针对一种过去的兴趣，而是针对一种现在的兴趣"。这种由"过去的事实"引发"现在的兴趣"，也有赖于历史的通感。正是通过历史学者的古今通感，过去与现在才发生了内在的勾连。

波普尔指出："既然每一代都有它自己的困难和问题，因而也都有自己的兴趣和自己的观点，那么每一代就有权按照自己的方式来看待历史和重新解释历史。"倘若以"历史的通感"说来诠释这段论述，也就是说，每个时代及其不同史家，都会以自己的通感去选择研究对象，并以自己的通感去重新解释历史。在这一意义上，历史的通感正是历史之树常青，并将永远千姿百态的活水源头。

二

历史学家可以对看似远离现实的某些历史现象做纯客观的研究，取得引领史学前沿的杰出成果，就像严耕望的《唐代交通图考》那样。然而，历史是过去的现实，现实是将来的历史。当然也会有历史学家在研究中自觉融入他对家国命运与社会现实的人文关怀，积极能动地参与将来的历史。而借助历史的通感，通过史学研究表达现实关怀时，如何把握好历史与现实之间的合理张力，研究者如何拿捏分寸感，确是一大难题。批评者也往往不辨青红皂白，把历史的通感指责为影射史学。

近现代中国的影射史学最为发达。"十年浩劫"中，"四人帮"更公然自诩为当代法家，蓄意将仅存于战国秦汉之际的儒法之争延伸夸大，宣称"党内五十年来的斗争，从某种意义上说，也是儒法斗争"。批儒评法运动，成为顶着史学冠冕的全国性政治运动，影射史学也因之臭名昭著。一位美籍华裔历史学家在接受访谈时曾经提醒："最要不得的是影射史学。历史有现实的启发，是不成问题的。但影射则进退先据。"（《余英时访谈录》，中华书局2012年版，页214）他认为，历史研究不排除"有现实的启发"，实际上也肯定了"历史的通感"。然而，历史的通感如何划清与影射史学的界限，依然是一个问题。

只要是一个严肃的历史学家，必然反对将个人感情与先入之见掺杂进自己的研究。他会首先自觉遵循客观中立的态度，从原始史料入手，梳理史实真相，以实证研究复原出信史，坚持历史本来面目，把历史的东西还给历史；然后在这一基础上，将历史的通感融入他所研究的史实进行叙述，做出解释。历史研究的过程，是由确定对象、搜集史料、实证研究与叙述解释这四个环节构成的；而一个自觉的史家，在第二与第三环节应该将历史的通感坚拒门外，仅在第一与第四环节才容许其有栖身的空间。

然而，影射史学彻底放弃史学本位的原则，顽固坚持政治本位的立场，一味迎合现实政治的需求，在搜集史料与实证研究的两大环节，无视过去历史的客观真实性，有意遮蔽、曲解或篡改与先入之见相左的史料与史实，使之屈就于预设的主题或结论。由于在搜集史料、实证研究环节罔顾"历史证据的内在制约"，影射史学构建起来的历史对象，经不起史学本位的推敲与拷问。不仅如此，在影射史学中，失实的历史严重拖累了叙述解释环节，使其只能牵强附会地与现实政治作急功近利的、图解说明式的类比或宣传，不可能真正获取历史的通感。

影射史学孳生于专制独裁的温床，只要专制主义存在，学术缺乏自由，影射史学也许不会绝迹。然而，影射史学是史学领域的庸俗实用主义，其进退失据也是必然的。其进之失据，在于有违于正确的史学认识论，背离了史学本位，绝非严肃的史学；其退之失据，反而弱化了鼓动效应，使政治宣传变得非驴非马。

三

作为人文学科，叙述性与解释性是历史学的两大特点。研究者对历史的通感，最终借助于叙述与解释而付诸实现。在叙述解释环节，历史学家旨在传递其独有的思想视角与价值评判，这是其所持当代意识的一种投射。这种当代意识的历史投射，正是研究者表达其通感的手段。而投射的方式与力度也值得一议。

在 20 世纪史学大师中，吕思勉明确反对以史为鉴的陈词旧腔，他在《吕著中国通史》里声明："历史是历史，现局是现局。"然而，即便像他这样力主"不宜预设成见"的史家，有时也会将历史的通感投射进自己的史著。《吕著中国通史》下卷完稿于 1931 年的九一八事变，时值国难当头，外敌当前，吕思勉身居上海孤岛，"所处的境界，诚极沉闷"。他在该书末章《革命途中的中国》结语中强调："我们今日的一切问题，都在于对外而不在于对内"，还别有怀抱地告诫读者："岂有数万万的大族，数千年的大国、古国，而没有前途之理？"卒章显志，此时此语自有历史的通感在内，但仅此而已。他的《两晋南北朝史》也作于抗战时期，吕思勉把激扬民族主义的通感投射到论述五胡的章节段落。后来他表示有"稍失其平"之弊，"异日有机会当改正"。在处理历史的通感时，吕思勉的严谨做法值得后人警醒。

与吕思勉不同，另一史学大师陈寅恪素来主张"在历史中寻求历史的教训"。他在晚年"著书唯剩颂红妆"，史学研究的兴趣与关怀明显指向现在。在历史的通感上，他"痛哭古人，留赠来者"，毫不掩饰其投射的力度。他在撰述《柳如是别传》前即有诗云："欲将心事寄闲言。"所谓"心事"者，即历史的通感，就是该书《缘起》揭明的"以表彰我民族独立之精神，自由之思想"；所谓"闲言"者，即钱柳因缘的史事考证。在史事考证环节，陈寅恪秉持客观中立，既不曲解史料以迁就私意，也未改铸历史以影射现实，做到了研究对象的"古典今事融会为一"。在其后投射历史的通感时，他只是客观地叙述与解释钱柳因缘的曲折原委，尽可能回避以旁白式史论来凸显其古今通感。在《柳如是别传》里，陈寅恪与柳如是几乎合二为一，无论研究者，还是阅读者，都已难区别何为柳如是的命运，何为陈寅恪的寄托，历史的诠释与通感的投射臻于水乳交融的化境程度。

总之，"桃李不言，下自成蹊"，"不著一字，尽得风流"，让历史自己说话，而不是史家喋喋不休的旁白提醒，才是通感投射的最高境界。

四

当历史著作进入公众阅读领域，依照阐释学观点，每个读者根据其特定的时代、环境与自身的兴趣、立场，有一个再诠释的过程。在此过程中，阅读者也会产生各自不同的历史的通感。这种来自读者的通感，有可能与出自作者的通感完全吻合。但因读者所处时代、环境、兴趣、立场与作者往往不尽一致，所诠释的历史的通感与作者也就未必完全重合，这种情况在诠释学上并不鲜见。

美国中国学家孔飞力的《叫魂》杀青于 1989 年春季，他的中译本序言说："那时我并不知道以后的情况会如何发展。我所关心的问题涉及的是更为广阔的近现代，尤其是二十世纪五十与六十年代的历史"。也就是说，《叫魂》原作者把历史的通感主要投射在 20 世纪五六十年代的现代中国。该书中译本完稿于 1998 年，初版于 1999 年 1 月，在 2012 年新版《叫魂》附录《翻译札记与若干随想》里，中译者提及：

> 书中所描述的那种丑恶的全社会歇斯底里在近现代中国还曾一再地重演，并在上世纪六七十年代那场"史无前例"的"大革命"中达到了登峰造极的境界。任何一个曾经历过那个年代的人，在读到孔飞力的这些描述时都会有某种似曾相识的感慨。

中译者翻译《叫魂》时的通感，主要投射在 20 世纪六七十年代的"文革"，与孔飞力著述时的通感将 20 世纪 50 年代也囊括在内，似已略有出入。这一个案足以表明：史著一旦问世，译读者从中获取历史的通感，并不完全受制于撰述者的指向，而自有其再诠释的空间与角度。

越是内涵充实、叙事繁复的历史著作，不仅撰述者表达的通感可以多彩多姿，留给读者在再诠释中获取通感的空间越是广阔，角度也越是多维。同一史学作品，每个读者可以从各自兴趣与不同视阈，去发掘与体悟自家独有的历史的通感。如果说借助历史研究寄寓古今通感，传达了历史学家的人文情怀；那么，由再诠释获得历史的通感，正是吸引阅读者的史学魅力所在。

本文原载《南方都市报·阅读周刊》2013 年 4 月 21 日

史学研究与现实关怀

一部相当专业的史学专著，能够在初版以后六年增订再版，对作者来说，无疑是最为欣悦的。这本《宋代台谏制度研究》初版于2001年，当时印了1 500册，仅过一年即告售罄，以至于同行向我索书也无以为报。现在，蒙上海书店出版社的厚意，让我增订再版，这当然是令人高兴的。

这本小书的问世并不顺遂，我在出版后记中已有所交代，但言犹未尽。此书的初稿是我的硕士论文，1988年已基本定稿，但当时学术专著出版普遍都在喊难，我不久也因忙于《宋代文化史大辞典》编纂工作，便将其收入箧笥，束之高阁。数年以后，看到史学界陆续有御史与谏官的论文问世，这才觉得有公布自己成果的必要，于是，1993年起陆续发表了系列论文。不过，单篇论文总令人有难窥全豹的遗憾。但生性不善于自我推销，最后还是在王家范先生建议下，申报了上海市马克思主义学术著作出版资金，才最终获得资助出版的。我在申报资助的电子文稿结尾题上"1988年6月初稿，2000年3月改定"，也隐含着对延宕12年未能出书的感慨。但周折并未到此为止。

记得当时转来的评审意见只有一条，即建议就分权制衡的演进历史，对中国与西方的是非得失作进一步的比较研究。迄今为止，我仍不知道究竟是哪位评审专家提出这一建议的，却由衷地认为：这才是真见卓识的专家之言。然而，我是研究中国古代史，尤其是宋代历史的，对西方历史的了解，也就是大学通史里的那些常识，现在要作中西比较，面对的是一个不小的难题。于是，我找来了西方政治学说史的汉译名著，从亚里士多德的《政治学》读到美国建国时期的《联邦党人文集》；为了考察近代中国分权制衡的历史轨辙，也研究了孙中山在《三民主义》里设计的"五权宪法"。经过深入的思考与艰难的写作（主要难在维度的把握上），我终于做出了自己的回答，而对分权制衡的历史思考，自觉在视野上更为开阔，在结论上愈见深刻。但是，当我把定稿交给出版社时，不知何故，责任编辑却告知我，必须删去中西比较的那一部分才能出版。尽管我再三说明，这样的修改是评审专家的意见，也依旧无济于事，只得遵命删除补充的内容，以确保能顺利地出版。但这样一来，家范先生大序中关于西方权力制衡的议论，就成为失去呼应的独白。

至于删去的部分，我倒反而生出敝帚自珍之感，就在这本小书初版的岁末，将其刊发在加拿大《文化中国》12月号上；次年，又以《对中国历史上分权制衡的思考》为题，在国内《浙江社会科学》第3期再次发表，还将其收入我校中国古代史专业同年出版的论文集《学思集》中。这次增订，除了对初版中个别史料的讹脱与文字的误植做了必要的修正，主要就是将这篇论文全文收入，恢复我对这一专题的全部思考。由于作为独立发表的论文，必须考虑到论述的相对完整性，因而少数论述与正文略有重出。而现在这样处理，只是为了严格保持初版的原貌，符合文本存真的历史要求。

小书问世以后，听到过一些同行的评论，值得一提的是胡宝华先生。实际上，他并不完全同意我的研究结论。他在2005年出版的《唐代监察制度研究》里主张"更应该关注古代士人通过这一制度，在批判与限制、改造与削弱君主专制方面所发挥的积极作用"，因而批评我过于"聚焦在专制君主对其制度的践踏与破坏方面"；但同时，他依然认为，《宋代台谏制度研究》"在史料与内容上都明显地充实了许多，作者的研究方法与角度也很有新意，给谏官制度研究领域吹进了一缕新风"。他的大著出版之时，我与他素昧平生，在一年以后的一次学术会议上，我们才有初次晤面交流的机会。我对他说，对中国古代的台谏制度，我们并没有根本的分歧，实际上，我们各自都已经充分注意到对方强调的那一侧面，不过，我们各自关注的落脚点却有所不同。他说我的小书有新意，自然是抬爱之言。但我在研究中，除了制度史研究必须做到的制度复原以外，确实尤其注重对台谏制度在运作过程中的动态考察。在中国这样的人治国家里，制度的程序规定与实际运作之间，其差异往往不能以道里计，只有更加重视制度运作的动态过程，才能使研究多所创获。仅仅进行制度复原，那种制度史研究即便再详细，严格说来，都属于中途而废的半成品。

我在初版后记里曾说："我之所以选择宋代台谏制度这一专深的古代史问题作为课题，除了专业研究方向外，主要还是出于对现实政治生活中相关问题的兴趣和关注。"史学是否应该回避现实问题，放弃终极关怀？今年年初，我在读史随笔《古今多少事》的自序中指出：

> 史学研究与现实关怀之间，应该保持一种不即不离、若即若离的关系，颇有点类似孔子所说的君子与女子、小人之间的关系："唯女子与小人为难养也：远之则怨，近之则不逊"。史家应该尽可能保持价值中立，不与现实生活牵强附会，把历史的东西还给历史，由此获得对历史问题的本质认识，才能为现实的关怀提供一种历史的资源。我在《宋代台谏制度研究》里，就是这样去把握两者关系的。这种现实关怀并未引起同行特别的关注，反而让我有理由认为：这种维度把握恰到好处。

是否如此，我诚恳希望继续能以这册增订本接受同行专家与普通读者的严格评判。

2009 年 1 月

本文为《宋代台谏制度研究》增订本（上海书店出版社 2009 年版）自序

附录

初版后记

我是在而立之年才进入大学学习的。一想到许多学者在这一年龄上早已著书立说，才深知所谓夺回被历史耽误的十载年华，不过是自欺欺人之说。但既然学了历史专业，总不能泛滥无归，大约在 1980 年前后，决心追随程应镠先生研治宋史。我的第一篇宋史论文，就是在大学时代经先生亲笔修改后推荐发表在《中华文史论丛》上的。大学毕业后，先生让我留校担任他的助手，协助他进行《中国历史大辞典·宋史卷》的编审工作，而后又将我招为他的宋史研究方向的研究生。当我将宋代台谏制度确定为研究课题时，先生正卧病住院，他认为这是一个有意义、有价值的题目。由于健康原因，先生没能直接指导我的论文写作，却表示相信我能够研究好这一课题。1988 年，研究生论文完稿后，我送上了打印稿，但他已经完全没有精力审读完这篇长达数万字的硕士论文了。没能听到先生对这篇论文的直接意见，我是深以为憾的。

我没有急于发表成果，为了听取意见，仅将打印稿分送过个别宋史学界的前辈和同行。在其后的 10 年间，我始终没有中断对这一题目的关注。自 1993 年起，围绕这一课题，我先后在日本、我国台湾和大陆的学术刊物上发表了《宋代言官选任制度述论》等系列论文。但对史料的充实和补正，对论旨的斟酌和完善，在论文发表后仍未辍止。因而这部十余万字的书稿，是我多年以来研究的结晶，思考的产物。

对于历史研究，历史哲学家克罗齐在《历史学的理论和实践》里说过："当代史固然是直接从生活中涌现出来的，被称为非当代史的历史也是从生活中涌现出来的，因为，显而易见，只有现在生活中的兴趣方能使人去研究过去的事实。因此，这种过去的事实只要和现在生活的一种兴趣打成一片，它就不是针对一种过去的兴趣，而是针对一种现在的兴趣的。"我之所以选择宋代台谏制度这一专深的古代史问题作为课题，除了专业研究方向外，主要还是出于对现实政治生活中相关问题的兴趣和关注。政治制度史研究是横跨历史学和政治学的交叉性研究，但《宋代台谏制度研究》所使用的方法仍是严格的历史学的。

书稿杀青后，曾向个别出版社毛遂自荐，虽都肯定其学术价值，但却以经济效益等原因表示爱莫能助。故而作为作者，对本书最终因获上海市马克思主义学术著作出版资助才得以由上海社会科学院出版社付梓，自然是深为感谢的。

最后，我谨以这部菲薄的著作，纪念已故业师程应镠先生。

千年之交识于上海师范大学古籍研究所

三 版 题 记

《宋代台谏制度研究》能够入选上海市学术著作出版基金 25 周年

精选丛书，应是对著者研究的一种肯定，自然与有荣焉。近三十年前，之所以选择这一课题，以及由此引发的与现实政治之间的历史通感，与出版过程的一波三折，我在初版后记与增订本自序里已有交代，是毋庸赘述的。为尊重历史文本，这版按增订本付印，未作实质性改动。

这册戈薄的小书，比起本丛书的其他鸿篇巨制来，也许相形见绌，却呈献了我对中国历史上分权制衡初步尝试与最终失败的全部思考。这种思考，建基于对宋代台谏系统的个案考察；而这种考察，不仅包括其制度的历史复原，更是涵盖其实际的动态运作。我力图将自己的思考凝缩在结论《分权制衡的失败尝试》与附录《对中国历史上分权制衡的思考》中。如有读者无暇读完全书，即便仅仅阅读这两部分，也一定会掩卷沉思，若有所悟的。而这种思与悟，或许也是一种历史的通感。倘能如此，我将更感荣幸。是为记。

2014 年 6 月

探寻历史的通解

——读王家范《中国历史通论》

我曾经慨言：当今之世，通史越编越多，而通史家却越来越少。近日，得读王家范先生的《中国历史通论》（华东师范大学出版社2000年版，以下简称《通论》），不觉双眼为之一明。这是历史学界近年以来在中国历史通论方面不多见的独断之作，其中凝聚着作者数十年来全面而深入地对中国历史进行思考的理论结晶，蕴含着一位真正的通史家对中国历史独到的体认和深刻的反思。

一

自从20世纪初叶历史学的现代意识确立以来，历史的通解即成为历史学界众目仰望的哥德巴赫猜想。尽管提法各有不同，但从梁启超到郭沫若（在以他为代表的马克思主义史学家那里往往谓之为历史规律），20世纪史学诸大家无不对此孜孜以求，其中尤以陈寅恪倡导的通解最为史学界所认同。综观《通论》全书，经常出现"通解""通识"和"会通"一类陈寅恪式的概念，表明了作者在这一方面的高度自觉。探寻中国历史的通解，既是著者高悬的鹄的，也是《通论》最值得推许的特点。

作者认为，历史学不仅仅具有一种纪实性，历史学家不能满足于"扮演擅长叙述故事的'说书人'"，而应该"往深处开发"（原书页325）。所谓往深处开发，就是赋予历史以一种历史感。作者曾批评李泽厚和刘再复《告别革命》缺乏一种历史感。那么，何谓历史感？作者指出："历史感就是一种大时间感"，质言之，即"历史既已如此，说明它有不得不如此的'历史合理性'"（页333、349）。这里打引号的历史合理性并非对历史的不合理性进行辩解回护，而是通贯地对历史因果性进行思考，揭示业已发生的历史背后隐藏着的那种深刻的必然性。"历史通贯的重要，就在于因果的连续思维可以帮助我们克服局限于一时一地的狭隘性。"（页48）而对历史的通贯就需要历史学家具有历史的通识，作者认为："没有穿透天人古今的历史通识，就不能算是真正的历史学家。"（页428）

通史与通论既然都着眼于一个"通"字，两者的不同只是切入的角度和叙述的体裁有所区别。那么，何谓"通"，作者借用王国维的意境说，以为"上焉者意与境浑"，"能凸现其意境者方谓之通"，也就是史家的通识（即意）与历史的真实（即境）两者浑成一体，"所造之境必合乎历史之自然，所写之意亦必凸现历史之真义"。换句话说，就是历史学家必须"给出中国历史发展的脉络和它独有的神韵气数"，这里的发展脉络约略相当于"境"，神韵气数大体相当于"意"。在作者看来，两者浑成，"假若要压缩成一个字，那便是上下脉络连贯一气的'气'"（页397—398）。写通史和发通论，都是需要有深邃思想和高明识解的，也许正是有感于此，作者痛感"中国史研究当下最需要正视的是史学家没有思想"（绪言页15）。这一判断或许会开罪一些史学名硕，但联系学界有过的"思想淡出，学术凸显"的感叹，却不得不承认这是事实。

作者对于会通的见解是十分闳通的。他对章学诚的横通、纵通说，融入了自己的理解："通史的通为综合性的纵通，每一个专门领域也有一个通的问题，则也可以称之横通。今之专史、断代史都可属于横通。横通自有其不可替代的独立价值，前提是不作井底之蛙；纵通也必须建筑在横通的基础上，其养料必然来源于横通的供给，活水源源不断，再加巧妙经纬，方不至于肤浅飘浮而不落实地。"（绪言页10）纵通、横通问题，实际上也关系到史学理论界一再议论的宏观与微观问题。对一个史学家来说，应该是宏观与微观两者完美统一，而不是互相排斥，这是不言自明的。对这一理想境界，作者自称"多年来我是心向往之，力所不及，而心犹不甘。这大概也就是我至今仍能学而不倦的动力"（绪言页8）。这部《通论》侧重在于纵通，但据著者自称，在前编所列的八个专题中，部族时代、封建时代、大一统时代和中国现代化艰难性的历史思考四个专题属于纵通的范畴，而农业产权、农业经济的内外环境、市场与商人阶层、政治构造与政治运作四个专题则属于横向的方式。显而易见，著者的立意是在追求纵横皆通和宏观与微观高度统一，使之成为一部会通古今的通论之作。

二

著者把历史视为一种群体的人生，认为：一个民族，一个国家，"甜酸苦辣，什么滋味都尝遍，这才叫'完美'。如果真有什么'历史命运'存在，那么'命运'也决不会偏袒任何民族，而是将民族的、国家的盛衰荣辱都公平地交由他们自己去抉择，自己去品尝"（页325）。在梳理20世纪新史学时，他转述了顾颉刚在编纂中国通史时所欲解决的核心问题，即："中国民族是否衰老抑或尚在少壮?"而后感喟道：这个问题，"不啻是惊心动魄的一问，起死回生的一问。今日研究中国历史的人，又当如何回答？怕只怕有的人连这份关怀都不存在了，那才是真正的悲哀"（页359）。只要认真读完《通论》，我们同样能够感受到作者贯穿全书的那一份灼热的人文关怀。而这也是《通论》的一大特色。

自克罗齐说出"一切历史都是当代史"的名言后，历史学的现实关怀已是众所周知的命题。著者对此也认为："人们对历史的兴趣，归根到底不是寻求历史自在的存有，而是寻求现实的存有。"（页425）正因为历史学家在被其再度激活的历史里寻求其现实存有的意义，因而在作者看来，史学"无疑地首先会带上主体参与者的主观色彩"，这里包括治史动机、价值取向、史学观念和研究方法，而"说到治史的动机，在它的背后，或明或暗地总隐含着各自的价值评判标准"（页367）。在历经求索的困惑后，著者一针见血地指出，即便是高倡价值中立的韦伯，自己也不可能完全保持价值中立（页448）。但对于历史学家的现实关怀，也就是对历史研究的现实感和历史感之间的张力，作者仍然认为是必须正视而且难以把握的棘手问题。他说："现实是由历史演进过来的，史学不能不关注现实"；但"离开了整体的历史感，史学'现实感'太强也是危险的"；而这种危险主要来自史家"急于应世，缺乏必要的历史纵深感，甚至人为地变味"（页7、239）。如何面对这一难题，著者提出了一个命题，即"价值理性与工具理性之间的紧张和焦虑"，工具理性关注的重点在"我们的历史是什么"，而价值理性关注的是"历史给了我们什么"；他认为20世纪中国史家治史不出这两种路向，"要说20世纪史学的精彩，正来源于这种内在的紧张，才显得出它多姿多彩，特别耐人寻味"（页381、450）。显而易见，著者的取径是把他所说的两种路向在"紧张和焦虑"中合二为一。综观《通论》，作者这一"紧张和焦虑"的努力应该说是成功的，他展现的历史是真实可信的，在揭示"历史给了我们什么"时，也没有脱离历史的纵深感，去刻意追求所谓经世致用，因而绝没有那种人为的变味和牵强的比附。

历史学的人文关怀可以是多层面的。其最大者是对人性和人类命运的根本关怀，对此，著者指出："史家假若没有了对人类命运的根本性关怀，没有了对人性的深刻反省，我们是不是很容易被历史的沉重拖到海底，再浮不到海面上，向世人说清楚：大海的故事究竟精彩在哪里？"（页382）而作为一个当代中国史家，著者更关怀的则是：中国传统社会向现代社会的转变何以如此艰难？何以不能再度走向辉煌，却必须经历百年苦难的低谷？（页331）

正是出于这种人文关怀，从《通论》对中国"国民性"倾向"极权"（即所谓"奴性"）的"历史根据"的分析（页271），对专制主义与官僚政治再生复活的社会历史机制的探讨（页273），对国家根本体制这一恒量的合法性及其大变局的研究（页71、188、319），我们都不难感受到他那一腔悲天悯人的史家情怀。著者既保持着史家的冷静，又满怀着诗人般的激情，他对中国一个半世纪以来的改革进程作了回顾与分析后，兴奋告示道："现代化的长篇连续剧，虽然演过了一幕又一幕，跨过了两个世纪的门槛，看来真正的好戏还在后头。我们仍然处于社会转型的现代化过程之中。"（页350）结合历史研究，作者是主张首先从变革制度入手的，"用制度去约束、制衡"（页334）；但同时也明确反对那种"不切实际的对变革完美性的期望"（页348）；他甚至还为中国现代化进程号脉开方（页352—354）。

总之，由于著者贯穿于全书的现实关怀，任何一个读者不仅不会被沉重的历史拖入海底，而且能从中国的历史中读出了中国的现在，读出了一个从事历史科学的知识分子的良知和寄托。

三

　　著者在绪言里强调：当今史学不是缺乏理论，而是缺乏思想。在这里，"思想"即指历史的通识，"理论"是指史学研究所借用的理论方法。作者更看重的当然是思想，但《通论》在历史研究的理论方法上也给史学界提供了诸多启示。

　　在理论方法上，著者有自己的处理原则。首先，作者主张历史学在理论方法上应采取一种开放的心态，即：不拘门户，兼收并蓄；不定一尊，为我所用。他曾指出："历史的某一形态，像是多棱的晶体，那么，多侧面、多视角、多方位、多学科的观察、考察它，恐怕是唯一现实可行而又明智的做法。"因而他认为历史学在理论方法上必须有"容纳百川的博大气象"，社会学或许可以对史学的这种变革起助产婆的角色，他提议历史学虚心向社会学学习方法论，对经济学、政治学、文化学、心理学、考古学、人类学乃至地理学、数学等自然科学方法，无所不试，渗透融合（页434、435）。这种主张与日本史学家斯波义信在研究中国江南经济史时所倡导的"广义社会史学"的理论方法，可谓不谋而合，所见略同，而广义的社会史学正是当今史学主要思潮之一。著者将这一主张充分贯彻在《通论》里。他在探讨中国传统农业经济的环境时，借用了环境考古学中诸如沪杭地区万年气候变迁的相关成果，着重研究了自然生态环境对人类历史活动的制约关系（页147、164）。他在批评通史界对最新考古成果未予充分关注的同时，借用考古学家苏秉琦的"满天星斗说"来解释文献史料中"方邦万国"的记载，作为自己对部族时代研究的考古与文献的双重证据。

其次，作者在理论方法上也注重会通，此即他所提出的"本土概念的现代阐释与外来概念的本土化两种方法的相互会通"（页20）。在运用本土概念上，黄仁宇的大历史观、顾颉刚的疑古方法和陈寅恪的"同情地理解"的态度，都被作者熔铸于一炉。在外来概念本土化方面，作者不仅借用亚里士多德、柏拉图、卢梭的政治学说来分析中国古代的政治体制，被他以拿来主义原则把臂入林的，还有韦伯政治社会学的卡里斯玛型权力理论、伦斯基的政治人类学、汤因比的挑战应战理论、布罗代尔的年鉴学派理论、阿尔蒙德的比较政治学、西方新经济史学派中诺思的制度变迁理论，以及文化人类学的精神分析方法、文化传播与扩散原理等。在中国史学如何接纳西方人文社会科学资源的问题上，著者密切关注西方人文社会科学的各种研究前沿的最新成果，其及时、广博和敏锐是令人叹服的。自20世纪80年代以来译介进来的各种西方人文社会科学的理论方法，甚至数年前才有译本的新经济史学派诺思和科思的学说，只要能为历史学所借鉴，几乎都被《通论》进行了适当的移用。

最后，作者强调理论方法与历史事实的契合。他指出："从史学本身来说，最关键的是用什么样的参照系，来帮助我们透过史实、串联史实，达到分析、认识中国历史整体特征的目的。"（页374）因此，他反对把任何一种西方人文社会科学理论绝对化，不论它是"苏式"的思想观念和方法论，还是以自由主义为主流的欧美思想观念和方法论（页375、376）。他一方面认为："史家选择何种理论做解释工具，那完全可以'自我选择'"，而作为解释工具的某种理论，"都是借以思考的一种坐标，而不是全部的坐标。治史者万不能以一概全，不及其余"。另一方面，他认为："任何一种理论都只是一种假设工具"，故而不仅不存在"一种可以解释历史或社会的标准理论或唯一理论"，而且任何理论都必须和历史实际相对质，以检验两者的契合度（绪言页16、正文页6）。

在具体研究方法上，著者也有其独特的尝试。

其一，重视过程，强调比较，揭示个性。历史学的独特魅力不在于提供共性，而恰恰在于揭示个性；探究抽象而浓缩的共性，是历史哲学的使命，历史学的任务则是对各种历史对象研究其过程以彰显其个性。著者认为：就社会的历史而言，"过程"本身即是它的真义所在；而历史学就是为人类瞻前顾后、参透因果，"提供一种富于过程性的思考智慧的"（页443、325）。就中国问题而言，他更强调"在作出得失是非的历史价值判断之前，最吃紧的倒是必须从源头算起，弄清中国社会何以会一步步地走到后来这样的田地"（页402）。例如，在讨论中国所谓资本主义产生时，作者认为，学术界莫衷一是的症结正在于只关注一些"目标系统"，"而疏忽了历史学更重要的要关注和研究'过程'，考察由不明显状态到明显状态的过渡"（页185）。针对大一统这样的大问题，机械僵硬的因果史观往往把统一的功能与统一的前提混为一谈，著者则提议"可以转换一些角度，不是从'前提'，而是从'过程'中去观察问题"（页79）。在讨论中国农业产权时，作者从诺思的经济结构发生学中得到启发，从历史动态的演进过程中反复寻味农业产权的"中国特色"（页104）。而在分析过程彰显个性时，比较研究是《通论》经常使用的方法。著者十分强调"整体思考和比较研究的急迫感"，批评史学界"断代史或专史（制度史）课题研究多数都就事论事，以微观争胜，少纵横比较，少会通眼光"；即便有所比较，也"反倒先注意了中外历史的比较，而对本国史各朝历史的综合比较长期忽略"（页429、86）。因而在《通论》前编的八个专题中，作者是十分重视这种纵横交叉的综合比较的。例如在讨论帝国体制下商品市场的国家行为时，他不仅把大明王朝与同一时期的西欧领主经济作了中外比较，而且还把两周至明清的国家行为进行了纵向的综合比较，最后得出结论，以为"直至近代以前，即使号称最富庶的江南，也仍长期徘徊于'中世纪'状态，看不出有新的希望曙光，根子即在国家强控下，颇多假性商品经济"，而学界则误认为资本主义萌芽（页196—208）。这样的分析和结论就颇具说服力。

其二，高度自觉的问题意识。著者认为，通史界最大的不足就是缺乏"问题意识"，而问题意识则是史学创新意识不可或缺的源泉（页144、368）。《通论》全书始终以问题意识为向导，在纵通与横通两个侧面都围绕着相关问题展开其研究路径。例如，中国前期文明重心为何在自然条件相对落后的黄河流域率先出现（页147），战国以来商业自由发展的势头为何在汉武帝时期戛然止步（页244），中国古代帝国晚期的商品经济是否必定产生资本主义经济形态（页192—195），什么是帝国时代政治体制的根本特征（页272），他所提出的这些问题，在横通领域内都是切中要害的。因为有问题意识的支持，对有些问题，作者尽管没有给出圆满之解，却给史学界提供了极富价值的启示。例如，关于所谓资本主义萌芽的研究，作者针对史学界的目光多集中在明清，独具慧眼地指出："两宋社会经济的发展，或许更有它的特殊意义。"（页187）而日本学者斯波义信在其《宋代江南经济史》里，也就中国16世纪的农业革命和商业革命（即相当于中国史学界热衷的资本主义萌芽问题）能否与宋代划时代的技术进步相匹敌的问题，向史学界发过类似的疑问：两者之间的差异究竟是不同时代的质的变化还是空间的量的变化？斯波先生是通过横通的研究涉及了这一问题，家范先生则是以纵通的视野看到了这一问题，可谓是殊途同归，所见略同。而《通论》全书贯穿着最大的问题意识，就是中国传统社会向现代化转型的艰巨性。正是横亘在著者胸中的这个大问题，催生了这部大著述，既阐明作者是如何认识中国传统社会变革的艰难的特殊性，也对困扰中华民族达一个半世纪的历史大问题向国人提供了一种新解释。

其三,从人生阅历去感悟历史。人体解剖是猴体解剖的钥匙,著者也善于从现实生活和丰富阅历中发掘悟解历史的佐证。例如,他在"文化大革命"中从江阴华西村横直有序的"园艺式"的耕地样板,恍然大悟:"在控制力极强的情景下,井田制确实是做得到的。"(页123)他从近二十年经济方面的巨大变化,领悟到中国人天性中也不缺乏"经济理性"的冲动和"最大利益化"的经济动机,而农民感受和接受市场经济的能力一点也不比别人弱,因而就有意识地调整了研究思路,不是把传统中国的经济落后仅仅归咎于所谓"小农经济的保守",而是思考毛病是否"出在小农经济所处的外环境方面"(页177、185)。这些都在研究理路上给人以启发。

四

著者在本书"绪言"里对通史界存在的缺乏个性、定于一尊的弊病深感不满,相形之下,《通论》则是富有个性的学术著作。首先,倘若借用经学史命题来说明历史学问题,这是一部六经注我式的学术著作。作者坦言:《通论》不可能不带有自己的"选择偏向和个人主见"(页9)。于是,他对中西学术界的理论或观点,一概以自己的主见独断为取舍标准,是其是而非其非,合则用不合则弃,绝无心理障碍。即便对他素所崇仰的史学大师,他也保持着自己的学术独立性。例如,他批评傅斯年当初关注的"科学工具"有狭隘的弱点,而钱穆因"自恋式的本位文化情结,不免对本属历史批判的应有之义,多有遮蔽回护"(页374、399)。其次,《通论》的学术表述也是极具个性特色的。听过作者授课和讲演的人,对其机敏雄辩都留有深刻的印象。《通论》是在讲稿基础上撰写的，字里行间还能感受到这种魅力。例如，他以为，人类的历史，总不离"历史领着我们走"或是"我们领着历史走"两大路向；人类社会的历史也是不断"试错"的历史（页382、443）。这类富有个性的论述是所在多有的。

倘若要说《通论》还有什么不足的话，我以为，以全书总体结构而言，属于横通的四个专题中，相对于三个经济专题酣畅淋漓的论述而言，政治体制只用了一个专题，文化专题竟付阙如，总给人以意犹未尽的感觉；此外，虽然在研究农业产权时对自耕农有所分析，在研究市场时对商人也有所涉及，但对帝国时代的各社会阶层的分析似乎也还略欠薄弱，而这本来就是著者研究有素的学术领域，也是他所呼吁的中国社会史学的重要一环。在具体立论上，尽管是见仁见智难有共识，但个别提法也还值得商榷。例如，在论及汉唐明清"承平既久，必出现高峰期"时，作者认为"北宋似无明显高峰期"（页303），而实际上，北宋仁宗后期（庆历至嘉祐年间）还是呈现出这种峰线的。而我国进入铁器时代之早，未必是居世界之首（页213），两河流域在公元前12世纪已在工农业领域普遍使用铁器。

总之，《通论》立意高明，寄托深远，是一部体大思精的史论之作，基本上实现了作者的夙愿，即历史学"应该用学科的实践证明：中国人完全有能力认识历史的自我"（页415）。此外，全书颇多独断之论，例如，传统农业社会的八大特点和三段分法（页9—16），私有田产缺少制度化保障的环境是中国走不出中世纪的症结（页97），中国农业经济的外环境是更为致命性的障碍（页184），明清谈不上市民经济与传统经济的对抗（页238），明清商品经济的发展以负面作用为主（页265）等。史学界尽可以不同意著者的某些结论，却不能不重视他认真深入的理论思考，尤其不能不面对他所提出的相关问题。

著者对前辈史家张荫麟所说的"写中国通史永远是一种极大的冒

险"，曾经感到过一种强烈的共鸣和震动。他自谦自己对历史的理解是半通不通（页324），可以想见他在撰著《通论》的过程中，肯定也会不时泛起张荫麟式的感慨。不过，正如作者指出："历史是人们选择后的历史，历史只有在选择中才得以继续存在"，"所谓真实的历史，整体的历史，只有在认识论的意义上才相对地存在"（页425）。《通论》当然只是经过作者选择以后对中国历史的体认和解释，这种认识自然有其不同于前贤与时彦之处，此即著者所说："历史，即使是某一特定时空的有限的历史，总是可以不断地被重写，被重新解释。"（页423）一个时代有一个时代对中国历史的整体解释，《通论》代表着世纪之交中国史学界对中国历史整体解释的一家之言。尽管《通论》是著者对中国历史的一次认真的扫描，但他清醒地认识到："所谓客观、整体的历史，只能存在于无数次扫描的总和之中。新史学的整体发展和完善，只能在认识多元化的互相激荡中，通过不断融合而获得升华。"（页364）我们深信，家范先生对客观整体的中国历史的扫描仍将继续，中国史学界的这种扫描也将无有尽期，我们期待他们有更优秀的通论之作问世。

本文原载《学术月刊》2003年第1期

史书体裁的新尝试

——黎东方及其细说体

史 学 何 用？

若有人问，学史究竟有什么用，能否立竿见影地为增加 GDP 做贡献？我总有点心虚气短。尽管我会告诉他：史学是一种无用之用，读史可以明智，有助教化。明智包括诸如资治、垂训、借鉴、参考等方面，教化则主要是对人格情操的陶冶，增强历史责任感。

但是，实现史学的这些社会功能，对一般读者而言，既不可能让他们去直接掌握纯学术化的史学前沿成果，甚至也很难要求他们去阅读教科书式的历史读物。社会民众需要历史学者为他们提供一种既能触摸历史又能喜闻乐见的形式，而不是那种令人生厌的高头讲章。

历史知识如何普及，始终是史学的大课题。旧史学主要在三个路向上着手：一是历史的蒙学化，例如题名北宋王令的《十七史蒙求》等；二是历史的故事化，例如罗贯中的《三国演义》等；三是历史的通俗化，例如清代吴乘权的《纲鉴易知录》等。

自 20 世纪初叶梁启超提出"新史学"以来，普及的努力也从未停止过。夏曾佑的《最新中学中国历史教科书》和张荫麟的《中国史纲》都是经典之作。这一体裁很快转型为史学著作新模式，也影响到其后历史通俗化过程中的史话体。章节体最大的优点便在于综合叙述，缺点是人为地分章立节，一定程度上割裂了历史过程的整体性，其程式化也与时俱进，与大众对象便渐行渐远。

细说体：历史普及化之路

通俗化的史学读物，以蔡东藩的演义体成绩最大。虽然个别细节还有虚诞的缺失，但总体上不失为严肃的史书。曾为民众喜闻乐见的章回体，在其手中得到了有效的改造，当时大有不胫而走的势头。就在演义体风头未衰之时，黎东方开始以细说体摸索着历史普及化之路。

细说体的发端可以追溯到 1944 年，黎东方在大后方开讲三国史事，继以《新三国》的讲义形式面世。当时，还没有强势传媒电视的加入，他都是预先公告，当场卖票，现场开讲。有两个例子可以说明其风头之健。其一，他能够以入场券的收入，包机从香港往返大后方开讲；其二，居然也有少数"黎迷"坐飞机追着听他讲史。联系到当时的环境与条件，他的牛气应该不在当今易中天之下。不同的是，黎东方是专业的历史学家。

黎东方开讲《新三国》时，已有细说体之实，但细说体其名之立，则迟至十余年后《细说清朝》的问世。由此看来，细说体的成立，应是口头讲说在先，笔之于书在后。到《细说清朝》出，黎东方虽不再作口头的讲史，却仍将治史所得，以细说体的形式逐朝写来。直到去世，他已完成《细说元朝》《细说明朝》《细说清朝》《细说民国建立》和《细说三国》。他的细说体不仅别开了一种史著新体裁，而且独辟了一条历史通俗化的蹊径。

今年，上海人民出版社重版以上五种细说，加上据其遗稿整理而经王子今补编的《细说秦汉》，以及邀约作者续写的《细说两晋南北朝》《细说隋唐》和《细说宋朝》，出齐了《黎东方讲史》。我有幸受邀续写《细说宋朝》，虽不免有狗尾续貂之嫌，但好在已治宋史二十余年，也不是绝无心得，故将其作为"学宋史的阶段性小结"（《自序》）。

史才、史学与史识

唐代刘知幾以才、学、识作为评判史家与史著的准绳。在揣摩黎氏著作与自己写作过程中，深感细说体对学术的要求，绝不能因其通俗性而降低，也应在史才、史学与史识上有自己的追求。

就史才而言，主要表现在两方面。其一，在体裁的把握上。细说体是对纪事本末体与章节体的综合性的成功改造。综观各部《细说》，写法大致相似，取一朝重要事件、人物、制度、文化，因事命篇，治棼理丝，串联缕述。其立目以事件为最多，人物次之，而制度、文化类最少。这种分配是符合一般读者阅读习惯的，事件、人物是最能引起人们兴趣的。值得注意的是，细说体对立目人物的叙述，也克服了纪传体中履历表式的缺陷，无不以关键人物为中心，因事命篇而借以展开史事。其二，在成果的表达上。黎东方当时敢于售票讲史，也可推想其表达的魅力。但及至动笔写各朝《细说》，他自述写之不同于讲的艰难："唯有把写成的文章一段一段地删，一篇一篇地撕了重写，才勉强敢拿出去。"典章制度枯燥复杂，考虑到对象，既没有必要作窄而深的叙述，也不能让读者在了解一代全貌上缺了重要板块。合适的做法，一是设置少量最必要的题目，要言不烦、深入浅出地叙述关乎大局的一代典制；一是在细说有关事件、人物中，信手拈来、随分点染相关的制度名物。

以史学而言，主要表现也是两方面。其一，在历史内容上必须真人实事。不做史实以外的任何想象，是一大原则。黎东方曾说：历史这门学问，虽则有捕风捉影之嫌，却不可废；要紧的是，研究之时，在方法上不可不谨严。他恪守自己所立的原则："写历史，不比写小说。写小说，可以创造情节，把故事叙述得天衣无缝；写历史，就只能抱残守缺，屈从材料本身的种种限制。"其二，在历史细节上必须考订辨伪。既然细说的必须是信史，对互相抵牾的史料记载，就应考其真伪，定于一是。细说体中的考辨，大体分三种情况：一是主要利用前人精确无误的考据结论；二是当各家考证莫衷一是时，取其自以为合理之说，并简单点明理由；三是自己动手对前人未曾涉及的史实进行考证。无论何者，作者都必须拥有深厚扎实的史学根底。

以史识而言，也有两点。其一，全局观。"细说"当然不是什么都说，这就要求作史者有独断之学，关乎全局者详其当详，说透为止，无关宏旨者略其当略，点到即可。细说体立目行文的决断取去，要求作者对一朝大势能高屋建瓴，合各节文字，就能得见此朝历史的全貌。其二，大见识。黎东方批评中国历史学者"太注重求真，而忽略了求理"，强调的就是通识古今的眼光。细说体所谓的历史感，不仅仅指所叙述的每一句话都是言之有据的，更是指所评议的每一句话都应有历史的眼光。在信史中求史识，这是细说体的理想追求。

总的说来，历史学者在普及化方面的回应，并不尽如人意。于是，先有影视小说类"戏说"乘虚而入，后有文学教授品读历史的越界飞行，几乎平分了历史故事化与历史通俗化的园地。如今，黎东方及其续作者的讲史，是历史学者普及历史知识的有益尝试，也是历史研究走向社会民众的主要途径。台湾学者马先醒认为："若望国人的历史知识普及，细说体史著的提倡与推展，似属不二法门。"是否"不二法门"，不敢断言，但你读后肯定会说：还有另一种更有历史感又有可读性的讲史体裁在呢！

本文原载《南方都市报》2007 年 8 月 5 日

追求历史感与可读性的统一

黎东方先生在《细说元朝·自序》的结尾，欣悦地说："我又得暂时放下元朝，准备我的次一工作：《细说宋朝》了。"但黎先生立愿结撰的说史系列，终因他的去世而未成全璧。上海人民出版社的崔美明女士有心将黎先生未及完成的几部说史配齐，以构成一部完整的"细说中国历史丛书"贡献给读书界，蒙她的厚意，约我作《细说宋朝》。

我自20世纪80年代师从程应镠先生治宋史，已有二十余年，也在这一领域写过两三本著作和数十篇论文。对宋代历史的相关问题，多年以来，略有些自己的想法，恰想借此机缘略述己见，也算是学宋史的阶段性小结。正是出于这一考虑，我接受了稿约。

宋朝是中国历史上一个重要的朝代。严复指出："若论人心政俗之变，则赵宋一代历史最宜究心。中国所以成为今日现象者，为恶为善，姑不具论，而为宋人所造就，什八九可断言也。"陈寅恪也认为："华夏民族之文化，历数千载之演进，造极于赵宋之世。后渐衰微，终必复振。由是言之，宋代之史事，乃今日所亟应致力者。"他们对宋朝历史文化异乎寻常的重视，无疑是发人深思的。在西方和日本学者中，主张宋代是中国历史上文艺复兴和经济革命的时代的，颇有人在。这种说法是否有道理，另作别论，却也说明了宋朝在中国历史中的特殊性和重要性。总之，宋朝是值得细细评说的。

　　众所周知，先与北宋几成鼎峙之势的有辽朝和西夏，其后金朝取代了辽朝，继续与南宋、西夏维持三分天下的格局，故而也有个别史家把这一时期称为后三国，不过这一叫法没有得到普遍的认同。至于书名《细说宋朝》，并不意味着只说宋史，而无视辽、金、西夏的历史，也绝无中原王朝中心论的倾向，只是尊重黎先生原先的命名，保持书名的简明醒目。不过，真要以40余万字篇幅，对宋辽夏金史，面面俱到地细说，也是不无困难的。故而只能以宋为主，兼顾其他，有所取舍，详其当详。

　　黎东方先生的说史系列，是以其历史感和可读性的高度统一而赢得读者的。这也正是续作者应该追求的境界。然而，要做到这点谈何容易。所谓历史感，不仅所叙述的每一句话都是言之有据的，而且所评说的每一句话都有历史眼光的。所谓可读性，就是行文表述应该使非专业读者也能够饶有兴趣地读下去，而不是只有狭窄同行圈子的学术论著。以既有历史感又有可读性的"细说"清除那些有悖史实的"戏说"，是历史研究走向社会民众的主要途径，也是历史学者宣传历史科学的重要任务。

　　也许有人会以所谓学术性来鄙薄这种工作。实际上，学术性与否并不取决于著述的形式。张荫麟《中国史纲》的学术价值早就为学界所推崇，而那部著作完全不用引文，使人读起来十分有味。业师程应镠先生对这种撰述风格推崇备至，他的《南北朝史话》也有这种流风余韵。你能说这些著作不具学术性？目前史学界似有一种误解，认为征引文献、规范注释的才是学术专著。实际上，对任何一个治史者来讲，为自己的论著注上些引文出处，并非难事。而颇有些借此披上学术化华衮的所谓专著，其实倒是并无学术性可言的。话扯远了，有诸先贤的珠玉在前，我敢不努力从事吗？由于丛书的体例，对不得不节

引的旧史原文和不得不吸收的前人成果，也不能一一出注，这是必须
向有关读者和著者致歉的。

本文为《细说宋朝》（上海人民出版社 2002 年版）自序

在《水浒传》里踏寻宋代社会的遗痕

　　我以《水浒传》为题材写随笔，始自 2000 年，其缘起、用意与做法，十年前印行《水浒乱弹》时，在代序《我读〈水浒〉》里已有交代。读书界对《水浒乱弹》还算认可，近年时有读者说起难觅其书，这才促成了《水浒寻宋》的新装亮相。金元杂剧里，凡角色初登场，总得说几句上场诗或科白，我也何妨借此机会饶舌一番。

　　《中国读者的理想藏书》对最具代表性的 80 份推荐书目做过一次排行榜统计，四大古典小说中，《红楼梦》第一，获荐 21 次；《水浒传》第二，18 次；《三国演义》第三，15 次；《西游记》第四，13 次。毛泽东说过："中国三部小说，《三国演义》《水浒传》《红楼梦》，谁不看完这三部小说，谁就不算中国人。"（陈晋：《毛泽东与文艺传统》，中央文献出版社 1993 年版页 107）。相信不愿被"开除"国籍的国人，这三部小说都应该看过的。

　　毫无疑问，在艺术的伟大上，《红楼梦》无可争辩地高居首位；但《红楼梦》有点贵族化与士人化，近乎阳春白雪而曲高和寡。就普及化程度而言，《水浒传》与《三国演义》似乎超过《红楼梦》，成为普通大众的社会历史教科书。进而言之，《水浒传》比《三国演义》更平民化，其着眼点不是统治者的政治权斗与军事角逐，而是更广泛的民众生活和社会矛盾，在这点上，它与《红楼梦》一样，都具有丰富深刻的思想内涵。

　　然而，若论《水浒传》的思想倾向与价值观念，不仅复杂多歧，甚且颇有冲突抵牾处。即以贯穿始终的"替天行道"而论，统治阶级的主导意识与被统治阶级的叛逆思想就"割不断理还乱"地杂拌纠葛在一起。所谓"天下有道，则庶人不议"，其道便由"天命所归"的天子所出；唯"天下无道"时，才企望有人挺身而出"替天行道"，拯百姓于水火，解黎民于倒悬。由此可见，"替天行道"尽管未必等同于革命思想，但至少为苦难民众保留了对无道统治进行武器批判的话语空间；但"替天行道"毕竟无法跳出"天命"的磁力场，不仅"天子昏昧"往往归咎于"奸臣弄权"，造反领袖也必然与生俱来具有皇权思想。唯其如此，鲁迅说的"大军一到，就受招安，替国家打别的强盗——不替天行道的强盗去了，终于是奴才"；毛泽东说的"《水浒》只反贪官，不反皇帝"，"把晁的聚义厅改为忠义堂，让人招安了"，等等，也确实都是小说所表达的意向。

　　近二十年来，学术界与读书界对《水浒传》背离现代价值的某些取向，例如对女性蔑视乃至诋毁的态度，对滥杀无辜的暴力倾向，对梁山聚义的民粹主义取向，都有所批判，这是完全必要的。但也有论者以为，《水浒传》宣扬的是农民起义、农民造反的小传统，有违于尚和、尚文、尚柔的中国文化的大传统，影响和破坏了中国的人心，斥之为"中国人的地狱之门"。于是，为避免"教坏"下一代，禁止中小学生阅读《水浒传》的呼吁也见诸媒体。这里不拟深入讨论这些宏大议题，但诸如此类的极端主张，且不说与20世纪80年代"读书无禁区"的呼吁相去难以道里计，而且显然是把孩子与脏水一起泼掉。倘若这样以当下的价值观念与道德标准求全责备地判决古今中外的文学名著，有几部能幸免责难而审查过关的？在农民战争被热捧为史学研究"五朵金花"之一的年代里，过度拔高农民起义与农民造反，固然不足取（当然，《水浒传》并非以农民起义为主题的所谓农民战争颂歌，已是文史学界的共识，此不具论）；但并不意味着就走向另一极端，奢谈所谓尚和、尚文、尚柔的大传统，却无视激起民众造反的深层原因，甚至对他们揭竿而起的不得已选择也缺乏起码的"了解之同情"。清人金圣叹虽然说："乱自下生，不可训也"，却更强调"乱自上作，不可长也"；今人对"逼上梁山"好汉们的同情与评价总不至于还不及金圣叹吧！

撇开主题思想不论，《水浒传》堪称一部以梁山好汉兴灭聚散为主线的宋代社会风俗史。小说从高俅迫害禁军教头王进切入，拉开了"乱自上作"的序幕；随后鲁提辖拳打镇关西，触及了渭州地头蛇迫害江湖女艺人的底层冲突；而后借由鲁智深与林冲相识，摹绘出东京市井的人情风光，御街、大相国寺、东岳庙与东京第一酒馆樊楼，令读者宛如置身其中；以郓城风土人情为背景，交叉推进宋江与梁山好汉以及与阎婆惜之间的复线描写；而武松杀嫂与斗杀西门庆，则让阳谷县社会诸阶层栩栩如生；其他诸如花荣清风寨的烟火，江州城里的官民众生相，高唐州里统治阶层的内部斗争，以祝家庄为代表的豪绅农庄，大名府的城市风貌，东京城的元夜灯市与李师师的行院风情，泰安州的庙会与集市……伴随着情节的推进，逐步展开了宋代政治历史与社会风俗的文字长卷，在广度与深度上远胜过张择端的《清明上河图》。

据罗烨《醉翁谈录》说，南宋"小说"名目里就有公案类的《石头孙立》、朴刀类的《青面兽》与杆棒类的《花和尚》《武行者》，塑造出孙立、杨志、鲁智深与武松等好汉形象，足见勾栏说书其时已讲开了水浒故事。余嘉锡认为，略具《水浒传》雏形的《大宋宣和遗事》，即"南宋人话本之旧"。从南宋初期流传的水浒故事，经街谈巷语、宋元说话与金元杂剧等多元样式与不同地域的持续敷演，到元明之际形成了百回本《水浒传》主干部分，所呈现的也是宋元时期的社会情状与思想风俗。

大约元明之际，对其前的水浒话本有过一次汇总性整理（尽管整理者究竟是否施耐庵，迄今未有定论），在今传百回本《水浒传》里仍留有宋代话本的若干痕迹，应该就是那次整理的孑遗。例如，"林教头发配沧州道"那回一再说及"原来宋时的公人，都称呼端公"；"原来宋时但是犯人徒流迁徙的，都脸上刺字，怕人恨怪，只唤做打金印"；"宋时途路上客店人家，但是公人监押囚人来歇，不要房钱"。而"朱仝义释宋公明"那回交代为何宋江家里备有藏身的地窨子，则说得更仔细：

> 原来故宋时，为官容易，做吏最难。……为甚做吏最难？那时做押司的，但犯罪责，轻则刺配远恶军州，重则抄扎家产，结果了残生性命，以此预先安排下这般去处躲身。又恐连累父母，教爹娘告了忤逆，出了籍册，各户另居，官给执凭公文存照，不相来往，却做家私在屋里。宋时多有这般算的。

第三十八回"及时雨会神行太保"时又解释戴宗为何称作"戴院长"：

> 那时故宋时金陵一路节级，都称呼"家长"；湖南一路节级，都称呼做"院长"。

百回本中这类"宋时""故宋"的说辞，显然是入元以后的说话人对话本里涉及宋代特定现象的必要说明。而有关元朝的类似交代，却未在《水浒传》中出现，这也反证百回本大体完形在元末。

既然如此，研究者大可以借助百回本《水浒传》，去探寻宋元时期的社会风俗。作为话本小说,《水浒传》当然有其夸张失实之处,例如战争情状的叙述与道术魔幻的描写,但绝大部分内容却非闭门造车、向壁虚构,而有宋元社会的生活细节作为其叙事依据。研究者只要在《水浒传》里细心梳理,认真抉发,宋元时期的制度衙署、法律宗教、社会经济、市肆商业、科技军事、阶级身份、礼仪习俗、衣食住行、戏曲杂技、体育游戏等,都留有弥足珍贵的吉光片羽与毫不经意的雪泥鸿爪,足以成为还原一代制度风俗或典故名物的文学性资料,倘再辅以其他文献记载,相关研究或能别开生面而喜闻乐见。这也是促成我发心写《水浒传》随笔的主要动力。正如《我读〈水浒〉》里说的:

> 希望能集腋成裘,达到一定规模,比如也来个一百单八篇(实际上,我手边已有百来个现成的题目),也许对于希冀了解宋代社会生活的读者,分则能独立成题,推开一扇窥探的窗户,合则能略成气象,构筑一条巡礼的长廊,对人们从整体上把握宋代社会有所帮助。

然而,《水浒乱弹》梓行以后,我的《水浒传》随笔却长久抛荒,致使十年前的许愿至今未能兑现,尽管也可以找理由做辩解,但仍应向读者告罪的。这次承蒙微信传媒与世纪文景的通力合作,为我推出《水浒寻宋》。较之于《水浒乱弹》,在内容上新增了《神算子》《打火》等篇目,收入了与《水浒传》有关的书评,对旧作诸篇也尽可能做了增补或订误。在编排上,将全书粗略归为"读法篇""地名篇""市肆篇""游艺篇""器物篇""风俗篇""规制篇"与"人物篇"。至于书名将"水浒乱弹"改为"水浒寻宋",只是老店新开,重整望子,并无深意。

　　"水浒"一词典出《诗经·大雅》"率西水浒，至于岐下"，《毛传》说："浒，水厓也。""水浒"原意也就是水边的意思，施耐庵用来作其小说的书名，于梁山泊故事的内涵堪称熨帖。自《水浒传》风行以后，"水浒"的原意随着白话流行已少见使用，而作为特指《水浒传》的专用名词大有约定俗成之势。这册小书里有时也径以《水浒》来指代规范称呼《水浒传》。书名《水浒寻宋》也是这一用法，无非表明本书意在从《水浒传》里寻找打捞宋代社会生活的遗痕。还应该告白的是，"读法篇"里原拟收入《毛泽东与〈水浒传〉》，但"等因奉此"，不便阑入。好在拙著《放言有忌》（华夏出版社 2014 年版）里收有此文，有兴趣的读者不妨找来一读，或有会心之处。

　　　　　　　　本文为《水浒寻宋》（上海人民出版社 2020 年版）自序

以帝王传记勾勒出历史的逆转

历史人物研究作为整个史学研究的有机构成部分，较之制度史、经济史等专业性很强的课题，其研究成果具有最广泛的读者覆盖面，人物传记因而日益受到学术界的重视和读书界的欢迎。作为人物传记的一个门类，帝王传记具有一般人物传记的共性。在数以百计的中国帝王群像中，秦皇、汉武、唐宗、宋祖、成吉思汗、康熙大帝等对中国历史文化产生积极影响的帝王，成为这类传记的热点，且佳构迭出。这是值得欢迎的。帝王传记的传主选择，也有一种类似市场规律的东西在起作用，一般的史学工作者大概不会选择宋光宗、宋宁宗这样知名度平平的皇帝作为自己的研究对象。

然而，帝王传记还有其特殊性。中国传统的纪传体史书，其第一类即是帝王本纪。刘知幾在《史通》里认为："纪以包举大端，传以委屈细事。"又说："纪之为体，犹《春秋》之经，系日月以成岁时，书君上以显国统。"倘若撇开经传、国统等局限性，这一说法有其合理因素。在君主专制时代，每一个帝王就是一个公认的历史坐标点，这一坐标点对于相关历史的理解和把握是必不可少的。如果以纪传体史书作类比，少了某一人物的传记，至多是取舍失当；而少了某一帝王的本纪，无疑是义例不明。问题还不止于此。在君主专制下，有什么样的君主，就会出现什么样的时代。一代雄主汉武帝与他统治的时代是浑然一体的，白痴晋惠帝与他在位时代的历史何尝没有内在的同一性呢？在某种意义上，每一个帝王就是他统治下那个时代的缩影。

既然帝王具有历史坐标和时代缩影的双重意义，显然，不仅那些有雄才大略、文治武功的帝王应该作为历史人物研究的重点；即便是守成亡国之君、昏庸痿弱之主，也有必要列为传主，加以研究和描述，以便让后人通过帝王列传的系统阅读，来把握整个历史发展嬗变的长链，理解不同时代治乱兴衰的轨迹。吉林文史出版社约我作《宋帝列传》中的《宋光宗宋宁宗》，基于以上思路，我力图把光宁时代作为南宋历史演进中不可或缺的一环去研究，把光宁父子作为对南宋中期历史的取镜独特的缩影去表现。

光宁父子的统治时代共三十六年，上承孝宗，下接理宗。孝宗是南宋唯一欲有作为的君主，但正如王夫之所指出的："孝宗欲有为而不克，嗣是日羸日荼，以抵于亡。"（《宋论·宁宗》）南宋历史是以孝宗禅位为分界线走向下坡路的，光宁父子正处在"欲有为"到"抵于亡"的历史转折期上。父子两人，父亲是精神病患者，发病前迫不及待地准备禅代皇位，发病后恋恋不舍地拒绝交出君权，以一个精神病者君临天下将近三年；儿子则是一个智能庸弱者，虽然作为一个普通人可非议处不多，但作为一个君主却是绝对不合格和不胜任的，被拥立时尽管连呼"做不得"，却终于被"赶鸭子上架"。所有这些，最充分暴露了君主世袭制荒谬绝伦、缺乏理性的那一侧面。

君主世袭制把这样两位君主放在南宋史的转捩点上，结局是不言而喻的。光宗的统治导致孝宗"乾、淳之业衰焉"（《宋史·光宗纪》）。宁宗的统治由韩侂胄和史弥远相继专政，最后连皇储国统"亦得遂其废立之私，他可知也"（《宋史·宁宗纪》）。王夫之指出："自光宗以后，君皆昏痿，委国于权奸。"（《宋论·理宗》）这一局面的形成，原因尽管复杂，但最终无不与在位君主的个人才略、识断息息相关。庸懦之君的治下虽未必都有权奸出现，但权奸却必定出在暗弱之君的治下。

南宋历史走向的逆转，正是定型于光宗时代。以政治史而论，南宋皇权的一蹶不振和权相的递相专政，始于这一时期。以经济史而论，嘉定初年爆发的纸币信用风潮标志着南宋社会经济自此跌入了全面失衡的困境。以军事史而论，开禧北伐的溃败和嘉定之役的支绌预示着南宋在即将到来的宋蒙战争中铁定的败局。以思想史而论，嘉定时期理学官学化的前兆折射出统治阶级在社会危机面前向新的统治思想求助乞援的迫切性。

如果把宋宁宗后期的统治放到更广阔的历史视野中去审视的话，展现的全景则是：一方面是蒙古铁骑无往不胜地西征和南侵，一方面是西辽、花剌子模的覆灭和西夏、金朝、高丽的乞和，而另一方面却是南宋完全缺乏现实的危机感。后人读史至此，不能不为南宋方面扼腕和忧心。明人张溥在《历代史论》卷十五里指出：南宋之亡，"积于理宗四十年，成于度宗十年"。实际上，在勃兴的蒙古马背文明面前，南宋灭亡的种种症状早在宋宁宗后期就基本具备了。南宋之所以还能苟存半世纪之久，主要原因并不在于南宋方面，而在于夏、金的地理缓冲，在于蒙古骑兵更适宜在中亚、东欧广袤的高原平野地带驰骋冲突，在于蒙古贵族的内部纷争，一句话，在于蒙元灭宋时间表的确定。

以帝王传记的形式来勾勒出光宁时期的历史逆转，困难还是不少的。不仅现存宋代史料的分布详于北宋而略于南宋，详于南宋前期而略于南宋中后期。问题还在于，传记体这一形式，不容许过多地游离于传主活动之外去表现那一时代的历史。现存孝宗以前宋代列帝的个人史料，都足以绰绰有余地描摹出传主生平，而光宁以后南宋诸帝的个人史料就相对匮乏。由于光宗的精神病与宁宗讷于言寡于行的个性特点，反映他们父子个性特点的史料更是显得寥落。研究南宋中晚期史，尤其是以帝王传记的形式来表现光宁时代，在史料上缺少多金易贾、长袖善舞的优势。

为了弥补史料上的先天不足，只能在文集奏议和笔记野史中去发掘有关光宁父子的零散史料。这是用力多而收获少的艰苦工作，但对丰富传主的个人形象毕竟是有所补益的。在使用笔记野史时，我都尽力做了比勘考订。这些考证，有的在注释中做了说明，更多的则是直接将可信的结论写入了正文，以简省篇幅。自信的是，传记中所有史实性的陈述，可以说是无一句无来历的。历史传记不同于文学传记，必须具有史学著作的科学性，它虽允许在史料若断若续、若有若无处做出入情合理的推断分析，却容不得一点文学作品的虚构性。对这一原则，我是严格信守的。

本文为《宋光宗　宋宁宗》（吉林文史出版社 2004 年版）前言

为现当代知识人作谱传的史学思考

——以拙编《程应镠先生编年事辑》为中心

一

2016 年是程应镠先生（笔名流金）百年诞辰，我在 2001 年私家版《流金集·诗文编》附录《事迹诗文编年》的基础上增订编纂了这部《程应镠先生编年事辑》（下称《事辑》）。那个《事迹诗文编年》仅两万字，如今的《事辑》则扩增至 30 余万字。之所以发心做如此规模的订补，百年纪念固然是不容否认的因素，却还有其他原因。其一，流金师家人向我敞开了先师现存的全部遗稿，包括四种日记、若干遗信、"文革"家书、"文革"交代、未刊诗稿与友朋来函等，为这次大规模增订构筑了坚实的基础。其二，自 2001 年以后，又积累了相当数量此前未见的相关文献，包括师母李宗蕖先生《留夷集》的相关记述，子女友朋的追思与弟子学生的回忆，提供了许多关于流金师的亲历见闻。其三，也是最关键的一点，在披阅新材料过程中，我益发感到，有必要改变《事迹诗文编年》相对私人化的倾向，把流金师的生平遭际与坎坷命运作为中国现当代知识分子的微观个案，以一朵浪花的视角去反观 20 世纪中国历史的九曲回澜。

作为史书体裁，"编年事辑"属于梁启超所说"人的专史"中的

"年谱"类。据杨殿珣《中国历代年谱总录》，年谱名以"编年"与"事辑"者，清代以前已有所见，但合而命名的嚆矢之作，或始自张荫麟的《沈括编年事辑》。这一年谱体以蒋天枢的《陈寅恪先生编年事辑》最负盛名而堪称典范，其《题识》自述命名道，"所知粗疏缺略，不敢名曰年谱，故题'编年事辑'云"，似隐含未定稿或初稿之意。近年以来，"一人之史"的编年事辑时有问世，作者大体两类，一是谱主的弟子或后人，二是与谱主并无直接交集的研究者。关于谱主称谓，前一类编者概以"先生"相称，后一类既有沿称"先生"陈规者，也有直呼其名者。作为编著者，出自程门的我，理应尊称"先生"，但私意以为，频频以"先生"之称见诸行文，不仅让读者感到这部《事辑》具有强烈师门化倾向（这点正是我力图避免的），而且易使自己偏离相对中立的研究取向。纠结再三，决定在编者叙事时略去尊称，好在即便如此，行文仍明确表达出叙述对象的谱主与他者之主客关系。这一做法的主观意图，无非让我作为研究者尽可能保持客观理性的价值取向，以期表明：这部《事辑》绝非一味颂师的树碑之作，而是旨在为当代学人的立传之作。

二

　　一部富有价值的传记作品（包括编年事辑这种体裁），研究者如何择选合适的传主或谱主？在《中国历史研究法补编·人的专史的对相》里，梁启超曾提出过具体的建议。归结起来，大体三点，一是要有相对重要的研究价值，二是可以成为新的研究角度，三是必须具备起码的资料。这里对第一点再作申说。

　　流金师出身于官宦世家，尽管出生之时，家道已渐中落，但仍衣食无忧，能进入学费不菲的燕京大学就学，毕业后也有较好的出路，从事他所挚爱的文学创作或学术研究。他大学时代就从事文学创作，参加过北方"左联"，在昆明时期，两度成为沈从文主编《大公报》副刊《文艺》的助手。他的文学活动持续至 20 世纪 40 年代晚期，由于这层关系，他不仅与沈从文的师友之情持续超过半个世纪，与宋淇、风子、杨刚、碧野、天蓝、陈纪滢等也都有交集。他先后求学燕京大学与西南联大，师长辈里有陈寅恪、顾颉刚、邓之诚、张荫麟、郭绍虞、陆侃如、严景曜、雷洁琼等大师名家；同窗挚友中有丁则良、徐高阮、钟开莱、陈志让、王勉、王逊、熊德基、王永兴等，堪称"坐中多是豪英"。

他属于五四启蒙思潮下熏陶出来的那代知识分子，西方的民主思想与传统的家国情怀构筑起那代知识精英的价值观。但跨入大学之门不久，"中华民族到了最危险的时候"，"华北之大已放不下一张平静的课桌"，他没有选择不问国难蛰入书斋走纯学者或纯文人的道路，而是义无反顾地投身一二·九运动，与燕大与清华的学生骨干柯华、龚澎、刘春、赵宗复、周游、葛力、陈其五、陈翰伯、赵荣声、冯契等结下了"与子同袍"之谊。他们中间，一部分走上了职业革命家之路，一部分则成为后来的学界翘楚。

卢沟桥事变拉开全民族抗日救亡的大幕，他先后在敌后战场与正面战场从事抗战活动。终因痛感在正面战场难有作为，便间关西南，转入教育界。昆明时期，他以师友闻一多、吴晗之介加入了民盟，共同声讨国民党制造的一二·一惨案。闻一多被暗杀，他也上了黑名单，被迫亡命。不久，他以最年轻教授成为上海"大教联"骨干，一方面积极参加争民主、反迫害的斗争，一方面以政论、杂文抨击时政，在第一时间为《展望》撰写《欢迎人民解放军》的社论迎来了政权易帜。

鼎革前后，他以大学教授兼民盟骨干的双重身份，分别与吕思勉、廖世承、孙大雨、戴望舒、陈子展、张芝联、徐中玉、许杰、彭文应、陈仁炳、陈新桂等有了交集。20 世纪 50 年代中期主政上海师院历史系后，与周谷城、刘佛年、谭其骧、蔡尚思、魏建猷、张家驹、陈旭麓等沪上名流颇有往还。而 1957 年后，又与沈志远、陆诒、刘哲民、刘海粟等结为"右派"难友。其后沉沦二十年，复出以后，先后与邓广铭、陈乐素创立中国宋史研究会，作为《中国历史大辞典》编委与邓广铭共同主编了《宋史卷》，与京沪两地文史名家周一良、王钟翰、胡道静、施蛰存、陈九思、钱伯城、杨廷福、江辛眉等，或再续旧谊或订立新交（各时段的人际关系颇有重叠部分）。

他的亲属中也是名人济济，曾任国民党中央宣传部副部长与台湾当局首任"教育部长"的程天放是他的同族叔祖，胞弟程应铨则亲炙梁思成；妻舅之中，李宗恩作为 1948 年首届院士，是协和医院首任华人院长，李宗津则是著名油画家，李宗瀛是《大公报》特派驻港记者。

综观流金师丰富多彩的人生经历与跨界多元的人际交往，他尽管不是梁启超所说"可以作时代或学问中心"的大人物，却也有相当知名度，兼之为后人留下了足资利用的函档文稿，完全适合选为个案，以其跌宕起伏的人生沉浮与关系网络来凸显 20 世纪中国风云变幻、波澜诡谲中知识分子的奋斗追求与命运遭际。

三

然而，选择这样距今不远的知识人作为个案，在史学研究上却面临着两难的困惑。陈寅恪曾明确主张，史家应该规避以当代史作为研究对象。他的先世是晚清变局的亲历者，自己对清末民初的旧闻掌故也了如指掌，却对学生明确表示："我自己不能做这方面的研究。认真做，就要动感情。那样，看问题就不客观了，所以我不能做。"（石泉、李涵：《追忆先师寅恪先生》）这一取向，旨在让历史研究保持客观中立的取向，尽量不掺杂进个人的感情成分，用心是良苦的。唯其如此，陈寅恪的史学论著中没有关于清末民初的研究之作，有之，唯自述家史的《寒柳堂记梦未定稿》，既以"其中复有可惜者存焉"，兼以揭示其身历"数十年间兴废盛衰之关键"。

但是，当代学人是否就应据此完全拒斥现当代课题？似也未必尽然。当代人研究当代史，也有后人无以企及的优势，许多亲历的场景与细节往往是后来研究者仅凭冷冰冰、干巴巴的文献记述难以把握体悟的。此即吕思勉在《历史研究法》里所说："以当时的人，了解当时的事，只是苦于事实的真相不能尽知，如其知之，则其了解之程度，必出于异时人之上。这就是再造已往之所以要紧。"故而他认为，当代学者在再造现当代的"已往"上负有"要紧"的使命。尤其在当前，史学界对某些特殊事件或特定时段的研究仍难充分展开的情势下，如何将亲历其事、身经其境者的回忆史料与文献函档有效地传之后世，便是当代史学工作者义不容辞的职责。正是基于这一思考，我不惮寡闻与浅薄，充分利用业已掌握的史料，尽可能真实"再造"谱主"已往"的经历与命运，以期为现当代知识分子留下有意义的个案。

当然，如何做到陈寅恪所说的"既不诬前人，亦免误来者"，真实地"再造已往"这点上，我努力恪守他在《寒柳堂记梦》里提撕的两条：一是"此文所记，皆有证验"；二是"排除恩怨毁誉求一持平之论断"。关于前一点，不仅所有征引文献都标明来历，还对谱主与他人凡有误记与错讹的当时记录或事后回忆，都竭尽所能地做了考索与证验。关于后一点，我在提纲挈领叙述事要时，也尽量只从《事辑》系年文献中提炼事实或要点，而力图避免对所述事实本身做倾向强烈的主观评判（即使内心确有己见）。陈寅恪说过："古今中外，哪里有作学问能完全脱离政治之事？但两者之间，自然有区别，不能混为一谈。因为作学问与政治不同，毕竟有它自己的独立性的。"（王钟翰：《陈寅恪先生杂忆》）。这一价值中立原则，也是史家应该遵守的职业原则。韦伯曾告诫研究者，必须"承认'令人不舒服的'事实"（《以学术为业》）。这在我编《事辑》过程中也时有遭遇。试举一例，"文革"期间，流金师被发落到横沙岛，漫漫长夜面对海浪江涛，却有意境迥异的两首绝句，一首说"海上涛来云似墨，天边雁字月如霜。夜窗犹忆惊风雨，老眼婆娑泪万行"；另一首却说"江涛汹涌横沙岛，海浪掀腾六月天。满目葱茏人换世，红旗飘荡晓风前"。对这一"令人不舒服的"矛盾心境，我只是实录两诗而不作评判，而把这一耐人寻味的现象留给读者去咀嚼寻味。

四

在《文史通义·答客问》里，章学诚将史著分为三种体制："有比次之书，有独断之学，有考索之功，三者各有所主，而不能相通。"他既鄙薄比次之书，并有独断之学与考索之功不能兼具的取向："高明者，多独断之学；沉潜者，尚考索之功；天下学术不能不具此二途。"吕思勉却对章氏之说颇有修正，他认为，在史学研究的最后一步，料理经过考订的史料以成一书的阶段，不妨借用章氏所说的比次之业、考索之功、独断之学，作为各不相同的撰著方式。他进而指出："学问之家，所以或事比次，或专考据，或则独断者，固由才性之殊，抑或以所值时势之不同，从事于其时之所当务也。"（《文史通义评》）也就是说，史学著述的不同模式，既与史家个人才性有关，也与时势的特定需要有关。他对章氏鄙薄比次之书不尽以为然，在他看来，"盖弘识通裁，亦不能废钩稽纂辑；而学术愈精，分工愈细，钩稽纂辑亦不能谓非一业也"。他甚至推重比次之业的地位与作用，堪与考索之功、独断之学鼎足而三："惟比次之功，实亦足卓然自立，初无惭于考据，而通则原理亦必自兹而出焉。"他的意思很明确：卓然自立的比次之业，应该既以考索之功为基础，更以独断之学为鹄的。

这部归入年谱范畴的《事辑》，当然属于章氏所谓的"比次之书"。之所以最后成书时，选择比次材料的史著体裁，一方面当然自觉以我个人目前的才性与认知，尚难客观冷静地出之以传记之体；另一方面，更是充分顾及某些历史事件与特殊时段的评断，目前还难以做出客观的论述。既然如此，通过比次史料，保存一代文献，不失为明智理性的选择。我不敢自许这部《事辑》有章学诚推许的"独断"与吕思勉期待的"通裁"，但在抉择、比次史料的过程中，仍企望以朴实本真的文献记注与史事考索，"欲往事之不忘"，同时也具体而微地蕴含着我对中国现当代知识分子命运的历史认识与价值判断。至于已否达到章氏所高悬的"藏往似智"的目标，虽心向往之，却不敢自信。

五

最近，饶有兴味地读到王明珂在其《反思史学与史学反思》（上海人民出版社 2016 年版）上的题记，以荷塘与蛙鸣来比喻历史整体与历史记忆的微妙关系：

> 如在一个夏夜，荷塘边有许多不同品种的青蛙争鸣。不久我
> 们会被一个声音吸引，一个规律宏亮的声音，那便是"典范历
> 史"；被忽略、压抑的其他蛙鸣，便是"边缘历史"。我们对历史
> 的整体了解，在于倾听它们间的争鸣与合鸣，并由此体会荷塘蛙
> 群的社会生态：一个隐藏的景。

他强调应该以"反思史学"对"典范史学"进行补正、批判与反思。

王明珂所说的"典范史学"，与从古迄今的主流史学（或曰官方
史学）有相似之处。这层意思，鲁迅早就说过：

> "官修"而加以"钦定"的正史也一样，不但本纪咧，列传
> 咧，要摆"史架子"；里面也不敢说什么。……野史和杂说自然
> 也免不了有讹传，挟恩怨，但看往事却可以较分明，因为它究竟
> 不像正史那样地装腔作势。（《华盖集·这个与那个》）

鲁迅说的"官史"与"野史"，也许可以对应"典范史学"与"边缘
史学"，尽管没有那么史学理论化，但道理是相通的。

实际上，自20世纪80年代后，中国大陆的"边缘史学"，也曾
小荷初露，虽然一再被"典范史学"的铿锵之声所掩盖。冯骥才编过
《一百个人的十年》，将一百个普通人在十年"文革"期间的各不相
同经历汇为一编，尽可能反映这一历经十年而异常复杂的全貌，虽
然，他们在做这一工作时，未必都自觉上升到"边缘史学"的理论
层面。

唯其如此，王明珂对"反思史学"与"史学反思"的理论思考

无疑富有启示价值。他认为，一般人习以为常的"典范史学"所书写的"并不一定是最真实的过去"，只不过是权力中心视野所青睐或关注的记忆与过往；而"反思史学"尤其应该强调那些被主流历史书写有意无意遗忘的非主流记忆、边缘记忆、底层记忆；这样建立起来的多元记忆，才能构筑起真正为全民族认同的共同记忆。

综观流金师以及与之交往颇契的同学友朋所构成的知识精英群体，有两个颇为关键的年份与关键的事件——1935 年的一二·九运动与 1957 年的反右派运动。从《事辑》不难发现，他们都是一二·九运动的弄潮儿，面对"救亡压倒启蒙"的内外大势，先是投身抗日救亡，而后又主动拥抱新民主主义革命，期待迎来一个自由民主的新国家。其后，他们也都期望为新政权贡献自己的知识与才华，绝大多数知识精英在 1957 年的言论，无非由"五四"思潮植入的启蒙根性再次勃发，初衷还是希望以直言议政为新政权有所献替。谱主与他所交往的知识精英，在各自领域都有相当知名度，但毕竟难以比肩他们名满天下的师友沈从文、闻一多、吴晗与周一良等人。由此说来，对这一知识群体的历史书写似乎也可归入"边缘史学"的范畴。倘若能为经历新旧时代的沧桑剧变与世运播弄的 100 个边缘知识人作成年谱长编或编年事辑，留下 100 份资料翔实而足资征信的边缘记忆，对中国现当代知识分子的历史记忆才庶几可能构成真实共同记忆的一部分。

六

一部成功的历史人物编年事辑，实际上就是人物传记的资料长编，在编纂法上理应汲取中国史传的成功经验。在这一方面，流金师自己就既有理论的思考（《谈历史人物的研究》），也有个案的实践

（《范仲淹新传》与《司马光新传》）。我在编著这部《事辑》时，自觉借鉴他强调的思路与用过的方法。

任何人都生活在各自有异的社会关系中，研究历史人物必须充分了解他和其他人的关系，才能认识这个人本质的东西，才能见其本色。这是完全契合"人的本质是各种社会关系的总和"这一社会学基本原理的。职此之故，这部《事辑》不仅着力比次有关谱主行事思想的文献资料，而且有意辑集与他关系密切的师友同学的来往书函与酬酢诗词，旨在对他与所属知识精英群体的关系发掘中，在同一群体的浮雕背景中衬托谱主的个案形象，使其在广阔真实的社会联系中更具立体感。

任何人都生活在世运安排的特定时代中，研究历史人物，必须把握他所处的那个时代，既要知人论世，也要据世论人，洞察时代对他的影响，认识他的时代局限。作为个案的流金师同样如此，他的个人命运与人生抉择也与他所亲历的时代脉动休戚相关，必然受到社会潮流的卷挟与历史走向的左右。唯其如此，我在编纂《事辑》时，力图对决定其命运的时代变动与历史事件，诸如一二·九运动，抗日战争，昆明一二·一运动，反内战、反迫害运动，以及1949年以后的历次运动，也都在叙事纲要中给以客观、中性的交代，以期在时代变动中安顿谱主，在谱主命运中折射时代。

历史上没有完人，而人又是最复杂的，研究历史人物，尤其要求全面。流金师最反对"因研究的偏颇而造成传主形象的不完整"（《就〈司马光新传〉答客问》）。我正是遵循这一原则来编纂他自己的《事辑》。在《事辑》里，我既编入了他面对"右派"指控之初怒不可遏拍案而起的家属回忆，也辑录了他以怨愤痛苦之心违心认领自己确是"右派"的日记片段，没有把他塑述成宁折不屈的斗士形象。我认为，只有这样，才是真正的尊重历史。

流金师撰写人物传记，只是努力把"事实叙述清楚，不作渲染也不发议论"（《范仲淹新传·自序》）。这部《事辑》也勉力贯彻他的这一主张。比次材料之外，在编者叙事部分，我也"不作渲染也不发议论"。我同样深信，只要在钩考比次文献史料时对其中事实有全方位的把握与穿透性的理解，价值判断与客观事实之间的思考，完全可以留待读者与后人去回味。

在思考与回味中，后来者也许仍能聆悟到谱主与他那知识精英群体以自身的抉择与命运的摆布曾经奏响的欢乐与悲怆！

本文原载《中华读书报》2016 年 10 月 26 日

不容青史尽成灰

——《李宗恩先生编年事辑》审读记

对《李宗恩先生编年事辑》（下文简称《编年事辑》），章诒和女士的大序已作了深刻犀利的感人解读，李维华女士的前言也交代了编纂的缘起、经过与甘苦。在这篇审读记里，我只说说为何与如何参与《编年事辑》编纂的。

在常州名族青果巷李家中，最早进入我记忆的名人，并非李宗恩（1894—1962），甚至也不是那位写《官场现形记》的晚清小说家李伯元，而是画家李宗津。那是1956年刚入小学不久，在国庆张贴栏里看到一张《东方红》的宣传画，除了顶天立地的领袖形象，从此也印入了画家姓名。李宗津取材那首民歌的绘画主题，与胡风在1949年为开国大典写下"时间开始了"的诗句，一个用画笔，一个用诗歌，令人大有殊途同归之感，他们都曾试图讴歌"新时代"的。那年十月一日，李宗恩也在观礼台上，见证了决定他未来命运的历史性时刻。那时，我自然不知道画家的长兄就是李宗恩。

由于历史的失语，迟至20世纪80年代初期，在师母李宗蕖先生的随意忆谈里，我才获悉她的长兄即李宗恩，也略知了其人其事。因了这层关系，我对李宗恩便多了点特殊的留心。80年代中期，我参与了《中国人名大词典·历史人物卷》的编写，《当代人物卷》（上海辞书出版社1992年版）专收1949年后去世与在世的名人，是"在中央宣传部、中央组织部的关心和支持下，组织全国各有关单位的编写力量共同编纂的"。但查阅这部由权威部门组织编纂的《当代人物卷》"李宗恩"词条时，却大失所望，且不说其生平履历颇有释文阙误（甚至将卒年定为 1963 年），连编纂凡例规定"尽可能附有照片"之处，也是一片空白。真相的遮蔽与历史的失忆，实在也太出人意表之外。

进入新世纪后，承蒙师母李宗蕖先生俯允，我获读并翻拍了《李宗恩日记》，这是他划为"右派"次年直至去世期间的生命实录，真实反映了他最后四年的遭遇与心境。读毕全部日记，我曾萌生过写一篇读后感的念头，但一来杂事丛脞而无暇动笔，更兼自知对李宗恩毕竟知之不深而未敢率尔操觚。

2016 年，为纪念流金师百年诞辰，在编著《程应镠先生编年事辑》时，李宗恩的踪影再次进入我的视野。据流金师的《丙申日记》，1956 年三四月间，他赴京参加高等师范院校工作会议，师母也恰在北京师范大学进修，他俩与李宗恩有过多次欢晤：3 月 25 日，他们同去看望李宗恩；4 月 17 日，流金师在李宗恩家晚餐，"饭后打桥牌一小时"；次日，流金师"住宗恩兄家"。1986 年，时距李宗恩去世已岁星再周，流金师曾提议其亲人"写一写大哥，因为无论作为亲人还是于民族有贡献的科学家，大哥都是值得一写的"。

李宗恩为什么值得一写？历史地看，有这么几层意思。首先，李宗恩是 20 世纪初叶接受西方现代医学教育的第一代医学科学家，其本人也因而成为中国热带病学最早开拓者之一。其次，李宗恩厕身于中国现代医学教育的早期奠基者之列，他先在抗战以前的协和医学院长期从事研究与教学，继在抗战军兴的艰危条件下筚路蓝缕地创办了国立贵阳医学院，先后培养了袁贻谨、钟惠澜、冯兰洲、诸福棠、王季午与朱懋根等一批著名医学家。再次，李宗恩在抗战胜利后成为首位实权主政协和医学院的中国籍院长，罗致了张孝骞、林巧稚、吴英恺、邓家栋等大批医界精英，有力证明了中国医学家也能办好世界一流的医科大学。最后，李宗恩以全票当选 1948 年第一届中央研究院医学科院士，当之无愧地成为 20 世纪上半叶中国医学界的标志性人物，而他作为学界精英在 1957 年前二十年间所从事的一系列社会活动，则构成了中国学术文化史的重要内容。

2017 年 7 月，我与已旅居美国的李维华女士在上海初晤。多年以来，她一直多方搜集其祖父李宗恩的史料，而且已有相当的积累。作为长孙女，她在亲缘上对祖父怀有特殊的亲情；出于同样从医的经历，她在专业上对祖父也拥有理解的便利。我当时建议她做好三件事：一是编出堪称完备的《李宗恩文集》，全面呈现其作为医学家与医学教育家的历史文献；二是编一部《李宗恩先生编年事辑》，为学术界提供足资利用的传记资料；三是在此基础上撰写《李宗恩传》，对传主做出历史的评价。她随即希望能与我合作编纂《编年事辑》。尽管我的手头另有工作，但鉴于李宗恩"值得一写"的那些理由，我还是接受了她的邀约。好在史料积累上，无论原始档案的搜集录文，还是英文原件的识读翻译，她已确立了充实的基础，所欠缺的只是编纂事辑的专业训练。而我在史学训练上差有一技之长，又刚编完《程应镠先生编年事辑》，在编纂体例上也略有一得之愚，尽管对李宗恩所知有限，双方却能优势互补。

李维华女士返美以后，借助微信与邮件等现代手段，无论就编辑体例的咨询答疑，还是对原始文档的辨识句读，双方在第一时间始终保持着联系。根据我拟定的编纂凡例，仿照《程应镠先生编年事辑》的体式，时隔半年左右，她便传来了初稿，其效率与努力都是难能可贵的。然后，由我负责审读与修改，主要在五个方面把关：一是决定文献的取舍，二是考订史料的正误，三是调整系年的不当，四是协调体例的统一，五是改定叙事的行文。我将审改意见逐条批注在电子稿上，再回传给她进行文本的二次处理，如此多次反馈往复，才由我最终定稿，传她排版付梓。打个譬喻，若将《李宗恩先生编年事辑》比作一座建筑，我们各司其职：她备齐全部的建筑材料，我负责整体与细部的建筑设计；再由她着手具体施工，我不仅参与全程的监理，而且主持最后的验收。职此之故，这部《编年事辑》若有前述诸方面的重大失误，我自负有难以推卸的责任。

作为资料性的传记体裁，"编年事辑体"以系年方式汇辑有关传主的各种文献，最大长处是借助比次史料，保存一代文献；尽管在抉择与比次史料时，无可避免地蕴含着编著者的历史认识与价值判断，但必须最大限度地遵循价值中立的史学原则。唯其如此，在审定编著者的叙事行文时，我尽量使用中性措辞，绝对排除倾向渲染，旨在确保这部《编年事辑》的史学价值。由于李宗恩仅在最后四年留有简略的日记，除去学术论文与公务文书，他的自述性文章寥寥可数，传世书信也十分有限，故而这部《编年事辑》只能主要取资于档案文献、报刊材料与采访记录。个性化材料的先天匮乏，为多面立体地还原传主形象无可弥补地留下了缺憾。作为编著者，一方面或许差可告慰，在现有条件下已尽了最大努力；另一方面我们仍然期望今后还能发掘出新的资料，也诚挚企盼来自读者的批评与赐教，以便对这部《编年事辑》再版增订。

在中国现代医学史上，李宗恩有过不容抹杀的卓越贡献。然而，据章序所说，当李宗恩诞辰120周年座谈会在原协和医学院老楼举行时，记者采访现今这所中国最著名医学院的头头脑脑们，居然无人知晓纪念对象为谁，看来时代将他几乎遗忘！我也查过1992年版首部《中国大百科全书·现代医学卷》，词条收入了李宗恩在协和医学院培养的中国热带病学首位博士钟惠澜，也收入了协和医学院护士学校首任中国籍校长聂玉禅的词条，却就是不收作为协和医学院热带病学首位中国籍导师与首任中国籍院长李宗恩的词条，甚至在煌煌两大卷洋洋二千页中连其姓名都没出现过一次，足见历史对他何其不公！

历史的实相，可能由于某些原因而遮蔽一时，但对史学研究者来说，只要史料俱在而良知未泯，便不能坐视实相屏蔽于永远。"人世几回伤往事""不容青史尽成灰"，是历史学者应有的情怀与不变的使命。我以菲薄之力参与《李宗恩先生编年事辑》的编纂，希冀能借此唤醒时代对李宗恩的选择性遗忘，反思历史对李宗恩的不公正评价。倘能如此，余愿足矣！

本文原载《立雪散记》，商务印书馆 2020 年版

让逝去的巨人重新活现

——访《司马光新传》作者程应镠先生

客：人物研究从来就是整个史学研究的有机构成部分。您继《范仲淹新传》后又推出了《司马光新传》（上海人民出版社 1991 年版），您如此致力于历史人物传记的研究，对其社会作用一定思考得很多。

主：在《历史研究》创刊三十周年征文时，我写的《谈历史人物的研究》谈过这个问题。每个杰出的历史人物，都是他那个时代的缩影与时代精神的代表，优秀的传记作品确可通过一个人物反映一个时代，例如吴晗先生的《朱元璋传》、邓广铭先生的《岳飞传》，无不如此。历史人物研究的意义还在于它社会效应的广度，是其他较专门课题（例如制度史、经济史等）所无法比拟的，历史传记在史学成果中无疑具有最广的读者覆盖面。显而易见，邓先生的《岳飞传》远比他的《宋史职官志考证》拥有更多的读者。社会上一般的男女老少了解历史最简捷的途径是通过对历史人物的了解，史学工作者应该充分重视这一点。

我国古代史学早就有与教育携手发挥历史传记的社会教育功能的优良传统。从二十四史的《忠义传》《列女传》，到选取历史人物嘉言懿行编成的《蒙求》《三字经》等等，无不强烈表现出这一传统。要教育我们的人民和后代有理想、有道德，这一传统应该发扬，并拿出比《高士传》《三字经》更高明的东西来，这才有助于中华民族优秀道德的继承与光大。道德继承永远是具体的，这一方面是指地主、资产阶级某些具体的道德准则仍可为今人所认同；另一方面是指每个杰出的历史人物的道德规范总是具体地、侧重不同地为后人所继承，例如范仲淹的"以天下为己任"，司马光的"专利国家，不为身谋"（页69）。

客：这才是一种最深沉的民族文化的积淀，也许正是在这个意义上，罗素才呼吁"沉思默念那些逝去的巨人吧"！您先后选取两位宋代人物作为传主，除了宋史专家的擅长外，是否别有原因呢？

主：我对魏晋南北朝史也下过功夫，写过一些论著。不过，既然是为现世人们提供最具体的道德楷模的历史传记，对传主选择自宜有严格标准。与其他朝代相比，宋代是士大夫最受重视的朝代，他们的自觉意识空前崛起，理想人格基本铸成。纵观中华民族那些逝去的巨人行列，宋代人物中以功业彪炳史册的并不多见，相反以人格的力量、道德的光彩令后人仰止的，却远较其他朝代为多，例如范仲淹、司马光、包拯、文天祥……即使王安石这样有争议的人物，作为政敌的司马光仍称他"节义过人处很多"（页203）。这是值得注意的现象，难怪严复曾说："若研究人心政俗之变，则赵宋一代历史，最宜究心。"除去理学影响外，还有从更广阔的视野上去研究的必要。我之所以选两位宋人为传主，除其自身人格的光辉外，也有这层用意在，至于效果如何，尚不敢自信，更寄期望于来者。

客：西方有位哲人说过："理解这些伟大的人物，用他们崇高的理想来滋润我们，用他们真挚的圣火来照耀我们，免得我们走入迷途。"但这只有真实才能感染读者。历史真实，一是指表象真实，诸如传主的生卒年月、体貌行实、社会关系、生活环境等，这些并不难做到；一是指真切准确地传达传主的精神，这点很难把握，有时仅凭文献是无法复原传主神韵的。读完《司马光新传》最后一句话，"元祐诸臣，在哀思之中，对未来充满了忧疑"，感到您不仅对传主，甚至对传主周围人的表现都达到了得其神韵的境界，不知您是怎样把握这点的？

主： 对司马光，我以为可从三个不同视角去理解与把握他。一是思想、人格的层面，二是政治层面，三是史学层面。后两个层面较受学术界重视，而前者却注意不够。实际上，司马光在思想史上也不容忽视，尽管他的思想还没有濂洛关闽诸家系统博大，却自有特色。我采用了与传记体裁相宜的方式，写到了他的《葬论》（页 51、147）、《疑孟》（页 149）、《迂书》（页 148），论述了他性混善恶的主张与集注扬雄著作的用意（页 148—149）。对司马光人格的光彩，例如他强调做人最要紧的是"诚"（页 2），入仕当"以天下安危为心"（页 9），做谏官应"专利国家、不为身谋"（页 69）等等，我不但通过司马光经历的从熙宁到元祐间的宦海风涛去刻画，更着力通过他日常的行事言谈予以烘托。

至于从政治层面把握司马光，学术界是仁智互见的。正如王安石变法最难取得共识一样，对司马光在政治上是非功过也最难平章。《司马光新传》对此是无法回避的，我也自有见解的。司马光并不一概反对变革，他也"以为应当变，但要变之以渐"；在变的方式上他主张"要急于得人，缓于立法"（页 90）。然而，人物传记不是学术论文，怎样才能准确传神地把握传达出司马光来呢？《管锥编》曾说

"史家追叙真人真事，每须遥体人情，悬想事势，设身局中，潜心腔内，忖之度之，以揣以摩，庶几入情合理"，是深得史家三昧的。我不取正面议论、表达观点写法，而是循着司马光对新法的认识思路，"设身局中"，"遥体人情"，叙述他"以救天下之民"为初衷（页103），在熙宁时与王安石力辩新法利弊的言论，在元祐初匡正王安石新法诸弊端的决策。这样写来，尽管不作正面评价，但倾向是明确的，而且与传记形式是融为一体的。

客：对传主的史学成就，学界异议较少，但在传记中表现仍有一定难度。倘失于剪裁，就会写成一篇论述司马光史学的板滞的论文，既使一般读者不堪卒读，又与传记形式扞格不合。您在《司马光新传》中浓墨重彩地用了三节篇幅，写其"史学的顶峰"，其中对宋代史学"既远逾汉、唐，也不是明、清所比"的评价（页151），以及对包括《通鉴》在内的中国古代史学的"长于治人"的评价（页153），都是真知灼见。您从《通鉴》主编与助手的关系娓娓道来，而后叙及《通鉴》做法、凡例、取材及《稽古录》《涑水纪闻》等其他史学成果，读来毫不枯燥。在以《通鉴》"臣光曰"为基干论述评点司马光思想的那一节，凭借深厚精湛的史学素养，更是写得挥洒自如。

传记作者为使那些逝去的巨人活现起来，研究方法与表现手段都必须讲究。我注意到《司马光新传》与《范仲淹新传》在表现手法有一个明显的共同处，那就是力图在历史人物与群体关系的发掘中，使传主的个体研究获得更为广阔真实的社会背景和时代氛围。这种另辟蹊径的尝试，因有传主与其同时代人物关系的浮雕作为背景衬托，也许更使传主具有一种立体感。

主：不过，也有论者褒贬兼有地认为，《范仲淹新传》与《司马光新传》颇近于一册宋史了——当然是宋史的一段。实际上，我也不主张历史传记背上过于沉重的负荷，把传主所处时代的所有政治历史都囊括其中，而传主本人则反而深深沉埋在纷纭的人、事关系之中。但是，像范仲淹、司马光这样的时代巨人，前者倘若离开了庆历新政的人、事关系，后者倘若离开了熙宁新政与元祐更化的人、事关系，是既反映不了时代，也勾勒不出传主的。"人的本质是各种社会关系的总和"，我以为，借助个体与群体的关系的研究来描写传主，可对传记著作的旧模式来点突破，也符合上述社会学的著名原理。当然，在处理个体与群体的关系上有个调适度的问题。怎样把握这种适度，每个作者乃至每个读者显然不会只有一种标准。哪种标准最合宜，是可以进一步探讨的。

客：我还注意到您在《光传》中引述了司马光调子低沉的诗篇（页115、127），也勾画了他在洛阳咏啸园林的风貌（页128—131），甚至并不讳言他在元祐更化时拒绝范纯仁、范百禄谏废役法的固执（页199），这些都增强了传记的可信度，也体现了您对传主必须全面研究与刻画的一贯主张。

主：历史上没有完人。对传记作者来说，不能容许的是因研究的偏颇而造成传主形象的不完整。那种评功摆好的悼词式的传记与深恶痛绝的檄文式的传记，多是研究的不全面造成的。研究一个人，要求全面，因为人是复杂的，只有全面地了解，写起来才会有血有肉。像司马光这样经历曲折复杂、行事丰富多彩的人物，在着力表现其思想、事业最本质、最主流的那部分同时，对其性格、情绪等其他侧面，我也努力做了发挥，从而凸显出一个完整无缺的司马光。传记作家也要以传主达到黑格尔所说的"这一个"作为自己追求的最高境

界。你提到的那些细节，虽不是传主本质的、主流的部分，却使本质
与主流更可信而不失真。

客：历史学家的严谨深刻，文学家的激情技巧，是传记作者的理
想化的标准。您的《司马光新传》与《范仲淹新传》一样，写得形象
生动，文情并茂，笔端蕴含感情，文字清丽洗练，融史学论著的谨严
与文学传记的优美于一炉，堪称史学与文学相当完美的结合。

主：为司马光作传，我并不是第一个，也不会是最后一个。对每
一个逝去的巨人，应该有关于他的特色各具、理解各异的传记行世。
不同的时代、不同的作者，对逝去的巨人的道德行事的"释读"必然
会因时而异、因人而异，我的《司马光新传》只是我对司马光的"释
读"而已。

本文原载《宋史研究通讯》1991 年第 1 期

治史三昧

——记程应镠先生谈中国古代史研究方法

　　自 1978 年以来，在大会、课堂、寓所等不同场合，程先生以不同的方式——或鸿篇大论，或即兴发挥，或评述人物掌故——谈治史方法，已不下十余次。这一学期，先生结合自己治学经历，特为我们研究生做了一次中国古代史研究方法的专题讲演，一如历次谈治学那样，发人深思，益人神智。这篇文章的标题，仅表明我对先生治学方法的揣摩，绝不是说我已得先生治史之三昧。

一

　　梁启超曾说："史学所以至今未能完成一科学者，盖其得资料之道，视他学为独难。史料为史之组织细胞，史料不具或不确，则无复史之可言。"（《中国历史研究法》）这真是深知甘苦之言。中国古代史料之搜集、理解、鉴别、考证，由于语言与时代距今久远，其得资料之难或更甚于近、现代史。而"材料可以帮助方法；材料的不够，可以限制做学问的方法；而且材料的不同，又可以使做学问的成果与成绩不同"（胡适：《治学方法》）。梁、胡是资产阶级学者，但他们强调史料在研究中的作用与地位，是正确的。

　　史学是凭借史料来研究历史发展的学科，不能设想，一个在史料学基本训练上蹩脚的人能在史学研究中有独到见解。唯其如此，先生总是告诫我们要抵御名利思想的侵袭，静心坐下来认认真真多读几部中国古代史基本典籍，以范老"板凳要坐十年冷，文章不写半句空"为座右铭。他让研究生第一年就以研读《资治通鉴》为日课，实在是用心良苦，用意良深的：通过找《通鉴》史源，就能在查书中初通目录版本之学；在有关史料的比勘时，校雠之法也得以略涉门径；在史料比较与溯源的同时，既可以观摩司马光与胡三省在史料运用与考辨上的精当，若偶有讹误之处的发现，又可以引导我们粗知考证的门道；至于《通鉴》正文与胡注所涉及的五代以前的典章制度、事件人物，则更是治中国古代史者必不可少的基础知识。先生让研究生精熟《通鉴》，其目的就是让我们打下研治中国古代史深广扎实的基础。先生嘱我从《史记》《汉书》，逐史往下通读，也是期望我在中国古代史料上有更厚实的根底。

　　学术界对"基础扎实"是有不同看法的。例如史学界就有把所谓宏观史学与微观史学对立起来的错误看法，并认为进行宏观研究的人可以不必在史料学上多下功夫。这种见解是失之偏颇的。李大钊在《史学要论》中曾提出理论历史家与记述历史家两个名词，这与所谓宏观史学与微观史学倒有一种对称的关系，但李大钊却说："理论史家为自己的企图的便利起见，不能不自己下手去作特殊事实的研究：或于记述史家所未顾及的事实加以考证，或于记述史家所曾考证的事实，更依自己的立脚点用新方法以为考察；当自辟蹊径，不当依赖他人。"先生也不止一次对我们指出，研究宏观历史应该从微观搞起，只有把微观搞清了，才能准确地把握与清晰地鸟瞰整个宏观历史，宏观研究应该也可以与微观研究结合起来。先生是最重视理论的，但先生又相当强调扎实的史料基础，任何在史料史实上的疏忽偷懒，都是他不能宽容的。

1985年年初，一位颇有名气的学者对基础扎实问题发了一通失之偏激的议论："在王念孙父子眼里，现代'扎实'的考证，又真有多少分量？章太炎也许还会嘲笑今天的教授们连字都不认识却侈谈学问吧！实际上，现代青年们学外语、懂科学，知道耗散结构和第×次浪潮，我看，在某种意义上，即使比王念孙、章太炎也自有其优势和'扎实'在。"恶意嘲讽青年不扎实的成见，当然是要不得的，但这并不是说研究中国古代文史之学就不必多下扎实的基础功夫了。现代研究中国古代文史的学子，其知识建构当然应比戴段二王的乾嘉时代与章太炎的清季民初更广博，外语、科学、耗散结构、第×次浪潮无疑是这种建构的必要组成部分，但这并不意味着在清代学者手中得到总结的有关中国文史的各门基础之学就可以摒弃在这种结构之外。倘若如此，他搞其他学问另当别论，若仍有志于研究中国古代文史，必将寸步难行，一事无成。

相比之下，先生关于治史当先打下坚实基础的教诲，确是语重心长的治学经验之谈。

二

"剖破藩篱是大家。"近来先生不止一次朗吟这句古诗来勉励我们。在史学上怎样的人才能堪称大家？我的理解是：以其在史实、史料方面的广博精深的知识，在对历史发展的带有普遍意义问题上以新的理论与方法作出新的概括与总结，从而取得超出前辈史家的成果。

史学研究不应该仅仅是史实的考察与求真，更不能是史料的罗列与堆砌。史学研究必须以史料为基石，但基石并非史学大厦之本身，扎实的史料学训练是历史研究的第一步，却不是它的终极点。李大钊早就说过："今日历史的研究……有时亦许要考证或确定片片段段的事实，但这只是为于全般事实中寻求普遍理法的手段，不能说这便是史学的目的。"（见《史学要论》）李大钊所说的"普遍理法"就是我们现在常说的历史规律。

　　唯其如此，先生治史尤重理论。细读先生论坞壁与谈历史人物的文章，就能看出他在理论上深湛的修养。他多次要求学生与青年教师有计划地系统阅读马克思、恩格斯的理论著作，要每天抽出头脑最清晰的那段时间来专门攻读，要神似，而不斤斤于片言只语的引用。他也很重视西方资产阶级史学理论与专著对我们的借鉴作用，向我们推荐过《伟大的德国农民战争》《耶稣传》与《艺术哲学》等等名著。他总是以有无新见解来评价自己学生与当代学人的史学论文，并多次教导我们要学习陈寅恪，精选史料，深刻概括出新见解。先生曾一针见血地指出我的毛病是概括不够，正是看出了我理论思维上的弱点，为我高悬了警策。

　　近读《文史通义》，读到"高明者多独断之学，沉潜者尚考察之功，天下之学术不能不具此二途。譬犹日昼而月夜，暑夏而寒冬，以之推代而成岁功，则有相需之益；以之自封而立畛域，则有两伤之弊"（《答客问》），感到章学诚的看法比我们史学界有些人的偏见要全面得多，那种所谓搞宏观的鄙视微观研究为饾饤之学，而所谓搞史料的又讥讽理论研究为海派空论，实在都是要不得的。我体味章氏这段议论：第一，考索与独断这两种学术风格与方向是由治学者的个人秉性决定的；第二，但这两者对于整个史学的发展是不可或缺的，起着一种互相补充的作用；第三，史贵义例，贵于成一家之言，故独断之学相对要比考索之功来得高明。在这个意义上，提高史学理论的修养的确是治史者更为重要的任务。但我进而联系先生对宏观与微观、理论与史料的一贯看法，感到章氏的议论还是有一种片面性存在。章氏只看到两者在整个史学中是不可缺的，可起互补作用，而没有看到真正高明的学者本身就应该融两者于一身的，也许他正是因为缺乏这种认识，所以被称为独断之学当之无愧，而考察之功却失之粗疏（余嘉锡《书章氏遗书后》专摘其这方面的谬误）。

先生谈治史时强调理论，但反对无学业根底的空疏之论，强调扎实的史料工夫，却也不主张仅以罗列史料为能事，他推崇宏观理论与微观研究相结合，而且认为这种结合是可以在一个出色的史学工作者身上就能完成的。这是超出章实斋的真正高明的见识。我体会到只有那样的结合，才有可能剖破藩篱成为大家。

关于史学理论的学习，我提个建议。希望对今后的研究生也像课读《通鉴》一样，在第一年指定两三本必读书（其中可有侧重于历史唯物主义基本原理的马恩著作，如《德意志意识形态》等，也可有西方资产阶级的古典或现代的史学理论或专著，如《历史哲学》《历史研究》等），也要求学生做作业，期末交卷评阅。这样，史学理论的学习才能像史料学基础训练一样有时间的保证与导师的监督，以免无形中后者挤掉了前者的时间与地位。

三

文以载道，史学研究的成果是要通过文字表达出来的。因此，先生谈治史方法时，亦相当讲究文字表达，要求我们不断提高驾驭文字的能力，把史学论文写得简洁畅达，富于文采，使人爱读。先生自己的文章，如《谈历史人物的评价》《魏晋玄学略论》，清峻雅洁，看似漫不经心地写来，毫无人工斧凿的痕迹，侃侃然，娓娓然，一如讲演，使人能感受到笔端的感情，具有一种摄人魂魄的魅力，令人爱不释手。先生常说，不能设想一个文理紊乱的人将来能够进行思路清晰、见识敏锐的科学研究。大概出于这个原因，先生亲自确定的历届研究生入学考试科目中总少不了作文，并总是把作文优劣作为录取标准中最重要的参数，这种做法在全国历史研究生招生中是独创一格的，但确是别具只眼的高明做法。

梁启超在总结清代朴学学风特色时指出：他们"文体贵朴实简洁，最忌'言有枝叶'"。先生的治史论文在继承清代朴学的朴实简洁的文风同时，又强调史学论文与著作还要写得人家要看、爱看，这是符合"文以载道，道以文弘"的道理的。

此外，先生要求我们通晓一二门外语，这是另一种语言工具，能使我们了解国外研究的动态与信息。

总之，程先生谈治史方法，强调材料，重视理论，讲究文字。这是不是程先生的治史三昧呢？我以为是的。

本文原载《宋史研究通讯》1986 年第 1 期

话说天下大势

——重读《赫逊河畔谈中国历史》

　　记得小时候读完《三国演义》，对开卷语"话说天下大势，合久必分，分久必合"，心折不已。后来才晓得它堕入了历史循环论的泥淖，却也明白了：天下大势，并不那么容易说得清楚的。不过，越是说不清的事，就越会引起人的兴趣，其间似乎有一种"斯芬克斯"的效应。黄仁宇《赫逊河畔谈中国历史》（生活·读书·新知三联书店1992年初版），就是一本以大历史观说天下大势的书。

　　在话说天下大势这点上，在下以为历史学家与宋元以来的讲史先生倒有共通之处，无非一要说得听众入迷，二要引得看官思考，前者关涉乎技巧，后者取决于见识。黄仁宇的《万历十五年》（中华书局1982年初版）于两者都取得过成功。他的这本《赫逊河畔谈中国历史》与另一本《中国大历史》（生活·读书·新知三联书店1997年版），说的都是天下大势。至于黄仁宇一向自我标榜的大历史观，当然不是三言两语所能说清楚的，但他有一本作品集叫做《放宽历史的视界》（生活·读书·新知三联书店2001年初版），这一书名倒不失为是对其大历史观的自我诠释。所谓"放宽历史的视界"，一是在历史的年代纵坐标上拉长审视历史的时段，把历史对象放到因果性的长链中去追诘；一是在历史的空间横坐标上拓展考察历史的范围，把中国历史放到世界性的背景中去探究。以这样的视界所做出的思考，庶几才能洞察天下大势。只有这样读历史，看问题，历史之树才会有鲜活的生命力。近年，有家出版社为黄仁宇做了一本作品选，书名曰《大历史不会萎缩》，其用意也在此乎？

还是回到《赫逊河畔谈中国历史》上来。作者截断众流，称秦汉为第一帝国，隋唐宋为第二帝国，明清为第三帝国，将中国传统君主专制的功过是非、得失利弊作为平章的主题，揭明其大势与走向。

众所周知，自秦朝开创大一统局面以后，历两千余年，统一始终是人心所向与大势所趋，而君主专制的中央集权便成为统一帝国的必然模式。对第一帝国的统一，作者也欢喜赞叹为"一大成就"，然而，他紧接着指出：其后中国两千年历史却"要对这成就付出相当的代价"。成就与代价并存，历史辩证法体现得淋漓尽致。对后人来说，认清代价或许比炫耀成就更重要、更迫切。

代价之一：在这种模式下，"社会的发展，不由它自身作主摸索而成，乃是由政治家以鸟瞰的态度裁夺"，这就使在位者的贤愚明昏等个人因素往往给历史进程烙上深深的印记。虽然君主无不祈盼长治久安，可历史女神却无情地报以治乱无常。即便是最成功的开明君王，给予人民的，"顶多也不过民享，而不是民治"，例如文景之治与贞观之治；至于执政者做得糟糕的，结局不堪回想，例如八王之乱与安史之乱。

代价之二：在这种模式下，"皇权凝聚于上，中国亦无分权之可能"，地方的政治、经济、法制等因素不能走上自由长足的发展道路。中央权限与地方权限混而为一，无法划分，所谓的地方权限（例如州县权限），只能作为中央集权的终端键钮而存在。纵观中国历史，"分久必合"，诚然是历史的钟摆回归中央集权的大趋势，而随着秦汉第一帝国向明清第三帝国的历史推移，中央集权在螺旋式的发展轨道上最终遏制了地方分权的可能，历史的天平最终一边倒。然而从社会结构分层原理来看，健全成熟的地方分权自治，恰恰是整个社会稳定繁荣所必不可少的环节。

代价之三：在这种模式下，高高在上的孤家寡人为要统制亿兆斯民，必须构建一个庞大的官僚系统，但这一系统却不能成为皇帝与子民之间的真正有效的中层组织，在上下间起枢纽作用。这是因为该系统与人民之间没有权力与义务的互为牵制，中国古代赋予官吏以"牧民"的内涵，形象地表明整个系统只是皇权的神经末梢。这样的官僚政治，表面上管辖广泛，实际上掌握不深，其行政效率完全靠由上向下的压力。于是，皇帝宽仁则官僚马虎，皇帝务实则官僚苛虐，甚至诏令冠冕堂皇，行政有名无实，在历史上都是司空见惯的。因而，传统官僚政治"只能控制一个简单的社会"，却"无从掌握一个日趋繁复的多变动的社会"。

总之，在中国历史上，由于传统政治体制缺乏社会机构的纵深度（地方分权的名实背离与中层组织的空洞无力）和应付事态的灵活性（君主集权与官僚体制），即便尽其所能，也"只能从一个低水准的环境内使国家进展到小康"，而"无法支配一个逐渐带近代型的经济"。对此结论，黄仁宇认为既"用不着窜改史实，也无须回避"。正确的取向应该是：在领悟到这是由于当时历史所能给予的"选择机会至少"（即所谓历史局限性）之后，一方面承认这种选择的影响与代价"持续迄于今日"；另一方面认清今日"又是中国历史上突出的一段时期"，今人通过这种长时段、远视界地检讨天下大势，是完全可以"给新体制一个合理的出发点"的。无论怎么说，这是当下吃紧的大事，值得深长思之！

本文原载《青年报》1992 年 8 月 21 日，2006 年 1 月 11 日
《21 世纪经济导报》再刊时略有增改

复原官场亚制度的全景图像

——读《官场那些道儿》等三种

读罢完颜绍元先生的《官场那些道儿》（中共中央党校出版社2008年版），对照去年他在同一家出版社所出的《中国式官场》与《轻松为官》（这篇短文也取材于后两书），脑海里立马跳出"官场亚制度"一词。

一般说来，历代正史《职官志》所载，只是关系一代的大制度，学界都比较重视，研究也相对深入。这一方面，即便不算各个断代史领域的丰硕成果，白钢主编的《中国政治制度通史》就有煌煌10大卷。然而，以我之见，在冠冕堂皇大制度的运行中，起实际推动作用或润滑功能的，很大程度上却是那些具体而微的亚制度与不可言说的潜规则。这既是中国式官场最根本的特点，也是把握中国官场政治的关键所在。

"亚制度"这个词，是我的杜撰。从构词法说，是受"亚健康"一词的启发。正如"亚健康"还算是健康，却又不是实实在在的健康状态。所谓亚制度，首先它也算是制度，但又不是绝无通融余地的大制度。它有两层含义。第一，比起那些一代大典制来，它不免有点小儿科，有点具体而微。例如官衙的门卫制之类，自然不能与历代宰相制度相提并论。第二，它也许平时不是正儿八经的制度，但你要把它说成制度时，它就是制度。对这类规章制度，过来人是不难感同身受的。例如，当初每次福利分房时，每个单位都会定出一套因人说事并以此为准的制度来，下次分房则制度重新来过。

然而，亚制度并不等同于潜规则。当年那本风行一时的《潜规则》创造了这一新词，作者曾有过一个释义："中国社会在正式规定的各种制度之外，在种种明文规定的背后，实际存在着一个不成文的又获广泛认可的规矩，一种可以称为内部章程的东西。恰恰是这种东西，而不是冠冕堂皇的正式规定，支配着现实生活的运行。"也就是说，潜规则是不成文的，甚至是只能心领神会而不能公开言明的。但亚制度则是一种成文的规章制度，尽管这种规章制度的出台或执行，也许就是为了迎合某些潜规则的需要，但它毕竟是公开成文的。

完颜先生的这几种书，描述的官场亚制度包括官员通讯录、驻京办事处、离任审计、编外机构、信访应对、上班签到、轮宿值班、带薪休假、工作午餐、福利分房、行政收费、官府门卫、官印、公服、公车等，涵盖面相当广泛。由于亚制度与潜规则往往是表面文章与幕后交易的关系，这些书在探讨亚制度时，也不可避免要涉及潜规则。例如，《官场那些道儿》第13章专讲官府门卫的亚制度，但其中"逢年过节收红包，日常收入有门包"，就牵涉到潜规则。

据我的私见，这几部书最大的特色与价值，还在于对亚制度的探索与钩沉。这一方面的研究正是史学界向来忽略的薄弱环节，而完颜先生则做出了有血有肉、有史有文的论述。试举《中国式官场》中"衙门内当家"一章为例，作者讲的是古代官署的"办公室主任"。他从汉代主簿说起，既有亚制度的描述，例如"丞相办公厅的由来"，"从长官说了算变为中央直接任命"；也有潜规则的索隐，例如"带着心腹上任才踏实"；其间还穿插着切题的趣闻轶事，例如"小主书有本事，踢副宰相出局"，令人读来趣味盎然。

作者早在读史伊始，就注意到古代官场的运转规则。如要创立一个"官场学"的话，他即便做不成首席专家，也一定是屈指可数的权威。他的最初目的，如其夫子自道，是希望"通过史料碎片缀织拼接的作业方式，复原一些有关的风貌与细节"，作为他自己与读者理解历史之助。不过，正如西方历史哲学家柯林武德所指出："历史学家所研究的过去，不是一个死的过去，而是在某种意义下仍然活在现在之中的过去。"当下的时代，是官本位向民本位的过渡时期。人民权利意识尽管正在强化，但官本位还死赖着不愿意退场。这更让人联想起作者的一句话："历史和社会影响了官场，官场也反过来影响历史与社会。"作者在做那些作业时，你只消一瞥他所开列的那些标题，"官场自古吃老公""古人居然也懂得打白条""社保资产从严管理""官纪不准包二奶"，莞尔之际，就能读出他对现实生活中某些官风的批判性指向。而作者另一些章节标题，例如，"不急之务，官衙排在学校后""官吏收窑规，煤矿事故多""左右为难话得失""吸取教训，改进制度"，更是凸显出他的人文襟怀。

记得 20 世纪 80 年代初，有一本《帕金森定律》的中译本，叫做《官场病》，也一度风行读书界。那本小品杂文讽刺的是英国官僚机构的"那些道儿"。可见官场的弊病，虽然背景、性质与程度或许有所不同，却是古今中外的流行病。中央党校是教育干部、培养干部的地方，或者说是培养"官儿"的学校，由这家党校出版社推出这几本官场文化的著述，其用意当然是希望从这里走出来的当官者能够"干干净净做官，老老实实办事"。

《中国式官场》的封面宣传语说得很深刻："就个体生命而言，官场只有结果，没有过程；从历史年代来看，官场只有过程，没有结果。"于是，我在想，这几部书所适合的读者群大概有这么三种人：其一，是只对中国古代官场亚制度与潜规则感兴趣的人；其二，是还想通过古代官场的众生相来进一步解读当今官场的官场外人；其三，是当今官场内人，也就是各级党校着力培养的"官儿"。正如《官场那些道儿的》书封宣传语所说："这个道儿，正是每个跻身官场者亟盼弄明白的。"也许这样，才能做到另一本书名标榜的那样，"轻松为官"。不过，在第三种读者中，若从正面阅读这几部书，也许能借以自警，兼以辨奸，从而做个好官、好干部；倘从背面阅读的话，也许反能读出厚黑的"为官之道"来。倘真如此，就好比有人从治病救人的药剂里提取冰毒，药剂制造者是不必代毒品制造者受过负罪的。

完颜先生在对官场亚制度的有关风貌与细节做了拼缀作业后，曾谦逊地指出："至于重建一个完整清晰之全景图像的目标，当然要仰赖专家才能达到。"我们一方面感谢他对官场亚制度所进行的创造性研究，另一方面也希望他与有志于此的专家共同努力，完整而清晰地完成对官场亚制度的全景复原。这不仅有助于史学研究的开拓与深入，也是批判官本位与培育公民意识的要求。

本文原载《文汇读书周报》2008 年 12 月 12 日

历史观决定价值观

——从《汉武帝的三张面孔》说起

姜鹏的《汉武帝的三张面孔》，用了史学研究中史料对勘的方法，从司马迁、班固和司马光三位顶尖史家的史著中，勾勒出汉武帝不太一样的三张面孔。史料对勘是史学研究的基本方法之一，将这种方法移植于《百家讲坛》的大众化平台，在关于汉武帝的讲座中取得了较好的反响，这一现象值得引起历史专业学者的深层次思考。我想谈三个问题。首先，史学成果究竟属于精英还是大众？其次，史学成果如何走向大众？最后，《汉武帝的三张面孔》带给大众什么？

好的史学成果也可以属于大众

曾与北京的一位知名学者共进晚餐，席间，他发了一段宏论，说好的史学成果都是看不懂的，王国维你看得懂吗？陈寅恪你看得懂吗？只有这样的成果才能够传下去，才能够藏之名山，传之后世。且不说这番议论中他的自诩（这点我充分敬重），王国维与陈寅恪的史学成果确能传下去，一般非专业读者也的确看不懂，但由此认定好的史学成果只能属于精英，而不能走向大众，窃以为还值得斟酌。

我认为，史学研究，实际上可以分成两个层面。第一层面，确实要有史学前沿研究成果的不断积累，史学才能不断地发展提高。这些史学前沿的研究成果，体现的是史学的学术价值。王国维、陈寅恪的许多成果在当时就属于这一层面；当下史学界包括那位学者在内的不少史家也在从事这类研究。但现在图书市场上有很多的所谓学术著作，实际上硬是在把东西写得让人家看不懂，而并不是他们的成果高明得让人家看不懂，鱼目混珠，两者之间还是有本质区别的。

第二个层面，史学工作者还有一个艰巨的任务，就是要让你自己的好东西，或者史学界的好东西，转化为能让最广大民众所接受的形式。否则的话，好的史学成果就只是象牙塔里面的东西，也就不可能充分发挥史学的社会功能，实现它的社会价值。好的史学家，像吕思勉先生、顾颉刚先生，都有一流的史学前沿成果，有些成果确是一般人看不大懂的；但他们也有把自己的学术成果转化为大众的读物，像吕思勉有《三国史话》，顾颉刚有《中国史学入门》等。哪怕你是史学门外汉，去读顾颉刚的《中国史学入门》，就能够跨进这座大门。普及历史，这是史学工作者一种社会担当。当然，我们不要求每个史学工作者都能够把这两方面双肩挑，你能挑一肩也很好；但你也不要因为前者而否定后者。这个态度才是应有的正确态度。

史学如何走向大众：传播良知与常识

第二个问题，我们的史学怎样走向大众。《汉武帝的三张面孔》的作者姜鹏先生，这位《百家讲坛》上最年轻的讲解者，做了让历史学走向大众的很好尝试。对《百家讲坛》，褒贬都有，评价不一，包括在《百家讲坛》上走红的袁腾飞，我也写文章批评过他的《历史是个什么玩意儿》中国古代史部分，对他那书里有的历史观、有的论点、有些史实，提出了质疑。但这并不意味着连带否定他在《百家讲坛》上的讲史方式。我不同意他的观点，但维护他讲史的权利，也肯定他讲史的方式。《百家讲坛》既然是一个平台，各个人文学科都可以有效地用来说古论今，而且应该在利用方法与效果上不断有所创新。

历史学走向大众，学者就是要承担起一种社会责任。这种社会责任，就是要让大众有一个最起码的良知，有一种最基本的常识。现在，有些传媒向大众灌输和传播的一些东西，恐怕离良知和常识还有很大的距离。我这几年在报纸上面写些东西，我自己说，这都不是不朽之作，只是些速朽文章。但我认为，学者做一些史学常识与史学观念的普及工作，就是一种社会担当。譬如太平天国，有人说我在《东方早报·上海书评》上写的《人间何处有天国》，只是宏大的叙事，讲的多是些常识。但我认为，常识很重要啊！对太平天国，应该有一个总体看法，它的发生自有其深刻内在的历史背景，就是腐朽王朝官逼民反，整个社会环境逼得老百姓起来造反。而在鼓动造反之前与以后，那些领袖们在其间上下其手，把自己的私货掺杂在里面，然后促使革命变质，这是另一个问题。我们既不能因为肯定第一点而遮蔽了第二点，也不能因为揭露第二点而否定了第一点。我要强调的就是这两点常识，而这两点常识自有史家的现实关怀在里面。有人批评说，你讲的都是常识问题。我说，我之所以强调这些常识，是因为现在有人连这种起码的常识都是视而不见或有意抹杀的。

在走向大众的过程中间，史学也能够出现精品。西方或日本有些史学名家，通俗作品也写得很好。有一个日本学者叫做石田干之助，他写过一本《长安之春》，是写唐代历史的，他把李白、白居易等诗人与长安有关的诗歌，和整个长安的风俗与历史都融汇为一幅图景，文笔优美，至今还是为人称道的传世名著。至于中国史学名家中，张荫麟的《中国史纲》、吕思勉的《三国史话》、吴晗的《朱元璋传》、蒋廷黻的《中国近代史》等，更是大家耳熟能详的走向大众的精品。不妨把史学前沿研究称之为精英史学，而把史学既有成果走向大众的普及工作称之为大众史学。如果同意这种分野的话，好的精英史学固然可以成为经典，好的大众史学也同样可以成为经典。

历史观决定价值观

第三个问题，特别说说《汉武帝的三张面孔》的读后感想。以司马迁、班固和司马光三大史家对汉武帝的不同描述作为切入点来谈汉武帝，这个设想值得肯定。这样的方式，比起此前《百家讲坛》仅就某个专题、某个人物简单地展开故事，要有意思，其史学的含量也丰富得多。

司马迁、班固、司马光这三大史家是在不同的时代，对中国历史上这位了不起的帝王做出了自己的一个认识、一个把握、一个还原。他们的史著中都蕴含了他们对各自所处时代的现实关怀，也体现了他们各自的史观与史识。所以，这次讲座，就不仅仅通过讲故事给读者、听众以教益；而是旨在启发读者、听众如何去解读历史，读史书时如何去把握史学家的历史观，包括他们用什么方法、什么眼光去理解历史的。这个创意，应该说比此前的百家讲坛要高出一头地。

任何史学著作，不管是专业的还是通俗的，都内含着一个历史观念。在史学研究里，总必须对研究对象做出一个总体的解释，这种总体的解释，必然借助一种历史观来给以把握。就像自然科学需要提炼出一个带理论性的规律，以便对研究对象作总体的解释。你没有理论穿透力，实验做得再多，不过是实验，提升不到规律的层次。当然，人文科学研究已经日渐摒弃规律说，但总体的解释还是必须强调的。

《汉武帝的三张面孔》可以给读者和听众很多启发。比如关于西汉王朝的"大国崛起"，就让人联想到当今世界的中国崛起。这里就牵涉到史学研究的价值观问题，而历史观在一定程度上就决定了价值观。秦汉时代是中国古代史上大国崛起的时期，但这种大国崛起，对每一个个体带来多少好处，对当时的民族或者人民带来多少好处，都是值得深入反思的。我记得有个作家写过一部《大秦帝国》，狂热讴歌秦始皇的铁血文明。上海有位历史学家问他一句：让你作为一个老百姓生活在那个时代，你愿意不愿意？这一发问是基于现代文明的史学观与价值观，问得相当深刻，与不加分析地膜拜秦汉大帝国崛起的态度，就有夏虫不可语冰之感。我们目前面临着价值观的选择，有人把国家主义和民族主义，与人与人之间的平等、独立、自由等价值观完全对立起来。而那种过度强调的所谓国家主义和民族主义，正是当下应该保持理性警惕的东西。我写过一篇《独尊儒术与文化繁荣》，汉武帝虽然也造成了一点文化繁荣的虚假表象，但这种繁荣是为他那个时代唱颂歌的，那些歌功颂德的西汉大赋现在还有多少可读性？而司马迁的《史记》，是在走出了文化繁荣的约束以后，才成为千秋不朽的"史家之绝唱"。

在面向大众的历史读物和讲座里，传递一种价值观，是十分重要的。反对影射史学是对的，但历史学总会有一种古今关照，有人把它说成影射史学，恐怕是表述的混乱。问题的关键在于，你在研究历史或解读历史的过程中，歪曲或隐蔽了有关史实没有。我的有些文章，也有同行就开玩笑说：某某，你这是在影射。我说，你是搞宋史的，你看我写宋史的书评或文章，哪一句论述是不符合宋史事实的。历史这个东西，古今往往会生出某种通感，这种通感，你可以借用克罗齐的名言说"任何历史都是当代史"，你也可以开玩笑地说这是在影射。另外，必须强调的是，影射史学固然还是要不得的，但史学的古今关照却绝对是必要的。

一 点 建 议

《上海书评》有对姜鹏书房的专访，说他把《通鉴》的书脊都读得开裂了。他对《史记》和《汉书》，应该也下过苦读的工夫。这次讲座也好，这本书也好，确有不少亮点，例如卫青与霍去病的异趣问题，对汉武帝与他儿子关系的分析等，都看出作者做过足够的史学准备。可能《百家讲坛》有自己的标准与尺度，有些地方没有展开。比如讲到"大侠之死"，实际上汉武帝独尊儒术以后，侠就很快退出历史，而其前的战国时代，侠客是很多的。这是值得深思的历史现象，侠客的消失与独尊儒术大有关系，"侠以武犯禁"，就必须打压、禁止，全国大一统，安定团结，侠客就消失了。另外像"李广难封"问题，最近《历史学家茶座》里有文章说，李广是吹出来。司马迁本人失意，对失意的李广也寄予深切的同情，把他写得神龙见首不见尾。那篇文章有大量的剖析，也不失为一家之言。如果再多网罗这些新成果，写进书里，对读者来说，也许更耐品味。

本文原载《中华读书报》2012 年 8 月 16 日

当《资治通鉴》纳入"应用史学"的视域

——读《德政之要》

姜鹏先生的《德政之要》（上海人民出版社 2015 年版），副题"《资治通鉴》中的智慧"，与他此前以《百家讲坛》结集的《汉武帝的三张面孔》（华东师范大学出版社 2012 年版）与《帝王教科书》（西苑出版社 2014 年版），都与《通鉴》有关。《三张面孔》通过《史记》《汉书》与《资治通鉴》三个文本，诠释各时代史家对汉武帝的相异视角、不同评价与背后原因；《帝王教科书》，即如腰封提示，以治国理政为切入点，"从应用史学角度总结政治经验，提炼管理智慧"；这是第三本，进一步发掘《通鉴》资源与价值，让普通民众获取为人的智慧。既然出版界高调标举"应用史学"的概念，作者再三尝试《通鉴》"古为今用"的新的可能，由此也引发我的思考。

一、"应用史学"的可能性

必须指出，应用性始终不应是主流史学的始发动因与根本目的。这是基于，一旦预设了应用性，就从根本上动摇甚至阉割了研究过程中价值中立的原则，史学必将走向歧途，堕入误区。

那么，在克里奥女神的苑囿里，是否绝无应用史学的立足之地呢？那倒也未必。就史学目的论而言，自不应有"应用史学"的地位；但就史学功能论而言，却不妨从长计议。史学功能可分为学术功能和社会功能两个层面，其学术功能是社会功能的前提与基础，其社会功能是学术功能的延伸与补充。当史家通过价值中立的艰苦研究，尽可能客观地恢复历史的实相，给出合理的解释，其学术功能便大功告成，转化为原创性的成果。在此基础上，史家通过创造性的再劳动，让这种相对独立的基础性成果走出学术象牙塔，使广大民众耳熟能详，完成学术功能向社会功能的普及性转移，便是应用史学的职责与任务。在史学的学术功能与社会功能这两者之间起转化、中介之功的，就是应用史学的用武之地。这样说来，应用史学的存在，不仅有其可能性，而且有其必要性。

作为传统史学的高峰，《资治通鉴》既含丰富的史料价值，又具独特的史学价值。关于前者，后人都可以像胡三省说的那样，"如饮河之鼠，各充其量"，充分发掘这一史料库，从事应用史学的再创造。从南宋袁枢的《通鉴纪事本末》与朱熹的《通鉴纲目》，再到清代诸帝的《御批通鉴纲目》或《御批通鉴辑览》，都可视为对《通鉴》的具体应用（它们最终也成为再现编著者史观的全新史著）。

关于后者，尽管有学者判定："《资治通鉴》的最大特色在'通'，而不在'鉴'。"（朱维铮：《中国史学史讲义稿》，复旦大学出版社2015年版，页239）但司马光显然旨在"通"而后"鉴"，并最终落脚在"资治"上，是以应用为归宿的。而《通鉴》贯穿的历史观与价值观，其内涵复杂而丰富。大体可以一分为二，一部分因历史局限性而与现代价值抵牾扞格，应予批判扬弃；另一部分按照冯友兰的"抽象继承说"，其包孕的传统思想经当代观念与当下语境的适当阐释，仍足资现代人借鉴与继承。也就是说，《通鉴》在价值观上也为应用史学预留了足够的空间。

《通鉴》的双重价值不言而喻，但对现代人来说，仍横亘着一大障碍。一方面，由于年代久远，面对原典，普通大众在文字与故实上不免望而生畏；另一方面，由于卷帙浩繁，即便能读古文的非专业读者，在快节奏压力下也少有时间精力从头至尾读完全书。于是，在接受方式上，现代读者也亟须应用史学的排忧解难，以实现阅读形式的现代转换。台湾柏杨编选的现代语文版《资治通鉴》，在这两方面做了尝试，其"柏杨曰"的按语则折射出他的历史观与价值观。

近年以来，在应用史学领域，解读《通鉴》的著作时有所见。以笔者所知，有王学典的《〈资治通鉴〉：中国古代政治动作与权力游戏的历史巨著》（中国纺织出版社 2008 年版）与陈晓光的《为官的智慧：〈资治通鉴〉里的 50 种官场人生》（中国青年出版社 2012 年版），而其中翘楚则非姜鹏莫属。

二、应用史学视域下《通鉴》的当代解读

《通鉴》是司马光看历史的成果，后人看《通鉴》无非借助其史料与史观看司马光眼中的历史，以期获取通感，有所启悟。但后人释读《通鉴》时，自有自身史观与时代要求在，不同的价值取向便有不同的释读结果。在应用史学层面，也必然有纷异的面相。这正应了那句名诗："你站在桥上看风景，看风景的人在楼上看你。"

中国旧史学历来重视资治、垂训、教化、借鉴等功能。宋神宗御赐《资治通鉴》书名，即旨在"戒于往事，有资于治道"。司马光进书时也祈望他"时赐省览，监前世之兴衰，考当今之得失，嘉善矜恶，取是舍非"，能做个好皇帝，"懋稽古之盛德，跻无前之至治，俾

四海群生，咸蒙其福"。足见《通鉴》确是既为当时帝王而作，也为后代帝王而备。

　　正基于此，梁启超指出，《通鉴》"著书本意，专以供帝王之读。故凡帝王应有之史的知识无不备，非彼所需，则从摈阙。此诚绝好之帝王教科书。而亦士大夫之怀才竭忠以事其上者，所宜必读也"。在史学经典里，就总结中国政治智慧言，《通鉴》堪称是最全面也是最成功的，以至于"成为后代帝王学习中国传统政治法则、提高治理能力的首选教科书"（《帝王教科书》，页19）。如今，帝制早已终结，知识型官员也不再称以"士大夫"，之所以仍以"帝王教科书"名书，无非"通过《资治通鉴》归纳出很多治理国家、管理社会的一般规律"，以便治国理政者从中汲取政治智慧与历史教训。

　　在历史观与价值观的当代诠释上，《帝王教科书》特辟"意蕴深远的开篇"一章，聚焦《通鉴》前五卷的"司法必先守法"思想，强调其最能体现司马光"最基本的治国理念"。这是著者对《通鉴》政治观的诠释。司马光的治国基本理念是否如此，不妨仍有讨论余地，他的以法治国与现代法治也非一回事，但姜鹏再三致意，显然有他对当前法治的现实投射在其间。这种融入现代价值观的解读，在他与《通鉴》有关的书中随处可见。

　　如果说，《帝王教科书》关注"治国平天下"大事，为官员群体或管理精英们归纳传统政治智慧，那么，《德政之要》则为普通大众指点其"阅读价值"。以著者之见，"毕竟绝大多数读者都是普通人，没有机会，也没有能力像伟人那样指点江山"；但他确认，"《资治通鉴》适合所有人读，不管你现在处于怎样的社会岗位上"。

　　作为旧史代表作，《通鉴》也无例外地贯穿着道德史观。司马光将人分为德才尽全的圣人、德胜于才的君子、有才无德的小人与德才俱无的愚人；而用人之际，"苟不得圣人、君子而与之，与其得小人，不若得愚人"，因为"小人智足以遂其奸，勇足以决其暴，是虎而翼者也，其为害岂不多哉!"《德政之要》借用司马光的君子标准，以《通鉴》为原料，精选典型人物或事件，按修身、齐家、治道三大主题重新编排。揣度其别出机杼的良苦用心：《修身篇》专论君子的个人修养，《齐家篇》专论君子的家庭教育，《治道篇》专论君子的社会应对。也就是说，《德政之要》对《通鉴》的解读，旨在让这部"沉淀着千余年古人智慧的史书"能培养出更多的现代君子。

在阅读方式上，《德政之要》根据现代人习惯，每个题目都先引《资治通鉴》或相关典籍的原文，再辅以白话文解读与分析，"希望以这种方式让现代读者更加便利地进入到古代典籍中去"。在选用其他典籍以补《通鉴》引文不足上，著者也下了功夫，既斟酌其关联性，又掂量其代表性，征引了《论语》《礼记》《周易》《尚书》《汉书》《后汉书》等经史名著，还引用了朱熹、真德秀、颜真卿等名人论述，以期经史打通，血肉丰满，使读者所得更多。

三、应用史学的原则与边界

在史学走向大众的过程中，应用史学有其用武之地。但对史籍作现代解读时，也应注意应用史学的原则与边界。

坚守先进正确的当代价值，无疑是应用史学的首要前提。仍以《通鉴》为例，作为史家的司马光，尽管其思想在当时有其进步性，借助现代诠释，很多仍能为今人所借鉴，但有些思想毕竟有时代局限性，与现代价值观无法兼容，而这种局限性往往与进步性处于共生状态，在作当代解读时必须有批判性的提示。此其一。作为历史教科书与政治教科书，《通鉴》的取向是明白无误的，即"关国家兴衰，系生民休戚"。但具体叙事时，他势必既写值得后世借鉴的善政，也写起到警示作用的恶政，写前者旨在"善可为法"，写后者为了"恶可为戒"，相辅相成方为整体。但《通鉴》体量巨大，历史上明君德政屈指可数，乱君瘛政却不绝于史，倘将后者串起来看，难免招致"相斫书"的诟病，何况后世也确有独裁者奉其为"阴谋教科书"。这种从《通鉴》热衷权谋术入手的下流读法，并非司马光之过，就像制毒者专从治病救人的某些药物中提取毒素制造毒品那样，是绝不能归咎于药物制作者的。但应用史学对其作当代解读时，在价值观上则必须当头棒喝。此其二。

有鉴于此，姜鹏拈出两个关键词，作为普通读者的阅读指南："格调"与"格局"。所谓"格调"，即"它告诉你人类历史上积淀下来的真正的智慧，而不是一部汇集小聪明、小计谋的故事丛林"；而所谓"格局"，即读之"能给读者带来更广阔的视野"，以培养"渊博的学识、深刻的思想、丰富的社会阅历、卓越的洞察力，以及一丝不苟的精神和持之以恒的毅力"。在《帝王教科书》与《德政之要》中，都有类似价值观上的总体提撕，这种做法值得赞许。

坚持无用为用的学术取向，依旧是应用史学的基本精神。任何时代的史学与学家，都各有其自身的现实关怀在，无论基础史学还是应用史学，无不如此。在基础史学层面，学术中立与无用为用的原则，已渐成学界共识。但在应用史学领域，有人或许认为，既然是"应用史学"，就应该直接服务于当前社会的现实问题或政治任务。这种论点值得斟酌。应用史学既然是史学的分支，也应信守史学大家吕思勉"历史是历史，现局是现局"的警示，与现实保持适当的距离。应用史学的使命只是向普通大众普及好历史实相，让受众自己从中获取历史的通感与现实的启悟。应用史学当然也会有现实关怀，但这种关怀绝不是直接为任何现实问题给出行之有效的答案。

应用史学倘若急功近利地服务于现实，往往会出现各种偏差。其一，以历史上的人与事直接与现实中的人与事作牵强附会的联系或类比，罔顾史实，妄加褒贬，这种做法最有可能重蹈"影射史学"的覆辙。其二，借用历史上的故事或典制，来为当前政策或主流口号作浅薄的注脚或夸张的图解。我曾批评有人以曲解宋代政治来背书中国模式的做法（参见2013年10月20日《东方早报·上海书评》所载拙文《宋朝政治难为现实背书》），就是典型个例，殊不知这种赤裸裸的"应用"，既侮慢了历史，更轻薄了现实。其三，过度痴迷于依据历史演绎出来的路径或法则，试图借此为纷繁复杂的现实问题或寻找解药或指点迷津，以实现应用史学的借鉴功能，也必然忘却黑格尔的那个提示："一个灰色的回忆不能抗衡'现在'的生动和自由。"行文至此，应用史学的无形边界已经可以划出。在应用史学的视域下，姜鹏对《通鉴》的解读，基本上守住了这一边界。

本文原载《中华读书报》2015年11月4日

谁的历史没有学透？

—— 读任继愈《竹影集》札记

一

任继愈先生去世前后，我正在读他的随笔《竹影集》。据说，他曾被毛泽东赞誉为"凤毛麟角"，这是就他的学问说的。受到过伟大领袖如此高评价的人文学者，也确实是凤毛麟角，据我所知，大概可与史学大师陈垣媲美，后者也曾被毛公钦定为"国宝"。对任公的学问，笔者虽对其"儒教说"，期期不以为然，却只有高山仰止的份儿。这里，且就《竹影集》说点读后感。

《竹影集》书末收入他给女儿的信，家信最见真性情，其中1996年的一封信说：

> 近年来很多人吹捧某某专家，说他的学问高明，此人学有专长，应受到尊重。如果把他捧上天，奉为学习的楷模，后人无法逾越，这就过头了。此人有弱点，情绪不健康，缺乏刚健之气。此种专家不可没有，不能太多。好像一只秋天的蟋蟀，只发叹息，而不相信秋去春来。就这一点看，他的历史没有学透。

任公所说"学有专长"的"此人"，在家书底本中应该直书其名的，但公开出来有所不宜，便将真名隐去，而代以"某某专家"。那么，他究竟是谁呢？这是令人颇感兴味的。而够得上信里所说的"把他捧上天"，以至"后人无法逾越"等条件，大概也就钱锺书与陈寅恪。但据我的揣想与考证，不可能是钱锺书，而只能是陈寅恪。

1995 年，陆键东《陈寅恪的最后二十年》由北京三联书店推出，顿时把陈寅恪从窄小的史学冷圈子推向了大众的阅读圈，以至于当时大陆的读书界与学术界大有"开谈不说陈寅恪，读尽诗书亦枉然"的味道。要说"吹捧"，陆键东此书继台湾汪荣祖的《史家陈寅恪传》之后确有推毂扬波之功。

但仅仅举证"吹捧"的大环境，似乎还不能坐实任公所说的就是陈寅恪。好在有他的其他文章为旁证。《竹影集》里有一篇 2000 年回忆刘大年的文章，题为《史学家的品格》，有一段说到对陈氏的评价：

> 我国著名的文史学家陈寅恪，受到海内外学者的尊重，晚年双目失明，在极左思潮笼罩下，心情悒郁，写成《柳如是别传》。刘大年同志充分肯定了陈先生在魏晋南北朝隋唐史方面的巨大成就，同时也指出，用几十万字考订柳如是的生活细节，此种研究方向不值得提倡。对陈寅恪一片赞扬声中，能提出此种评论，不啻一付清凉剂，难能可贵。陈寅恪先生博闻强记，治学谨严，目空千古，一生服膺司马温公。司马光关心治道，主编《资治通鉴》。如能起温公于地下，《柳如是别传》必不会得到温公认同。

作为一个史学家，刘氏的马克思主义史学立场之坚定，是众所周知的，任公的回忆文章强调的也正是这点。因而，任公借逝者之口对陈寅恪史学的褒贬，不啻是借他人之酒杯，浇自家之块垒。只消对读上引两段文字，这点不言自明。而"心情悒郁"，也是能与"情绪不健康，缺乏刚健之气"云云互为疏证的。区别仅仅在于，家信可以说得更坦率直白，更带情绪化，而公开的文章则措辞委婉，略带学理化。但任公家信中说的那只"只发叹息"的"秋天的蟋蟀"，指的是陈寅恪，应该是毫无疑问的。

二

　　有趣的是，《竹影集》还收入了任公为王永兴先生《陈寅恪先生史学述略稿》所作的序言。王永兴先生是陈寅恪的入室弟子，他自己说过"师从陈寅恪是我一生最幸福的事"，弘扬光大乃师的学术也可谓不遗余力。他尽管年逾古稀，却不知老之将至，仍奋力撰述《陈寅恪先生史学述略稿》达四十余万言，这是他最后的专著，说成绝笔也不为过。他十分看重这部著作自不待言，特请任公作序，自然有借助其盛名的良苦用心。

　　我听过王永兴先生讲敦煌学，我的业师程应镠先生曾把他请来，为我们研究生上课，他俩曾是西南联大的老同学。有这一层因缘，王先生写陈寅恪的大著在 1998 年一问世，我就找来学习过，任公的大序也是在其时拜读的，当时印象很浮泛。如今读《竹影集》时，与他对陈寅恪的评骘重新对读，就品出了其他的滋味。任公此序作于上引致女儿的信后，他对陈寅恪史学的基本看法已经形成，不可能由于为王著撰序而轻易改变；但由于是作于回忆刘大年文章之前，王永兴先生也不可能知道他对自己的授业师实际上是心存保留乃至有所非议的，否则，以他对陈寅恪的真挚感情也绝无可能请任公作序（不知王永兴先生其后是否读到过任公这篇文章；倘若读到，不知是否对自己当日鲁莽请序而心生悔意）。

此序对任公而言，可谓勉为其难。他不可能在序中当着弟子批评他的业师，不仅不能把此前对女儿说的话稍有表露，甚至也不便把其后借刘大年说的话写入序中。于是，在序文的首尾，任公说了些与陈寅恪学术及王先生著作若即若离的话，他知道陈氏素来推崇"赵宋新儒学"，便以自己一向主张的"儒教说"为话头，议论"宋代儒教的形成"，认为"到了南宋才形成儒教的完整的体系"。而序中说到陈寅恪的个性与情绪时，一则说，"陈先生的学术，发为诗歌，语多悲凉，形诸笺楮，常见抑郁"；再则说，陈寅恪"在'五四'以后的狂飙迅猛冲击下，方向不明，深感忧苦"；最后说他"悒郁含恨终其身"。这些相关评语，与他给女儿信中的那些私下议论，恰可以相互发覆。

当然，对陈寅恪史学，任公之序仍有公允之论，不乏独到之见。例如，他认为："陈先生盛赞宋人史学，是他的深刻处，很多学者多从史学论史学，没有像陈先生感受这样深刻。"他还指出：

> 陈先生说："苏子瞻之史论，北宋之政论也；胡致堂之史论，南宋之政论也；王船山之史论，明末之政论也。"我们可以按陈先生的论点补充一句："陈寅恪之史论，近代中国之政论也。"

任公接着陈寅恪论点的补充，在这篇王顾左右而言他的序中，也许是最精彩的一句话。诚如他接下去所说：

> 揆诸中国国情，中国的史论与政论本不可分。史观指导政论，政论又体现史观。司马光以来，此传统一贯相承，未曾终绝。

然而，让人纳闷的是，任公既然已经揭示了宋贤史学与陈寅恪史学的内在联系，认识到"陈寅恪之史论，近代中国之政论也"，为什么仍会对其晚年绝笔《柳如是别传》大不以为然呢？任公写这几篇文章时，就大环境而言，已经不存在什么顾忌，有些话题你不想说，也完全可以绕开不说。陈寅恪在《柳如是别传》中的史论，正是针对20世纪五六十年代他的"父母之邦"政治现状所发的政论。以任公的学养与识见而言，不应该看不出，也不应该看不懂。准此推论，任公对陈寅恪的针砭，应该发自肺腑，完全基于自己的政见与立场。

三

对陈寅恪的学术与为人，任公有自己的评价，自然不必强求一律。问题在于，其一，任公借刘大年之口，祭出司马光来镇住陈寅恪，说他"一生服膺司马温公。司马光关心治道，主编《资治通鉴》。如能起温公于地下，《柳如是别传》必不会得到温公认同"。此话不知从何说起，司马光主编《资治通鉴》关心的是治道，陈寅恪撰述《柳如是别传》关心的难道不是治道？在该书《缘起》中，陈氏明明白白揭橥其研究旨在"表彰我民族独立之精神，自由之思想"，难道这些不关乎政道与治道？倘若任公还不至于"明足以察秋毫之末，而不见舆薪"，唯一可能的推测，也许就是他与陈寅恪在治道的理解上即便不是夏虫语冰，也确乎各异其趣的。

其二，任公对女儿说，陈寅恪这样的大师，"不可没有，不能太多"。我写过一篇文章，题为《世间已无陈寅恪》（收入拙著《学史帚稿》，黄山书社2009年版），指出"中国只有一个陈寅恪"，主要是有感于陈氏的旷代绝学与文化人格都不可能再复制。岂但如此，而今而后，对那些"受到海内外学者的尊重"的大师，根本不必怀抱"不能太多"的杞忧，即便连任公这样的人文大家也将成绝响。但任公的立论则是从陈寅恪"情绪不健康"出发的，理由就是他"好像一只秋天的蟋蟀，只发叹息，而不相信秋去春来"。任公此论，显然表明他不满意陈寅恪"缺乏刚健之气"，而他自己"相信秋去春来"，也是"情见乎词"的。不过，我记得陈寅恪在某处说过："则知五十年来。如车轮之逆转，似有合于所谓退化论之说者。"（《读吴其昌撰梁启超传书后》）他要破除的，是所谓历史总是进步的决定论。而任公则相信，历史的进步必然如"秋去春来"。也许正是在历史观上，两人陷于鸡同鸭讲的境地。于是，任公毫不客气指出："就这一点看，他的历史没有学透。"

围绕着陈寅恪史学，任公认为"他的历史没有学透"，在这个问题上，他将刘大年引为同调。王永兴先生对授业师是景行行止的，我听过王先生的课，读过他关于陈寅恪的书，对陈门史学，可以说是"虽不能至，心向往之"。这样一来，我就困惑良久而不得其解，真想起司马温公于地下，问他老人家是否认同《柳如是别传》。

有一夜，我竟然做了一个梦，梦见司马光在云端里探出头来，一向严肃的脸上略带黠诡的笑容，俯视着这些各执一词的历史学家，好像在问："你们之中，谁的历史没有学透？"

本文原载《东方早报·上海书评》2010 年 1 月 24 日

对历史的轻佻与侮慢

——评《历史是个什么玩意儿1》

听说号称"史上最牛的历史老师"袁腾飞先生推出了《历史是个什么玩意儿1》（下称《玩意儿》，上海锦绣文章出版社2009年版），是向公众开讲的中国史上册，涵盖了鸦片战争前的中国古代史，便请人找来一读。作者自序引用了国学大师钱穆《国史大纲》卷首语："任何一国之国民，尤其是自称知识在水平线以上之国民，对其本国已往历史，应该略有所知"；"所谓对其本国历史略有所知者，尤必附随一种对其本国已往历史之温情与敬意"。显然，作者是以此为讲史准绳的，而我也正是以这种标杆去拜读袁著的，但读完全书，不仅领悟不到他的温情与敬畏，扑面而来的却是他对中国历史的轻佻与侮慢。

一、考据学"这个玩意儿实在没什么意思"

袁著自序声称，"历史应该是论从史出，得出的每个结论应该有史实做依托的"；还说自己"至少让学生不要相信没有史实根据的事情"。我无缘亲聆其课，只能凭借他这本《玩意儿》来领教，看到的却是纷至沓来的史实出入。以下试从十个方面说明，限于篇幅，每类仅举一二例证。

其一，小说家言。除非运用陈寅恪那样的诗文证史法，一般情况下小说戏曲是不能当作史料的。而袁著说，商末"比干因为劝谏被挖掉七窍玲珑心，后来成了文财神"（原书页58），文财神之说纯属齐东野语，即便《封神演义》里，姜子牙封比干为文曲星，也不是文财神。类似情况还有宋高宗把岳飞"十二块金牌召回风波亭干掉"（页177），风波亭也仅见于《说岳全传》之类的小说家言。对岳飞有全面研究的王曾瑜先生在其《尽忠报国：岳飞新传》里指出："后世传说岳飞死于风波亭，宋代无此记载，故并不可信。"袁著却把这些小说或戏曲中的艺术创作当成确凿无疑的历史事实。

其二，子虚乌有。袁著有些叙事根本找不到史料根据，完全属于自产自销。例如，他说，"蜀国建立后，诸葛亮只活了九年"（页75），页262他再次说："诸葛亮在蜀汉建立9年就去世了"，其上文说"221年，刘备在成都称帝，国号'汉'，史称'蜀汉'或'蜀'"，而《三国志·诸葛亮传》说其卒于建兴十二年（234），至今尚无史料说他死于230年。他说，厓山之战后，"张世杰准备退往印尼、菲律宾，重整旗鼓反攻，不幸遇到台风遇难"（页184）。有关记载只说张世杰"将赴占城"（在今越南南部），而"不能达"，从未见其"准备退往印尼、菲律宾"的史料。倘是著者独家发现，切盼公诸学界同好。

其三，张冠李戴。袁著颇有将不相干的人事与言论派错主人的情况。例如，他论王充的唯物主义思想，却引"天行有常，不为尧存，不为桀忘"为证（页63），这不是王充的主张，而是荀子的高论，语见《荀子·天论》。1004年澶渊之盟前夕，宋真宗御驾亲征，却不愿过黄河。袁著说"寇准特生气，但也没辙。太尉高俅拿着鞭子抽抬轿子那帮人，瞎了眼赶紧把皇上抬过去"（页166）。随从真宗北征的殿

前都指挥使姓高，也确可称为高太尉，但他不是高俅，而是高琼，
《宋史》有传。那时，估计高俅的爷爷还没有出世，而且两人虽然同
姓，却非一族。作者张冠李戴，在年代上相差达一个世纪，实在
离谱。

其四，以偏概全。历史上的人、事、物丰富而复杂，绝不可盲人
摸象，固执一端，袁著却时有这类错误。例如，他说，"中国古代的
五种兵器，排在第一位叫'殳'，很好听的名字，其实就是木头棒子"
（页20）。据《汉语大词典》，殳"以竹或木制成"，只说其"木头棒
子"有失全面。而且，其"顶端装有圆筒形金属，无刃。亦有装金属
刺球，顶端带矛的"。可见它有金属矛头，随县曾侯乙墓就出土过铜
殳，将其说成是纯木头棒子显与现存文物有出入。作者还讲到"宋朝
只有北宋的狄青，南宋的岳飞是武将熬上枢密副使的，这个是挺不容
易的"（页152）。即便不说宋初枢密使与副使多由武将担任，即便杯
酒释兵权完成后，武将熬上枢密副使的也不止狄青与岳飞两人。太宗
朝有曹彬，真宗朝有其子曹玮。仁宗朝除了狄青，还有王德用，他们
两人还都升任枢密使。钦宗朝名将种师道也担任过同知枢密院事（相
当于枢密副使），与岳飞同时，高宗朝武将当上枢密使则有张俊与韩
世忠。

其五，混为一谈。历史上有些制度既有联系又有区别，即便同一
制度，在不同朝代，其执行情况有时并不一致。而袁著往往不加辨
别，缠夹混淆。比如他说："从秦朝开始则奖励军功，按军功授爵。
所以中国古代的有爵位的人，一般都是立下战功的，文官也一样，比
如曾国藩和李鸿章，立战功了才封爵。"（页47）这是把秦的军功爵
与其前后的一般封爵制误为一事。例如司马光，从《资治通鉴》第八
卷起，就有"河内郡开国侯"的系衔，可他从来没有战功，类似情况
秦汉以后可以找出很多。著者还说，"按照中国古代的礼法，明朝以

前凡是先帝驾崩，不能生育的嫔妃一律殉葬，武则天也应该勒死殉葬的"（页103）。这一说法大有问题。秦始皇死后，据《史记·秦始皇本纪》，"二世曰：先帝后宫非有子者，出焉不宜，皆令从死"。其后，尽管有个别妃嫔自发殉死的例子，但后宫殉葬不见于各朝典制。唯有明朝，从太祖至宣宗一度恢复妃嫔殉葬，明英宗临死前明确废止这种倒行逆施。袁著根据明朝前期相关情况，便判定其前各朝礼法历来如此，未免太想当然。

其六，顾此失彼。中国历史上有些事件、制度或现象，年代跨度很长，叙述其起讫兴灭自应前后照应。在这一问题上，袁著颇多顾此失彼的疏误。例如，他讲到法家法治时，以贵族有"免死金牌"相对照，只说"像清朝的法律里面，贵族犯罪有八议"（页34）。作为一种法制规定，八议源自《周礼·小司寇》的"八辟"，秦国商鞅变法废止，汉初承秦制，八议未列入律法，但魏晋南北朝与隋朝，八议都见诸律文。现存中华法系代表作《唐律疏议·名例律》就有《八议》专篇。袁著只拿清律说事，便给人迟至清朝才有八议的错觉。

其七，大胆臆测。对自己不甚了解的历史情况，袁著有时所下结论之大胆令人咋舌。例如，他指出：唐代"开元通宝的'开元'意思可能是国家刚刚建立，开辟新纪元，它不是年号，否则的话开元通宝就成了唐玄宗的钱了。以年号铸钱是北宋开始的，北宋以前的有唐一代，就是说整个唐朝，它的钱都叫开元通宝"（页115）。"开元通宝"诚然不是唐玄宗的开元年号钱，但他的其他推论却大错特错。首先，说"以年号铸钱是北宋开始的"，就是想当然。现知最早年号钱是十六国时成汉主李寿在汉兴年间（338—343）铸造的汉兴钱，币面铸有"汉兴"二字。其次，说唐代的钱"都叫开元通宝"，又是想当然。唐代也有年号钱，例如唐高宗乾封元年（666）的"乾封泉宝"、唐肃宗乾元元年（758）的"乾元重宝"、唐代宗大历年间的"大历元宝"、唐德宗建中年间的"建中通宝",连叛将史思明年号顺天(759—760),也曾铸"顺天元宝"钱。以上唐代年号钱,丁福保《历代古钱图说》都有拓本,至于其书所载五代十国年号钱更是不遑列举。

其八,**强作解人**。这是袁著面对自己拿不准的史实时自以为是的做法。例如,他讲授时历,"郭守敬算出来一年是365.242 5天,跟现在的实际运行时间差13秒。今天拿电脑,当年连算盘都没有,可能是地下摆棍算的,厉害"(页189)。且不说有研究者指出,《清明上河图》卷末"赵太丞家"药铺上放的就可能是算盘,但元初画家王振鹏在《乾坤一担图》里所画货郎担上确有算盘出售,可见至迟宋元之际算盘已经流行。故而袁著说郭守敬可能是摆棍算,即仍用筹算,连算盘都没有的结论,就太过武断。袁著还说,"所以今天郑和下西洋到底路线怎么走的,不知道"(页253)。马欢曾追随同郑和三下西洋,著有《瀛涯胜览》,费信也四次随郑和远航,著有《星槎胜览》,两书都记载了郑和下西洋的所抵之地。如果他认为二书还不具体,不妨查阅中西交通史大家向达整理的《郑和航海图》(收在中华书局出版的"中外交通史籍丛刊"中),就不会贸然得出"不知道"的结论。

其九,**懒于查核**。袁著有些常识性错误简直难以置信。例如,北宋"太祖皇帝有遗训,刻在碑上。……祖训的第三条是不加田赋"(页154)。此即有名的"宋太祖誓碑",查《中国历史大辞典》权威释文曰:"南宋初相传宋太祖于建隆三年(962),曾秘密刻一碑,立于寝殿之夹室,称为誓碑。誓词三行,内容大略为:一,柴氏(周世宗)子孙有罪不得加刑;二,不得杀士大夫及上书言事人;三,要求子孙遵守。传说誓词文句虽略有出入,但主旨基本相同。"倘若祖训第三条如其所说,就不是文句略有出入,而是大有不同。但誓碑有"不加田赋"的说法,从未见诸两宋史料(对此说所出王夫之《宋论》，张荫麟早有驳正）。袁著还说，"成祖的帝位来得不正，他是抢建文帝，抢朱棣，所以他总是心中有愧。成祖继位之后第一件事儿就是把朱棣的大谋士方孝孺给抓起来"（页251）。这里错得骇人听闻。显然，袁著认为建文帝就是姓朱名棣的那个人，殊不知朱棣正是明成祖的尊姓大名。为建文帝殉节而死的方孝孺，倘若在九泉之下知道自己硬派给朱棣做了大谋士，恐怕真要气得再死一次。

其十，疏于考证。 袁著对史实考订颇为不屑，往往开口就错。他说，李善长是"太子朱标的老师，要上法场开刀。马皇后就不干啊，因为那个马皇后是中国历史上的贤后嘛，她就不干。不干她就不吃饭，绝食。哭"（页198）。当太子朱标老师的是宋濂，《明史》本传说他"傅太子先后十余年"，晚年因长孙"坐胡惟庸党，帝欲置濂死。皇后、太子力救，乃安置茂州"。《明史·马皇后传》说："后侍帝食，不御酒肉。帝问故，对曰：妾为宋先生作福事也"，并未绝食，而是预设斋饭。《明史·李善长传》没说善长担任过太子师，其株连被杀在洪武二十三年（1390）。而据《明史》本传，马皇后死于洪武十五年，倘据袁著，八年后她还为李善长绝食求情，岂非白日见鬼。

讲史或著史，史实偶有舛误，即便司马光也在所避免。问题出在袁著对史实考证的轻蔑态度："考什么你考？这个就属于文字狱遗风，要我说就是被吓傻了，干点有用的学问，这个玩意儿实在没什么意思！"（页224）他批评乾嘉考据在文字狱的高压下流于繁琐，固然不错，却因噎废食，把史料考证从史学研究中彻底驱逐出去。他决绝表示："现在的历史，还有一个就是什么考据学，反正我就忌讳这个。别人问我这个，烦的不得了，所谓考据学……吃力不讨好，和现在的八卦新闻效果没什么区别。"把史料考证与当下八卦新闻等量齐观，充分表明他对历史学缺乏起码的常识。唯其如此，袁著也就根本无法让人相信他的每个结论都是"有史实做依托的"。

二、"历史说得比相声还好"？

传媒为袁著设计的广告词很夺人眼球："历史说得比相声还好。"拜读下来，略加归纳，他把历史说成相声的手段主要有两招。

第一招，轻薄的嘲讽与低级的谩骂。

比如，说管仲"这个家伙从小品德不太好"（页22），却举不出过硬的事例。讥刺武则天是"唐高宗娘兼老婆"（页125），纯然一种轻佻的口吻。至于说完颜阿骨打是"天生打架王"（页170），则抹杀了女真族反抗契丹贵族压迫的正当性。骂李自成为"造反专业户"（页210），更是无视农民逼上梁山的客观史实。

这些还算客气的，再进一步就是失去理性的谩骂。袁著大骂明朝，是"那些王八蛋皇帝，流氓建立的朝代"（页101），"明朝因为是贼王八建立的王朝"（页202）。至于朱元璋，"你看那厮长得那模样，哪有一点帝王福相啊……这家伙是贼王八出身嘛，是中国历史上出身最寒酸的皇帝。这种王八蛋一当政，必然是采用暴政"（页196）。他还说，"朱元璋、李自成、洪秀全，那洪秀全就甭提了，那家伙，把他比成什么都不算是对那东西的侮辱"（页199）。讲述历史，对前代与古人表达褒贬，势所难免。但这种价值判断，除了史料依据，还必须建立在理性分析之上，而不仅仅是情绪性的宣泄。

不仅如此，袁著先骂明武宗"整一个傻叉"（页207），再骂嘉靖帝与万历帝"又两个傻叉"（页208），最后骂明熹宗以下"全都是傻叉"（页209）。寻思半天，才恍然大悟，所谓"傻叉"，即是"傻×"，即国骂后省略的那个脏字，连这种不堪入耳的字在讲课与教材中都一再使用，确实无愧史上最牛。但历史学是合乎逻辑的思考，充满理性的产物，即便你有历史的激情，也绝对不能泼妇骂街。

第二招，夸诞的比拟与无聊的搞笑。

在普及历史的过程中，确有必要进行通俗化的尝试与趣味化的探索。然而，袁著却为了追求趣味而丧失了品味，为了强调通俗而自甘于恶俗。他为了说明华夏民族是多民族融合而成，夸张地说，"孔子说的都可能是闽南话"（页54）。为了强调朱元璋出身寒酸，说："刘邦在前朝好歹还是街道居委会治保主任，还是奥运志愿者，领一帮老太太还能干这个干那个呢"（页196）。而班超出使鄯善国，享受的是"五星级宾馆，美女服务员"（页56）。也许觉得这样趣味化还不过瘾，袁著就说皇帝"到三世这帮人，生于深宫之内，长于妇人之手，整天与阉竖为伍，你想想除了'下面没有了'的笑话还能了解什么东西"（页40）。除了"下面"，他在通俗化、趣味化上看来也没有其他的高招。

为了追求噱头与出新，袁著对历史的比拟，往往不伦不类。他把宋代崇文抑武政策说成是"党指挥枪，要文斗不要武斗"（页150），借喻的内容与比喻的对象之间缺少共通点。这种插科打诨式的比喻，袁著俯拾皆是。例如，他把宋朝在当时中华文化圈内的主导性影响说成是"以文化扩张"（页167），在表述上既不严谨，也不科学。

这种喻指失当，除了让了解历史真相的人啼笑皆非，还常常让对历史真相并不了解的人对他的借喻究竟确有其事还只是一种譬喻而琢磨不定，真假难分。例如，袁著说清代图里琛"走遍了每一户蒙古牧民的帐篷，宣讲党的民族宗教政策"（页238），你因为知道那时还没有"党的民族宗教政策"，尚能判断这只是比喻。但是，当他说秦律的"特点就是轻罪重刑。你随地吐痰，吊起来打"（页41），你若没有研读过秦律，就无法断定"随地吐痰，吊起来打"，究竟是秦律的条文规定还是他的设譬比喻。唯其如此，这种不恰当地以今喻古，有些表述又会造成新错。比如，袁著说秦朝以十月为岁首，"所以9月末是除夕，春节是10月1日，应该过国庆，它过元旦"（页61），说秦朝春节是十月一日不错，但它与现在的国庆节却是两回事，因为两者有着中西历的差异。

借古讽今是袁著讲课时的最爱，且不说这种做法是否妥当，关键在于他运用这一方式一味哄堂大笑的效果。比如他模拟李斯讨论郡县制时的辩辞："你恶毒攻击郡县制度，你不跟中央保持一致，你不反革命吗？"（页43）至于他说，明初的胡惟庸案，"这是朱元璋的第一次文化大革命"，而"借口大将军蓝玉谋反，这是第二次文化大革命"（页198），其初衷也许旨在批判"文化大革命"，但这种不伦不类的借喻，只会把人们对十年浩劫的痛切反思化解为一种浅薄的搞笑。

袁著曾说："评书讲的那个东西，距离历史的真相其实很远，……我小时候听，现在不听了，一听就笑，太搞笑了。"（页192）然而，读完《玩意儿》，你得到的就是这种感觉，也难怪广告说他"历史说得比相声还好"。不过，这一包装似乎应该换个词序，改成"相声说得比历史还好"才更名副其实。

三、历史"又颠倒过来了"

作为百家讲坛的当红主讲，虽有报道说袁著《两宋风云》错误成堆，还涉嫌抄袭，我倒很赞同他在该书后记里引用戴维·麦克卡罗的话："历史告诉我们来自何处，将去向何方。"历史是什么？后人通过历史应该获取那些教益？这是每一个著史者或讲史者必须认真思考与严肃对待的问题，也是历史学的社会价值所在。那么，作为一本讲史教材，袁著试图传达一种怎样的史学观念呢？

其一，混乱虚无的历史观。

袁著的史识既相当混乱，又极端虚无。他先在自序里说，"我们自己写的历史书把明清时期写得一塌糊涂"，发问"为什么我们自己这么妄自菲薄？"其后在讲课时却说，"明朝是历史上最黑暗的王朝"（页196）。教人不知道该采纳其序言里的说法，还是相信他讲课时的论点。不过，你若同意他对明朝的结论，也会蹉踌犯难，他上一节课刚说过"元朝是中国历史上最黑暗的王朝"（页186）。两个都是"最"，自己打起了自己的耳光！

有意思的是，袁著还会对王朝传世年数作出流俗迷信的说明："北宋960年到1127年，历经168年而亡，这个数还挺吉利。"（页174）倘若如此，元朝从1271年到1368年，历经98年，"98"者，"就发"也，比北宋还吉利呢！这样讲史，不啻是在兜售《推背图》。

至于袁著对中国历史的虚无主义态度，更令人吃惊。他说："虽然中国也有蒙古族，但成吉思汗出生在外蒙古，埋葬在外蒙古，跟咱不是一回事。"（页180）显然要把成吉思汗与他的历史从中国史中划出去，且不论这种主张有违于当前的民族团结与国家统一，即便在历史观上也十分荒谬，明修《元史》还把成吉思汗列为《太祖纪》，袁著的史观竟比被他痛骂的明朝还要虚无与落后。

其二，圣主权臣的政治观。

袁著对明朝深恶痛绝，对清朝却独多好评。他评论成吉思汗时说："中国历史上第一次亡国灭种，没有什么可值得纪念的，更不能把它当做骄傲。"（页180）倘若以子之矛攻子之盾，诘问他：清朝可是中国历史上第二次亡国灭种，有什么可夸耀的？不知他何以自解。对清朝有好评也不妨，但用语却折射出其政治观大成问题。他说："其实明朝是中国历史上最黑暗的王朝，皇上一个赛一个混蛋。清朝虽然也杀过一些人，也干过剃发令这样的蠢事，但却是最圣明的王朝。顺、康、雍、乾都是不世出的圣主。"（页222）总之，王朝"最圣明"，圣主"不世出"，真的还想早活三百年，做圣主治下的臣民。

至于介于"圣主"与臣民之间的吏治，他也有"独到"之见："你看中国历史上凡是作出成绩的官没有清官，包拯、海瑞这些人绝对做不出成绩来。一般都是那种介乎清官与赃官之间的那种权臣。"（页261）在他看来，对于老百姓，公正廉洁的清官反不及有点贪赃的权臣，堂而皇之地倡导专权，容忍赃贿。崇拜圣主，推崇权臣，这就是袁著鼓吹的政治观。

其三，佛教救世的宗教观。

著者缺乏中国佛教史的基本常识，断然认定"中国的僧人只要化缘就全是骗子。"（页196），也不知他是否查遍了《高僧传》及其所有续作，完全找不到曾经化缘的大德高僧，才下如此绝对的结论。这里，不妨请他重读其自序中的声明："不能先拿出一个结论，然后把对我有利的史实拿来，有选择性地遗忘，这样是很可怕的。"

尽管对佛教没有研究，袁著却为中国建设和谐社会开出了救世药方："很好的例子是印度，它贫富分化比中国严重，但是人家没见砸垃圾桶，也没见偷井盖的，没见把公园护栏给掰走的，就因为笃信宗教。虽然印度人不是信佛教，信的是印度教，但佛教的教义很多是从它那儿吸收来的。所以多宣传点儿这个，对于和谐社会多有好处。"（页88）当局提倡的"和谐社会"，只能乞灵于佛教教义，真不知今世何世！

其四，大学至上的教育观。

在教育观上，袁著仍停留在"万般皆下品，唯有读书高"的水平上。他说："今天也一样，也是'六经勤向窗前读'……你连大学都没上，你就看超市缺不缺扛货的。大学没毕业工作都找不着。你读大学的，黄金屋、颜如玉、车马簇。不读，铁皮屋、柴火妞、棒子面、自行车。"（页 157）言语之间充满了对超市扛货工与柴火姐的轻鄙，完全缺少那种工作不同而尊严平等的观念，这种"大学至上"的教育观与人才观，实在令人不敢苟同。

其五，大汉族主义的民族观。

在民族问题上，袁著以大汉族主义的优越感，对历史上的少数民族不惮使用轻侮的用语。他说："犬戎是野人。太野蛮了这帮人。我们中原这个民族叫华夏，名字特别好听，华是美丽的意思，夏就是大的意思，是个又大又美丽的民族……蛮夷戎狄已经是不怎么样的词儿，已经让你说得够惨的了，还不够惨？犬戎！"（页 19）在讲到墨家尚贤时，他又拿犬戎开涮："任用贤人，进行选举，最好国君都选举产生。这个不太现实，那是美国总统选举方法，万一选出的国君是个犬戎，肯定不让上。"（页 33）在其内心深处，不仅鄙视犬戎，也传达出他把合法选举程序不当一回事。

唯其如此，袁著对中华民族内部，流露出强烈的大汉族主义，认为："五十六个民族里面文明程度最高的当然是汉族，剩下和汉族有一拼的，其实就应该是藏族。"（页 123）在世界民族中，则贬斥黑人，宣称"黑人也一样，他的民族这么落后，就因为他没有国家概念，只有部落的概念"（页 146）。这种民族观比起孙中山与林肯来，倒退不可以道里计，哪里还有民族平等的现代理念！

其六，荒唐狂悖的国际观。

在国际问题上，袁著更是荒谬狂妄而口无遮拦。在古代东亚，中华文化对周边国家虽具主导性的影响，但在国家关系上，从今天说来则是对等的。而他却说："甚至至今，韩国和日本的祭孔日都比中国要隆重，中国的儒生也从来都把它们当作中国的两个省，只不过不太听话而已。"（页 27）而在钓鱼岛问题上，他竟为对手提供论据：清朝"东南是到台湾澎湖钓鱼岛。我们得特殊提一下这个地方在那个时候是咱们的，咱们可能那会儿也没认真拿它当回事，现在就不好说了，现在你说是你的，你上面也没人，你也弄不了。不像韩国那个独岛，人家真来劲，咱也不能跟韩国人干那事儿，面子不如肚子管用"（页250）。袁著公然认为钓鱼岛归属"现在就不好说了"，还以"面子不如肚子管用"为理由，主张将中国领土拱手相让。

另一方面，在讲到郑和下西洋时，他又倒退到西方殖民主义的立场上，垂涎三尺道："你看人家哥伦布、达伽马，什么都没有，哥几个凑钱，弄一艘小破船，带回来一个拉丁美洲，充分体现了出海的价值，你郑和跟人家没法比。"（页253）在古今对外关系与国际关系上，袁著根本没有现代国家关系中平等、独立、自主的基本理念，有的只是荒唐狂悖的胡言乱语。

袁著自序针对有的人说他颠覆了历史，自信满满道："你了解的那个我颠覆之前的历史，是不是被颠覆过？如果是，那我只不过把颠覆的东西，又颠倒过来了。"在最基本的历史观念上，袁著确实把是非正误"又颠倒过来了"。

据说，每当高三学生毕业，著者都在黑板上抄赠北宋张载的名言作为勉励。然而，倘若学生接受他的那些立场与史观，还有可能实现他抄赠的话，去"为天地立心，为生民立命，为往圣继绝学，为万世开太平"吗？

袁著自序还征引了钱穆《国史大纲》卷首语："所谓对其本国已往历史有一种温情与敬意者"，"至少不会感到现在我们是站在已往历史最高之顶点"。奇怪的是，他对原文作了重大删节，歪曲了原意。这段文字完整如下：

所谓对其本国已往历史有一种温情与敬意者，至少不会对其本国已往历史抱一种偏激的虚无主义，亦至少不会感到现在我们是站在已往历史最高之顶点（此乃一种浅薄狂妄的进化观），而将我们当身种种罪恶与弱点，一切诿卸于古人（此乃一种似是而非之文化自谴）。

钱穆所谓对本国历史的敬意，具体地说，就是无论著史还是讲史，必然会体现史学家或说史者自身的价值判断；在这种价值判断中理应表现出对历史的敬畏，对其中正面的东西给以肯定，表达敬意以启迪今人，对其中负面的东西给以否定，引为鉴戒以警示来者；然而是非褒贬的态度应该是严谨而理性的。

读完袁著，我们才领悟到被他有意删去的钱穆那几句话，犹如阿Q讳言头上的癞疤，正是对他的一种预警，而他所自诩的颠覆历史，就是"对其本国已往历史抱一种偏激的虚无主义"，而自我感觉良好地"站在已往历史最高之顶点（此乃一种浅薄狂妄的进化观），而将我们当身种种罪恶与弱点，一切诿卸于古人（此乃一种似是而非之文化自谴）"。

袁著不止一次用到"玩意儿"一词，无一不充满贬义。他将其冠诸书名，画龙点睛地凸显了对历史的轻佻与侮慢。对这样"史上最牛历史老师"，主流传媒或是请他上百家讲坛，或是为他的此书首印20万册，还宣称由此"开启全民学史新潮流"。媒体赞同这种亵玩历史的做法，实际上与其有意无意地遮蔽某些历史的做法，是当前历史传承中最成问题的社会现象。类似《历史是个什么玩意儿》这样的东西占据了当下史学传播的主导地位，套用前引戴维·麦克卡罗的话，长此以往，中国人必会不知道"我们来自何处，将去向何方"！

本文原载《文汇报》2009年10月25日

私人阅读的两个三十年

倘以我进入历史专业的 1978 年划界，我的阅读史也大体可划为两个三十年。以今视昔，既不必因前三十年的泛览式阅读而后悔咋不早日进入后三十年的专业性阅读（尽管历史条件也不允许），也不必因后三十年阅读的专业训练而鄙薄前三十年阅读的泛览无归。两个三十年，在我也是延续一体的，前者必然限制着后者的廊庑，而后者也凸显出前者的基因，是非得失，冷暖自知，难为外人道。这里只说说两个三十年阅读中难以忘怀的几本书，虽然我从未将它们归拢在某个"秘密书架"上。

第一个三十年，可举前五种书为代表。我的父母虽是识字寥寥的工人，家里也没什么书，但四五岁便为我识字发蒙。小学三四年级起，乱翻年长我十来岁哥哥的教材打发余暇。那年头高中《文学》课本，专选从《诗经》《楚辞》到四大小说的古典作品，借着题解与注释，似懂非懂地读得津津有味，或是我喜欢上古典文学的最初诱因吧。稍长，自己买书，印象深的有《唐诗一百首》与《唐宋词一百首》，彻底醉心于古典诗词的美。读中学后，买过王力《诗词格律十讲》，戋戋一册，初步搞懂了平仄、对仗与押韵。"文革"书荒，也抄过《唐诗三百首》。回望今日书架，尽管置备了宋元以前诗词曲各种总集，却主要用于查检，唯有闲来把读《唐诗三百首》时，才唤起少时那种亲切感，看来读古典诗文的标志性读物，还非它莫属。

四大古典小说中，《红楼梦》当然伟大，但较多贵族气；《三国演义》很精彩，却聚焦于高层权斗；《西游记》也有趣，毕竟是神话，离自个儿都有点远。相对而言，《水浒传》更平民化，喜怒哀乐最能激起同感。《红楼梦》只读过一遍，离毛泽东要求五遍还差得远，读过次数最多的还算《水浒传》，不计小人书，金圣叹的"腰斩本"、一百二十回本与一百回本都读过，甚至包括"文革"少儿版，还用它为当时代课中学的学生介绍过梗概，以便让从未接触这部名著的娃娃们也能投入那场运动。大学毕业，专业是宋史，与梁山泊故事有了交集。进入21世纪，在《万象》上开专栏，将宋代诗文与《水浒》风物互证，写点随笔，倒也受欢迎。喜欢的古典小说虽不止这种，列为代表却是相宜的。

少年读书有随机性，《燕山夜话》是初中借读的，也许只借过两集单行本，但有介绍东林书院名联"事事关心"的那集肯定读过。有两点印象拂之不去：一是文史典故类文章也可以写得如此趣味盎然（后随眼界拓展，才知好随笔多了去）；二是对东林党人的家国情怀钦佩之至。没过两三年，"文革"骤起，姚文元奉旨大批《燕山夜话》，但20世纪70年代初我竟仍冒大不韪为自家小阁楼私下取名"一心三声楼"，出典就是"风声、雨声、读书声，声声入耳；家事、国事、天下事，事事关心"那副名联。邓拓平反后，我特购《燕山夜话》合集本插架，纪念那段阅读史。从世纪之交起，我也技痒，涉足文史随笔，说不清两者是否有潜在的关联。

"文革"期间，中外文学名著都判为"毒草"，但私密小圈子里仍在传阅，一旦流经手边，一两天就得狼吞虎咽完，再传给下家。我的欧美文学名著，十之七八都是以这种闭门读"禁书"方式完成的，最打动我的是普希金的《欧根·奥涅金》。这与二十岁上下的青春萌动虽不无关系，但查良铮译笔委实让人一咏三叹（包括他译的《普希金抒情诗选》）。读毕，尽数日之功抄录全书，至今仍珍藏私箧。虽也抄过海涅与但丁的诗，但总还是最喜欢这部诗体小说。"文革"过后，才知查良铮就是名诗人穆旦，也购读过别家译本，却大有"曾经沧海难为水"之憾，赶紧补买查译新印本，试图找回那"巫山一段云"。

在那非常年代，读鲁迅名正言顺。运动起来不久，有同学从校图书馆"强借"到十卷本《鲁迅全集》。有一阵子，我手边也截留过几卷，小说、散文与杂文都杂乱读过。但好景不长，"复课闹革命"后，那套书追了回去。好在鲁迅著作始终绿灯放行。"文革"末期代教中学语文，课余分类辑录过鲁迅关于中国文学史的全部论述，用的是1973年版单行本，才把《鲁迅全集》通读一过。撇开文坛恩怨的是非曲直，鲁迅的杂文，在点击中国问题死穴时，针砭入木三分，笔锋冷峭犀利，一掴一掌血，迄今无出其右者。

大概1974年吧，托关系买了部《史记》，专读那些引人入胜的纪、传、世家，从故事遐入"史家之绝唱，无韵之《离骚》"。好在三四年后，1977年高考让我叩开了史学之门，才知道"止看列传数篇，于史学无当"（张之洞语）。随着考入历史系，前三十年泛览式阅读也告终结，转入下一个三十年的专业性阅读（这是仅就主要精力与阅读范围而言）。如此说来，《史记》既是我购读"二十四史"的发轫，也是我阅读类型转变的起点。入行以后，对太史公高标"究天人之际，通古今之变，成一家之言"，有了真切的感悟，虽身不能至却心向往之。环顾今日书架，一部《史记》领头的廿四史与司马光的《资治通鉴》，是使用率最高的典籍（这当然与我的专业有关）。但二司马无愧为中国史学的双子星座，而《史记》与《通鉴》也堪称传统史著的璀璨双璧，凡对中国文史略有兴趣的知识人，都应置诸邺架，随时翻览的。而志在中古史的研究者，倘能潜心研读《通鉴》中司马光考异与胡三省音注，对博涉典制故实，略窥考证路数，都大有裨益。

考入历史专业不久，听说治中国古代史须备地理、职官、年代、目录四把"钥匙",便自觉搜求这方面的基本书,而于目录学用力最多。鲁迅虽半嘲讽地说过,《四库总目提要》是"能做成你好像看过很多书"的"秘本",他自己却是下过功夫的,因为它是古典目录学的集大成之作。其四部总叙与各类小序连缀起来,俨然一部乾隆以前的中国学术小史,通读一遍,实有必要。这部200卷的巨著,一般用以查阅的。每遇未谙的典籍,研读相关的提要,在治学用书上,往往得益良多。当然,也如鲁迅所说其倾向出自"钦定",考述也或有讹误,宜与余嘉锡的《四库提要辨证》与胡玉缙的《四库全书总目提要补正》等配套使用。

倘真要深入史学堂奥,四把"钥匙"还远远不够,仍有许多待补的短板。文字训诂、校勘辨伪等专门之学,自清代到民国,虽不乏传世之作。但我却以为,张舜徽的《中国古代史籍校读法》最切合速成之要。张氏一生著述繁富,但此书专讲读史门径,最便初学。总论从文字句读讲到目录版本,分论先说校勘学,次论读书法,附论介绍辨伪辑佚,厘然有序,井然有法。尤其读书法一章,以著者积年治学所得,指点阅读全史与整理史料的津梁,读来尤感亲切有味。尽管入门以后,我已将其束之高阁,但仍应不忘当初引领之功。

历史学不仅是史料学,也是解释学,治史者自应有点理论自觉。其时国门乍开,西学掉臂而来,弗洛伊德的精神分析、马克斯·韦伯的价值中立、托马斯·库恩的范式革命等,令人耳目一新而应接不暇。即以史学理论而论,卡尔、克罗齐、柯林武德、勒高夫与波普尔等名著也先后译介过来。尽管理论非我所长,却多少受点熏染,而克罗齐的《历史学的理论与实际》对我震动最大。他的理论曾被化约成"一切历史都是当代史"的口号而风靡一时,这与刚从十年动乱走出的大环境息息相关。大至史学界对中国封建社会长期延续原因的激辩,小到在下对宋代台谏系统制衡权力成败的关注,都折射出史学工作者无不以当代的关怀去追问以往的历史。

除了西方史学观念，研读中国 20 世纪"新史学"的代表作，从中揣摩体会大师们的治学方法，也曾是我的自修课。记得入手最早的是顾颉刚《古史辨自序》，他这篇长序一气呵成堪称兴会淋漓，而我一气读完也几乎手不释卷，不仅心悦诚服其"层累地造成的古史说"，在史料检讨与史实解释上也有感悟。其后，将梁启超、陈寅恪、陈垣与吕思勉等诸家名作陆续请上书架，无不开卷有益，欣然有得，但篇幅已不容许我历数家珍。这段阅读史，让我的学术旨趣也有点转向，写过类似《史坛南北二陈论》的文章。

我如今早过耳顺之年，后三十年阅读史也已成过眼云烟，却不知今后的阅读与写作，能否进入"从心所欲不逾矩"的境界？

附录　我的书单

《唐诗三百首》

《水浒传》

《燕山夜话》

《欧根·奥涅金》

《鲁迅全集》

《史记》

《资治通鉴》

《中国古代史籍校读法》

《四库全书总目提要》

《历史学的理论与实际》

《古史辨自序》

本文原载《南方周末》2015 年 10 月 8 日

我读《水浒》

先抄一段旧文：

幼时在小人书摊看《水浒》，也曾看得天昏地暗，如痴如醉。
人到中年，以讲史为业，且以宋代为主。于是，偶尔也将《水
浒》与《宋史》串着味读，间有所得，录为《浒边谈屑》，遂自
作题记云：

> 少喜耐庵，血气未曾偾张；
> 长好乙部，《水浒》权充资粮。
> 慕陈寅恪之证史，小子岂敢？
> 效邓云乡之说梦，后学莫狂！
> 亦雅亦俗，或能共赏；
> 有史有文，相得益彰！

这是新世纪第一年，我在《万象》杂志上开写《浒边谈屑》时
自撰的开场白，大体概括了我写《水浒》文章的因缘、用意与特点。

幼年时代，我的文学启蒙与历史启蒙，就是与父亲一起守着一架
旧收音机，把评话《水浒》《三国》听得有滋有味。离家不远，有一
家老虎灶，是附设茶座的那种，每天下午有说扬州评话的，也去蹭着
听过几次《武十回》。身边有点小钱，热衷到小人书摊上看连环画，

那是在上小学以后。下午放学，在路旁的小人书摊上，花一分钱看上两册连环画（倘若新书，还只能看一册），一次看上一两册过把瘾，一套《水浒传》就是这样看全的。记得那时《水浒》连环画共二十一册，到《梁山泊英雄排座次》为止，还不是后来六十册一套，否则，吊胃口的日子还要长些。偶尔有几次，忘了周围人来车往，借着朦胧的路灯光，把租借的连环画看完，头上已是满天星斗，长长吁一口气，思绪却还在梁山泊转悠。

人们常说，"少不读《水浒》，老不读《三国》"，担心的是少年人血气方刚，怕他们读了《水浒》，缺乏理性，失去控制，模仿效法，闹出乱子，小焉者聚众斗殴，大焉者犯上作乱。但我自幼胆子不大，人也长得孱弱，或许是不自觉地在阅读中寻找一种代偿与平衡，至少从小人书走近四大古典小说，最早选择的却是《水浒传》。记得是小学升初中的暑假，正儿八经地读了七十一回本的《水浒传》，感动的劲儿似乎已经赶不上读小人书的时候，虽然也还是少时，但其后似乎没有做过什么出格的事儿。

"文革"进入尾声时，我正在一所中学里当代课教师，赶上了全民评《水浒传》运动。现在看来，运动发起者自比不得令终的晁天王，让运动有了点黑色幽默的味道。但当时，大多数人可都是认真投入的，我也未能置身事外。记得做过两件有关的事。一是自愿的，排队买了一部《水浒传》（这在十年书荒中不啻是一掬甘霖），从头到尾重读了一遍，这次是一百二十回本。二是校领导与工宣队交办的，因忝为语文教师，让我给全校师生介绍过一两次《水浒传》梗概。但说来惭愧，我对《水浒》，那时也谈不上有自己的想法。

过了一年，"文革"结束；又过一年，高考恢复，我有幸被录取于上海师范大学历史系。就读的第一年，也许受前几年评《水浒传》的影响，史学界以邓广铭先生为主角，还有他的弟子与追随者，对历史上的宋江是否投降，是否打方腊，争论得不亦乐乎。那些文章，我几乎都浏览过。大学阶段，我通读了《宋史》，写过一两篇关于宋代的论文，有一篇还被业师程应镠先生收入他与邓先生主编的宋史研究会首届年会论文集。转眼就大学毕业，留校任教，后来又读在职研究生，专业方向就是宋史。

一进入专业研究，才知道宋史领域广大。我的兴趣又不窄，什么都想有所了解。先是选择制度史作为硕士论文的方向，完成了《宋代台谏制度研究》，而后就有点泛滥无归。不过，我却始终没有把专业眼光回到儿时喜欢的《水浒传》上来过。1998 年初，《水浒传》电视剧热播，一家上海的电视杂志找我从专业角度写一篇短评（即收入本书的《〈水浒传〉再创作的历史定位》），似乎是唯一的客串。

也是这年岁末吧，陆灏兄以安迪的笔名出主《万象》编务，以一人之力为读书界贡献了一本活色生香的上品读物。蒙他的雅意，也刊发过我的几篇宋史随笔。大概是世纪之交的那一年，他提议我为他的杂志写一个不定期的专栏，并指定《金瓶梅》作为主题，要求是小说与历史穿插着写，写得好玩好看——好玩好看，是他常挂在口头的衡文标杆。他说，《金瓶梅》敷演宋代故事，正好在我的专业范围之内。

因为治宋史，我对陈寅恪倡导的诗文互证法也颇有效颦之想，有时会把有关史料与《水浒传》进行对照或联系，尤其是社会生活方面。但系统研究却未曾染指，经陆灏兄一提议，我那久藏于心的尝试愿望被鼓荡了起来。但《金瓶梅》不是合适的对象，因为其作者是明代人，不过从《水浒传》里借了个躯壳，故事虽借用宋代的，语言名物与社会背景都是明代的，如按陆灏兄历史与小说穿插写的要求，历史内容牵涉两代，行文势必缠夹不清，更何况我于明史缺乏深入的研究，自然不宜越界筑路。于是，蒙陆灏兄慨允，我便以《水浒传》为主题，在《万象》上开了《浒边谈屑》。

记得鲁迅曾说过："中国确也还盛行着《三国志演义》与《水浒传》，但这是为了还有三国气与水浒气的缘故。"他从解剖国民性角度对此是持批判态度的。但任何问题可以正论，也可以反论。所谓的"水浒气"，不也说明《水浒传》问世以来对中国民族性格的巨大影响力吗？"水浒气"可以是正面的，行侠仗义，惩治强暴，"路见不平一声吼，该出手时就出手"；也可以是负面的，拉帮结派，哥们义气，不分是非，为非作歹。

也许，《水浒传》在艺术上的伟大还赶不上《红楼梦》，但就平民化而言，它与一般底层民众的喜怒哀乐最为贴近。对这样一部古典小说，我国文学史界的研究成果不知凡几，而超越文学角度的研究却相形见绌，其中余嘉锡的《宋江三十六人考实》最值得称道，而萨孟武的《水浒传与中国社会》实开从社会史研究《水浒传》的先河。从这些跨越文学史的《水浒传》研究中，我一方面获益匪浅，一方面也意识到有关《水浒传》人物史事的纯史实考证，在余嘉锡之后已经没有太大的空间，应该另拓新路。

梁山泊的故事至少在南宋瓦子的说话里就已经流传，这有《大宋宣和遗事》可以为证。《水浒传》是融会宋元两代说话人群体创作而成的长篇话本小说，其一百回本的主体部分至迟应该成书在元明之际，因而书中涉及的语言习俗、社会生活大体反映了宋元时代的历史背景，元代立国仅九十余年，底层民众生活与南宋相去不会太远。因而，《水浒传》在成书过程中，对生活风俗的描写摄录应该保留了宋元时代的社会影像，以我的专业知识，是完全可以用宋元史料来与之互证的。这样，也许能对《水浒传》与宋代社会生活的理解，双双提供一个新的观察视角，贡献一种新的阅读方式。《浒边谈屑》的系列随笔，就是在这种思路下形成的。

在小说与史料互证，描摹一代生活风俗方面，令人心折的是邓云乡先生的《红楼风俗谭》，史料丰赡坚实，行文典丽清新，属于陆灏兄所说的好看的文章。应该承认，我在写《浒边谈屑》时，在雅俗共赏与文史贯通上，也时不时以邓说《红楼》作为自己效法的样板。而在文史互证上，除了乙部的史书与子部的笔记，我还旁及宋元的诗词散曲与杂剧话本。当然，我遵守一条原则，以宋代文献为主体，兼及元代诗文曲剧，而基本拒绝明代的材料。

《浒边谈屑》刊出后，有些读者与编辑不是因为我那些十分专业的论著，而是由于这些随笔才与我相识的。当然，也听说有人认为，文章的格局略小了些。这是对的，因是随笔，一要受文体的限制，二要受篇幅的限制，三要受题目的限制。关于题目，我是有意选《水浒传》中出现的风俗名物，这就难免具体而琐碎。但希望能集腋成裘，达到一定规模，比如也来个一百单八篇（实际上，我手边已有百来个现成的题目），也许对于希冀了解宋代社会生活的读者，分则能独立成题，推开一扇窥探的窗户，合则能略成气象，构筑一条巡礼的长廊，对人们从整体上把握宋代社会有所帮助。野心不大，仅此而已。

然而，在现今的学术评价机制里，这些都是些不登大雅之堂的小品闲文。尽管自以为这些随笔在史料运用上是完全遵循史学规范的，在内容上也不乏一得之见，但仍不得不被现行考核体系划出科研硬骨头指标之外。于是，我只有忙里偷闲才写上一篇，自娱也兼娱人。因而，不仅私心期待的规模效应不是立马可待，连专栏的供稿也常常青黄不接，以至于常有人问我，近来《万象》怎么不见你的文章？

前年年初，还在中华书局担任编辑的路育松女士来函，认为我的随笔既有一定的学术内涵，又有雅俗共赏的可读性，不知是否有意将这些随笔出版。她是我的专业同行，而中华书局主办的《文史知识》又不止一次刊发过我的《水浒传》随笔，对这种高情厚意，我自然是十分感谢的。但我不可能抽出大段时间补写其他篇目，只能将已经发表与手头完成的稿子结集出版，至于其他还有数十个题目，只能有待于今后再出增补本。我的这一要求，路女士与中华书局也都慨然俯允。但始终杂事丛脞，直到今年寒假后才着手进行。这次结集，因读书积累了新材料，对许多篇旧作做了增补，有的篇幅甚至扩充至原来的二三倍之多，好几篇几乎是重写，插图也有新的增汰，才整成现在的模样。也不知道读者朋友是否接受与喜欢。

最后，对书名略作交代。最方便的做法，就是用《万象》上的专栏名。当初取名《浒边谈屑》，也是斟酌过的。"浒边"，有两层意思，其一是在《水浒传》旁边，其二是在水边，目的只是一个，不下水，不谈论小说本身，借小说的某些细节做由头，生发开去，讲与这一细节相关的当时社会生活。"谈屑"，一是指所谈的都是不成片段的生活风俗，二是自知这类随笔无足轻重，不过屑末饾饤而已。这个栏名肯定不贴近一般读者，出版社建议另取一个雅俗共赏的书名。考虑再三，便取名《水浒乱弹》。这里也略作说明。"乱弹"，首先是一种戏曲声腔名，不妨借喻为一种阅读《水浒》的新形式。当然，"乱弹"本身就有乱弹琴的意思。这样的小书，文学史界认为是"非我族类"，历史学界以为是难预主流，不是在乱弹琴，还是什么？

本文为《水浒乱弹》（中华书局 2008 年版）代序

学史琐忆与治史随想

一、我的学史琐忆

小时候，写过诸如《我的理想》之类的作文，记不起怎么写的（可见从小就胸无大志），但肯定没打算以史学为营生。如今早过了知命之年，在大学里学历史、教历史、研究历史已经二十余年，恐怕这辈子也就以史为业，不作非分之想了。但有时不免寻思：自己怎么会走上这条道路的？

对我来说，在这点上，不仅绝无家学可言，而且连起码的条件也没有。父亲虽然名叫茂才，是东汉以后对秀才的别称，却大字识不了一箩，一辈子都是"苦大仇深"的工人阶级。他识的字只够记豆腐账，但评话、弹词乃至旧戏却听得很多，晚饭桌上几杯下肚，借着有的话头，就会把相关故事给家人细说一番。父亲的记性好，不仅人名、梗概，连有的诗词都能复述出来。记得一个大雪天，他给我讲了一个皇帝斩钦犯的故事，那个被冤杀者名叫林郎（或者叫凌朗也未可知，因为父亲只是讲而没有写），临刑前做了一首诗，说天地百姓都将同情他的冤枉：

今日午时斩林郎，万里江山作灵堂。

　　　　　明朝红日来吊孝，家家门口泪汪汪。

几十年后，我偶读《清朝野史大观》，才知道他复述的竟是金圣叹《绝命诗》的民间版。原诗是这样的：

　　　　　天公丧母地丁忧，万里江山尽白头。
　　　　　明日太阳来作吊，家家檐下泪珠流。

诧异之余，仍不明白在父亲的转述里，金圣叹为何改了姓名，《绝命诗》怎么改了韵辙，也许是出自据金圣叹故事改编的某个旧戏罢。

　　总之，在现代新式教育普及以前，对中国旧时下层民众而言，他们获得历史知识的主要渠道就是历史小说、戏曲、曲艺，我的父亲也不例外。可以说，父亲以普通老百姓的传承方式，无意之中对我进行了历史的启蒙。渐渐地，我也与他那样，守着一架旧收音机，把评话《三国》《说岳》听得津津有味。儿时离家不远，有一家附设茶座的老虎灶，每天下午有说维扬评话的，也蹭着去听过几次《武十回》。揩油或积攒了几分角把的小钱，放学回家路上，就会到小人书摊上，花一分钱看上一册连环画，一次看上一两册过把瘾，一套《水浒传》就是这样看全的。那时，《水浒》连环画共二十一册，到《梁山泊英雄排座次》为止，还不是后来六十册一套，否则，吊胃口的日子还要长些。

　　进入中学后，对古典诗词一度入迷，那种美令人心醉，不但千方百计找来读，也学着写，当然很稚拙。我因而对古典文学有了相当的了解和终生的兴趣。高中只读了一年，就碰上了轰轰烈烈的"文革"，没去广阔天地接受贫下中农再教育，待在城里吃干饭，最佳读书年龄却找不到书读。"文革"晚期，先有"批儒评法"运动，后有评论

《水浒》热潮。两次全民性的运动，政治上都是所谓"伟大的战略部署"，却怪诞地以中国古代史与古典文学的学术形式出现。不过，这种全国性的政治运动，对当时无书可读的知识青年，尤其对我这样没有家学背景者来说，至少因此可以读到和买到中国历史与古典文学方面的基本典籍，我读《史记》与置备前四史就是在那个时期。还得承认，这种以学术形式展开的全国性政治运动，也激发了当时相当一批年轻人的文史兴趣。现在文史学界五六十岁的那一代人，很少没有不受那两大运动熏染、裹挟与影响的，但名声籍籍以后，却少有人承认自己是喝过那一口狼奶的。我倒愿意坦承，这本随笔集中《荀彧的无奈》尽管是后来考入大学选修魏晋南北朝史时改定的，对荀彧的评价至今也没有改变，但初稿却写在"批儒评法"运动后期，当时把荀彧说成是法家的对立面。

在那两个运动以后不久，"文革"宣告结束，再过一年恢复高考，我也试图挤上这班车，圆我的大学梦。填志愿时，究竟报中文专业去学古典文学，还是报历史专业去学中国历史，颇踌躇犹豫了一番。但是，亲身经历了"文革"的折腾，连大哥的命也搭了进去，渴求对中国历史的深入反思，明显压倒了对古典文学的浓厚兴趣，终于决定报考历史专业。1978年初春，考入了上海师范大学历史系。在一本专著的《后记》里，我这样回忆：

> 我是在而立之年才进入大学学习的。一想到许多学者在这一年龄上早已著书立说，才深知所谓夺回被历史耽误的十载年华，不过是自欺欺人之说。但既然学了历史专业，总不能泛滥无归，大约在1980年前后，决心追随程应镠先生研治宋史。

大学四年的专业学习，最大的收获有两点，一是接受了专业训练，一是明确了专业方向。

二、我的治史感言

大学毕业，留校工作，始终以史学为职业。有两个问题，不但学生会一再究诘，自己也会经常自问：为什么学史？怎么样治史？

对第一个问题，古往今来，不知有多少贤哲发过多少说论。太史公说"究天人之际，通古今之变，成一家之言"，大概是最好的回答。至于孟子说"孔子作《春秋》而乱臣贼子惧"，则错把批判的武器当成了武器的批判，其后的乱臣贼子也不见得由于中国史书汗牛充栋而有所收敛，依旧生生不息、代代相传。不过，国人始终相信史学有垂训资治的借鉴作用，唐太宗说的"以古为镜，可以知兴替"，司马光把自己的著作取名为《资治通鉴》，都有这层意思在。中国先贤总让历史学承担起过分严肃沉重的负荷，相比之下，西哲则比较实在。西塞罗说："不知道你出生之前历史的人永远是个孩子。"在他看来，历史学主要有助于人们在知识能力与人格情操上发育为一个健全成熟的人。培根的名言"读史使人明智"，说的也是这层意思。在史学功能论上，中西史学似乎有着为人与为己的畛域差异。

我很喜欢一个朋友的提法："出入历史。"历史是一个包罗万象的昔日世界，它曾是真实的，不像文学与艺术那样，只是虚构与想象，可爱而不可信。历史中各色人等，各具个性，不管男女老少，尊贵卑贱，喜怒哀乐，美丑善恶，你可以招之即来，挥之即去，你可以抉其隐私，审其灵魂，你可以论其优劣，评其得失，而无须担心他们骂你娘，告你状。历史中各种事件，首尾完具，无论纵横捭阖，刀光剑影，慷慨激昂，恩怨杯葛，你可以千载一逢，回首百年，你可以纵览始末，明察秋毫，你可以凭吊兴亡，指点功过，而不必担忧横祸飞来，狂澜既倒。任何读史者、学史者、治史者，既可以与历史上的人与事保持着理性的距离，冷静理智就像外科医生面对手术的对象，也可以对历史的人与事倾注进感情的色彩，爱憎歌哭就像当事者面对亲仇生死。历史世界，对他们来说，都是出入自由，相对安全的；唯其安全，才能够自由出入。因而，他们不会孤独，历史里有那么多人，可以为楷模，为知音，为朋友，为同道，为邻居，为点头交，为陌路人，为竞争对手，为假想敌人；他们也不会寂寞，历史里有那么多事，可以去牵肠挂肚，去大惑不解，去猜度哑摸，去冷眼洞见，去审时度势，去设身处地，去把握领悟，去咀嚼回味，去举一反三。在历史里，他们读遍了历代家国的盛衰兴灭，阅尽了无数人物的生死荣辱，看惯了多少事件的血雨腥风，自然就有一种理智、彻悟、淡定与通达。

一般说来，不以史学为职业的人，他们学史读史，主要就是为己，其高明者可以达到以上的境界。至于那些以史学为职业的人，一方面以自己的工作为社会提供精神产品，有助于人们把握历史大势，探寻因果联系，完善知识结构，陶冶人格情操，这是为人；另一方面，他们创造精神产品的过程，也就是收获的过程，他们给予社会的，也正是自己试图获得的东西，这是为己。在一个合格的历史工作者身上，为人与为己的两种史学功能是可以也应该协调兼顾的。准此而言，以史学为职业的人，其读史治史的方向与课题，只有在不受功利干扰而出于自愿选择时，才是全面实现史学功能的理想状态，才能以为己的目的播种耕耘，以为人的形式开花结果。

至于第二个问题，历史与现实的关系，始终是史家难以把握的维度。以往有过"为革命而研究历史"的口号，片面地强调导致影射史学的空前猖獗，史学研究最终失身于现实政治。物极必反，于是有人重提"回到乾嘉"的口号，抽去了对人类、对现实、对未来的人文关怀，史学成为冷冰冰的史料堆砌。实际上，这两种认识都有失偏颇。史学是否应该回避现实问题，放弃终极关怀？似乎仍有必要重温克罗齐的名言："一切历史都是当代史"；"只有现在生活中的兴趣，方能使人去研究过去的事实"。我还很赞同一位历史学家的话：

> 史家假若没有了对人类命运的根本性关怀，没有了对人性的深刻反省，我们是不是很容易被历史的沉重拖到海底，再浮不到海面上，向世人说清楚：大海的故事究竟精彩在哪里？（王家范《中国历史通论》）

关键不仅仅是肯定两者的联系，还在于如何把握这种张力。史学研究与现实关怀之间，应该保持一种不即不离、若即若离的关系，颇有点类似孔子所说的君子与女子、小人之间的关系："唯女子与小人为难养也，远之则怨，近之则不逊。"史家应该尽可能保持价值中立，不与现实生活牵强附会，把历史的东西还给历史，由此获得对历史问题的本质认识，才能为现实的关怀提供一种历史的资源。我在《宋代台谏制度研究》里，就是这样去把握两者关系的。这种现实关怀并未引起同行特别的关注，反而让我有理由认为，这种维度把握恰到好处。

当然，并非一说到史学研究的人文关怀，就都是忧国忧民的沉重话题。类似王世襄研究明式家具，研究北京鸽哨，那种对传统文化的沉醉，对生活的挚爱，也是一种人文关怀。正是基于这种认识，凭着自己的兴趣，我也写过一些关于生活风俗的历史闲文章，在满足自我消遣的同时，也给读书界提供一种休闲读物。以我的理解，克罗齐所说的"现在生活中的兴趣"，可以也应该是多元的。不仅如此，在史学成果的表达方式上，史家也不妨尝试多种体裁，既可以是体现研究前沿的学术专著，也可以是面向大众的通俗读物。史学大师吕思勉既有代表其学术高度的《两晋南北朝史》，又有通俗读物《三国史话》，各擅胜场，令人叹绝。

<h2 style="text-align:center">三、我的读史随笔</h2>

回顾自己的治史生涯，虽有小书三四册，论文数十篇，却都乏善可陈，比起那些著作等身、创见迭出的大师，实在汗颜。不过，契诃夫说过类似的话：世界上有大狗，也有小狗，小狗不该因为大狗的存在而心慌意乱，所有的狗都应该叫……就让他们各自用上帝给它的声音叫好了。于是，我就心安理得以自己的水准、方式与喜好来学史、读史与治史。我的史学成品中，既有对现实政治的人文关怀，也有对个人趣味的自我消费；既有对历史问题的探究思考，也有对典籍文献的考索整理；既有深耕细作的专业领域，也有心猿意马的越界飞行。这次蒙长春出版社的雅意，邀我编一册读史随笔，略作汰选，归为四辑。

第一辑《两都来去》，是一组两宋历史的随笔。中国历史上周、汉、唐、宋，都有过两座都城。北宋的东京开封府，南宋人管它叫东都，南宋的纪传体史书《东都事略》就是专记北宋史的。南宋的杭州临安府，后人也管它叫南都，清人邵晋涵曾打算续编一部专记南宋史事的《南都事略》。"两都"就是北宋东都与南宋南都的合称，这里也借指宋代史。"来去"，既有来回忙活的意思，意在标榜自己在专业领域也是劳作过的；也有徘徊彷徨的含义，借以表明自己还不至于自以为是。

第二辑《浒边谈屑》，是与《水浒传》相关的一组随笔。受前辈大家陈寅恪与邓云乡的启发，我偶尔也将《水浒传》与宋元史料串着味读，间有所得。当时，陆灏兄正以一人之力，编着风靡读书界的《万象》杂志，建议我不妨以《金瓶梅》为中心写点小品。《金瓶梅》虽敷演《水浒传》一段故事，但作者是明人，涉及的主要是明代生活场景，明史我不熟，不能勉为其难，便建议取材《水浒传》。他在《万象》上特辟专栏，来满足我对经典小说的另类读法。这辑所收的文章大多刊发在这个专栏上。在《水浒传》的旮旯里，这类谈屑还可以扫出不少，希望将来能专出一本《浒边谈屑》的随笔集。

第三辑《史林折枝》，是一组宋史以外的读史随笔。内容五花八门，朝代也从先秦直到清代，足证我的不守本分与不务正业。不过，我却不以为悔。就治史而言，当然应该术业有专攻，但专攻并非死守一隅而不越雷池一步，对那种凡是专业无所不知、除了专业一无所知的专家，我虽不乏敬意，却期期不以为然。

第四辑《宫花寂寞》，是有关宫廷后妃的随笔。十几年前应一家出版社之约，拟撰一本描写后宫的读物。元稹有诗云："寥落古行宫，宫花寂寞红。白头宫女在，闲坐说玄宗。"诗有一种苍凉的凄美，就取其中一句作书名。当时，已经书写了十几万字的文字稿，后因出国访学而计划中辍。这次，从旧稿里整理了几篇，聊作一辑。

编完以后，内容杂，在意料之中；要起一个统筹兼顾的书名，却有点难。但既然是历史随笔，总该凸现一种历史感。不禁想起小时读过的《三国演义》卷头词：

> 滚滚长江东流水，浪花淘尽英雄。
>
> 是非成败转头空。
>
> 青山依旧在，几度夕阳红。

白发渔樵江渚上，惯看秋月春风。

一壶浊酒喜相逢。

古今多少事，都在笑谈中。

后来，电视连续剧也以它做片头歌，每当听着那迷惘苍凉而又雄浑放达的演唱，我的心就感到一阵怦动与震颤。这首《临江仙》出自杨慎的手笔，也许是毛宗岗修订时添加进去的，却浸透了历史的沧桑感。在永恒的历史面前，任何人都只是匆匆过客，个人的是非成败、悲欢离合就似行云浮沤，转瞬即逝，而明天就像海明威小说借用《圣经》里那句话所说，"太阳照常升起"。这种大彻大悟，往往在白发晚年或许才可能有所体味。于是，才会浊酒青史，从容超脱。这册小书，虽未必"谈笑"，却也说了从古到今的不少事儿，既然喜欢这首词，就用其中一句作书名吧！

本文为《古今多少事》（长春出版社 2007 年版）代序

我的学史感言

　　三十年前，我以恢复高考后首届大学生的身份，进入上海师范大学历史系，开始了本科学习。那年，我已经年届而立。作为1968届高中生，按理，应该在1968年升入大学的。但1966年发起的那场史无前例的运动，彻底颠覆了一切正常的秩序，也包括我们这一代人的求学理想。尽管被这场民族灾难与文化浩劫耽误了十年，相比之下，我还算幸运的，毕竟在十年之后还能圆上大学梦，改变了人生的路向，走上了学史、治史之路。

　　当时有一句时髦的口号，叫做"夺回被耽误的十年"。逝水年华是夺不回的，那句口号也不过自欺欺人而已。但因有了关系家国命运的那段难忘经历，自本科起，在学史路上便始终不敢有所懈怠。本书中《经典作家对拿破仑的不同评价及其原因和启示》一文，就是我在本科时选修法国史的深入思考。现在反观当时的思考，无非强调"要完整、准确地研究与理解经典作家对这些历史人物或事件的全部论述"，这一认识竟然与当时提倡的主旋律那么合拍，不得不让人感慨时代对史学与史家的深层影响。

　　当时，我已将中国古代史确立为今后学史的主攻方向，但对其他历史仍有浓厚的兴趣。对这种广泛的学术兴趣，本科毕业后尽管做了调整，但仍未收缩到一个断代乃至这个断代的某个专题上来。对我来说，这种对中国古代文史泛滥无归的爱好，利弊都是显见的：有利的是知识结构不算太仄迫，涉及领域也不算太单一（本书论文目录就能说明），治史过程中也颇能获得些支持意识；不利的则是心有旁骛，难以成为某个领域窄而深的专家。

1982年，本科毕业，我被程应镠先生留为助手。就在毕业之际，因先生的推荐，我发表了第一篇史学论文，是宋史方面的。而他则被新成立不久的中国宋史研究会推举为秘书长，并在上海师大历史系创建了宋史研究室。作为他的助手，我的专业方向不言而喻，也就是宋史。两年以后，先生把我招为宋史方向的硕士研究生。于是，我又开始了研究生阶段的学习。我不敢说得到了先生的真传，却在不同场合多次撰写过介绍其生平与评价其学术的文章，本书所选《程应镠的史学研究》一文，也许反映出我立雪程门向先生学史的个人体悟。

程应镠先生治史，强调在史料与史识上的通贯性，他要求研究生不论搞中国古代史哪个断代，都必须认真研读完《资治通鉴》，包括司马光的考异与胡三省的注，也都必须下功夫钻研。研究生入学后，他对我说，既然你说已经读过《资治通鉴》，那就从《史记》开始，一种一种把正史读下去罢。于是，我不敢偷懒地读完了"前四史"，还有《左传》。本书中那篇《春秋县制新探》，就是研究生专业课"《左传》研究"的读书报告，公开发表后，其主要论点还被当时《人民日报》（海外版）与《新华文摘》"论点摘编"介绍过。本书中其他几篇两汉史论文，例如《汉代杂治考》《对汉代孝道的再探讨》《西汉前期治国思想上的儒道之争——兼谈窦太后其人与卒年》《董仲舒上〈天人三策〉的年代》《李延年杂考》，尽管有的是研究生阶段撰写并发表的，有的还在其后若干年，但无一不是那时学史的积累。在深度与广度上，这些论文虽然不能与专治秦汉史的学者媲美，但却是我学"前四史"的一得之见。这种学史经历，对我以后治史有许多潜移默化的助益。

硕士阶段的学习毕竟是短暂的。但对一个专业的史学工作者而言，一旦闯入这一领域，治史就是他的毕生事业；治史当然离不开学史，学史也就成为他的终生任务。我曾与友人说起过一个圆圈的比喻：你刚开始史学研究，确定某个断代史或专门史，等于给自己画个专业的圆圈，作为今后致力的范围；但随着研究的深入，你会发现，在自己画的专业圈里，有许多课题与其他专业圈的关系，实际上处于一部分交叉叠合的状态，于是，你自然而然地会延伸学史的触角，将其深入到与原先划定的专业圈交叉叠合的相邻圆圈中去；在治史过程中，这种向相邻专业圆圈的不断涉足与拓展，既有史料上的，也有方法上的；这样，在你原先划定的专业圈周边，交叉叠合的圆圈就会越来越多，整个专业的圆圈群也会越来越大。这种学史的经历与体会，一般治史者都是不难心领神会的。在这本论文集里，不少论文也折射出我对那些交叉叠合的专业圆圈不断外延的学史历程。

20 世纪 90 年代，我东渡日本做访问学者。日本大学的丹乔二教授是宋史学界的前辈同行，对宋代社会经济有着深湛的学养。在日本的一年多里，他几乎每周定时向我介绍日本宋史学界对宋代社会经济史的研究成果，而他也正从事着中国历史上村落共同体的研究。回国以后，我与他始终保持着学术交往，本书中《试论中国历史上的村落共同体》的译文，就是他的大作（收入近藤一成主编的《宋元史学的基本问题》，将由中华书局出版中译本），也算是我向日本同行学史的雪泥鸿爪。

本书中有两篇书评是向中国同行的学史心得。《探寻历史的通解》评的是王家范先生的《中国历史通论》。家范先生是我所尊敬的前辈学者，在我的学术道路上，给过令人难忘的关注与扶持；他对中国历史穿透古今的弘通识见，对史学研究与时俱进的创新追求，更让我由衷地钦佩。这篇书评是我对家范先生史学理论的学习笔记。《泱泱大国的人口史巨著》评的是葛剑雄教授主持的六卷本《中国人口史》。人口史对我来说是一个陌生的领域，为了写这篇书评，我不仅翻阅这部400余万字的大书，还阅读了法国学者索维的《人口通论》，尽量让自己不说或少说外行话。这样，在我的学史圆圈边际上又多了人口史与人口学的圆圈。

向中国20世纪的史学大师学治史方法，一直是我心向往之的夙愿。本书关于吕思勉、陈垣、陈寅恪的几篇论文，就是这一学史过程的一行足迹。20世纪末，我申请了一个关于百年史学嬗变录的科研项目，试图从揭橥"新史学"的梁启超开始，一个一个地把20世纪史学大师们的史学著作学习一遍，领悟他们的史学三昧，同时把他们的史学在百年大变局的互动中给以历史的定位。如果说《用新方法整理旧国故》《不为乾嘉作殿军》与《陈寅恪史学方法论》三篇，侧重的是前者，那么，《世间已无陈寅恪》与《史坛南北二陈论》则是对后者的一种尝试，也体现了我对20世纪史学的一种价值判断。遗憾的是，这一学史过程还未结业。还想对王国维、顾颉刚等大师的史学继续学习，分别写成论文。那时，也许可以另编一本关于20世纪中国史学嬗变录的专题论文集。

本书中《文化史年表编纂琐议》，则是20世纪80年代末与同窗学友共同学史的副产品。当时，由我牵头发起主编一部《中国文化史年表》，作为总其成者，我把这部成自众手的《年表》原稿与校样分别通读与校改了一遍。这样，对编纂文化史年表的发凡起例略有一孔之见，对我们自己所编《年表》的长短得失也冷暖自知，于是就发为《琐议》。行文至此，遥想二十年前编纂《年表》时我们多次聚会热烈切磋的场面，令人生出树犹如此的感慨与友情长存的祈愿。

至于书中关于《公暇记闻》的论文，则关系到一次意想不到的学史机会。我所在学校有一个整理域外汉文小说的大项目，这一项目本来是古典小说研究者的禁脔与领地，哪有小僧伸脚的余地。《公暇记闻》是一部越南的笔记小说，而所记的都是近代以前越南史与中越关系史的史料，古代越南史与中国古代历史及制度关系密切，但那些古典小说研究学者或许是不屑拓展自己治学的圆圈，就把这部笔记交给我去整理点校。实际上，对于古代越南史与中越关系史，我所知道的，也不见得比那些研治古典小说的专家多。这部笔记又是一个手抄的孤本，越南方面也未能提供对校的异本与他校的材料。在这种情况下，我把校点这部域外文献作为一次新的学史机会，而我那不算太窄迫的知识结构在其间也大起支持意识的功用。于是，我不但在中国史籍中找到了他校资料，还利用本校法纠正了底本的抵牾；在此基础上，还就《公暇记闻》里的中越关系史料写出了这篇论文。

值得交代的还有那篇《略论荀彧》。我对历史的兴趣，如果不算少年时听《三国》读《岳传》的经历，就得承认与"十年浩劫"中那场"评法批儒"运动有关。在无书可读的情况下，当时那种以学术形式展开的全国性政治运动，虽然吊诡，却激发了包括我在内的相当一批年轻人的学史兴趣。1975 年初，我准备写这篇文章，正是那场运动的后期。当时辗转托人从一所中学图书馆里借来《后汉书》与《三国志》，仅凭这两部正史，也不管自己是否缺乏专业训练，就写出了题为《试论荀彧的政治立场》的初稿，当时把他说成是法家的对立面。进入大学后，程应镠先生开魏晋南北朝史选修课，让我有可能重新思考对荀彧的评价，于是就把旧作改写为《略论荀彧》作为选修课的论文。我对荀彧的观点至今未有改变，此文后来删去了学究气的文句与学术化的注释，发表在《文史知识》上，也曾收入我的文史随笔集《古今多少事》。这次收入本书，恢复其史学论文的规范样式，也算是立此存照，提醒我：在学史起步之际，你也是喝过那一口狼奶的。

对于书名中"学史"两字，已经说了不少，而对"帚稿"的说明也就相对简单。南宋包恢曾自署文集曰《敝帚稿略》，据其《自识》说，他见到亲友为其"收拾类聚"的文稿，因"不能掩其恶而匿其丑"，就略作汰选，"姑别存之，名曰《敝帚稿略》"。推原其取名本意有二：首先是不满意自己的旧作；然后，是不忍完全弃之不顾而有点敝帚自珍。这种矛盾心理，似为多数文人学士所共有，也是本论集取名的原因。有关改革开放三十周年的纪念，今年似乎不绝于耳。蓦然回首，自己正儿八经地开始学史，至今居然也已经三十年了。于是就把三十年来的学史论文编了两本集子：一本集子专收用力相对较多的宋代历史文化方面的论文，而把其他史学论文扫进了这本名为《帚稿》的集子。

本文为《学史帚稿》（黄山书社 2009 年版）自序

我的宋史研究

一

尽管电影《高考：1977》只停留在感恩的层面上，反思有欠深刻，但1977年高考毕竟改变了一批人的命运，其中也包括我在内。我既无家学，又无师承，虽然少耽文史，"十年浩劫"却无书可读。"文革"晚期，为配合"批儒评法"与评论《水浒》两大运动，书禁局部解冻。我当时在中学代课，趁机杂读了一些文史书，但直到考入大学前，根本谈不上专业训练。

我所在的大学并非名校（我常戏称出身三流大学），就读的历史系，当时唯一的中国古代史教授就是程应镠先生。他只给我们上过半学期"中国历史文选"，但在课上曾提及由他主持校点的《宋史》与《续资治通鉴长编》，还说已把宋史定为我系今后的研究方向。这些不经意的言谈，在我的心上漾起了涟漪：对古代文史尽管饶有兴趣，却从未定过主攻方向，那何不选择本系最具空间的宋代史呢？

于是在一次课后，向先生请益如何学宋史。他说，当年听张荫麟先生的宋史课，开出的参考书就是《宋史纪事本末》，你不妨也由此入手；读完以后，可以接着读《宋史》，然后读《续资治通鉴长编》。我照着去做，除去日语新上手，仍耗大段时间，余下精力几乎都放在读《宋史》上，连上其他课都捎上一本《宋史》，好在任课教师还算宽容，期末考试也不难对付。大二那年，基本读完《宋史》，为了参加学生学术报告会，就"苗刘之变"写了一篇幼稚的习作。正式发表却在30年后，而且经过了面目全非的增补修改，这就是那篇《苗刘之变的再评价》，也算对学习宋史起步阶段的往事留痕吧。

接着"苗刘之变"的研究路径，我发现在其前后的两宋之交兵变频繁，引人注目，而武将势力也在平定兵变中再度坐大。《从海上之盟到绍兴和议期间的兵变》与《论宋代第二次削兵权》两文，可以说是入门研究的延展与深入。利用1980年暑假，写出了前者的初稿，长达三万余字。暑假后，将其呈送给先生，内心真像有句唐诗说的那样，想问一句："画眉深浅入时无？"先生只对我说：文章先放在这里，下个月中国宋史研究会在我校成立，你可去旁听。他是会议筹备者之一，因有特许，我也许是唯一旁听完宋史研究会成立大会的在读本科生。会后不久，先生把论文退给我，其上有他字斟句酌的笔削。他让我再誊一份清稿，以便收入论文集。然后，对我的论文，他说了两点：占有史料要全面，但用一条材料能说明的问题，不要再用第二条；写文章要让人爱看，要干净简练，一句话能说清的，不必说第二句。这两句话，对我醍醐灌顶，让我终生受用。这是我正式刊出的第一篇宋史论文，我称之为"第一格石级"，并在文末特别注明："一九八〇年十月八日初稿，时值全国宋史研究会成立；一九八〇年十一月七日三稿。"旨在感念扶持指引我踏上宋史研究第一格石级的受业师。

大学毕业，留校做先生的助手。他正为《中国历史大辞典·宋史》定稿，让我协助审稿，要求把撰写者提供的参考文献逐一核实，词条释文凡与参考文献有出入抵牾处，不仅必须注明，最好还能考定是非。这项工作历时年余，烦琐而具体，倘若写稿者文献出处罗列不全，尤费搜考之力。但对我而言，整个审稿过程逐渐拓宽了对宋代文献的知识面，也有效训练了对史料考证的基本功。《南宋编年史家陈均事迹考》就是当年审稿时寻根究底的副产品。

留校两年后，先生招我为宋史方向的研究生。读研期间的专业考察，我选择了由汉中经剑门关入川的线路，重点考察四川境内的宋代遗迹，钓鱼城遗址与大足石刻给我留下难忘的印象。当时，大足石刻已引起艺术史界的重视，但宋史学界似乎还不够关注。有感于此，我写了《大足石窟：宋史研究最大的实物史料库》，刊发在当年《宋史研究通讯》与《大足石刻研究通讯》上。另一篇《大足〈懿简公神道碑〉考证》，也是这次考察的意外收获。

我的硕士论文以宋代台谏制度作为研究方向，无论对制度的复原还是对问题的思考，我都投入了全部的心力。尤其后者，把自以为有所寄托的独立之见凝聚在全书结论之中。遗憾的是，出于某种原因，结论《分权制衡的失败尝试》在《宋代台谏制度研究》初版本中未能照原稿发表。被删节的部分，后来以《对中国历史上分权制衡的思考》为题，作为独立的论文刊出，去年收为该书增补本附录。

从 20 世纪 80 年代初，上海师大开始标校《文献通考》，作为研究生实习课程，我参与其中《四裔考》覆校，任务是复核全部史源出处。这一实践让我在两方面大有获益，一是在文献涉略上更为开阔，一是在古籍校勘上初谙门径。全书整理完成，岂料却因出版不景气而长期搁置，后虽收入《传世藏书》，但那套书口碑欠佳，大有明珠投暗之憾。2007 年，中华书局重新动议出版，但要求再作校理。校书如扫落叶，校勘质量因此更上层楼。重校完工后，我深感中国古代在对待周边民族与外国的观念上，颇有值得反思之处，便进而通读其后三部《通考》中的《四裔考》，完成《古代中国人的周边国族观——以〈文献通考〉为中心》的长文，从历史角度表达了对开放的中国如何应对外部世界的人文思考。

20 世纪 80 年代末，有出版社准备推出大型的《中国文化史大辞典》，约请程应镠先生主持宋代卷。他卧病在床，已无法工作，便让我具体筹划。接下来的三四年里，我几乎无暇旁顾，按宋代文化的学科框架，设计条目，组织作者，审改稿件。对这一耗时费力的大工程，唯一聊以自慰的，也许是逼着我去了解宋代文化史的方方面面。孰知辞典编定，又以市场原因一搁经年，进入 21 世纪才"起死回生"。付印之前，一是把尘封多年的旧稿重加修订，再作补遗，一是撰写一篇卷首的总论，这就是《论宋代文化》，反映了我对宋代文化的总体鸟瞰。

《宋代文化史大辞典》交稿不久，我有一个到日本大学做访问学者的机会。在一年半访日期间，参加过几次东洋文库的《宋史·选举志》研读班，这个班由中岛敏先生主持，柳田节子先生等东京知名的宋史学者几乎都参与其中。作为我的访学教授，丹乔二先生几乎每周一次与我研读探讨日本宋史学家的代表性论著，内藤湖南首倡的唐宋变革论也曾是我俩的话题。唐宋之际社会的确有较大变迁，就此而论，内藤的唐宋变革说有其敏锐独到处，但支持其唐宋变革说或宋代近世说的整个内藤中国史观，却脱不开他的时代与立场的烙印。全日本庋藏宋版书最多的静嘉堂文库，也让我流连忘返，在日期间与归国以后先后写过两篇静嘉堂所藏宋籍的文章。

访日归国后，我的宋史研究有点身不由己。先是应约写了《宋光宗宋宁宗》；再是被拉进一个太湖史课题，负责其中的宋元时期，由此催生了几篇区域研究的论文。

转眼进入 21 世纪，我的工作集中在三个方面。其一，应一家出版社之邀写《细说宋朝》，作为"学宋史的阶段性小结"，因须兼顾与两宋相关的辽夏金蒙史，对当时先后对峙的诸政权关系必须有一个全局观，《试论十至十三世纪中国境内诸政权的互动》就是为此而作的。其二，以《水浒传》为话头，在一家杂志上写一个关于宋代社会风俗的不定期专栏，其阶段性成果已编为《水浒乱弹》，无非效颦陈寅恪的诗史互证法，运用的材料除去诗文笔记，也包括宋元两代的小说戏剧。另外，我重拾中学时代起对古典文学的嗜好，关于《宫崎市定说水浒》的书评与此也不无关系。其三，既在体制内讨生活，总得参加集体项目，做了几种《全宋笔记》的校点。我定了两个原则：一是必须选未经前人标校过的笔记，否则不宜混饭；二是训练研究生做版本调查、诸本对勘与初校试标等前期工作，我最后把关。《南部新书小考》与《校书偶记》都与校点工作有关：前者是对所校笔记作者生卒年与版本源流的考证，后者是几种经手笔记的校勘前言。

这样一路走来，从撰写第一篇宋史论文至今已经整整三十年。按宋代学者邵雍的元会运世说，三十年为一世。蓦然回首，不由得教人生出隔世之感。

二

既然三十年为一世，也怪不得近年来，上到国家，有改革开放三十年的纪念活动，下至学界，也纷纷推出三十年集。我也未能免俗，去年编过一册《学史帚稿》，收录宋史以外的论文；今年这册《两宋历史文化丛稿》，辑集关于宋史的论文。其中《论元代的杨家将杂剧》讨论的虽是元代杂剧，杂剧内容仍是宋代题材。至于《古代中国人的周边国族观》，虽纵贯中国史，却缘起于《文献通考·四裔考》的整理，而且毕竟以《通考》为中心，马端临虽主要生活在元代，其成书也在宋元易代后，但他与胡三省一样，史学精神同属于宋贤史学。

学者自编论集，目的无非两个：一是为人，一是为己。就为人言，奢望自己的一得之见或许还有点参考之处，编辑成书，便人查阅。就为己言，期盼自己的劳作留一点雪泥鸿爪，也是人之常情。但借结集之机，检讨习史治学的成败得失，对己对人，也许都更有意义。在我的学史过程中，深感有必要协调好三大关系。

其一，断代与通史的关系。记得在中国宋史研究会成立大会上，谭其骧先生作为来宾发言，主旨说断代史研究大有可为，只要肯下工夫，中等资质三五年后学必有成。这层意思让我辈中人大受鼓舞。不过，程应镠先生却要求他的研究生，第一年必须通读《资治通鉴》与胡注。我自称已读过《通鉴》，他让我从《史记》《汉书》一路往下读（惭愧的是，我只读完前四史）。记不清他是否说过"只搞宋史，搞不好宋史"之类的话头，但其良苦用心显然是让我们能以整个中国史的宏阔眼光来审视与定位宋代史。回顾自己的学史过程，基本上是以宋史研究为根据地，然而，因有一定的通史知识作支持意识，一方面对宋史的把握可能更深入真切些，或能避免死守一亩三分断代史自留地的短视与寡闻；一方面也有可能跨越断代史的局限，去探索自己偶感兴趣的某个通代性问题，例如我对近代以前中国人所秉持的周边国族观的总体思考。

其二，史学与文学的关系。老辈学人总是强调文史相通，可惜这一治学传统因学科日趋细分而难以为继。连史料文献还分古典文献学与历史文献学，前者隶属文学，后者隶属史学。在这种趋势下，史学研究者尤应自觉提升自己的文学素养。其好处，一是可以改变学者无文的偏向，让自己的学术论著不至于味同嚼蜡，多点可读性；二是可以借助史家的视角对文学性史料作出新解读，最大限度地拓展自家后院的史料库存，以便在研究中拥有长袖善舞、多金善贾的更大空间。这一方面，陈寅恪诗文证史堪称范例，令人难以企及。但我结合《水浒传》相关记载，借助诗文、小说、戏曲等文献史料，勾勒描摹宋元之际的风俗名物，也颇有自得之乐。由于一向关注古典文学，也让我敢于对唐宋变革视野下文学艺术的新走向，对元代杨家将杂剧的故事原型与民众思想，应同道之邀略陈一孔之见。

其三，史料与史学的关系。毋庸赘言，史料是历史学的础石；史料不坚实，史学大厦就无法构建；即便勉强建立起来，最终仍会成为"楼倒倒"的。唯其如此，历史学者凭借各种途径与手段，最大限度地拓展与发掘中外新旧的所有史料；通过考证与辨伪，最大可能地复原或逼近历史原貌，这些基本功夫必须老练与过硬。《史料信息化与中古史研究》也许表达了我对这个问题的集中思考，其他几篇考证实例也可视为我在史料问题上的些许努力。然而，所有史料工作，只不过是史家为建构"历史的总体"所做的前期准备。说到底，历史研究就是对"历史的总体"给出解释。在史学研究中，"历史的总体"起着类似自然科学中理论（或规律）的作用；而在解释这种"历史的总体"时，历史观起着至关重要的主导作用，某种程度上也必然折射出治史者的价值观与现实关怀。在这一方面，虽然做得并不令人满意，但就某些论题而言，我试图在更高层次上给出总体性解释。

这并非说，我已经解决了这些关系；而是说，我注意到这些问题，并做过一定努力而已。至于这种努力是否值得肯定，却不敢过于自信。相反，学习宋史三十年，只辑得三十余篇文章，其中虽或有独得之见，也远不是每一篇都自感惬心的。屈指算来，几乎一年都拿不出一篇精打细磨的像样论文，与前代大师、与当今先进相比，只有自愧的份儿。探究原因，主要有两点。其一，学问兴趣泛滥无归。说到底，还是没能把握好断代与通史的内在张力，在其他断代与专题上八面出击，致使宋代史的成果相形见绌。其二，学术定力有所不足。不但缺乏一个宏大而实在的研究规划，作为自己孜孜不倦的学术追求；即便有短期目标，也往往未能断然拒绝与实现目标无关的干扰或诱惑。

回首旧事，始悟往者不可谏；展望前路，当知来者犹可追。或许是可以于己自勉，与人共勉的。

本文为《两宋历史文化丛稿》（上海人民出版社 2011 年版）自序

程门立雪记

——纪念程应镠先生百年诞辰

20世纪70年代末与80年代初，至今令过来人顿生感慨而不胜怀想。那时，"十年浩劫"噩梦乍醒，改革开放大闸初启，万物复苏、人心思治，无不以为中国从此永别"文革"式苦难，诸多愿景似乎都有望实现。当时流行一句时髦口号，叫做"把耽误的十年夺回来"。现在想想，未免自欺欺人，有谁真把那"耽误的十年"夺回来的。

但1978年初，即将成为我业师的程应镠先生却真诚地怀抱着这种感奋，他有诗说："改地戡天兴未艾，看花跃马互争妍。"后句自注"时上海高考初放榜"。这年他62岁。正是借着1977年高考的机运因缘，一个月之后，已入而立之年的我，考入了大学，而后成为程门弟子，彻底改变了人生的路向。对我来说，这是深以为幸而永志不忘的。如今，当年立雪程门的情境印象有的已经模糊，有的依然清晰。值此先生百年诞辰之际，我也早过了他当时的年岁，杂乱记下这些琐忆，权作头白门生对受业恩师的无尽追念。

一

1978年2月，我们进上海师范大学时，仍沿袭"文革"叫法，原华东师范大学与上海师范学院都归在这一校名下。但当年四月，上海师范学院便恢复了建制（六年以后又升格大学）。先生为我们1977级上过两门课，首先是大一基础课"中国历史文选"，其次是大三选修课"魏晋南北朝史"。当年同学里总有"消息灵通"人士，介绍些打探到的情况。我所在大学并非名校（我常戏称出身三流大学），当时历史系唯一的中国古代史教授就是先生。他那时刚"复出"（这个染上时代色彩的政治词汇，意指原任领导职务者有待于重新任命），岁末出任系第一副主任，系主任魏建猷先生身体欠佳，具体系务由先生主持。当时，历史系真可谓"百废待兴"，但先生无疑将1977级教学视为大事，亲任"中国历史文选"的讲授。然而，繁杂的系务工作与众多的学术活动，使他终于没能把这门课程讲到底，第一学期后半期起就改由徐光烈先生接下去讲。但选择谁接手，先生显然经过斟酌。当时在系教师中，徐先生是唯一有能力讲历史文选的，后来古籍研究所校点《文献通考》，他也是主要决审者。

先生讲历史文选的细节已无多记忆，只记得好几次兴致勃勃说起标校《宋史》的旧事。从这类旁逸的花絮，约略知道他是中华书局标点本《宋史》的主要决审者，还为《续资治通鉴长编》前189卷定稿，并推动了《文献通考》的整理。先生还说起，系里已把宋史定为今后发展方向，这将是大可用武的领域。这些不经意的言谈，在我的心上漾起了涟漪：对古代文史尽管饶有兴趣，却从未定过主攻方向，那何不选择本系最具空间的宋史呢？

出于禀性，我素来怯于与人交往，但为学宋史，终于在一次课后鼓起勇气叫住先生，请益如何学宋史。这是与先生第一次当面交谈，清楚记得，时间约在1978年四五月间，地点在系办公楼前葱茏如盖的梧桐树下。他说，当年在西南联大听张荫麟先生讲宋史，指定参考书就是《宋史纪事本末》，你不妨也由此入手，先了解大概，接着读

《宋史》，再读《长编》。他还对我说，他只是校点了《宋史》，材料熟些，对宋史还缺乏全面研究；已故张家驹先生才是宋史专家。

这次谈话，对我走上宋史研究之路至关重要。我便照着去做，除去新上手的外语仍耗相当时间，余下精力几乎都放在读《宋史》上。大二那年，基本上读完了《宋史》。其间，我发现了标点本《宋史》仍有当校失校处，也向先生说起过。先生颔首道，读书就应该仔细，要善于发现问题，并嘱我把问题记下来，以便标点本今后修订。对我来说，这话无疑是莫大的鼓励。

大二那年，为参加学生学术报告会（这类报告会也是先生为提高1977级与1978级学生科研能力而倡导的），我就南宋初年的"苗刘之变"写了篇小论文呈送给先生。现在想来实欠斟酌，先生系务公干那么繁忙，学术活动那么频密，哪来时间审读一篇本科生的幼稚习作。但他却交代董家骏先生审阅指点，以便我在论文写作上有所进步。正式发表《苗刘之变的再评价》已在30年后，而且经过面目全非的增补修改，但学史起步阶段，先生点滴关怀的雪泥留痕却记忆犹新。

二

也许是从大一下学期起吧，先生家的客厅成为1977级晚餐后的向往之地，去那里听先生谈时事政治（那一时期的时事政治也确实值得放谈），谈学林往事，谈学术动态，成为同学间一大快事。这种师生谈话，气氛自由而随意，似乎什么都能成为谈资。在这种聊谈中，先生对1977级也有了深入的了解。已记不清我首次趋谒程门的准确时间，大约不会迟于大二。

大三那年，接着"苗刘之变"的研究路径，我发现在其前后的两宋之交兵变频繁而引人注目，武将势力也在平定兵变中再度坐大。于是，试图作进一步探究。但作为本科生，校图书馆与阅览室能借读的宋代史料十分有限。先生当时还主持古籍研究室的工作，这一研究室是标校宋代史籍的重镇。经他特许，我可以去那里自由借阅所藏的典籍，大大方便了史料阅读与搜集。

为在暑假里写出论文初稿，我还必须读完专记两宋之交历史的《建炎以来系年要录》，但古籍研究室不能向历史系本科生开放图书外借权。我遇到先生，说起这事。他当即说，我家里有这套书，你去向李先生拿吧。后来，师母李宗蕖先生多次笑着说起我取书时对先生插架图书的熟悉程度。

从与先生的闲聊中，得知中国宋史研究会将在我校举行成立大会。暑假过后，我把这篇长达三万余字的论文初稿呈送给先生，确像有句唐诗说的那样，想问一句"画眉深浅入时无？"先生只对我说：文章先放在这里，下月中国宋史研究会在我校成立，你可去旁听。他是会议筹备者之一，由于这一特许，我也许是唯一旁听完宋史研究会成立大会的在读本科生。

会后不久，先生把我叫到家里，将论文退还给我。当时，看到每一页都有他字斟句酌的笔削，我的感动真是无以名状。他却淡淡地交代我再誊一份清稿，以便收入论文集。对我的论文，他说了两点：占有史料要全面，但用一条材料能说明的问题，不要再用第二条；写文章要让人爱看，要干净简练，一句话能说清的，不必说第二句。这两句话，犹如醍醐灌顶，让我终生受用。这篇习作后来收入邓广铭先生与他主编的第一届中国宋史研究会论文集，既是我正式刊出的第一篇宋史论文，也是这册论文集中唯一的本科生之作。我在文末特别加了一句："作为一个初入宋史研究之藩篱的学子，奢望本文是他研究两宋兵变以至整个宋史的第一格石级。"旨在感念扶持指引我踏上宋史研究第一格石级的受业恩师。

三

　　1982 年我本科毕业后，先生留我当助手。先生告诉我，他正忙于《中国历史大辞典·宋史》的编撰定稿，让我也投入其中。这年春天，他还把徐规、王曾瑜、朱瑞熙、胡昭曦与张邦炜诸位先生都礼请到上海师院，共同负责复审工作。

　　先生给我的任务，一是负责先生与各位专家之间的联络，二是参与词条初审，逐条查核撰稿者开列的参考文献，凡词条释文与参考文献有出入抵牾处，不仅必须注明，最好还能考定是非正误。前一项工作量不多，先生自己就经常到他们住地交流讨论。后一项工作却烦琐而具体，倘若写稿者文献出处罗列不全，尤费搜考之力。但对我来说，在历时年余的审稿过程中，不仅渐次熟悉了传统目录学的工具书，而且逐步拓宽了宋代文献的知识面，更是有效训练了史料考证的基本功。那篇《南宋编年史家陈均事迹考》就是当年审稿时寻根究底的副产品。

　　交代清任务后，先生采取放手的做法，不太过问我的工作情况。我审过的词条，直接交他决审，省去了复审环节。但两个月后，先生就因鼻咽癌住院化疗，盛夏才回家养病。春夏之交，礼请的专家陆续离校，徐规先生则把余下稿件带回去复审。其间，我去探望，先生念念不忘的总是《中国历史大辞典·宋史》的进度。暑假以后，我援藏离沪一学期，返校继续协助先生工作，持续到 1984 年初夏。尽管进入《中国历史大辞典·宋史》收尾阶段，但具体任务都落在先生身上，我则是他的唯一助手。先生决审时发现有些词条撰稿质量不高却又无法修改，便直接交我重写。在分门别类汇总稿件时，我发现仍有不该遗漏的词条失收，主要集中在中外交通、文献书目与人物上，先生嘱我开列拟补词目，经圈定后也让我撰稿，再由他决审。出版社要求为重要词条找配插图，先生也让我初拟了配图词目与插图出处，交他斟酌圈定。这一过程中，我从先生笔削的决审稿中，揣摩文字表达如何才能臻于简练精准；而汇总稿件、增补词目、遴选插图，也大大有助于我对宋史总体感的把握。

四

留校不久，系里派我赴设在咸阳的西藏民族学院援教。先生与我有过一次谈话，大意说，我知道你的孩子还没满岁，也希望你留在身边协助做点事；但援藏是指派的任务，系里征求过我的意见，我不能只强调自己的需要；教中国通史对你也是个锻炼。谈话很委婉，意思很明确，他的学生尤其应该为系里挑重担。

我去咸阳后，先生仍在养病期间，却挂念着我在异乡的教学与生活。在给我第一封信中，他说："你去后久无信，有些挂记，收到信后就放心了。咸阳想已生火，生活上有困难吗？"这年10月，第二届宋史年会在郑州召开，我从咸阳赴会，除了会议组织的考察开封，还专程去洛阳访古。会后向先生汇报了"学史此行欣有获，古都洛邑又开封"的体会，他很快回信：

云国：

来信收到多日，你去洛阳看看，是应该的，车费、宿费都可报销，你向系里报好了。

下月我打算恢复工作，首先是搞大词典，徐先生年内可全部交稿，大概问题也不多了。已开始作范仲淹传的资料长编，编年抄集他的事迹、交游、诗文，已做到宝元元年。因为《长编》不在手头，上班后还要抄《长编》中的材料，可惜你不在这里，没有人帮忙。

严耀宗已毕业，硕士论文答辩也举行过了，系学位委员会已决定授予硕士学位，他自己也正在等着接替你的工作。匆匆，

问好。

应镠 十日

对这封信略作说明：其一，已记不清我是否提及洛阳之行的报销，但先生肯定出于青年教师收入低、负担重的考虑；其二，他养病期间最挂念的还是《中国历史大辞典·宋史》定稿问题；其三，在家养病的半年中，先生已为撰写《范仲淹新传》作资料准备；其四，他同意严耀中兄一毕业就接替我，也出于当时派我的同样考虑。

1983 年 1 月 3 日，先生又来信，移录如下：

云国：

耀宗前日来，说得你信告以咸阳不必去了，他很高兴，我也觉得这样好，等正式消息来，他就可以准备为学生讲魏晋南北朝史了。

你回来后，帮我抄《长编》中有关范仲淹的材料，可以省我很多力。我还是希望你能在两年内开宋史，写两三篇论文，将来可以作讲稿的。我的老师和我讲断代史，都是讲问题。陈寅老从来讲的都是自己研究的成果，我则半是寅老的意见，半是自己的研究所得。

年尽时得一老友退居二线的信，有七律一首，附寄一粲。
"泽畔"云云，指的是我与他共同的朋友，遭了五七年之祸的。
匆匆，

问好！

应镠 一、三

先生结合自己治学与讲课经验，为我树立了鹄的，寄寓了厚望：一是讲课要有研究所得，不能只做搬运工与传声筒；二是强调"讲问题"，也就是要有问题意识。先生知道我喜欢旧体诗，信尾特地抄录了新作《刘春退居二线远致书问并七十生辰诗时正年尽诗以报之并简天蓝》（此略），但"一粲"云云却让我受宠若惊。

岁末南归，趋谒程门，转送上一尊仿唐三彩骆驼，告诉先生这是民院学生的临别赠礼，他说这倒蛮有意义的，高兴地收下了这件礼物。

五

我留校不久，先生就在历史系创建了宋史研究室，亲兼主任，我与同届留校的刘昶兄都成为其成员。为把我们培养成合格的研究者，先生尤其重视我们的业务学习。我手边还保存着一份当时的进修计划，应是先生要求制定的，分理论学习与业务学习两部分，前者包括经典著作与中西史学理论名著的拟读书目，后者包括宋史研读书目与论文写作计划。以后几年里，作为助手，除协助先生编纂《中国历史大辞典·宋史》，帮着处理宋史研究会秘书处的杂务，就是读史学理论，读宋代典籍。

这时，先生已招了几届宋史研究生。他认为，在高校教研还是应该提高学历，就让我们都考他的在职研究生。1984 年，他一下子招了八位研究生，包括本科留校的刘昶、范荧与我。于是，我们在程门又开始了研究生学习。先生治史，强调在史料与史识上的通贯性，要求研究生不论搞中国古代史哪个断代，都必须研读完《资治通鉴》，包括司马光的考异与胡三省的注都必须下功夫。研究生入学不久，他找我谈读书计划时说，既然你说已读过《资治通鉴》，那就从《史记》开始，把正史一史一史读下去罢。于是，我不敢偷懒，读完了前四史，还有《左传》。前四史囊括了三国以前的历史文化概貌，也是中国传统文史的典故源头，细读一遍，确实受益匪浅。我后来写过《春秋县制新探》等几篇先秦秦汉史的文章，就是研究生时期读史所得。先生为我规划的读史计划，既让我的宋史研究拥有较通贯的视野，避免了"只学宋史，学不好宋史"的谫陋，也让我对宋代以前的中国史有了总体的了解。

研究生期间，先生自己讲过"中国古代史研究方法"，还请邓广铭、王永兴、胡道静、苏渊雷诸先生来做专题讲座。邓先生讲他的宋史研究，王先生讲敦煌吐鲁番文书与唐史研究，胡先生讲他新创的"广谱目录学"，苏先生则讲中华民族文化精华。我校古籍研究所正在标校《文献通考》，徐光烈先生负总责。先生让徐先生兼顾我的专业与论文。作为研究生实习，我参与其中《四裔考》覆校，任务是复核全部史源出处。这让我在两方面大有获益，一是在文献涉略上更为开阔，一是在古籍校勘上初谙门径。

我选定宋代台谏制度作为论文方向后，去向先生汇报，他已卧病在床，说这是一个有价值的题目，要在制度复原与理论思考上多下功夫。由于健康原因，先生已不可能直接指导我的论文，却表示相信我能研究好这一课题。1988 年，我送上了打印稿，先生已完全没有精力审读完这篇长达数万字的硕士论文了。没能听到他对这篇论文的直接意见，我是深以为憾的。

六

先生对弟子，很少有直接的批评，对我也是如此。但有一次当面诘问，却让我至今难忘。

20世纪80年代中期，正是一拨"文化热"兴起之时，对传统文化中负面影响的批判一时成为学界风势。1986年，为参加一次科学社会史的学术会议，我与好友合写了一篇中西科学思想比较的文章。我那好友搞科学哲学，凡西方神学与科学的资料与论点由他贡献，而中国思想与科学的材料与想法主要由我提供，分头操觚，而后合拢，题目也颇有时代印记，叫做《理性的西方神学与非理性的东方理学》。

先生也看了这篇文章，我再登门时，他正色问我：你西方的东西读过多少，宋明理学的书读了多少，就下这样的结论！记不得当时是否作了无力的声辩，先生说完这几句后，没再多说，转到了其他话题。但这一棒喝，确实令我深省与警醒。我那时知晓的西方历史文化，基本上也就是大学世界史那点皮毛，宋明理学虽有涉略，也远谈不上有深刻真切的把握。

我后来琢磨先生的意思，并非对传统与历史不能批判，而是告诫我，任何关乎史学的判断与结论，必须在全面掌握材料、深入进行研究后作出，倘若像这篇文章那样，结论先行，材料后找，必然背离史学正道。这是先生在学问路上对我唯一的正面批评，却让我终身铭记。这些年来，对历史与传统中的负面因素，我在历史随笔与史学书评里仍会进行批判与反思，但每当完稿之际，总会扪心自问，其中的观点与结论是否经得起全部史料的覆案与拷问，从来不敢再有造次。

七

由于在职读研，仍兼做先生助手，亲聆謦欬的机会依然不少。记得《范仲淹新传》出版不久，我曾问先生，接下去还想写哪个宋人传记，打算写王安石吗？他说，不写王安石，有时间想写写苏东坡。在感性上，先生似乎不太喜欢王荆公；从史学角度论，他对林语堂的《苏东坡传》也有不满。但他接着说，最先想写的还是魏晋南北朝人物系列，不以专著形式，而是一篇篇人物论，每篇有自己的见解。先生对魏晋南北朝史下过大功夫，不多的已刊论文与薄薄的《南北朝史话》远远容纳不下他对这段历史的全部研究。遗憾的是，在《司马光新传》即将杀青之际，他就一病不起，再也不能搦笔述作了。而该书附录《司马光事迹著作编年简录》还只编到治平元年（1064），先生嘱我续编完稿。于是，我领会先生的史见，揣摩先生的文风，勉力完成了这份《编年简录》，补列了参考书目。出书以后，先生已无力在赠书上题笺，让师母钤上印鉴以为留念。

《中国历史大辞典·宋史》出版后，先生总感到仍有缺憾。他曾说起，此书还难称完备，所收词目远不能满足读旧史之需，原因是这部大辞典既以断代分卷，又以专史分卷，所以宋史卷与各专史卷交叉，只能择要收入那些绝不可缺的词目。1985 年，先生就决定另编一部《宋史大辞典》，希望编成后能给宋史研究更多助益。但 1987 年起，先生就卧病不起，这一计划也随之落空。次年，有家出版社准备

推出大型的《中国文化史大辞典》，约请先生主持宋代卷。他在病榻
上与我谈这件事，表示自己已无法工作，但仍打算允诺邀约，希望我
能具体负责筹划。见到先生在约稿协议上歪斜的签名，想起他原先那
刚直劲峭的笔迹，心里不禁泛起一阵酸楚。我深知先生编《宋史大辞
典》的夙愿仍盘桓在心，便表示愿竭尽所能全力以赴。于是，我以先
生的名义，以程门弟子为主体，同时约请其他学者，组成了作者队
伍。然后，按宋代文化的学科框架，设计条目，组织撰稿，协调进
度，审改稿件。三四年间，我心无旁骛地投入其中，不时向先生有所
汇报，他总表示，这事只能靠你们。好在有协助先生编《中国历史大
辞典·宋史》的实践，更兼诸多同门的齐心协力，这部《宋代文化史
大辞典》在 1994 年终于完稿。遗憾的是出版历尽周折，正式梓行迟
至 2006 年，先生去世已岁星再周了。

八

好几位宋史前辈都向我转述过先生的话："虞云国不是我程应镠
培养出来的，而是社会造就的。他进大学时水平已经很不错。"先生
的话，明显有谦抑成分，而说"社会造就"，也不无道理。"十年浩
劫"，家国剧变，让我们这代人对历史有更深的领悟力；那十年间，
毕竟还读了点书，入学水平超过从中学直考的大学生也是事实。仅此
而已。但立雪程门的幸运机缘，却从根本上决定了我其后的学术路向
与治学风格。

针对人文学科的学生培养，有学者说过：给大学生常识，给硕士
生方法，给博士生视野。这在专业常规训练上确是卓见。我想补充的
是，中国师道历来有"经师易求，人师难得"之说，《资治通鉴》卷

55 胡三省注云："经师，谓专门名家，教授有师法者；人师，谓谨身修行，足以范俗者。"尽管"人师"往往强调以身作则的道德持守者，但也不妨作宽泛的理解。一位光风霁月的人文学者，倘在学术上独具气象、风格与魅力，本身就是标杆式的巨大存在，只要弟子擅于参悟领会，学业上便"足以范俗"。

记得研二那年，我写过一篇记先生谈中国古代史研究方法的作业，题为《治史三昧》，他是赞许的，特在《宋史研究通讯》刊发。那篇文章里，我不仅从他的言传，更从他的身教，概括了先生治史的气象风范，兹摘引要旨如下：

> "剖破藩篱是大家。"近来先生不止一次朗吟这句古诗来勉励我们。先生谈治史时强调理论，但反对无学业根底的空疏之论，强调扎实的史料功夫，却也不主张仅以罗列史料为能事，他推重宏观理论与微观研究相结合，而且认为这种结合是可以在一个出色的史学工作者身上就能完成的。只有那样的结合，才有可能剖破藩篱成为大家。先生谈治史方法时，亦相当讲究文字表达，要求我们不断提高驾驭文字的能力，把史学论文写得简洁畅达，富于文采，使人爱读。强调材料，重视理论，讲究文字，这是不是程先生的治史三昧呢？我以为是的。

回顾我的人生轨迹，在"谨身修行"上，不敢说先生的道德人格让我提升了多少高度；但在学术上，他对我去妄纠弊的"范俗"影响不言自明。其间，既有前文所及的提撕与批评，更多的却是"桃李不言下自成蹊"式的熏染。在这层意思上，没有先生的培养，就没有作为人文学者的今日之我。

《近思录》记及程门轶事，于小程子有"程门立雪"之典，语弟子恭于执礼；反躬自问，门生自惭不如。于大程子有"如坐春风"之喻，说师尊善于传道。作为人师，先生当之无愧！

本文原载苏智良主编：《程应镠先生百年诞辰纪念文集》，

上海古籍出版社 2016 年版

记下立雪的见闻与感悟

陈恒教授主政光启国际学者中心，不遗葑菲，命我选编一册随笔，纳入由他主编的"光启文库"。光启中心所在大学是我供职过的学校，感铭雅意之余，我觉得最好选些与这所大学多少有点关系的篇什。

1978 年，我作为恢复高考的首届本科生就读于该校历史系，在学期间追随程应镠（笔名流金）先生治宋史；毕业那年，蒙他推荐，得以发表第一篇宋史论文；不久，他留我为助手，两年后招为研究生。其后，一路走来，我始终服务于这所学校。毫不夸张地说，我的学术生涯起步于斯，作就于斯。所有这一切，流金师的始造之力是不应忘却的。这也是我辑集这册随笔的用意。

不言而喻，书名之"立雪"，出自那个著名故事。《河南程氏外书·传闻杂记》记载杨时与游酢谒见程颐（号伊川）时的情景：

> 游（酢）、杨（时）初见伊川，伊川瞑目而坐，二子侍立。既觉，顾谓曰："贤辈尚在此乎？日既晚，且休矣。"及出门，门外之雪深一尺。

从史料学看，这则记载有欠准确或完整，问题出在"初见"上。两人既然是首谒，去时程颐如已"瞑目而坐"，"既觉"却只问"尚在此乎",无所交谈便打发他们走路,未免失礼;倘若接待过来访,随后打盹睡去,醒来怪讶"尚在",虽合情理却应交代其前已有接谈。《宋史·杨时传》所述相对周全:"一日见颐,颐偶瞑坐,时与游酢侍立不去,颐既觉,则门外雪深一尺矣。"这一典故后来提炼为成语"程门立雪"。我有幸也出自程门,此程门虽非彼程门,但在借用尊师重道的这层含义上,倒也熨帖切题。

在传统文化中,"天地君亲师"尊为人伦根本。故《荀子·礼论》将师道与君道并提,认为两者都事关治本:"天地者,生之本也;先祖者,类之本也;君师者,治之本也。"韩愈的《师说》是论辩师道的名篇,颇值得玩索。其劈头即说:"古之学者必有师。师者,所以传道受业解惑也。"古代学者,无论儒学六艺还是巫医乐师,乃至百工群匠,都"不耻相师"的。其中"传道"属于人格气象的形而上层面,受业(授业)属于学科分野的形而下层面,解惑则对两大层面都适用。

近代学术转型以后,除不世出的少数天才,无论社会科学还是自然科学,乃至应用学科,入门之初仍也都"学者必有师"。即便陈寅恪与钱锺书那样的大师,虽有家学,也都有师承的;他们异于常人之处,除天姿英发外,便是韩愈说的"圣人无常师",转益多师而自成大师。倘就学术的个性化与人格化而言,传统人文学科最强烈,其他社会科学与基础性自然科学依次递减,应用性技术科学最薄弱,这也是人文学科较之其他学科更重师承的原因。苏轼在《祭欧阳文忠公文》里推崇"斯文有传,学者有师",说的也是这层意思。

程式化的现代教育对人文学科的传承方式形成了巨大的冲击,但纳入规范化教学范畴的仅是其中的基础知识与技术手段,大致不出"记问之学"的范围。按韩愈说:"授之书而习其句读者,非吾所谓传其道解其惑者也。"程颐也主张:"记问文章不足以为人师,以所学者

外也。"（《河南程氏遗书》卷 25）

中国向有"经师易求，人师难得"之说，在史家胡三省看来，"经师，谓专门名家，教授有师法者；人师，谓谨身修行，足以范俗者"（《资治通鉴》卷 55 胡注）。他心目中人师与经师之区别，主要在以身作则的道德持守那一层面；经师仅传授专门知识，也即韩愈说的"授业"，故有师法可循。当然，不妨把人师的界定理解得宽泛些，将道德人格与学术个性都纳入其内涵。显而易见，传统文史之学不能止步于专业知识的复制式传承，还应追求更高的境界；唯在其时，导师个性化影响与人格化熏陶才凸显出来。然而，倘若反顾当今学术体制下的人文学科，真正进入人师层面的导师不说风毛麟角，也是少之又少的，不少厕身研究生导师者至多停留在经师层面（有的连经师也称不上）。

在程应镠先生百年诞辰时，我有《程门立雪记》追忆他的气象风范。我有幸亲承謦欬，深知他因命运遭际而呈现于世的，仅其全部学问的冰山一角，巨大的山基远没能露出水面。对我而言，他是标杆式的存在。也唯有这种存在，我供职过的那所大学才显得有其价值，否则于我只是桑下三宿而已。

书名"散记"，意在表明这册随笔的内容特色与行文风格。全书略分四辑，这里稍作交代。

第一辑"程门立雪"编入了我写流金师生平与学术的散篇文章。《治史三昧》还是读研时"史学方法论"的课程作业，副标题标明是揣摩领悟流金师治史方法的心得体会，作业交上不久，他将其载入《宋史研究通讯》，作为当时宋史学界研究生导师的参考；此前这份通讯刊发过漆侠先生与徐规先生指导研究生治学的介绍性文章，看来流金师对我的领会还算满意。2016 年恰逢他的百年诞辰，我在同门协助下编了《程应镠先生编年事辑》，尝试将其作为典型个案，既希冀全面真实地还原他一生的追求与持守，也企盼为中国现代知识分子研究留下一份实录性资料，《为现当代知识人作谱传的史学思考》表达了我编纂时的认识与感悟。而《程门立雪记》则是那年我作为学生对师尊的追忆，较之前文也更私人化。这些不同时期与不同角度对流金师的散记集为一辑，庶几能展现出他的人格气象与道德文章。

第二辑"尚余春梦"收了一组学人侧记。他们与流金师同辈，就关系而言，或为至亲（妻兄李宗恩），或是好友（靳文翰、李埏），或曾同事（张家驹、江辛眉）。他们出生在五四运动前后，受过西潮与新潮不同程度的洗礼与熏陶，思想学术也都有那一时代的深刻印记。这辑中写张家驹最多，这与他是上海师院宋史研究的奠基者有关，也符合我预定的编选主旨。"想得燕京读书日，尚余春梦足清谈"，流金师这两句诗写于1956年，那年曾被誉为"知识分子的春天"，而他抒写的却是那代人对20世纪30年代的深挚眷恋。次年，他们大多罹祸丁酉，连清谈春梦都已无可能。我在笔下或多或少也传达出这种无奈。

第三辑"流金藏札"是我依据获睹的先师藏札写成的学者侧记，包括史学家吴晗、丁则良、杨廷福与陈志让，哲学家冯契，文论家徐中玉，作家兼文史学者施蛰存与宋淇。他们与流金师的关系，或是义兼师友（吴晗与施蛰存），或为患难至交（丁则良与徐中玉），或曾同校负笈（冯契、陈志让与宋淇），或是学术同道（杨廷福）。写这些散记时，我着重把握两点：一是主要围绕流金师与其交往展开；二是仅摹写他们某些剪影而不求全面详备。这辑与上辑的十多位人物在现代学术史上构成了一组学者群像，广义上都可视为我应立雪聆教的师长，我也听过江辛眉先生与杨廷福先生的专业课。尽管这些前辈学者的命运遭际各有不同，学术成就或有高下，但都有一些让人感动、惕悟与兴发的东西。

第四辑"学史留痕"是我历年为自己著作写的序言，权作为立雪程门的一份汇报。回首学史已逾四十年，杂七杂八出过十来本小书，但这里所收自序仅限于 2018 年以前付梓的拙著，其时恰是我学史四十年，也算是告别一个逝去的时代吧。我的治史领域主要在宋代，那毕竟专业所在。但进入 21 世纪，也不时写些文史随笔，范围或越出宋史的限圃，希冀借助读书界喜闻乐见的随笔形式，让史学走向大众，也尽一份历史学者的社会责任。将这些自序集为一辑，一方面或能勾勒出我的治学轨迹，一方面也能集中反映我的历史观与价值观（应该说明的是，个别序言的若干行文，由于某些原因，等因奉此而有所删芟，与原刊文本略有差异）。倘若说我的学术研究有点人文关怀的话，那就是对君主专制政体一以贯之的批判，而我自觉地将这种批判安顿在史学界阈之内。

这篇自序开写在武汉封城的第三天，时为庚子年正月初二。一边罣牵着汹涌的疫情，一边浮起天灾之外的更多诘问，短短三千字的序言时作时辍，竟写了七日之多，最终停键在揪心与杞忧中！

2020 年 2 月 1 日夜于三声楼

本文为《立雪散记》（商务印书馆 2020 年版）自序

遗产批判

中国历史的沉重遗产

——读周良霄的《皇帝与皇权》

一

当下，怀念 20 世纪 80 年代仿佛成为风气。那时，"十年浩劫"噩梦乍醒，改革开放大闸初启，万物复苏、人心思治，诸多愿景似乎都有望实现。1981 年通过了《关于建国以来党的若干历史问题的决议》，论及"十年浩劫"的历史原因时指出："中国是一个封建历史很长的国家"，"长期封建专制主义在思想政治方面的遗毒仍然不是很容易肃清的"，"也就使党和国家难于防止与制止'文化大革命'的发动和发展"。《决议》为清算"文革"教训、批判专制遗毒敲定了基调。于是，在思想领域有关于思想解放的讨论，关于人道主义与异化问题的讨论，关于民主、人权的讨论；在史学领域有关于农民战争与皇权主义的讨论，关于批判封建专制主义的讨论；在文学领域有"伤痕文学"的讨论。这些都构成了当时主流思潮的铿锵之声。

记得当年曾有《万岁考》这样的名文，考证"万岁"何以成为御用称呼，以杂文笔法抨击了封建专制；也曾再版过民国前期的《帝王春秋》，旨在借助易白沙的旧著，"举吾国数千年残贼百姓之元凶大恶，表而出之，探其病源"。然而，批判封建专制主义不可能毕其功于一役。其后历史证明，当年这场批判还是浮皮潦草的，人们很快忘情于凯歌行进的大好形势，懈怠了对封建专制主义的深入批判。

在20世纪80年代行将收场那年，作为元史研究的领军人物之一，周良霄先生痛感于现实的刺戟，慨然表示，元史研究无关于当下国计民生。他有感于"把皇帝和皇权作为一种制度来研究，在国内却还是很少见"，转而从事这一课题。"十年磨一剑"，1999年，贡献了治学转向后的重要成果——《皇帝与皇权》（上海古籍出版社2014年版；以下略称《皇权》）。七年以后，再出增订版；这次续作增补，推出第三版。这是一部用世之书，《前言》自道作意说：

> 只要它能引起大家的注意和兴趣，推动清理中国封建专制主义思想，批判传统流毒，使我们的民族在现代化的伟业中能够清除积垢，轻装前进，在民主、进步的坦途上迈进，我的愿望也就可以充分满足了。

二

《皇权》上编专论皇帝，下编专论皇权。上编内容包括：皇帝称呼的来龙去脉；皇帝还有哪些叫法；何以回避皇帝的名讳；皇帝的尊号、谥号、庙号、陵号都是些什么玩意儿；历朝皇帝开国，怎样择地建都与营造皇宫；以皇帝为中心的符玺、服饰、仪仗、车驾、宫禁、卫戍等有何规定；侍奉皇帝的后妃制与宦官制内幕如何；皇帝如何主持政务；作为皇帝行政秘书的翰林制度与学习辅导的经筵制度有何功能；皇帝怎样确立、培养储君的，又如何规定其他皇子的分封与爵禄；一般宗室与公主的待遇；皇帝制度赖以维系的内宫财政如何运转；皇帝的丧葬礼仪与陵寝形制有哪些繁文缛节。对皇帝制度的基本方面，上编兼顾理论批判与细节考述，系统扼要地进行了梳理分析，不啻是深入浅出的中华帝制小百科。例如，皇帝上朝并非历代都以宫女侍从，宫人随驾上朝起于晋朝而迄于晚唐，入宋以后再也未见宫女侍朝的情况；女主临朝听政，从宋朝起才因强调男女大防而开始垂帘；内官"悉用阉人，不调他士"则起于东汉和帝时；诸如此类交代，也足为当下宫廷影视剧的编导们提供必要的常识（页135）。

当然，上编对皇帝制度的批判更是鞭辟入里。第一章"即位称尊"撩起了"怎样才能当上皇帝"的黑恶帷幕。皇帝即位虽有不同叫法与相关仪式，但之所以能登上皇位，倘以新朝取代胜国论，靠的是武装与实力，禅代只是历史表象与官样文章；若以一朝一姓传承言，新帝与旧君也并非都是和平交班，更多"玄武门之变"式的骨肉自残与烛影斧声式的钩心斗角。第二章"神道设教"揭穿那些凭强力上位的皇帝们，为抬高自己以威服臣民，是如何编造奇征异象与谶纬图书，借助五德终始说与天人感应论，玩弄神道设教把戏的。第三章"帝道与治术"彻底扯去了历代皇帝标榜道德的遮羞布，他们口头上鼓吹"敬天法祖、勤政爱民"的帝道，自扮为"道德的模范与导师"（页45），实际上只是未必躬行的障眼术与假幌子，以法家学说为核心的统治术才是看家真本事。

如果说上编侧重于对皇帝制度作静态的、细部的解剖，下编则对皇权制度作动态的、总体的批判，聚焦在专制皇权的发展历史、构成基础与主要特点三方面，其批判的深度、广度、力度与高度，是前所未有的。

中国专制皇权的历史大体可分三期：秦汉魏晋南北朝是成长发展期，隋唐两宋是成熟期，元明清是恶性发展与腐朽僵化期。秦始皇确立了君主官僚专制政体，这是中国历史的一大变局。从此以后，即谭嗣同痛心疾首所说，"两千年之政，皆秦政也"；也即"批林批孔"时毛泽东肯定的："百代皆行秦政法。"汉承秦制，汉武帝以独尊儒术对专制皇权的发展厥功至伟。在唐宋成熟期里，专制皇权相对完善了自我调整机制，封驳制度的形成与台谏功能的提升，都是具体表现。但历史未必总是线性前行的，尤其在专制皇权的坚壳裹胁下，外来力量与个人因素都可能使这一进程倒转逆行。作为元史专家，作者强调，蒙元统治中国，"君臣关系沦为了主奴关系，传统的君尊臣卑，在身份上蜕化为主奴分隔，皇权又有了恶性的发展"（页294）。朱元璋灭元兴明，建制上宣称接续唐宋，实际上却继承元朝，"君尊臣奴在名义上当然已改变了，但君尊臣卑的差距却一仍元旧"（页299）。而廷杖与诛十族等酷虐刑法，锦衣卫与东西厂等特务统治，更把专制皇权推向新高度。及至明清鼎革，"历史像是在同我们这个古老而又多灾多难的民族开玩笑。就是在中国封建制度已进入僵死、腐败的时期里，却又由一个正富有活力的满族主宰了中国"。著者尽管肯定，"在君主专制的体制下，君主个人的品质、能力，对当时的政治，在一个短时期内是可以有决定影响的"；"就总体看，清朝一代的皇帝，质量普遍比历史上任何朝代都要高"，"自然是也可以取得一时的某些辉煌成就的"；"然而，这一切除了延续这个制度的寿命之外，终究无补于挽救其本质的腐败与必然的灭亡"（页310）。笔者更想强调，越到专制皇权后期，越是所谓事业型的明君英主，越会把专制政体的紧身衣收得让天下臣民无所逃遁而濒临窒息，雍正帝便是最好的例证。

　　在探究中国专制皇权的基础时，《皇权》着力于政治经济与思想理论两个方面。伴随西周宗法领主经济的瓦解，从中产生出新型的地主经济，"中央集权的专制主义王权就是在这个经济基础上成形，在政治上与之适应并为它而服务的上层建筑"（页315）。作为社会经济的主导阶级，尽管先后有两汉食封地主、魏晋南北朝门阀地主与唐宋以降庶族地主的区分，但专制皇权通过自身调整，相继成为他们在政治上的最高代表。学界过于强调，庶族地主阶级崛起以后，形成以科举出仕的士大夫阶层，能对专制皇权起制约作用。著者却有别解：

> 这个阶层依靠官府，垄断乡曲，但它本身并不是权力机构，而且，原则上不能相传以世。几经分析之后，它们就沦为一般的庶民。因此它不可能构成地方的割据势力（引按：这里表述为"自治势力"似更恰当），相反，它更需要强大的中央权力来保护自己。

他进而指出，两宋以后，社会简化为地主与农民两大对立阶级，阶级斗争日趋尖锐化。为了保护地主阶级，皇权亟须强化，铁腕必更无情。"元、明、清时期专制主义中央集权的极端化发展，就是同这种形势密切相关的。"至于宋代以后成为主流的租佃经济能否成为通向农业资本主义的必然阶梯，《皇权》也给出了答案："这个历史的转化必须要有许多有利资本主义发展条件的历史性凑合，而在地球的东方，社会的发展却在这个历史的阶段停顿了。"（页326）

论及专制皇权的理论基础，著者认为，就"是韩非的君主独裁加上董仲舒的天人合一。汉朝人把这说成是王霸并用。我们今天的说法则是儒法并用。二千多年来中国封建王朝就是在这样一个基础上立国；历朝的皇帝也无不是在这个基础上施展他本人的才华和争取可能有的成就，尽管他们中有的人法家气味浓些，而有的人却儒家色调重些"（页335）。当然，强调专制皇权的政治经济基础与理论基础，并不意味着否认皇帝个人的历史作用，他们"个人特质就必然有力地作用于专制主义皇权的某些特点和程度"（页336）。唯其如此，中国皇权专制史上，就有从秦始皇、汉武帝，经朱元璋、明成祖，到雍正帝、西太后等诸多面相。

三

纵观全书，无论史实叙述，还是理论分析，处处洋溢着批判精神，而最露锋芒的，还是对中国专制皇权特点的剖别。著者将其概括为五大特点，即大一统，高度中央集权，奴隶制的家长式统治，牢固的人身控制与对工商业的排挤，全面的文化专制。尤其对大一统与中央集权的批判，更充满了理论勇气与史家良知。

关于大一统。毫无疑问，中华民族近代以来免遭瓜分豆剖，并为现代化转型奠定下世界大国的坚实基业，这一切在某种程度上归功于大一统。《皇权》对此充分肯定："这个由秦奠基、再由汉初步定型的大统一，造成了我们统一的国家、统一的民族、统一的制度、统一的文化、统一的思想，这个事实本身，意义之重大，怎么估计也不会过分。"（页343）但著者还是理性地指出："大也带来大的问题和弊端：各地区发展不平衡，差距大，牵制了经济的发展；疆域广，资源富，也容易滋长因循保守、固步自封、不事进取的颓风。"（页345）而大一统带来的历史优越感，"在严格保守的农业文明里，很自然地蜕化为保守、自傲，以天朝上国自居，而以其他民族为落后与不开化的夷狄。这种夜郎自大、因循守旧的恶习愈到后来，随着地主阶级从新兴到僵死腐化的转变而愈不可救药。这就必不可免地在与近代与西方先进的工业文明的竞争碰撞中，接连遭到可耻的失败"（页351）。笔者曾将与长期大一统共生的民族负面心态，归结为超阈度的中国中心论与中华文化优越论（见《古代中国人的周边国族观》，载《中华文史论丛》2009 年第 1 期），与此也是可以互证的。

关于高度中央集权。《皇权》亮出了基本观点：

> 中央集权在中国历史发展上，特别是在它的前期，无疑是起
> 过巨大积极作用的。然而，在封建制度已趋腐朽、日趋崩溃的时
> 代，它就转化成了旧制度顽固而有力的卫道士、新制度凶恶而可
> 怕的斫杀手，其性质也就从进步而转变为反动。权力越集中，其
> 作用力也就越大；而这种作用力越大，其性质也就越反动。旧制
> 度顽强盘固，新因素艰困难萌。

这一论断基于如下根本认识，即"中央集权的高度发展，是和民
主的产生与发展背道而驰的"。著者也对"将来中国的民主制度究竟
如何设计"坦承己见。

关于奴隶制的家长式统治。在家国同构的体制下，历朝皇帝无不家
国不分，以国为家，朕即国家，家即天下，鼓吹君父一体，臣子一体，
忠孝一体，强调"为子为臣，惟忠惟孝"（《唐律疏义·名例》），借以
维系家庭与王朝的双重稳定。当两者冲突时，专制皇权则明确规定君高
于父，忠重于孝，要求天下臣民移孝作忠，"奉君忘身，徇国忘家"
（《忠经》）。这里，专制皇权把忠于国家偷换为忠于皇帝，而忠君是以
一家一姓的世袭统治为前提的。但问题随之而来，"如果这个皇帝的所
言所行，和当时国家人民的利益相符合，和社会发展的要求相符合，
那么，忠于皇帝，也就间接地忠于正义的事业，这当然是好的。但
是，反过来，如果不管皇帝的所行如何，都要强调一个忠字，这就必
然是悖理的愚忠，甚而至于把人变为助桀为虐的帮凶"（页365）。

关于牢固的人身控制与对工商业的排挤。中国专制皇权是一个早
熟的政体，秦汉以后就建立起严格的乡里组织与周密的籍账系统，通

过户籍、田册、税簿把编户齐民牢牢固着在保伍之内、土地之上。其人身控制设法之严苛，沿行之久远，在世界各国中拔得头筹。在这种全方位与全封闭的人身控制下，绝无可能萌蘖出作为近代社会思想基础的民主、平等、自由等观念，而只能造就顺民观念与奴才思想。回顾世界近代史，摇撼森严的封建等级制、确立个人的权利诉求与独立意识，无不有赖于商品生产与商品经济的充分发展。"不幸的是在我们这样一个一直沿行重农轻商的国度里，这个基本的前提始终无法实现"；直到近代以前，"基本经济形态仍然是自给自足的自然经济占统治地位。小农经济是这个国家的基础，官僚是这个国家的支柱。手工业和商业虽然有了某些发展，但是在观念上它是被歧视和压抑的"（页377）。

关于文化全面专制。正如《皇权》指出，在传统中国，"皇帝既是权力的象征，又是精神教主"（页377）。皇帝之所以自我热衷于君师合一，就是便于他一手祭起国家机器，镇压一切可能出现的思想异端与独立精神；一手兜售专制皇权的思想伦理，借以驯化臣民、愚弄百姓。唯其如此，中国皇权的文化专制，其诸面相中既有秦始皇式的焚书坑儒，也有汉武帝式的独尊儒术，而后者比前者更高明。及至晚期，这种文化专制更是乞灵于铁血强权，明永乐帝的诛十族，清雍正帝的文字狱，都足以让臣民在专制皇权前不寒而栗。

绅权对皇权能否形成有效的制约，向来为学界所热议。《皇权》认为，西汉布衣丞相的出现，"显示了绅权第一次在中国政治舞台上崭露头角，这同样也是中国政治史上划时代的变化。制举入仕与绅权始升都是一个巨大的历史进步"（页240）。随着唐宋社会变化，专制皇权的自我调整机制也渐趋成熟，这与科举制导致绅权扩容息息相关。著者肯定，"在宋代，绅权的抬头与发展曾经促成了中国地主阶级民主发展的高峰"，"绅权企图依法限制和分享皇权"；然而，"绅权在封建本质上是同于君权的，两者之间，虽然也存在矛盾，但它永远也不能作为君权的对抗或制约力量出现"，因而"从根本上讲是不起决定作用的"（页284—286、408）。只要专制皇权的刚性外壳未被打破，皇帝倘若固执己见而一意孤行，由于"法不过是皇权自身的派生物"，"皇帝自己所定的法不可能约束自己"（页403、405），那么，相对完善的封驳制与监察权，对皇权而言最终只是一纸具文，这已为宋代历史所证明。

向中国专制主义皇帝与皇权发起总批判后，全书的结语冷峻而沉重：

> 在漫长的中国封建社会过程中，专制主义皇权就是一切，它事实上是无限的。如果说存在制约，那就是农民的反抗与农民的起义。正是有了这种制约，才使社会得到某些有限的发展。但是封建的经济关系和封建的政治制度，基本上依然继续下来。两千多年的专制主义皇权历史，就是皇朝从建立到覆灭，从覆灭到重建，从重建再蹈覆灭的历史。它仿佛永远陷于一个没有出路的封闭循环圈，鬼打墙似的基本上在原地徘徊、踟蹰。

四

帝制与皇权当然并非中国历史的独家专利，但中西皇权对民众的控制力度与中西民众对皇权的认知态度，却有明显差异。这里，不可能对皇权制度与民众思想作全面的中西比较，但那些关于皇帝与皇权的中西风格迥异的谚语与笑话，也许能够折射出某些区别。中国向有"溥天之下，莫非王土"的成语，反映了皇权对臣民私有权的全盘掌控。作为对照的是，西方臣民在私有产权上却对皇权拥有不容置疑的独立性与处置权，故而有"风能进，雨能进，国王不能进"的谚语。再看关于皇帝的笑话。据林行止的《拿破仑的身高、律师费用及其他》（载《上海书评》2015年2月2日），罗马帝国时，有个男子的容颜与皇帝简直一个饼模印出来的，皇帝听闻，召至殿前，问道："你妈是否曾为皇宫侍仆？"来人答云："家母长住乡间，未曾进城，老父倒常常进宫工作。"皇帝默然，挥之令去。那个男子敢于调侃皇帝或是自己老爸所出，而皇帝也未加严惩，透露出古罗马皇权的宽容度。《宋史·范纯仁传》有一个堪成对比的故事，说某村民看戏回家，途经木作铺，取桶为冠冕，戴在头上比试道："我比刘先主如何？"就被捉将官里去，以谋逆论罪。范纯仁奉旨审讯，虽贷以无知，仍处以杖刑，以儆效尤。两相对比，足见中国皇权的严控程度，也就不可能编派出嘲讽皇帝的西式笑话。

问题还在于，中国这种绵长而严苛的帝制与皇权，"倒台以后也仍然阴魂未散，屡屡借尸还魂，作祟于中国近现代历史的政治。甚至，作为一种传统，在国民思想、国民性上成为一种惰性，难以肃清"（《皇权》前言）。辛亥革命尽管建立了民国，但砸碎的只是帝制的外壳，剥下的也只是皇权的华衮。其后，"专制主义又以国民党的一党专政形式，在神州大地上借尸还魂"（页223）。帝制终结后的中国近现代史充分印证了经典作家曾经提示的："人们自己创造自己的历史，但是他们并不是随心所欲地创造，并不是在他们自己选定的条件下创造，而是在直接碰到的、既定的、从过去承继下来的条件下创造。一切已死的先辈们的传统，像梦魇一样纠缠着活人的头脑。"（马克思《路易·波拿巴的雾月十八日》）那么，"长期封建专制主义在思想政治方面的遗毒"，究竟在哪些方面还"像梦魇一样纠缠着活人的头脑"呢？

其一，根深蒂固的帝王观念。

在《中国帝王观念》（中国人民大学出版社 2004 年版）里，张分田对君主的称谓进行了全面研究。经笔者比对，在帝王权势观念中，诸如"君父"之类的宗法称谓，"万乘"之类的权势称谓，"天子"之类的神化称谓，"圣王"之类的圣化称谓，"陛下"之类的礼仪称谓，随着帝制退场而淡出历史。但将领袖誉为"北斗星"等，仍是帝制时代神化称谓的残余（参见上引书 228—232 页）。

其二，唯命是从的臣民意识。

尽管论及治道帝德时，专制皇权也说些"君舟民水"的民本话头，但对最基本的政治关系却定位明确，即韩愈《原道》所说："君者，出令者也；臣者，行君之令而致之民者也；民者，出粟米麻丝，作器皿，通财货，以事其上者也。"专制皇权一方面凭借国家机器，实行奴隶制的家长式统治，驱迫天下子民成为俯首帖耳的羔羊与指东不西的奴才；另一方面，则向治下臣民灌输三纲五常的政治伦理，而君臣关系居五常首位，君为臣纲乃三纲要害，以此诱致他们对人君仰若圣明，即便受到宰割时也不能有所怨望，甚至腹诽。

其三，深入骨髓的明君期待。

《皇权》指出："中国专制主义皇权的基本特征就是皇帝个人的独裁。"（页 219）此即《白虎通》所说的，"以天下之大，四海之内，所共尊者一人耳"。而这乾纲独断、权势自操的一人，决定了天下治乱与子民休戚。既然"百姓所赖，在乎一人"（罗隐《两同书·损益》），"治天下惟君，乱天下惟君"（唐甄《潜书·鲜君》），而"国之所以治者，君明也；其所以乱者，君暗也"（王符《潜夫论·明暗》），希望天降明君安邦治国，便成为君主专制下一般臣民的唯一生路与最好期待。

据查考，中国史上称帝建元的帝王达 647 人，《皇权》将他们分为事业型（以秦皇汉武唐宗宋祖最著名）、享受型（以宋徽宗为代表）、变态型（以隋炀帝、明太祖为代表）、弱智型（晋惠帝当仁不让）与平庸型（由于太多，以至无须代表）五种类别。无奈纵观历史，事业型皇帝太少。就连帝制下的唐甄也看到了这点："一代之中，十数世有二三贤君，不为不多矣。其余非暴即闇，非闇即辟，非辟即懦。此亦生人之常，不足为异。"《皇权》以每个皇帝在位十二三年与二成贤君的基数进行统计，得出结论：

> 事业型皇帝统治中国总计不过四百年，而其余的一千七百多年，我们这个古老的祖国就是在一大群腐败者、残虐成性者、弱者者、未成年的孩童、以及病态的平庸人等的专制统治下，蹒跚行进。即就所谓有为的少数皇帝而言，在他们的统治期里，真正能推动社会前进的功业又有多少？这也大成问题。（页219）

历史的进程令人沮丧，正如唐甄所说，"惟是懦君蓄乱，辟君生乱，闇君召乱，暴君激乱，君罔救矣，其如斯民何哉"，老百姓就更如大旱之望甘霖，苦苦企盼明君出世解民于倒悬。明君梦也就成为专制皇权下老百姓的中国梦，希望出个好皇帝，一切问题都让明君来解决，一切好事都赖明君来恩赐。

如果说，在专制皇权时代，明君梦还有一定的合理性因素（应该指出，由于专制政体的不解魔咒，即便明君也未必终生贤明，一旦有昏暴的过举，贤明之君随时可能转为昏暴之主），然而在近代民主成为时代主流的前提下，却凸显出其价值悖谬的那一层面，它既不可能为人民带来理想的政制，反而迟滞了历史前行的进程。中国的帝制虽因辛亥革命而寿终正寝，但明君梦的集体记忆却未从国人头脑深处彻底清空。兼之，近代以来中国饱尝内忧外患之苦，指望有一个奇里斯玛型的明君雄主，让贫弱的中国从此强大起来，让受尽凌辱的中国人从此站立起来，是中国人根深蒂固的潜在期盼。尽管这种明君期待，说到底还是专制主义皇权梦魇附身，与近代民主精神与平等理念是格格不入的。

<h2 style="text-align:center">五</h2>

针对当时的普鲁士专制制度，马克思在《摘自〈德法年鉴〉的书信》里尖锐抨击道："专制制度必然具有兽性，并且和人性是不相容的。"（《马克思恩格斯全集》第1卷，页414）毫无疑问，对古今中外类型各异的专制主义，这一批判都是适用的。因为，历史正如他所揭露的："专制制度的唯一原则就是轻视人类，使人不成为其人，而这个原则比其他很多原则好的地方，就在于它不单是一个原则，而且还是事实。"（同上，页411）这里，关键不限于专制者的个人品行，而是《皇权》一再强调的："问题的根本还在于这个制度。"（页219）在专制制度下，人人都没有安全感，人格的尊严、经济的权益、言论的自由，随时都可能遭到蹂躏与褫夺。你今天也许还侥幸旁观别人成为被专制的对象，而类似的厄运说不定明天就轮到你的头上。

据说，辜鸿铭刚到北大任教，学生们哄笑他脑后的长辫子，他不动声色走上讲台说："你们笑我，无非因为我的辫子，我的辫子是有形的，可以剪掉。诸位脑袋里的辫子，就不那么好剪啦。"在中国大地上，帝制的终结已有一个多世纪，然而，封建专制的有形辫子容易剪去，而专制遗毒的无形辫子是否那么好剪，恐怕每个中国人还应来一个辜鸿铭式的诘问罢！

本文原载《东方早报》2015年7月12日

关于传统文化的若干断想

一、人文思想

儒家是中国传统文化的主导思想，对现实与人生采取积极的态度，崇尚经世致用，以天下为己任，以义利合一为基本价值追求，以德性修养为安身立命之本，以中庸和合为处世待人之道。这种执着的入世主义，不仅是个人奋发有为、积极向上的强大内因，更是中国社会历经劫难而旧邦维新的永恒动力。

对于儒家思想而言，道家思想是一种最好的互补。而道教作为中国本土宗教，在某种意义上，不过是道家的宗教化。道家以虚无为本，以无为为用，强调独善其身的自我养生，对现实抱着相对主义的消极退让态度。这种思想与态度，对儒家入世主义可能面临的困惑与挫折，正可以起一种准宗教性的消解作用与抚慰功能。于是，"达则兼济天下，穷则独善其身"，涂绘出中国人人生态度的不同侧面，使他们进退有据，安定自洽。

儒道思想构成了中国文化的基本色彩，佛教在中国化的进程中也逐渐融入了这一底色。中国主流文化以天人和谐为理想生存境界，以仁义道德为最高价值标准，注重现世的人生，强调人际的伦理，洋溢着以人为本的人文精神。

二、政治遗产

在大一统专制政权的创建过程中，法家以法为本的政治主张曾经产生过积极的作用。在儒家确立统治地位以后，法家因严刑峻法而声名狼藉，黯然退出了历史的前台。但其崇奉的法术权谋相结合的君王南面之术，却被历代统治者暗地收入囊中，作为维护专制君权的不二法门。

儒家思想在中国古代政治中占主导地位。天下为公的大同理想，虽然有点遥远，却是儒家梦寐以求的政治蓝图。在实际政治生活中，他们尽管以等级制度来维护统治秩序，但王道仁政、德治教化、尊君重民、尚贤用能等主张，仍是儒家政治的主流。而民贵君轻、吊民伐罪、汤武革命等，更是儒家民本政治遗产中的一抹亮色。

王道与霸道，德治与刑治，人治与法治，民本与君本，公天下与家天下，几乎是中国政治史上贯穿始终的争论，这也说明了古代政治遗产主要是儒法两家的家底。而不断的争论，也总是以儒主法辅、儒表法里而分成结账、各自买单，在持续的张力中达到一种平衡，走完了古代政治的全部行程。

三、历史经纬

西哲西塞罗有言：不知道你出生以前历史的人，永远是一个孩子。中华民族是一个具有深刻历史意识的民族，她也许正因如此而不断走向成熟与辉煌。

中国的史家，赋予史学以庄重的责任，那就是会通古今，经世致用。孔子笔削《春秋》，希望"乱臣贼子惧"；司马迁著《史记》，旨在"究天人之际，通古今之变"；司马光编撰那部编年体通史，正如书名所昭示，是为了让它成为"资治通鉴"。

中国的史家，知道自己肩负的职责。他们追求德、识、才、学融于一身的史学人格，以秉笔直书为荣，曲笔取容为耻，在高压淫威之下或改朝换代之际，为修成一代信史，甚至喋血献身，因为他们信奉"国可灭，而史不可灭"，它是兴亡盛衰的千秋明镜。

唯其如此，灿若群星的历史学家，浩如烟海的历史典籍，世代相续的修史传统，特立独行的史学人格，历史学在编织出中华文明璀璨长卷的同时，也成为中国传统学术中硕果累累的园地。

四、学术通变

中国传统意义上的学术，含义相当宽泛，把先秦诸子学、两汉经学、魏晋玄学、隋唐佛学、宋明理学与清代朴学都囊括在内，因而我们仍把代表宋学的《近思录》留在学术板块内。这一板块的其他经典分属文字学、目录学、中西文化交流史和历史地理学的领域，《文史通义》则是名副其实的学术通论。

传统学术虽以研究经籍为主要手段，却要求学者密切联系当时社会的迫切问题，发挥政治见解，提出改革方案，使学问真正有益于国事，因为经世致用从来就是中国学术的基本精神。

司马迁提出的"通古今之变，成一家之言"，既是中国学术的最高追求，也是学术经典的唯一准绳。而章学诚归纳的"辨章学术，考镜源流"，要求在考察学术问题时，梳理其源流，把握其通变，这是中国学术的基本方法。

中国传统学问，本质上是一门"人学"。顾炎武强调"博学于文，行己有耻"，就是要求从事学问的人，个人行为要讲礼义廉耻。学者必须把知识与实践结合起来，把治学与做人结合起来，知行合一本来就是中国学术的根本态度。

五、艺术精神

中国艺术精神，在价值导向上强调言志与载道，让文艺肩负起沉甸甸的教化功能；在内容题材上注重现实与理性，展示积极乐观的人生态度；在审美情趣上追求理想主义的情怀，讲究真善美的和谐统一。这是儒家文化对中国艺术精神的深刻影响。

受天人合一为理想生存方式的长期陶冶，中国艺术精神向往天人无隔、物我两忘、情景相通、主客交融的美学境界，"诗化"成为其最鲜明的个性。而中国文化以直觉体悟为基本的思维方式，也感染了文学艺术的美学风格，这就是注重机趣的参悟，讲究性灵的抒发，重视意境的营造，崇尚含蓄写意、圆融贯通的表现手法。

这样，中国艺术精神就由这两个侧面形成一种张力，在思想内容上应该是言志的、载道的、现实的、理性的，在艺术形式上则可以是诗化的、灵性的、写意的、圆融的。中国的文学、戏曲、音乐、舞蹈、绘画、书法、雕塑、建筑、园林等，无不有这种民族审美的气韵情趣蕴含其中，构成了鲜明独特的艺术精神。

六、齐民要术

在历史上，与西方科学文化传统相对应，中国科学技术代表着东方科学文化，曾经有过骄人的业绩。以四大发明为代表的科技成就，对世界文明的发展历程做出过不可磨灭的伟大贡献。

由于儒家文化的深刻影响，实用化和技术化成为中国古代科学的最终价值取向，与百姓生计性命攸切相关的农学与医学，因此获得了长足的发展。贾思勰将自己的著作命名为《齐民要术》，也是这种价值取向的有力折射。

中国传统文化以直觉形象为基本思维方式，以天人合一为基本人生理念，科学技术受其熏染，也注重研究对象的和谐统一性、整体直观性、辩证系统性，而不像西方科学那样重视实验还原与逻辑分析，这在中医药学与天文历算学中表现得尤其突出。

然而，中国传统的主流文化历来将科学技术视为"奇技淫巧"，使知识分子不屑为其献上聪明才智。天人合一的思维定式，则使中国学者对自然宇宙抱着一种审美与道德的观念，无形中抵消了他们认知客观自然的主动性。而直观经验的思维定式，与实验分析方法隔绝的科学知识，也都无法催生近代意义上的科学革命。明清以来，中国科学技术逐渐把昔日的辉煌留在了身后。

本文原载《中国文化经典导读》，华东师范大学出版社 2004 年版

历史上的中国人如何应对外部世界

2008 年北京奥运会，2009 年 60 周年大阅兵的强大阵容，2010 年上海世博会，经济危机中率先复苏的良好势头，GDP 总量跃升世界排名第二，所有这些，让有些国人在看待中国国际地位时有点头脑发昏，大谈 21 世纪是中国的世纪，乃至动辄"中国不高兴"的言论，不断在耳边聒噪。反思近代以前中国如何看待与应对外部世界的问题，也许会让人清脑明目，放正中国与世界的位置。

一、超过阈度的中国中心论与中华文化优越感

在古代，"中国"一词，最先不是一个国家概念，而是基于文化因素上的地域概念，或是基于地域内涵上的文化概念。大体从秦汉起，以汉族为主体的统一国家开始形成，"中国"才逐渐用来指称国家实体，同时也隐含构成这一国家实体的主体民族。

相对"中国"，当时还有一个"四裔"的概念，其语义原是四边的意思，后经引申特指中国的周边。这一概念，隐然已有中国中心论的价值取向。《左传·文公十八年》说"投诸四裔，以御魑魅"，表明当时中国人认为"四裔"都是蛮荒地区，其外则是"魑魅"的居住

地。总之，"中国"的四裔都是拱卫"华夏"的蛮夷，按其方位称为东夷、西戎、南蛮、北狄，在此意义上，"四裔"即"四夷"。

自先秦以来，古代中国人鲜明划出"中国""华夏"与"四裔""夷狄"的界限，而所谓"华夷之别""夷夏大防"，主要不是族群的区别，而是文化的差异。孔子说过"内诸夏而外夷狄"，也是就其文化程度而言的："内诸夏"为礼仪之邦，"外夷狄"乃化外之民。

最初的中国人自然而然地认为，"中国"即"天下"，后因张骞、玄奘与郑和等出使的经历，对"天下"（世界）与"中国"（华夏）的大小观念虽有认知，但迟至明清，仍顽固地把"中国"等同于"天下"。即便不得不承认"天下"大于"中国"时，他们也依旧坚信，"中国"位居天下之中央，形成一种将"四裔"也包括在以中国为中心的天下之内的新"天下"观。

这种中国中心论作为主流意识形态的构件，附着于儒家思想之上，自始便有强烈的文化意义，并在"四夷"压迫"中国"时越发高涨。当北宋受到辽朝与西夏的威逼，学者石介就在其《中国论》里强调："居天地之中者曰中国，居天地之偏者曰四夷。四夷，外也，中国，内也，天地为之乎内外，所以限也。"

当"中国"一词用于国家概念后，大一统的中国君主，无不把自己视为整个天下的最高统治者。唐太宗表示："我今为天下主，无问中国及四夷，皆养活之。"这种观念不自唐太宗始，直到明清皇帝那里，仍能听到类似的声音。

周天子声称"溥天之下，莫非王土，率土之滨，莫非王臣"，说明中国中心论已有足够的历史资源供其利用。作为处理与外部世界关系的基本理念，中国中心论就是自居为天下的中心，"中国"与外部世界的关系就是宗主与藩属的君臣关系，中国周边的"四夷"（无论是民族，还是国家）应与腹地一样，只有来朝进贡，俯首称臣，才是天下之正义。贾谊有一段议论虽针对汉初形势所发,在古代中国却有普遍意义:"古之正义,东西南北,苟车舟之所达,人迹所至,莫不率服,而后称皇。"也就是说,"凡天子者,天下之首;蛮夷者,天下之足"。

有学者把这种朝贡称臣分为中国与境外各国各族的关系以及与境内各民族政权的关系,认为前者是独立对等的国家或民族间的关系,后者是不平等的依附关系。但就接受朝贡称臣的主体而言,中国中心论的主张者对来朝客体从来不作本质区分。这有乾隆朝自我标榜为证:"天朝富有四海……真所谓至于海隅日出,罔不率俾者矣!"也就是说,"海隅日出"的普天之下,都必须来朝称臣。

中国中心论之所以需要维持这种纳贡称臣的形式,无非借此宣扬国力,夸饰太平,让中国的君主乃至其治下的本土臣民获得一种强烈的精神满足,沉迷于天下中心的地位。史载贞观四年(630年),连唐太宗这样的明君,也忘乎所以地沉醉在来朝四夷"世为唐臣"的谀颂中。倒是元代史家马端临还有一份清醒,其《文献通考》曾说:"岛夷朝贡,不过利于互市赐予,岂真慕义而来,讽以希旨,宜无不可。"也就是说,中国中心论往往是一厢情愿的自我感觉,甚至只是暗示对方说好话而求来的门面功夫。

中国中心论的外在政治形式主要体现在"四夷"朝贡,"天朝"册封,而秦汉以后逐渐自觉的中华文化优越感则是其核心意识。二者互为表里,相互支持,构成古代中国认识、处理与外部世界关系的两大基本理念。

任何民族热爱自己的文化,是完全正常的。而理性的认识是,不应该因此将自己的文化视为天下最优越的文化,并主张这种文化具有普世性,从而抹杀其他文化的存在价值。然而,在古代中国人看来,华夏体现文明,"四夷"体现野蛮。据吕思勉的《中国民族精神发展之我见》，这种中华文化优越论在春秋时期发足，而在秦汉以后不断强化。

在古代世界，中华文化处于强势地位，不仅朝鲜、日本等深受中华文化浸染的东亚国家对中国深表认同与仰慕，其他周边民族也对中国表示向往。周边民族与国家对中华文化的向慕，是中华强势文化在外部世界的折光，而这种反射回来的折光，让古代中国人更加沉浸在原有的文化优越感中。乾隆朝修撰《皇清文献通考》时就陶醉道，四夷"自附于中华之礼教，是则圣人之道之大与圣朝之化之神也"。

文化优越感以精神层面支持了中国中心论，中国中心论又以国家形式强化了文化优越感。这种互动所带来的直接效应，就是古代中国在处理外部世界事务时，对周边民族与国家往往有一种居高临下的自大与不屑为伍的鄙视。于是，在古代中国与周边"四夷"的关系中，不仅没有平等可言，甚至连起码的对等关系也不能接受。大业初，隋炀帝见到日本国书抬头为"日出处天子致书日没处天子无恙"，就大为不悦道："夷书有无礼者，勿复以闻。"表现出不屑一顾的傲慢与偏见。

这种态度，不仅有悖近代以来的平等观念，也违背了儒家素所主张的"己所不欲，勿施于人"的原则。在当时人的观念中，不仅严格区分华夏与"夷狄"的文化等级的高下，而且把"四夷"划入禽兽的范围。《左传》就有诸如"戎狄豺狼"之类视"四夷"为禽兽的言论，在二十四史《外国传》或《蛮夷传》里更是时有所见，甚至于出自班固、魏徵等政治文化精英之口。

当然不能要求当时人就有所有民族、国家一律平等的现代意识，却必须承认，古代中国对周边民族与国家的根本看法，已经超出民族文化自豪感的正常阈度。正是这种文化优越感的过度膨胀，导致了古代中国人对周边民族与国家抱有偏见与鄙视，造成他们对外部世界的挑战难以有理性的态度与正确的应对。

二、历史上的中国人如何应对
外部世界的挑战

古代中国始终居于农业大国的中心地位，由于文化与种族的差异，加之地理环境等因素，在应对游牧文化的挑战中，往往处于被动不利的地位。因而对来自周边民族或国家的挑战，古代中国人的第一反应就是"蛮夷猾夏"，即蛮夷扰乱华夏，才导致中国失去原有的秩序与安定。

古代中国以儒家思想为指导的对外国策，一般并不主张扩土拓边，而以安边为本，睦邻为贵。正如汉光武帝指出的："务广地者荒，务广德者强。有其有者安，贪人有者残。"而《文献通考》所说的"四夷宾伏，边塞无事"，确是历代中国君民最企盼的局面。但怎样才能做到"夷汉相安"呢？孔子提出"裔不谋夏，夷不乱华"，也许是夷夏有别、内外隔绝主张的最早的思想根据，而它在政治上的具体运用，就是所谓"尊王攘夷"。不难发现，尊王与攘夷，和其后出现的中国中心论与华夏文化优越论之间，形成一种匹配关系：中国中心论需要"尊王"，而中华文化优越论则需要"攘夷"。

这种通过隔绝与自闭的方式来应对外部挑战的原则，在古代中国，基本上是一以贯之的。外患越是频仍，这种观念越变本加厉。还是宋代石介，他的《中国论》就强调："各人其人，各俗其俗，各教其教，各衣服其衣服，各居庐其居庐，四夷处四夷，中国处中国，各不相乱，如斯而已矣。"

在回应外来挑战中，中国中心论与中华文化优越感深刻决定了应对的总思路：中国既然是天下的中心，在文化上又居于"四夷"难望项背的高度，因而在政治上就必须绝对维护中国的中心地位，不能与"四夷"对等交往，而只能由"四夷"朝贡称臣；在文化上则不屑与"四夷"为伍，他们愿意仰慕咱们的文化，自然不妨近悦远来，否则就将他们"久置化外"，沐浴不到中华文化的光辉。至于在经济上，即便宋朝这样疆域最逼仄的中央王朝，也足以构成一个巨大而自足的经济体，根本无须倚赖境外民族或国家。唯其如此，西晋江统在《徙戎论》里底气十足地断言："以四海之广，士庶之富，岂须夷虏在内，然后取足哉！"

这种应对思路本身就是中国中心论与文化优越感的产物，反过来又让中国中心论与文化优越感在一种相对封闭的环境中自我感觉始终良好。古代中国出于自身的文化优越感，对精神文化的输出始终具有一种异乎寻常的热心与主动；而对外来文化的反应却是鄙薄与拒斥。在物质文化的输出上，古代中国也总有一种泱泱大国无所不有的自豪感，而对输入的舶来品则总以"奇技淫巧"的鄙视不屑来自鸣清高。乾隆帝就在致英王信里自诩："天朝物产丰盈，无所不有，原不外藉外夷货物以通有无。"

民族自我中心的倾向，民族文化的自豪感，每个民族都是难以绝对避免的。问题正如法国学者佩雷菲特在其《停滞的帝国》里所说："很少有一个民族能像中国人那样把这种怪僻发展到如此程度。他们今日的落后主要来自他们的优越感。"正是中国中心论与文化优越感，与"夷不乱华、裔不谋夏"的应对决策双向互动，古代中国人对于其他民族与异域文明有一种自发而严重的排他性。他们认为，世界上只有一种文明，所有其他的民族与国家，都要向这种文明进化。

三、反思近代以前中国应对
外部世界的理念

"旁观者清",晚明来华的利玛窦,为中国中心论与文化优越感支配下的中国人勾画了逼真的肖像:"中国人认为所有各国中只有中国值得称羡。就国家的伟大,政治制度和学术的名气而论,他们不仅把所有别的民族都看成是野蛮人,而且看成是没有理性的动物";他们对外国人怀有极深的成见,"甚至不屑于从外国人的书里学习任何东西,因为他们相信只有他们自己才有真正的科学与知识"。

中国中心论与文化排他主义是一物之两面,而文化排他主义势必造成对外部世界在认识上的排斥或拒绝。这就造成古代中国对与其往来的国家,往往茫然无知。日本与朝鲜、越南等东亚文明圈内诸国对中国的了解,从一开始就比中国对它们的了解远远深入、真切得多。西方对中国的了解,从马可·波罗起,也越来越详尽准确。周边的世界已经或正在逐步了解中国与走近中国,但古代中国却始终自以为天下的中心,倚恃着中华文化的优越感,拒绝了解世界与走向世界。

由于中国古代社会的相对停滞性,应对外部世界挑战的思想观念与处事方式一旦形成,就有一种思维的定式与行动的惰性。乾隆末年,这种自大膨胀到了前所未有的程度,乾隆帝居然还把马戛尔尼来华,视为英王"倾心向化"。其时欧美正是群雄并起、列国折冲的时代,中国不仅毫无国际意识,还把这些崛起的大国视为"理藩"的"四夷"。

而当时的世界,已经走出了中国文明在古代东亚唯我独尊的时代,近代崛起的西方文明,与中国文明一样,都自认为代表着世界文明的方向。两种文明在进入 19 世纪后因相遇而撞击。面对着西方列强的坚船利炮，与随之而来的城下之盟，中国中心论的根基开始垮塌，同时引发了中国人一连串失常的反应。这种反应，主要就是民族主义的高涨。吕思勉在前引文中指出："近百年来民族主义的发展，其第一步还是沿袭着旧途径的，那便是盲目的排外。"

美国中国学家柯文在《在中国发现历史》里指出，近代中国有四种排外主义，即以忿怒为核心的排外主义，以恐惧为核心的排外主义，以蔑视为核心的排外主义，以自愧为核心的排外主义。在古代中国，以恐惧为核心的排外主义，在东晋与两宋虽然一度有过市场，但对北方民族政权的文化优越感，仍以蔑视为核心的排外主义占据主流地位。而吕思勉所说的盲目排外，一开始沿袭着以蔑视为核心的排外主义的运动惯性继续发展，为维护自己的民族尊严或文化优越而傲慢自大。与此同时，面对西方列强军事上的凌厉攻势与物质上的强大优势，柯文列举的四种排外主义都开始有了各自的市场，而各种形态的排外主义无一不是原先文化优越论的不同变态而已。

自19世纪以来，中国面对外部世界的严峻挑战，既有强力冲击下新观念的催发萌生，却也有不同形势下旧观念的借尸还魂。反观中国历史，每当国力雄起与外患接踵时，往往就是中国中心论与文化优越论不断升温乃至急遽膨胀的历史时期。目前，中国正在走出近两百年来的梦魇与低谷，尤其应该警惕中国中心论与中华文化优越论穿上偏执狂热的爱国主义与民族主义的华衮卷土重来。处于当今全球化时代，对于中国与世界的关系，对于中国文化与外来文化的关系，中国人的理性心态应该像陈寅恪所说，"一方面吸收输入外来之学说，一方面不忘本来民族之地位"，达到费孝通推许的"各美其美，美人之美，美美与共，天下大同"的境界。

本文原载《东方早报·上海书评》2010年12月12日

也说后宫殉葬

袁腾飞在《历史是个什么玩意儿》里说，"按照中国古代的礼法，明朝以前凡是先帝驾崩，不能生育的嫔妃一律殉葬，武则天也应该勒死殉葬的"（页103）。这一说法错就错在根据明朝前期的相关情况，轻率判定其前各朝制度历来如此，未免有点太想当然。袁著那本讲史书影响太大，有必要依据史实，澄清真相。

一、先秦后宫殉葬制

据《西京杂记》，西汉中期，广川王刘去曾召集一帮子无赖，去盗掘一座古墓。打开后，在场的人都大吃一惊，只见唯有一具男尸，周围都是女尸，既有躺着的，也有坐着的，还有立着的。后经查证，才知道这是周幽王的陵墓，那些衣着完好、姿态各异的女尸都是活埋殉葬的后宫妃嫔。结合这则笔记，对照考古发掘，先秦时期，在帝王死后，其后宫妃嫔无疑是随从殉葬的。这种惨无人道的殉葬制，在东周是习以为常的。据《墨子·节葬》，"天子杀殉，众者数百，寡者数十"；不仅天子、诸侯，将军、大夫也杀殉，"众者数十，寡者数人"。在天子、诸侯的从殉者中，妃嫔显然是首先划定的群体。这是因为，一方面，帝王企盼往生以后仍能嫔嫱如云；另一方面，他们也决不情愿在自己死后留下这些性配偶转入他人之手。

一代暴君秦始皇死后，继位的秦二世说："先帝后宫非有子者，出焉不宜，皆令从死。"据司马迁说，"死者甚众"。至于究竟多少人殉死，也许有朝一日，秦始皇陵发掘时，才会大白于天下。如果说，周幽王以妃嫔殉葬还是奴隶社会人殉的余风，那么，秦代后宫殉葬则完全是君主专制的残暴本性。后宫殉葬制太灭绝人性，自汉代以后，尽管有个别妃嫔自发殉死的例子，但后宫殉葬作为一种制度，实际已经废止。

二、一声何满子，双泪落君前

尽管如此，历史上那些个别妃嫔殉情从葬的事件，是否真正出于自愿，却仍然大有怀疑与追究的余地。其中，王才人为唐武宗殉死的真相，也许颇有故事性。

十三岁时，王才人因能歌善舞而入选宫中。唐武宗能顺利嗣位，她暗中出过不少点子，因而备受宠爱，差点立为皇后。武宗晚年性喜道教丹药，药性发作时，好恶无常，但仍乐此不疲。终于折腾得自己容貌枯槁，一病不起。

据《新唐书·后妃传》，垂死之际，武宗与她有段对话：

> 俄而疾侵，才人侍左右，帝熟视曰："吾气奄奄，情虑耗尽，顾与汝辞。"
> 答曰："陛下大福未艾，安语不祥？"
> 帝曰："脱如我言，奈何？"
> 对曰："陛下万岁后，妾得以殉。"帝不复言。

> 及大渐，才人悉取所常贮散遗宫中。审帝已崩，即自经
> 帏下。

似乎王才人是自愿殉死的。然而，综合其他史料，事实却截然不同。

武宗即位前夕，曾亲见受文宗宠溺的杨贤妃被宦官仇士良等活活处死，出于前车之鉴，一方面，他唯恐所爱幸的王才人也会步此后尘，一方面可能是药性发作，喜怒莫测，这才有了正史中那段对话，示意王才人自经免祸。如此看来，王才人的自殉实际上还是被逼的。自尽前，她浓妆洁服，对病榻上的武宗哀恳说："我曾习曲，愿对皇上歌一曲，以泄心中郁愤。"于是，她唱了一曲流行当时的《何满子》：

> 故国三千里，深宫二十年。
> 一声何满子，双泪落君前。

声调凄咽，在旁的宫人无不垂泪流涕。而后，她手持武宗给予的长巾自缢而死，这时，武宗尚在弥留之间。

王才人，有的记载作孟才人，对勘其事迹，实际上同为一人。诗人张祜，也就是那首《何满子》的作者，另有《孟才人叹》云：

> 偶因歌态咏娇嚬，传唱宫中十二春。
> 却为一声《何满子》，下泉须吊孟才人。

这首诗对孟才人既叹又吊，而不去赞颂她殉情尽节，似乎也印证了孟才人之殉武宗，是出自被迫，而非出于自愿。

三、沉渣再起

然而，后宫殉葬制在明代前期却死灰复燃，再次成为惯例。皇帝去世，除去在世的皇后，还有生育过子女或父祖辈有勋旧特恩的妃嫔才能幸免，其他没有生育的宫嫔就得殉葬。

明太祖朱元璋驾崩后，曾共用 40 个妃嫔殉葬。建文帝即位，这些殉葬宫人的父兄，都授为锦衣卫千户或百户，官位世袭，以示皇恩浩荡，称为"朝天女户"。为明成祖殉葬的妃嫔也有 16 人。明宣宗时，仍有何嫔等 10 人随殉，此外还有无名号的宫女，其数量绝不会少于此数。

为明宣宗殉葬的宫嫔中，有两人最令人同情怜悯。一位已失其名，宣宗生前到一大臣家，见其幼女明丽，便赐了纳采礼，让她长大后入宫。谁知进宫没几天，就赶上了大丧。就这样，她以豆蔻年华，绝色佳丽，一点光也没有沾上，也成了殉葬品。

另一位即郭国嫔。她聪慧颖悟，能诗擅文，宣宗闻知后，纳入为嫔。可怜她入宫才 20 日，就遭此厄运。悬梁自尽前，她手捧赐帛，悲愤地写了一首骚体诗：

> 修短有数兮，不足较也。
> 生而如梦兮，死则觉也。
> 先吾亲而归兮，惭予之失孝也。
> 心凄凄而不能已兮，是则可悼也。

声声泪，字字血，喊出了她的绝望与抗议。

据记载，殉葬那天，让这些宫嫔在庭院里吃完最后一餐，来到一间殿阁，横梁上已预先悬好一个个绳索圈，梁下放了好多小木床。目睹这一情景，短暂静默后，众宫女迸发出一阵阵撕心裂肺的恸哭声。然后，她们被逼着登上木床，把绳圈套住头，一旁的人便撤掉木床。这种灭绝人性的虐杀，对外却宣称是"自杀殉葬"。

景泰帝死后，仍有唐妃等殉葬。直到英宗病危，才在遗诏里明确宣布："用人殉葬，吾不忍也。此事宜自我止，后世勿复为。"明初以来惨绝人寰、灭绝人性的后宫殉葬制这才宣告废止。

清初，这种人殉制再度沉渣泛起。清太祖去世时，37 岁的大妃乌拉纳喇氏与庶妃阿吉根、代音察也随同殉葬。顺治帝死后，也有贞妃为之殉葬。《清史稿·后妃传》只说她与董鄂妃同姓，"殉世祖"，其"贞妃"的名号是康熙帝追赠的，只为表彰她的从殉之举。她的殉葬究竟是自愿，还是被迫，史传语焉不详，只能存而不论。值得一提的是，世祖生前就曾强令后宫女官为爱妃殉葬。

对爱妃董鄂氏的去世，清世祖悲恸欲绝，在寻死觅活被劝阻后，他竟将 30 名太监与宫中女官悉行赐死，免得宠妃在另一世界中缺少服侍者。顺治帝对董鄂妃的爱不可不谓一往情深，但他残忍扼杀了其他宫婢女官初绽乍放的生命花蕾，却是令人发指的。由他敕撰的《董鄂妃行状》竟宣称："今宫中人哀痛甚笃，至欲身殉者数人。"倘若没有《汤若望回忆录》记载，后人也许以为这些宫人都是哀慕董鄂妃而自愿殉葬的，而世祖留给后世的形象，便只是一个笃挚于爱的有情君主，而遮掩了他非人性的那一侧面。

在中国后妃史上，从秦始皇陵中的从死宫人到清董鄂妃陵中的殉葬女官，令人在既叹又吊之后，认清了君主专制的吃人本质。

本文原载《殡葬文化研究》2001 年第 5 期

从《黄鸟》说人殉

在中国最古老的诗歌总集《诗经》里，保存着若干先秦时代的祭葬诗，《秦风·黄鸟》则是春秋时期秦国的一首著名悼诗。通过《黄鸟》，我们不仅可以领略到中国古代悼诗的丰富表现力，还能进一步了解中国古代的殉葬制度。我们先来看这首诗的原文：

> 交交黄鸟，止于棘。谁从穆公？子车奄息。维此奄息，百夫之特。
> 临其穴，惴惴其慄。彼苍者天，歼我良人！如可赎兮，人百其身！

> 交交黄鸟，止于桑。谁从穆公？子车仲行。维此仲行，百夫之防。
> 临其穴，惴惴其慄。彼苍者天，歼我良人！如可赎兮，人百其身！

> 交交黄鸟，止于楚。谁从穆公？子车鍼虎。维此鍼虎，百夫之御。
> 临其穴，惴惴其慄。彼苍者天，歼我良人！如可赎兮，人百其身！

其译诗大体则是这样的:

> 喌喌叫的黄雀，落在酸枣树上。
> 有谁从葬穆公？子车家的奄息。
> 唉——，这个奄息，才德堪与百人匹敌！
> 俯视他的墓穴，谁都恐惧地战栗。
> 那苍苍的老天呀，杀了我们的好人！
> 倘若能够赎出呵，我们死上百次也行！

> 喌喌叫的黄雀，落在桑葚树上。
> 有谁从葬穆公？子车家的中行。
> 唉——，这个中行，才德堪与百人比量！
> 俯视他的墓穴，谁都恐惧地战栗。
> 那苍苍的老天呀，杀了我们的好人！
> 倘若能够赎出呵，我们死上百次也行！

> 喌喌叫的黄雀，落在牡荆树上。
> 有谁从葬穆公？子车家的鍼虎。
> 唉——，这个鍼虎，才德堪与百人相伍！
> 俯视他的墓穴，谁都恐惧地战栗。
> 那苍苍的老天呀，杀了我们的好人！
> 倘若能够赎出呵，我们死上百次也行！

人类在远古时代对死亡的认识不可能是科学的。活生生的亲人一旦撒手死去，后死者在理智和感情上都不容易接受这一事实。他们以为亲人躯体虽死，魂魄犹生，不过去了另一世界里为神为鬼。于是，人们便自然而然地以人间的模式去想象和营造鬼神的世界，人世衣食住行的种种设备器具都成了随葬品。而在天子诸侯乃至大夫贵族的陪葬里，除了应有尽有的器物，甚至还包括了平日里宠爱的姬妾、亲信的侍从。

据《墨子·节葬》，天子杀殉，众者数百，寡者数十；将军大夫杀殉，众者数十，寡者数人。这种以鲜活的生者来祭祀或者殉葬死去先人的情况，早在商代甲骨文里即有记载。有一甲骨卜辞说："甲午，贞乙未酒高祖亥［羌］□［牛］□，大乙羌五牛三，祖乙羌□【牛】□，小乙羌三牛二，父丁羌五牛三，亡它，兹用。"卜辞最后指出这些羌奴没有其他用处，就是被专门用来和牛一起祭祀父祖和商族先人的。《诗经》所收《商颂》多为祭奠先公先王之作，《玄鸟》《殷武》据说都是祭祀殷高宗武丁的。在这些庄重肃穆的祭祀乐章背后，人们似乎还能听到用以祭祀的奴隶在被宰杀时凄惨绝望的呼叫声。《诗经·周颂》也颇有祭祀文王、武王、周公的颂诗，《清庙》据说就是周公祭文王的。西周祭祖是否仍以奴隶作为牺牲，史无明文；但以人殉葬的陋制迟至春秋时期依然存在。

秦国由于地处西鄙，文明开化较晚，故而人殉现象较中原诸国为甚。据《史记·秦本纪》说，秦武公时"初以人从死"，达66人；但秦国在武公以前还有秦仲、襄公、文公等国君，倘若他们都不实行人殉，而从武公开始反而倒行逆施地推行开了人殉制，似乎令人难以置信。武公以后，为秦穆公殉葬的达177人。而1986年发掘的秦公大墓一号墓，推断其墓主是穆公四世孙景公，时代也已晚至春秋后期，但殉葬者竟仍然有182人。殉葬陋制在秦国余风不歇，甚至越演越烈，完全违背了历史的进程和人性的发展，因而《黄鸟》作为中国古代抨击人殉制的最哀痛感人的悼诗出现在《国风·秦风》里，是理所当然的。

《黄鸟》是秦穆公去世当年民众即兴唱出的悼诗。秦穆国对秦国的强盛是卓有贡献的，他一度击败晋国，继而称霸西戎，成为春秋五霸之一。他有三个出色的侍臣，就是子车氏家的三兄弟：奄息、仲行和鍼虎。在一次宫中宴饮时，酒酣耳热，秦穆公举觥与群臣相约："生共此乐，死共此哀！"包括奄息等三人在内的臣下只得附和着答应。殉葬分杀殉和生殉，前者即杀死以后再从葬，后者即活生生地殉葬。奄息等三人是无奈地自杀以后殉葬的。可以想见，殉葬的决定传遍秦国都城后，群情激愤，但人殉却照旧执行。一拨又一拨的民众来到殉葬的圹穴前，俯视穴中死者痛苦扭曲的面容，顿令凭吊者因恐惧而战栗不已。在殉葬的百余人中，子车氏三良德行和才干口碑最佳，是最令人痛心疾首、扼腕断肠的。于是，秦人对死者的同情和哀悼，对人殉制的抗议和批判，都通过对子车氏三兄弟的长歌当哭发泄了出来。有人以为悼诗之所以独对三良一唱三叹，是因为其他殉葬的174人都是奴隶，因而他们都不值得一提。此说似乎不确。其他殉葬的并不见得都是奴隶，因为秦穆公相约"死共此哀"的群臣也不见得只有子车氏家三兄弟。仅仅因为三良以才德最受民众爱戴，才成为民歌吟咏的对象。

悼诗每一节开端都以黄鸟栖止不得其所而起比兴，"棘"明言酸枣树而暗指紧急，"桑"明言桑葚树而暗指死丧，"楚"明言牡荆树而暗指痛楚。然后依次点明殉葬三良的姓名，以错落有致的遣词和同义反复的咏唱，强调他们的德才都是百里挑一的。接下来的两句，歌词仅仅叙述了凭吊者俯临墓穴后所产生的恐惧感，对人殉现场完全不着一言，却成功地达到了此时无声胜有声的境界，把人殉的无道和惨状留给了听众和读者去想象。每节之尾的最后四句循环重复，一再叠唱，在呼天抢地中喊出了"如可赎兮，人百其身"的许愿。这种许愿，唯其无法实现却又发自肺腑，才最真切传达出悼亡者撕心裂肺的悲痛和人天永隔的恨憾。悼诗要表达的当然是悲痛之情，但是歌咏者却大胆地一反常规，首先以轻快鸣叫的黄鸟起句，而后层层推进，数句以后即把人的感情引入悲境，并迅即将悲情推向高潮。结句的悲痛欲绝和起句的轻松欢快，形成令人无法接受的强烈反差，之所以做这样的处理，目的在于一方面更加强哀痛的力度，一方面更渲染人殉的不人道。以至于后人即便在千载以下诵读，依然能体验到这篇名作那种撼动心魄的感染力。

随着人性普遍的觉醒和进步，对惨无人道的人殉葬俗，统治阶级内部的有识之士也纷纷起而抵制。据《左传》宣公十五年（594）记载，魏武子临死让他的儿子将爱妾殉葬，及死，他的儿子以为父亲的遗言实属"乱命"，便断然让父亲的爱妾改嫁而拒不执行殉葬的遗命。另据《礼记·檀弓》，陈子车死，其妻与家臣商议让下人殉葬；子车之弟子亢以为不合礼制，提议如果真要从殉，应该用妻子和家臣，巧妙地迫使他们只得作罢。人殉葬俗在战国时期逐渐退出历史舞台，这与奴隶制向封建制的过渡是有一定关系的：不仅人作为劳动力的价值随着生产力的进步而不断提高，人的独立性也随着社会的前进而被进一步地确认。

当然，历史的发展不是直线型的。秦始皇死后，未生子女的后宫美人和营建陵寝的各地工匠数以万计地被殉葬进骊山墓，这是人殉制度最后一次的大规模虐杀。这次，秦朝的民众不再以悼诗表示抗议，而是数年以后以波澜壮阔的秦末大起义做出了自己的声讨。

本文原载《殡葬文化研究》1999年第1期

纠正对宫闱史的误读

中国后妃史是中国宫廷史、中国妇女生活史,乃至整个中国社会生活史不可或缺的构成内容。然而,由于研究缺乏,普及不够,一般民众所知既有限,误解更不少。但后妃生涯,宫闱秘史,历来给人刺激而神秘的印象,撩拨着他们一窥内幕的好奇心。于是,便有种种齐东野语式的笔记、小说、戏剧、影视相继问世,这些作品的摹写刻画往往夸张失实,却在很大程度上迎合了搜奇猎艳的窥私心理。

对后妃史的这种误读,主要表现在两个方面。其一,对后宫生活不加批判缺乏原则地美化,大肆渲染锦衣玉食与珠光宝气的宫闱场景,满足羡富慕贵的低俗心理。由于不去揭露貌似庄严荣华、花团锦簇的背后有多少红颜女子成为后妃制的殉葬品,于是,后宫历史上一再上演的凄凉惨酷、血泪交织的悲剧,竟然都变成了讴歌帝后爱情的正剧或者显摆宫廷豪奢的闹剧。

其二,对后妃的权斗不加谴责、毫无是非地展现,甚至对以恶制恶、以黑斗黑也给出合理性辩护。由于不去着力暴露后妃制是寄生在君主专制母体上的怪胎,却把后妃之间围绕着金灿灿凤冠的生死权斗,都化解在理解的同情之中。这就在无形中误导广大受众,把文艺作品中的宫斗权术当作制胜法宝,白领将其移植进职场,官员将其运用于仕途,都像一群乌骨鸡似的,恨不得我吃了你,你吃了我。

笔者原不想厕身为宫闱热的趋时者,但有鉴于这类误读误导大有与时俱进之势，深感有必要略尽史学从业者的绵薄之力。于是，也以后妃为主体，以可信的资料，据历史的真实，掀起古代后宫的帷幕，摹绘宫掖生活的实景，让读者形象而真切地了解中国后妃史的两个基本面相。

其一，不论哪个时代的后妃制，无一不是君主专制母体上畸形的孪生物，都给后妃这一特殊的妇女群体带来了无尽的不幸与深重的灾难。在后宫生活中，无论爱与恨，灵与肉，生与死，泪与血，她们的人生几乎都有过痛苦的挣扎与无助的浮沉。

其二，在君主专制下，作为一个特殊的女性群体，后妃们面对生活与命运，怎样艰难地保存着人性中的真善美，而专制帝制又是如何驱使她们转向人性恶的。其间人性的真与伪，美与丑，善与恶，或者泾渭分明，或者泥沙俱下，或者只是沉渣泛起，从而合成了一部后妃人性的变奏曲。

当然，本书并不是一部完备严谨的中国后宫史，对这方面有兴趣的读者，尽可去参阅学界已有的专著。在这册随笔里，我给自己划定的视野是，集中关注后妃人性与君主专制之间那种割不断、理还乱的关系。而这种纠葛的诸多细节，都是通过宫廷生活场景展开的。随笔虽以后妃生活作为叙事对象，却主要撷取与人性相关的情节，而割舍了与主题关系不大的内容。

以往的宫廷史读物，大多按朝代顺序以传记形式逐次写来，给人以一种流水账与雷同感。这册随笔围绕着若干专题，拟定了若干篇目，专题篇目之间虽有内在关联，却明显有别于章节体的学术论著。我尝试勾勒与评述宫廷生活的各个横断面，还兼顾点面的结合，编织进趣闻轶事，使得涵盖面更广阔，可读性更加强。

因为是历史，即便是大众读物，驰骋笔墨，发挥想象，也是不可取的。本书拒绝戏说，力求言必有证，论当有据。但历史随笔也不宜板起学术的面孔，吓退对后宫史感兴趣的众多读者，故而叙事行文上力求浅近生动，尽量少用旧史原文，必须引用时，一般也不注明引文出处，庶几确保行文雅俗共赏，让读者开卷爱读。

至于书名，记得少时读《唐诗三百首》，对元稹《行宫》印象颇深，其诗云：

> 寥落古行宫，宫花寂寞红。
> 白头宫女在，闲坐说玄宗。

其义当时不甚了然，但凄美的诗境却嵌印脑海，挥之不去。及长，读《唐宋诗举要》，高步瀛提示："白乐天《新乐府》有《上阳白发人》，此诗白头宫女，当即上阳宫女也。上阳宫在洛阳为离宫，故曰行宫。"再找来白居易《上阳白发人》，主题是"愍怨旷也"，说这些宫女"玄宗末岁初选入，入时十六今六十"，不料"未容君王得见面"，"一生遂向空房宿"。那么，这些白头宫女，连皇帝面都未一睹，就"潜配"发落，终老行宫，只能在红艳如火的宫花丛中闲话天宝遗事。遥想入宫当年，她们也像宫花那样靓丽明媚，如今却已幡然老妪。这才明白，短短四句二十字，蕴含着后宫女性多少觖望与悲怆，不啻是鞭挞后妃制的千古绝唱，也有助于纠正后人对宫闱史的几多误读。于是，就取其一句作为书名。

本文为《宫花寂寞红》（辽宁人民出版社 2014 年版）代序

"祖龙魂死秦犹在"

——评《大秦帝国·铁血文明》

一、逾百万字正面实写秦始皇

逛文庙书市，在地摊上捡到一本《大秦帝国》第四部，秦王嬴政在后半部出场。这部书名《阳谋春秋》，指主角吕不韦那桩尽人皆知的大买卖与那部一字千金的《吕氏春秋》。内封上赫然列有《大秦帝国》的六部书名与专用网址，回来上网一查，惭愧自己"不知有汉"。原来这是六部11卷500余万字垒成的长篇历史小说，在2008年郑州全国书展上重磅推出，一炮走红，不仅开拍了电视连续剧，写商鞅变法的第一部《黑色裂变》还获得全国"五个一工程"入选作品奖，大受青睐。

秦朝"一切对外对内的大事业，使全国瞪眼咋舌的大事业，是始皇在十年左右完成的"（张荫麟语）。不论喜欢还是憎恶，秦始皇在历史小说中如何粉墨登场，总让人感兴趣的。于是，请人传来第五部电子文本。这部以秦始皇为主角，取名《铁血文明》，倒也十分契合"千古一帝"的雄风神采。《大秦帝国》对秦始皇的正面实写，前后逾130余万字。作者认为：对秦始皇，"后世不思其功，唯加其罪，对如此一个被扭曲变形为残暴恶魔的历史巨人，我以为，无论用多少文字去发掘，去表现，都不过分"（本文引作者语除出自全书总序与第五部外，皆见 2008 年 4 月 25 日《郑州日报》载《十六年磨就〈大秦帝国〉——访作家孙皓晖》）。

作者在访谈中表示，《大秦帝国》"不是正史，而是一部表现历史的文学作品，它包含虚构，但是合理虚构。它的主干是正史，我说的主干指的是作品的基本事件、冲突、时代精神和事件结局"。对照作品，除了时代精神，其把握与展现必然介入创作者的主观臆想，其他所说大体上八九不离十。也就是说，《大秦帝国》以历史经纬作为叙事依据，以历史人物作为形象载体，只有在这两个层面上还保留了历史的面影，而具体细节则多出于文学的虚构。对虚构的细节，自然没必要多去较真。但在处理历史客体上，历史研究者与历史小说家毕竟有着共同的交集，对客体的认识、理解与阐释，至少在历史观念上存在着双方对话的必要性与可能性，虽然这种对话有时会陷入鸡对鸭讲的窘境。

就《大秦帝国》，尤其是涉及秦始皇的那部而言，对话可以集中在两个层面。其一，对秦始皇及其底定秦王朝时的所作所为，究竟应该怎样看待，如何定位？其二，由秦始皇锻造的铁血文明究竟是否有现实意义？前者指向历史的认识，后者指向现实的关怀；二者又是互为因果的，前者决定后者的取向，后者也反过来影响前者的视野。

二、对大秦帝国应否盲目崇拜？

作者自称，他之所以写这部小说，完全出于一种"正义感与历史感"，因为作为后人，我们"将奠定自己文明根基的伟大帝国硬生生划入异类而生猛挞伐"。他也不讳言，自己"对大秦帝国有着一种神圣的崇拜"。正是出于这种情结，作者在第五部里对秦始皇及其统治有一个总体看法："纵然过了些许，何伤于秦之大政大道，何伤于大秦文明功业？"

而在《中国史纲》里，历史学家张荫麟却对秦政给出这样的评论："武力的统制不够，还要加上文化的统制；物质的缴械不够，还要加上思想的缴械。"哪里只是"过了些许"，完全是从武力到文化的全面专制，从物质到思想的彻底剥夺！

秦始皇焚书坑儒，彻底断送了先秦百家争鸣、思想开放的局面，从此以后，文化专制与极权政治相为表里达两千年之久。关于焚书，《剑桥中国秦汉史》指出："在中国历史上，这次焚书决不是有意识销毁文献的唯一的一次，但它是最臭名昭著的。"之所以这么说，因为它是始作俑者。而坑儒则为后来独裁者从肉体上清除不同政见者开了先例，吕思勉《白话中国史》认为："虽然是方士引起来，然而他坐诸生的罪名，是'惑乱黔首'，正和焚书是一样的思想。"故而，吕思勉断然判决道："这两件事，都是无道到极点的。"

也许出于崇拜，《大秦帝国》这样评论"焚书"事件：这"是帝国新政面对强大的复辟势力被迫做出的反击，是新文明为彻底摆脱旧时代而付出的必然代价。"而对"坑儒"事件，作者尽管也承认："这是整个人类文明史上最大的惨案之一。"却仍强调："它在当时有着最充分的政治上的合理性。"然而，哪一朝独裁者在消灭异见者时不打出政治合理性的堂皇旗号呢！

秦统一以后，包括焚书坑儒在内的所作所为，是否都是合理的，历来聚讼纷纭，争议不断。秦始皇亲政之初，秦国历史，乃至中国历史的走向，面临过一次关键的选择。众所周知，吕不韦先是以丞相执掌朝政13年，后是将《吕氏春秋》颁示都城，形成了一整套治国平天下的方略。吕不韦的治国理念，与秦始皇亲政后的治国方针之间有着重大的差异（顾准认为，秦始皇那套的思想基础出自韩非的君主中心论，而具体做法则来自《韩非子》的君主法术势学说）。郭沫若在《吕不韦与秦王政的批判》里（收入其《十批判书》），研究了两者的对立。在政治主张上，简单说来，吕不韦主张官天下，崇尚民本与哲人政治，讴歌禅让，君主任贤，实行分封；秦始皇主张家天下，崇尚君本与狱吏政治，鼓吹万世一系，分设郡县。按照郭氏的说法，"假如沿着吕不韦的路线下去，秦国依然是要统一中国的，而且统一了之后断不会仅仅十五年便迅速地彻底崩溃"。总之，中国历史的其后走向也许是另一番面貌。历史当然无法假设，却值得反思：秦始皇与大秦帝国的所有举措，尤其那些钳制思想、灭绝人性的倒行逆施，难道都可以不问是非而一味"神圣的崇拜"？

三、大秦文明有无现实意义？

《大秦帝国》每部卷首都印着相同的题记："献给中国原生文明的光荣与梦想。"作者在受访时表示："《大秦帝国》的确具有强烈的现实意义。"这部小说还有一篇题为《中国文明正源的强势生存》的总序，其中也强调："力图将那个时代的光荣与梦想，呈现给改革时代的中国人。"也就是说，作为历史小说，《大秦帝国》不啻经国用世之作，有着强烈的现实指向。

作者总序提出一个命题："大秦帝国是中国文明的正源。"其立论是："大秦帝国与西方罗马帝国一起，成为高悬于人类历史天空的两颗太阳，同时成为东西方文明的正源。"严格说来，西方文明的正源，不是罗马帝国，而应溯源到古希腊文明（作者在访谈中修正为"希腊罗马文明"）。顾准指出："罗马人，比起希腊人来是蛮族。罗马文明独特的创造唯有法律；其他哲学、科学、文化、宗教、神话全都是希腊搬来的。"他有一部《希腊城邦研究》，专门说古希腊文明。在他看来，"中国自殷到韩非，政治舞台上只有大大小小的专制君主，从这里发展不出类似希腊那种渊源于海外移民中建立起来的城邦制度上的民主学说，这是无可奈何的。"（《评韩非》）

作者总序强调："原生文明是一个民族的根基。……这个时代所形成的文化文明，如同一个人的生命基因，将永远以各种各样的方式影响或决定一个人的生命轨迹。"笔者并不赞同把大秦文明等同于中华民族的原生文明，但倘若沿用他的概念说事，把一个民族的原生文明比喻为一个人的生命基因，它当然会影响一个民族的生命轨迹。姑且不论是否赞同作者的论题，即大秦文明"所编织的社会文明框架及其所凝聚的文化传统，今天仍然规范着我们的生活，构成了中华民族的巨大精神支柱"；即就其后二千年封建君主制而言，不就是这种"原生文明"对中华民族生命轨迹的深远影响吗？然而，一个民族与一个人一样，只要一息尚存，都是有生命的活体，虽然不能拒绝先天给予的遗传基因，但成熟的民族与成熟的个人一样，应该通过后天的努力对基因遗传采取趋利避害的干预与补救。对于大秦文明的态度同样应该如此：既要反对把孩子与脏水一起泼出去，也要反对把梅毒当成抗原保存下来；肯定并传承其合理因子，否定并抛弃其负面成分，让中华民族走上更健硕壮实的成长之路，而不是盲目崇拜，全盘继承，不加分析，照单全收。

作者总序告诫："当许多人在西方文明面前底气不足时，当我们的民族文明被各种因素稀释搅和得乱七八糟时，我们淡忘了大秦帝国，淡忘了那个伟大的时代，淡忘了向巨大的原生文明寻求'凤凰涅槃'的再生动力。"拜读之下，迎面扑来的是一股民族主义的呛人气味。显然，在作者看来，民族文明应该是封闭的、排他的，只有这样，才能维系其血脉纯正，才不至于"杂种流传"。改革开放已经30余年，对民族文明与外来文明居然还持这种认识，那还不如直截了当地上书当轴：把开放的国门再度砰然关闭！

一部文明史告诉我们，世界上可以同时有各种文明，遑论大航路开通以后，即便此前，各种文明也处于一种交流互补的状态之中。在对待外来文明与民族文明的关系上，作者与我们都不妨重温陈寅恪那段著名论述："其真能于思想上自成系统，有所创获者，必须一方面吸收输入外来之学说，一方面不忘本来民族之地位。"只有这样，才既不会"在西方文明面前底气不足"，也不会杞忧"民族文明被各种因素稀释搅和得乱七八糟"。

作者总序提醒："大秦帝国，最集中地体现了那个时代中国民族的强势生存精神。中国民族的整个文明体系其所以能够绵延相续如大河奔涌，秦帝国时代开创奠定的强势生存传统起了决定性的作用。""强势生存"，不知所指谓何，揣摩下来，也许第一层意思是说，大秦帝国在崛起过程中，不仅自穆公以来，"常为诸侯雄"，而且到秦皇手里更进而"鞭笞天下，威震海内"，国力武威始终居于强势地位，或是诸侯的中心，或是天下的唯一。第二层意思是说，秦代以后，中国文明之所以在很长时段（至少元代以前）居于世界文明的中心地位或领头地位，完全有赖于大秦文明的奠基及其传统的不坠。暂不讨论历史是否如此，令人关注的是，这种"强势生存说"是否真正有助于中华文明在新时代的"凤凰涅槃"？

经过30余年的改革开放，中国GDP总量可望排名世界第二，大国崛起的话头一时间热闹起来。然而，经过一个半世纪曲折前行，中国应该以怎样的价值观念与国家理性在世界面前展现自己的光荣，追求自己的梦想，如何从表层的经济的崛起走向深层的文明的崛起？处于当今思想自由、价值多元的国内外大环境中，中国各种思潮，不论是主流的还是民间的，激进的还是保守的，外来的还是本土的，都或有意或无意，或直接或间接地开出自家的"药方"，交出自己的"答卷"。从历史上看，中国民族性与国民性中积淀着根深蒂固而超过阈度的中国中心论与中华文化优越感（对这两个观念的学术梳理，详参拙文《古代中国人的周边国族观》，载《中华文史论丛》2009 年第 1期）。小说作者在主观上是怎么考量的，我们不得而知，但他的"强势生存说"附着于"大秦文明论"，总让人隐隐约约感到与那些国家主义与民族主义有着割不断理还乱的瓜葛。

四、想起了陈寅恪与顾准

历史无计可消除，对大秦文明及其绵延不绝的背影与梦魇，都必须去面对。毛泽东有诗云"百代多行秦政法"（顺便说明，本文题目也出自同一首诗，祖龙就是指秦始皇），指出秦政对中国历史的久远影响。但千万不能忘记，直至清末，秦政开启的是君主专制主义社会。

国人对秦政的反思，自秦亡以后，一直没有中断过。在"文革"后期那场评法批儒运动中，按当时编派的谱系，西汉贾谊与秦始皇倒是"法家同志"，但他的名文《过秦论》在评论秦亡时，却毫不含糊地直言钳制思想、禁锢言论是一大原因：

> 当此时也，世非无深虑知化之士也。然所以不敢尽忠拂过者，秦俗多忌讳之禁，忠言未卒于口，而身为戮没矣。故使天下之士，倾耳而听，重足而立，拑口而不言，是以三主失道，忠臣不敢谏，智士不敢谋，天下已乱，奸不上闻，岂不哀哉！

秉持"自由之思想，独立之精神"的陈寅恪，虽自称"不敢观三代两汉之书"，却有一诗论及秦政：

> 虚经腐史意如何？黝刻阴森惨不舒。
>
> 竞作鲁论开卷语，说瓜千古笑秦儒。（《经史》）

陈氏证诗向有今典、古典之说，这里只说古典。所谓"竞作鲁论开卷语"，指当时儒生都争着袭用《论语》开卷的套语，在学习经典时大献"不亦悦乎""不亦乐乎"的谀语。怎会料到等待他们的竟是"说瓜坑儒"的千古奇冤呢？卫宏《诏定古文尚书序》载"说瓜"出典云："秦既焚书，患苦天下不从所改更法，而诸生到者拜为郎，前后七百人。乃密令冬种瓜于骊山坑谷中温处。瓜实成，诏博士诸生说之，人人不同，乃命就视之。为伏机，诸生贤儒皆至焉，方相难不决，因发机，从上填之以土，皆压，终乃无声。"算计险诈歹毒，场景惨绝人寰，难怪陈寅恪要用"黝刻阴森惨不舒"来抨击秦政。

作为大秦帝国的缔造者与大秦文明的砥定者，秦始皇在那场评法批儒运动中位居头号大法家。在那个八亿人民统一于一个思想的年代里，思想家顾准保持着独立的思考，其中也包括对秦政的反思。

1974 年 4 月，他先后写了《论孔子》与《评韩非》，对儒法两家思想分别进行了理性的批判。《评韩非》进而论及秦政与专制主义：

> 事实上，秦统一六国后大肆纵欲，阿房宫、陵墓、长城一起来，人民比战乱频仍中还要难受，这才起来造反的。顺便说说，现在人们为孟姜女故事翻案，好吧，长城建筑无可厚非，然而与长城同时建筑的阿房宫和陵墓呢？

他还深刻指出：

> 专制主义本来必定一代不如一代，必定愈来愈堕落。韩非不注意这一点，倡导君主乘势以术御下，无限纵欲，那些地方的文笔犀利，简直是无耻！

倘若起顾准与陈寅恪于地下，对于《大秦帝国》推崇的"铁血文明"及其"强烈的现实意义"，对于其作者把大秦文明奉为中华民族"凤凰涅槃的再生动力"，他们基于自由之思想与独有之体验，恐怕都只会斩钉截铁而深恶痛绝地说一声：NO！

本文原载《东方早报·上海书评》2010 年 8 月 8 日，略有删节

西汉前期治国思想上的儒道之争

——兼谈窦太后其人与卒年

一

西汉治国思想在武帝前期有一次历史性转折，那就是由黄老之学向独尊儒术的切换。窦太后在其中的个人作用确实不容小觑。

窦氏是汉文帝皇后，景帝朝被尊为皇太后，武帝朝又被尊为太皇太后。在景、武两朝的二十余年中，她虽然没像吕后那样走到前台直接执政，然而，作为景帝生母与武帝祖母，她却若即若离始终左右着朝政大计。试举数例为证。其一，平定吴楚七国之乱后，景帝原拟保留吴楚的封国，各立其后，窦氏出于个人亲疏，以吴王"首率七国，纷乱天下，奈何续其后"（《史记·楚元王世家》），仅许存楚，不准续吴，景帝只得照办不违。其二，窦氏欲对景帝王皇后兄王信封侯，景帝以文不对窦氏兄弟封侯为由表示异议，她却径命景帝道："帝趣侯信。"（《汉书·周亚夫传》）其三，中尉郅都执法行事，触忤窦氏，她就"以危法中（郅）都"（《汉书·酷吏传》），尽管景帝知其为忠臣，但郅都终于被杀。其四，窦氏溺爱幼子梁孝王，在景帝废栗姬所生太子后，她"意欲立梁王为帝太子"（《史记·梁孝王世家》），景帝无奈在宫廷家宴上表示"千秋之后传梁王"。其堂侄窦婴不以为然，窦氏大怒之下竟不准他"入朝请"；同时违制特许梁国有权自命国相与二千石的官吏，以至于梁王恃宠为非，"出入游戏，僭于太子"。景帝碍于母后，一再宽容，"不知所为"。其五，武帝即位后，更是明确规定，朝廷大事必须"奏事太皇太后"（《汉书·武帝纪》）。

不仅如此，文帝死后，作为黄老之学的政治代表，窦氏紧紧把握着西汉国策的取向，在景、武两朝儒道之争的过程中，重重打上了她个人的印记。

景帝时期，尽管在治国思想上仍崇尚黄老，但新儒家思想作为一种社会思潮，其影响日趋强大。这里，不拟缕述其深刻的原因，但必须指出，此消彼长已是历史大趋势。然而，由于"窦太后好黄老言，不悦儒术"（《汉书·礼乐志》），便以母后的威严与地位，千方百计予以阻挠与扼制。一方面，她严厉惩治任何试图动摇黄老之学统治地位的人和事。据《史记·儒林列传》，儒学博士辕固生与道家学者黄生辩论汤武革命，景帝命"学者无言汤武受命"，正是慑于窦氏的思想倾向与政治压力，巧妙地把棘手的争论挂起来。其后，学者们不敢再涉及这一论题，也透露出窦氏压制儒家政策的淫威。当辕固当面鄙斥《老子》书是"家人之言"时，她怒不可遏地命他与野猪搏斗，借此警告那些摇撼黄老统治思想的企图。另一方面，窦氏以母后之尊，迫使"帝（景帝）及太子（即后来的武帝）、诸窦不得不读《黄帝》《老子》，尊其术"（《史记·外戚世家》），绝不容忍最高统治集团在治国思想上有丝毫摇摆。从景帝表面上让儒道两家停止汤武受命的争论，暗中却在保护儒家及其论点，以及窦氏命辕固与野猪格斗时，景帝认为他"直言无罪"而借兵器给他，可以看出，景帝貌似公允，实际却在偏袒儒家。不过，只因窦氏的存在与干预，终景帝之世儒术之士才蓄势待发，"博士具官待问，未有进者"（《汉书·儒林传》)。

武帝即位后，儒道之争进入白热化的决战阶段。其时，不仅武帝本人雅好儒术，即位伊始，就诏举贤良方正；分任丞相、太尉的外戚窦婴、田蚡（汉武帝母舅）与御史大夫赵绾也都"务隆推儒术，贬道家言"（《史记·魏其武安侯列传》）。于是，立明堂、封禅、改历、正服色等，儒家历来重视的大事都提上了议事日程。儒学大师申公培也因弟子赵绾的推荐，被武帝以隆重的礼节迎接到了京师。一场旨在使治国思想儒学化的改革已经摆开了架势。似乎是清醒认识到窦太后的阻力，儒学派通过御史大夫赵绾、郎中令王臧向武帝提议，朝事"毋奏事太皇太后"（《汉书·武帝纪》）。对此，东汉应劭评论道，"礼，妇人不预政事，时帝已自躬省万机。太后素好黄老术，非薄《五经》，因欲绝奏事太后"（《汉书·武帝纪》颜师古注引），把此举用意揭示得十分清楚：既为了确保武帝"自躬省万机"，成为儒学化进程中最高而直接的主宰者，也为了绕开窦氏这尊黄老派的护法尊神。

建元元年新儒学派的政治挑战，使各种谗毁"日至窦太后"处（《史记·魏其武安侯列传》）。这位老人家眼睛虽失明，消息却灵通，反应更果断。她一面气急败坏地以文帝时蛊惑人心的方士新垣平来比拟，丑化赵绾等力主儒学化的大臣，一面不惜动用特务手段，"使人微伺得赵绾等奸利事"（《史记·封禅书》），作为向武帝摊牌的根据。建元二年十月（时以十月为岁首），把御史大夫赵绾、郎中令王臧打入监狱，罢免了推崇儒学的丞相窦婴与太尉田蚡，即令窦婴是她本家侄儿也毫不留情，并亲自任命了新的丞相、太尉，调整了最高的统治核心。面对太皇太后的盛怒，汉武帝内心虽倚重儒者，倾向儒术，却也不得不"因废明堂事，尽下赵绾、王臧吏，后皆自杀"（《史记·儒林列传》）。就在窦太后以其特殊身份与至高威权的强行干预下，建元元年掀起的这场治国思想儒学化的运动被迫以夭折而告终。

二

对西汉前期治国思想上儒道的消长，侯外庐在《中国思想通史》里指出："直到武帝初，和窦太后斗争，开始犹两面而倚重于儒，窦氏死后，才清算了道家，立出法度。"这也揭示出：在西汉前期治国思想的嬗代中，窦氏卒年是一个至关重要的年代坐标，而绝非无足轻重。《辞海》1999 年版与《中国历史大辞典》堪称两部权威工具书，均系窦太后卒年于公元前 135 年或前 129 年，给人以模棱两可之说，因而有考辨的必要。

关于窦氏卒年，《史》《汉》绝大部分史料都主建元六年（前 135 年）说。《史记·汉兴以来将相名臣年表》《史记·魏其武安侯列传》《汉书·武帝纪》《汉书·天文志》，都明确记载窦氏卒于是年。而据《史记·外戚世家》说"窦太后后孝景帝六岁崩"，《史记·封禅书》"今天子（按：即武帝）初即位，尤敬鬼神之祀。元年，汉兴已六十余岁矣……后六年，窦太后崩"云云，也都只能推算出窦氏卒于建元六年。至于《汉书·窦婴田蚡传》曰"六年，窦太后崩，丞相（许）昌，御史大夫（严）青翟坐丧事不办，免。上以蚡为丞相，大司农韩安国为御史大夫"，对照《史记·魏其武安侯列传》的明确纪年，再参证《汉书·百官公卿表》以上四人的任免记载，也表明所谓"六年"，只能指建元六年，而绝不可能是元光六年（前 129 年）。《资治通鉴》当即根据以上史料系年，司马光甚至认为不必特立考异说明。

元光六年说的史源出自《汉书·外戚传》："（窦）太后后景帝六

岁，凡立五十一岁，元光六年崩。"正是这段自相矛盾的孤证，造成了窦氏卒年问题的混乱。按"后景帝六岁"崩来推算，与建元六年说并不抵牾；但按下文"凡立五十一年"（窦氏是文帝元年，即前179年被立为皇后的），则应是"元光六年崩"。不过，我们首先可以举出一条元光六年说的有力反证。《史记·魏其武安侯列传》《汉书·窦婴田蚡传》述及窦、田权力之争时都说：窦婴"失窦太后，益疏不用，无势"。而据《汉书·武帝纪》，窦婴弃市、田蚡去世都是元光四年事，如果窦太后是元光六年才死的，上引《史》《汉》本传又怎么能够说窦婴"失窦太后"呢？

实际上，对元光六年说，早有学者怀疑是班固的失误。唐代颜师古在《汉书·外戚传》上引记载下注云："《武纪》建元六年，太皇太后崩。此传云后景帝六岁，是也。而以建元为元光，则是参错；又当言凡立四十五年，而云五十一。再三乖谬，皆是此传误。"唐代司马贞在其《史记索隐》之《外戚世家》"窦太后后孝景帝六岁崩"下，亦针对《汉书·外戚传》曰："是当武帝建元六年，此文是也。而《汉书》作元光，误。"颜师古认为《汉书·外戚传》的"元光"是建元的参错，是有根据的判断。《汉书·景帝纪》颜氏注引文颖云："景帝母窦太后，以帝崩后六年乃亡。凡立五十一年，武帝建元六年崩。"不难看出，文颖所说"凡立"以下两句，显然是承袭《汉书·外戚传》的文字。据颜师古《汉书叙例》所列各注家时代，文颖"后汉末荆州从事，魏建安中为甘陵府丞"，可以证明：东汉末年文颖所见到的《汉书·外戚传》还没有误作"元光六年"，而仍是"建元六年"的正确记载。这种年号参错的现象，当是《汉书》在魏晋以后、唐代以前数经传抄中出现的。至于"凡立五十一年"云云，《汉书·景帝纪》所引文颖注文与《汉书·外戚传》相同，这或是班固一时推算错误而趁笔入史，或是班固以后、文颖以前传抄产生的讹误，两者必居其一。然而，上述文颖注文足证今本《汉书·外戚传》"元光六年崩"不足为信，并为窦氏卒于建元六年再次提供了坚强的证据。

窦太后之死，意味着西汉治国思想儒家化的最后一块拦路石被彻底甩掉了。试看有关记载：

> 及窦太后崩，武安侯田蚡为丞相，黜黄老、刑名百家之言，延文学儒者数百人，而公孙弘以《春秋》白衣而为天子三公，封以平津侯，天下之学士靡然乡风矣。（《史记·儒林列传》）
>
> 窦太后崩。其明年，征文学之士，于是董仲舒、公孙弘等出焉。（《汉书·郊祀志》《汉书·武帝纪》）

也就在窦氏去世的次年，即元光元年，汉武帝正式采纳了新儒学思想家董仲舒的《天人三策》，最终确立了罢黜百家、独尊儒术的基本国策。

窦太后卒年的确定，有助于我们更准确地把握汉武帝前期统治思想的转折点。学术界往往把建元元年作为这一转捩的临界点，其主要依据如下：一是《汉书·武帝纪》班固赞语提到的"孝武初立，卓然罢黜百家，表章《六经》"；二是将董仲舒上《天人三策》年代错误推定在建元元年（董仲舒上策年代向来也有建元元年与元光元年二说，而实际上只可能是元光元年）。在建元元年的那场统治思想儒家化的运动中，诚然也有罢黜百家的举动，例如武帝同意丞相卫绾的建议，"所举贤良，或治申、商、韩非、苏秦、张仪之言，乱国政，请皆罢"（《汉书·武帝纪》），但这种努力旋即因窦太后的干预而中断。故而把西汉治国思想由黄老之学向独尊儒术转折的临界点定于建元元年，显然不妥，而应定于窦太后去世的次年，即元光元年。

本文无意对汉武帝独尊儒术的是非功过作出评价，只想指出：到了文景之治后期与武帝前期，在封建统治思想上，黄老之学让位于儒家思想，已是一种历史的大势。窦太后作为黄老思想最后的政治代表，虽能凭借其特殊的地位与显赫的威权，打断建元元年的儒学化进程，延缓历史大趋势的实现，但毕竟不能使历史进程彻底逆转。在她去世次年，历史就回归到自己原先的发展轨道。这是这位太皇太后无法逆料的，形势总比那些老人家的个人意志来得强。

　　　　　　　本文原载《文汇报》2005 年 6 月 12 日"学林"

独尊儒术与文化繁荣

经过汉初六七十年的恢复，一个大帝国重新崛起，及至汉武帝即位，已足够强盛，可以向长期挑衅的匈奴大喝一声"不"。与此同时，文化安全也提上了议事日程。史学家范文澜指出：

> 通过汉武帝，农民付出了"海内虚耗，人口减半"的代价，造成军事、文化的极盛时期。

"文化的极盛"，换一种说法，就是文化大繁荣。撇开具体细节，为打造文化大繁荣，汉武帝推出了四项全局性的大举措——

第一项，也是最基本的文化国策，就是罢黜百家，独尊儒术。

有鉴于暴秦弊政，汉初无为而治的黄老之政，对各家一视同仁，故而百家并流，《六经》异传，文化生态一度回归自由宽容。但这种宽松也给统治带来了麻烦，这就是董仲舒所概括的：各派自有思想，各人自出议论，百家方针不一，意见不同，弄得在上的统治者没法有一个统一的方略，法律制度屡有更变，在下的老百姓不知道听从哪一家的主张。唯其如此，汉武帝即位以后，"夙夜不遑康宁"，睡不上一个囫囵觉。于是，他向百来个社会贤达与学界精英连下三道策问，"欲闻大道之要，至论之极"。只有董仲舒的对策让他豁然开朗，欣然有得："诸不在六艺之科，孔子之术者，皆绝其道，勿使并进。"就汉家统治的文化安全而言，这一对策最对症下药：统治天下，只能有一个思想，统治者才会一劳永逸，彻底省心，而儒家思想就是让统治者一劳永逸的指导思想。董仲舒在对策中向汉武帝展望：只要这样，邪辟的学说就会消灭，然后统治的纲纪就可统一，从而法度也可以明确，人民便知道遵从了。丞相卫绾迎风希旨地奏请，在对策者中有以申不害、商鞅、韩非、苏秦、张仪之学来扰乱国政的，一概罢黜不用，汉武帝当即御批同意。自此以后，"罢黜百家，独尊儒术"作为文化国策，成为中国专制君权须臾不离的通灵宝玉。

第二项文化政策，就是官办儒学教育，设立"五经"博士。

汉初博士官，并不限于儒经，也有诸子、诗赋、方技、术数或其他专长者。罢黜百家后，只有儒学"五经"才有立博士官的资格，儒经以外的其他博士官一律废罢，在制度文化的层面上确保"独尊儒术"的说一不二。不仅如此，汉武帝在中央建立太学，还"令天下郡国皆立学校官"，一概教授儒经，学成的博士弟子员优与授官。自汉武帝立《五经》博士，置博士弟子员，"设科射策，劝以官禄"，"天下之学士靡然向风矣"。诱导他们"靡然向风"的，主要不是儒学"五经"，而是功名利禄。这条尊儒读经、读经出仕的禄利之路，把思想统治与教育体制、选官制度捆绑销售。于是，"传业者寖盛，支叶蕃滋，一经说至百余万言，大师众至千余人"。一部儒经的学习心得动辄百余万言，又臭又长的裹脚布开后代空话废话的先河；千余名大师满天飞，其壮观也不比目下大师贬值稍有逊色。生活在那个时代，谁还敢说学术文化不繁荣！

第三项文化政策，是新设文化机构，搜罗"歌德"派文人学士。

汉武帝罗致御前的，既有词赋家司马相如、枚皋、严助、东方朔等，也有音乐家李延年等辈，还有天文学家唐都、落下闳等，史学家司马迁最初也在网罗之列，一时也可谓人才济济。汉武帝命这些学士文人随从左右，有事时，让他们与闻朝议，献赋作颂，平日里，则"俳优畜之"，不过是御用清客。东方朔是明白人，自甘倡优，只在御前插科打诨。他与司马相如是汉赋名家，相如的大赋最受武帝的青睐。这种大赋是那个时代的招牌产品，以99%的内容来歌颂夸耀帝国的富庶强盛与皇帝的英明伟大，留上1%的篇幅来一点讽谏规箴，借用一位文化学者的譬喻，充其量只"在文化的脂肪上挠痒"。司马迁太傻，真把"牛马走"当成了主人公，立马被皇帝整成"刑余之人"，终于幡然醒悟，自个儿"固主上所戏弄，倡优畜之"，这才发愤独立，有了"成一家之言"的《史记》。汉武帝创立的文化机构以乐府最著名，命李延年主持全国民歌征集。一些优秀的乐府诗曲固然赖此而传世，但其初衷不过让民歌为文化繁荣装点门面（早就流传民间的乐府诗与司马迁发愤著成的《史记》，或来自底层，或出乎异端，代表了当时文化的真正精华，但都不是汉武帝文化国策卵翼下孵化成功的）。总之，新设文化机构也好，畜养文人学士也罢，其目的无非既为文化繁荣鼓噪造势，更为太平盛世歌功颂德。

第四项文化政策，是倚仗国家权力与财富，大搞阔气排场的文化庆典。

汉武帝在位期间，隔三岔五地举行明堂、郊祀与封禅等大典礼，宣扬汉家受命于天。关于郊祀，他一年祭太一，二年祭后土，三年祭五畤，三年一轮回。汉武帝命李延年创作《郊祀歌》，找来童男女组建了大型的御用乐队，千乘万骑浩浩荡荡，在一路弦歌鼓吹中，向郊祀地进发，大摆不可一世的气派。上古三代，只有炎、黄与尧、舜、禹等功德盖世的圣王才有资格行封禅大礼，但那只是个传说。秦始皇是载诸信史的封禅第一人，却备受儒生讥讽。而汉武帝特别热衷这种高门槛穷折腾的自娱自乐，从元封元年（前110）起，不惜兴师动众，劳民伤财，先后封禅达六次之多，几乎每五年就搞一次。郊祀、封禅之类，"皆虚文无实际"（钱穆评语），汉武帝却乐此不疲，硬是把庆典虚文铺排成文化繁荣。

且举一例，以概其余。敦煌屯田兵套住一匹野马，汉武帝说成是天神太一所赐的天马，命李延年谱《太一之歌》以为颂扬。骨鲠之臣汲黯直言不讳道："王者作乐，应该上承祖宗德政，下合百姓民情。为了一匹马，又作歌，又谱曲，还要荐献进宗庙，我真不知先帝和老百姓是否听得懂这种音乐！"凭借君主的威权与国家的财力，以独尊儒术为指导方针，汉武帝打造出一个文化繁荣的表象，其主流就是这种老百姓听不懂也看不懂的劳什子。乍一看这种文化繁荣，外观上冠冕堂皇，光鲜照人，本质上却是阿谀大一统集权的宫廷文化。这种莺歌燕舞的虚假繁荣，不过是汲黯痛斥的"内多欲而外施仁义"而已。

继暴秦以后，儒学兴起，虽有其思想与社会的内在之势，但吕思勉以为，"其得政治上的助力"，则是重要原因之一。按史家张荫麟一针见血的说法，"汉武帝虽然推崇儒家，却不是一个儒家的忠实信徒"，他最得力的帮手，既不是为他规范策划的大儒董仲舒，甚至也不是曲学阿世的公孙弘之流，而是"以峻文决理"的酷吏张汤之辈。汉武帝独尊儒术下的文化繁荣，纵然千般光鲜，万般堂皇，说到底，不过是包裹其专制集权的一袭华衮。

战国以来百家争鸣因秦朝暴政而戛然中止，及至汉初，思想自由乍露短暂的复苏之机，但汉武帝的独尊儒术最终扼杀了这一线生机。顾颉刚论及独尊儒术的负面影响时指出："儒家统一实是中国文化衰老颓废的征验"，"于是专己武断，思想渐致锢蔽了"。范文澜说汉武帝时期"文化的极盛"，是其表象；顾颉刚说独尊儒术是"文化衰颓"的开始，是其实质。相对于秦始皇焚书坑儒以血与火来摧毁文化，独尊儒术下的文化繁荣，对中国文化的戕害，不啻是"软刀子割头不知死"。

本文原载《南方都市报·阅读周刊》2012 年 2 月 26 日，
原题为《汉武帝时代文化大繁荣的本质》

豺狼当路，安问狐狸

自东汉中期起，外戚、宦官与清流官僚构成左右朝政的三大集团。吕思勉指出：

> 汉朝时候的社会，本不及后世的平等。它的原因，是由于（一）政治上阶级的不平，（二）经济上分配的不平。这种不平等的社会，倘使政治清明，也还可以敷衍目前，为"非根本的救济"；却是后汉时代，掌握权柄的不是宦官就是外戚。

我们不能将三大集团统斥为一丘之貉，以一句"统治阶级内部狗咬狗的权斗"抹杀所有是非。毫无疑问，外戚与宦官代表着王室，是统治阶级中最腐朽的特殊集团；而清流官僚代表着文治政府（按钱穆之见，汉武帝以来文治政府开始脱离王室而独立，是政治制度的一大进步），力图还国家民众一个相对清明的政治环境。东汉和帝以降，倚恃君主好恶的左右摆动，外戚与宦官两大集团轮番控制朝局。但不论那个集团上台，重用的都是自己一流人。区别仅仅在于，外戚倚重的是娘家伯叔兄弟及其党羽，宦官集团起用的是唯命是从的鹰犬死党。这样的政局哪会清明！而黑暗腐败的中央政治，总是勾结地方上贪墨官吏与不法豪强，鱼肉当地民间的弱势群体。吕思勉这样概述当时情势道："中央的政治一不清明，各处郡县都布满了贪墨的官；各

处郡县都布满了贪墨的官，各处的土豪，就都得法起来。那么，真不

啻布百万虎狼于民间了。"且以顺帝朝为例，以张婴为首领，聚众万

余人，在扬州、徐州之间（今江苏南部）长期"寇乱"。这一群体性

事件的真正起因，是那些弱体群体"不堪侵枉，遂复相聚偷生，若鱼

游釜中，知其不可久，且以喘息须臾"。

且说汉顺帝 11 岁即位，成年后立侍中梁商之女为皇后；不久，

就拜梁商为大将军，其子梁冀为京城最高长官河南尹。梁商还算安

分，梁冀却"居职多纵暴非法"，竟公然"遣人于道刺杀"告发他的

洛阳令吕放，还目无国法，"尽灭其宗亲、宾客百余人"。梁商一死，

顺帝就命梁冀接替他老爸的大将军之职，还让梁冀之弟梁不疑代为河

南尹，梁氏兄弟成了专横跋扈的官二代。继和帝朝的窦氏、殇帝朝的

邓氏以后，梁氏外戚集团掌控了朝政大权，而且为恶更烈。

按吕思勉的说法："凡是一种特殊阶级，不到他应当灭亡的时候，

无论他怎样作恶，人家总只怪着阶级里的人，并不怪着阶级的本身。

这是社会的觉悟，有一定的限度。"然而到东汉中叶，人们已普遍觉

悟，把朝政贪腐污浊的总根子指向外戚与宦官这样的"特殊阶层"。

在推动社会觉醒上，清流名士的大声疾呼与殊死抗争起着积极的作

用；而他们向外戚、宦官的斗争，就具有历史正能量的作用。

史称，顺帝"委纵宦官，有识危心"。皇帝有危机感，固然值得

肯定，但放纵宦官来夺回外戚的权力，无异引虎驱狼，则是绝对昏

招。汉安元年（142 年），顺帝也认识到有必要在地方上惩治贪腐，

整肃纲纪，便亲选八位"素有威名者"，分行天下。八使犹如后世的

钦差大臣，也仿佛现代的中央特派大员。这在当时绝对算得上大举

措，史称"八使同时俱拜，天下号曰八俊"，朝野翘首引领，期望值

相当高。据《后汉书·顺帝纪》载："遣侍中杜乔、光禄大夫周举、

守光禄大夫郭遵、冯羡、栾巴、张纲、周栩、刘班等八人分行州郡，

班宣风化，举实臧否。"《后汉书》对他们承担的两大使命交代得比较模糊，对照其他史书便相对清楚。所谓"班宣风化"，据司马彪《续汉书》，就是"其有清忠惠利，为百姓所安，宜表异者，皆以状上"，也即树立正面的榜样力量。而所谓"举实臧否"，据《资治通鉴》，就是"其贪污有罪者，刺史、二千石驿马上之，墨绶以下便辄收举"，说得浅显点，出使者倘若查访到贪墨的官员，凡是州刺史与郡守级别的方面大吏，必须以驿马快递上报给朝廷惩处；至于县级官员，有权直接将他们就地法办。不言自明，"举实臧否"，即惩治贪腐的地方官，才是朝廷派遣大员出使的真实用意。这些使者都是"耆儒知名，多历显位"，官衔也都不小，光禄大夫是九卿之一光禄勋的副职，相当于当时的副部级待遇，由此足见汉顺帝的惩贪决心。

八使之中，要数张纲最年少官微，却颇有主见。此前，他得知顺帝虽有危机感，却引用宦官，便慨然长叹："秽恶满朝，不能奋身出命，扫除国家之难，虽生，吾不愿也！"立即上书，规劝顺帝说，外戚集团与宦官集团都不能倚重，应"少留圣思，割损左右"。当然，顺帝还是拉这个特殊阶层打压另一特殊阶层，走他危险邪乎的权斗钢丝。

再说杜乔等七位使者相继离开京城洛阳，络绎赶赴指定州郡。唯独张纲卸下使者专车的轮子，埋在京城都亭之侧。有人询问其故，他愤然说道："豺狼当路，安问狐狸！"在他看来，地方贪腐的总根子全在朝廷，现在让八使按察地方，不过去逮几只狐狸而已，而豺狼却仍在朝中当政，完全是治标不治本的把戏。拒绝出使后，张纲退而上奏道："大将军梁冀、河南尹梁不疑倚仗外戚的身份，占据要害的职位，贪婪敛财，骄纵无法，重用谄谀，陷害忠良。实为天威所不赦，大辟所应加。我条陈他十五款无君的罪状，都是正人君子所不齿的。"张纲的奏书及其埋车都亭的快举，让整个京师为之震动。顺帝尽管明白张纲的耿直之心，也深知其所奏都是事实，但在"豺狼当路"的情势下，"内宠方盛，诸梁姻族满朝"，对张纲冒死上奏"终不忍用"。

梁冀却恨之入骨，派张纲出守广陵（今江苏扬州），去对付徐、扬之间历时十余年的张婴"寇乱"。他的如意算盘是，张纲即便不为所杀，也可以找茬算计。张纲赴任，直抵营垒，只带十余亲随，约见对方。张婴见其诚意，出营赴会。张纲说："前后那些郡守恣意贪暴，致使你们怀愤集聚，他们确实有罪；但你们这样闹事也不对。现在主上派我来，不想加以刑罚，而要给以安抚。当然，你们如果执迷不悟，那就大兵将至。两者利害，还望三思。"张婴表示，自己所以起事，不过是游鱼偷生釜底，因无法上达朝廷，现在情愿归服。张纲解散起事群众，亲自为他们解决居宅与田地问题。史称"人情悦服，南州晏然"，南方州郡终归稳定。朝廷对张纲"论功当封"，却遭到梁冀的阻挠。在广陵一年，张纲病故，扶老携幼前来吊唁的老百姓不可胜计，都说："千秋万岁，何时复见此君！"张婴与其五百旧部为张纲成服行丧，千里迢迢将灵柩从广陵扶送回洛阳，一说送回其老家犍为（今四川彭山东），还为他背土垒坟。老百姓心中有杆秤，对张纲的反腐与为政做出了最高的评价。

张纲拒绝出使，其他使者巡察结果究竟如何？对郭遵、冯羡、栾巴、周栩与刘班等五人的出使，现存各家《后汉书》未见片言只语，显然无可称述。《后汉书·周举传》虽有记载，却仅十二字："劾奏贪猾，表荐公清，朝廷称之。"表述笼统空泛，其成效恐怕也不宜高估。唯有杜乔巡察兖州，成效最堪称道。据《后汉书·杜乔传》，他表彰太山太守李固为政"天下第一"（桓帝初年，李固与杜乔终因反对梁冀，惨遭杀害，暴尸洛阳城北，此是后话），还举报陈留太守梁让、济阴太守氾宫、济北相崔瑗等贪赃达"千万以上"。梁让是梁冀的叔父，氾宫、崔瑗也都为梁冀"所善"，由于梁冀这头豺狼当路，连逮住的那几只狐狸也依然逍遥法外。《资治通鉴》说，"八使所劾奏，多梁冀及宦者亲党，互为请救，事皆寝遏"。即以杜乔举发者为例，最终无不不了了之：作为大将军之叔，梁让受到奥援自不在话下；氾宫不仅受到庇护，桓帝初，梁冀竟让杜乔荐他出任尚书，杜乔以其"臧罪明著"，严词拒绝；崔瑗虽已赴廷尉受审，却"上书自讼，得理出"，也来个无罪释放。

　　总之，汉顺帝朝八使出巡的大举措，充其量只是干打雷不见雨的反腐过场戏，从而印证了张纲的说法："豺狼当路，安问狐狸！"

本文原载《南方都市报·阅读周刊》2013 年 2 月 24 日，

原题为《东汉顺帝"八使出巡"的反腐戏》

吟罢低眉无写处

——向秀与他的《思旧赋》

向秀（约227—272年），字子期，魏晋之际的学者兼文学家。他注过《庄子》，"妙析奇致"，吕安为之赞叹道："庄周不死矣！"郭象的《庄子注》据说大部分都是剽窃他的。向秀原有文集12卷，但仅有两篇文章流传后世，且都与嵇康有关。一篇是《难嵇叔夜养生论》，是让嵇康发表正面主张而作的引发性文字，未必代表向秀本人的思想，他与嵇康这种双簧式的文章，正体现了两人真挚的友谊。另一篇就是《思旧赋》。原文不长，全录如下：

> 余与嵇康、吕安居止接近，其人并有不羁之才。嵇志远而疏，吕心旷而放，其后各以事见法。嵇博综技艺，于丝竹特妙。临当就命，顾视日影，索琴而弹之。余逝将西迈，经其旧庐。于时日薄虞渊，寒冰凄然。邻人有吹笛者，发声寥亮。追思曩昔游宴之好，感音而叹，故作赋云：
>
> 　　将命适于远京兮，遂旋反而北徂。
> 　　济黄河以泛舟兮，经山阳之旧居。
> 　　瞻旷野之萧条兮，息余驾乎城隅。
> 　　践二子之遗迹兮，历穷巷之空庐。
> 　　叹《黍离》之愍周兮，悲《麦秀》于殷墟。
> 　　惟古昔以怀今兮，心徘徊以踌躇。

栋宇存而弗毁兮，形神逝其焉如。

昔李斯之受罪兮，叹黄犬而长吟。

悼嵇生之永辞兮，顾日影而弹琴。

托运遇于领会兮，寄余命于寸阴。

听鸣笛之慷慨兮，妙声绝而复寻。

伫驾言其将迈兮，故援翰而写心。

　　向秀是在什么情境下哀吊嵇康的，为什么仅百来字就辍笔不写了呢？这一切还得从包括向秀在内的"竹林七贤"说起。

　　三国曹魏后期，向秀与嵇康（223—263 年）、阮籍、刘伶、阮咸、山涛、王戎等相与友善，常游宴于竹林之下，故世称"竹林七贤"。向秀与嵇康友情最笃挚。有一时期，嵇康曾锻铁"以自赡给"，向秀就拉风箱，做助手，两人"相对欣然，傍若无人"。有一次名公子钟会来访，嵇康"箕踞而锻"，好半天也不打个招呼。钟会讨了个没趣，走时，嵇康还嘲问道："何所闻而来，何所见而去？"恼得钟会一直衔恨在心。这时，司马氏已大权在握，正欲取曹魏而代之，很在乎这些名士的态度，因为这关系到一般士人的向背。山涛和王戎死心塌地加入了司马氏集团。向秀与阮籍等人尽管对司马氏不满，却不愿以卵击石，便以醉酒佯狂、隐居缄默来避祸全身。

　　据说，有人与嵇康同居山阳（今河南焦作东）二十年，"未尝见其喜愠之色"，他本来也完全可以采取避世远祸做法的。不过，嵇康的妻子是曹操的曾孙女，这种联姻关系，使他在曹魏与司马氏的权力斗争中，很难超然物外。魏景元二年（261 年），山涛从吏部郎迁官，推举嵇康以自代，嵇康答以《与山巨源绝交书》，对山涛热衷功名与司马氏专政极尽冷嘲热讽嬉笑怒骂之能事，声明自己不愿同流合污，表现了这位名士峻急刚烈的另一面的性格。他在信中公然"非汤武而薄周孔"，专断朝政的司马昭"闻而怒焉"。言者有所影射，听者即有所领会：汤、武是以武力定天下的，周公是辅佐成王的，孔子祖述尧舜，尧舜是禅让天下的，如今嵇康一概非薄，这让司马氏篡位时怎么办才好？鲁迅分析道："在这一点上，嵇康于司马氏的办事有了直接的影响，因此就非死不可了。"

嵇康是因吕安案件牵连入狱，才被政敌找到借口的。他与吕巽、吕安兄弟原来都是朋友，而与吕安情谊最笃，两人"每一相思，辄千里命驾"。《魏氏春秋》说吕安性"至烈，有济世志力"，更兼他向为嵇康的高致所折服，也是司马氏篡位的有力反对者。移居山阳后，他与向秀也成了好友，一起灌园务农。吕巽后因与吕安之妻有染，便诬陷其弟，嵇康调停过二吕的矛盾。但行止卑污的吕巽投靠司马氏，最终仍以不孝之罪把兄弟送进了大牢。吕安遂引嵇康为证，力辩自己无罪。嵇康一方面作《与吕长悌绝交书》，怒斥吕巽"苞藏祸心"，不屑与交；一方面为朋友毅然赴官，"义不负心，保明其事"，被收入狱。钟会这时已任司隶校尉，"当世与夺，无不综典"，提醒司马昭说："嵇康是潜卧的龙，最应提防。"又说起数年前毋丘俭起兵反对司马氏时，嵇康曾准备响应，故而力主"因衅除之"，免贻后患。史载，嵇康系狱的消息传出，前来探狱慰解的"豪俊"之士络绎不绝；因魏晋之际嵇康才学并世无两，有三千多太学生联名上书，愿意拜他为师，要求当局赦免。见嵇康这么得士人之心，司马昭更不会放过他。景元四年（263年）深秋，嵇康、吕安被害于洛阳东市。

司马氏政权显然是借嵇康之头警告那些拒不合作的士人。在这种险恶的情势下，考虑再三，向秀决定奉本郡之命，以计掾吏入都求官。司马昭一见便挖苦说："听说你有箕山归隐之志，何以在此？"向秀巧妙答道："巢由、许行等狷介隐士，不体会尧舜之心，有什么值得效慕的？"既替隐而复仕的矛盾举止自我解嘲，又把路人皆知其野心的司马昭吹捧为尧舜，《晋书·向秀传》说，司马昭闻言"甚悦"，向秀因而渡过了劫波，保全了性命。其后，他在朝"容迹而已"，做晋朝的官而不尽责，最终死在散骑常侍的任上。

尽管向秀慑于司马氏的淫威，被迫做出让步，但他不像山涛那样，良知泯灭，廉耻丧尽。就在入洛求仕的归程中，他没有径返故乡怀县（今河南武陟），而是绕道北上，特地往访与好友嵇康、吕安一起生活过的山阳旧居，写下了这一千古名篇。笔者试为今译如下：

> 我和嵇康、吕安住所相近，那两人都有超凡出群的才能。嵇康志气高远而疏于人事，吕安心胸开阔而不拘礼法，后来分别因事被处死。嵇康集各种技艺于一身，尤其擅长音乐。即将受死的时候，他回顾日影，取琴弹奏。我行将西往，经过他们的旧居。这时，太阳即将下山，寒冰令人凄冷难耐。邻人有吹横笛的，发出嘹亮的声音。追忆过去游乐宴饮之盛，有感于笛音而慨叹不已，故而作这篇赋。

> 奉命前往遥远的都城，旋即归来向北而走去。
> 乘着舟船渡过了黄河，经过山阳竹林的旧居。
> 远望原野空旷而萧条，将我车马歇脚在城隅。
> 踏着两人留下的脚印，踽踽行经穷巷和空庐。
> 感悯《黍离》周室已倾覆，悲伤《麦秀》殷都为废墟。
> 思念往昔而感怀今日，心绪迷茫而彷徨踟蹰。
> 庐舍依旧未毁而犹存，形影精神去到了何处？
> 过去李斯即将处刑日，长叹黄犬再难逐狡兔。
> 哀悼嵇康永别人世时，回顾日影索琴而弹抚。
> 领悟人生于命运遭际，寄托余命于丝桐曲谱。
> 蓦地又听鸣笛声慷慨，仿佛琴音中绝而复续。
> 车驾息罢马上要启程，于是援笔抒写我心曲。

　　除交代缘起的小序，《思旧赋》全文分为四层。前六句具体交代重访山阳旧居的情况，以引起下文。紧接着八句便因景兴叹，忆昔悼亡。接下来六句借古典写今情，抒发了对旧友遭遇的感慨和悲愤。最后四句表达了将别故居欲说还休的绵绵思旧之情。这篇百余字的小赋，竟为向秀确立了在魏晋辞赋史上的不朽地位，那么，其艺术魅力究竟何在呢？

　　首先是构思布局独具匠心。这种匠心表现在两方面。一是序赋配合。向秀有意使这篇序文与正文在章法上虚实互补，前后照应，成为有机的整体。小序交代了自己与嵇、吕的关系，点明了两人的才性与遭际，对嵇康的技艺，尤其是音乐才华着笔尤多，这些都是赋体式正文所阙略的内容。序文进而描写了重访故居时所见（冬暮景色）、所闻（邻人笛音）、所忆（昔日游宴），既说明了作赋的原委，又为正文做了必要的铺垫，使相关内容起到交相呼应、一唱三叹的效果。二是设计文眼。散文忌散忌平，历代名作都是形散神不散的。要做到这点，关键在于找到一个聚合整篇散文形神的闪光点。在《思旧赋》里，向秀以邻人笛声作为文眼，可谓巧思独运、用心良苦。这样，一方面把嵇康擅长丝竹、临终弹琴的事实，与笛音在音乐层面上自然而然地串联了起来，另一方面则使"听鸣笛之慷慨"的现实场景能与"妙声绝而复寻"的伤逝情绪天衣无缝地接榫。其后，"山阳笛"成为怀念故友的典故，类似庾信追悼王褒的"惟有山阳笛，凄余《思旧》篇"一类诗句不胜枚举，正说明向秀在文眼设计上的巨大成功。

　　其次是用典遣词审慎含蓄。向秀对嵇、吕有真诚的友情，不会为保全自己而诬蔑挚友；凭吊旧居，人琴俱亡，内心是悲愤伤感的。但环境险恶，前途叵测，他又不能在文字上稍有闪失，以免得罪于司马氏政权，因而《思旧赋》整篇行文字斟句酌，隐晦游移。他既称赞他俩"并有不羁之才"，"志远"而"心旷"，但对他们的冤死却回避了

"见杀"一类刺激性字眼，而用了"见法"，并以"疏"和"放"这种贬褒两可的词语作为他们"见法"的原因。序末虽说"感音而叹，故作赋云"，但声称只是闻笛追思过去的"游宴之好"，不过一般的"思旧"，竭力掩饰其政治内涵。向秀在赋里用了宗周之地遍植禾黍、殷墟之地尽种麦子的故实，似乎要大作兴亡易代、借故讽今的大文章，但立即笔锋一转，补上"栋宇存而弗毁兮，形神逝其焉如"两句，再次表明自己不过是借典悼友而已。在用典问题上，《文心雕龙·指瑕》以为，向秀怀念嵇康，却比罪于李斯，是譬拟不伦，惋惜"斯言之玷，实深白圭"。实际上，向秀以李斯作比是煞费苦心的。其一，李斯将死时的黄犬狡兔之叹，与嵇康临终前的顾日弹琴，在留恋人生上有相通处，以此设譬可谓暗合。其二，李斯实际上是屈死于赵高之手，与嵇康冤死于司马昭之手，也有着譬喻的共同性。其三，正因为李斯本人的有争议性，向秀用以作譬，既不至于厚诬故人，又可以逃避司马氏的罗织。这正是向秀用典斟酌谨慎的表现，刘勰的指责难以服人。

再次是今昔情境映衬交融。向秀一方面使当前思旧的情绪与景物水乳交融，另一方面使往昔的情境与今日的情境交相融合，增强抒情效果。在当前的情景交融上，作者着力刻画西下的落日、萧条的旷野、凄冷的寒冰、空寂的庐舍、慷慨的鸣笛，渲染一种悲凉悽怆、郁越愤懑的环境气氛，借以烘托出全文"惟古昔以怀今，心徘徊以踌躇"的触景生情、怀友思旧的基调。不仅如此，作者还有意把今情今景与古昔的情景剪接叠印，形成了一种今昔交错的蒙太奇效应。这里的古昔，既有嵇康的往事，又有历史的场景。于是，殷墟的麦田、周室的禾黍与山阳旧居的穷巷空庐叠影在一起，向秀访旧听到的邻笛与嵇康临死弹奏的琴声交汇在一起。史载，嵇康就刑，神色自若，问长兄嵇喜是否如以往那样带了琴来，索琴奏《广陵散》，其旋律郁勃激切，"声调绝伦"，曲终慨然道："过去袁孝尼欲向我学这首曲，我总是不愿教他。从今而后，《广陵散》失传了！"向秀把这一场景与李斯临终所发的再不能牵黄犬出东门逐狡兔的感叹粘连起来，既代嵇康倾吐了对生活的留恋，又抨击了司马氏虐杀无辜的罪行，寄意于言外。当然，这种今昔情境的映衬交融并不是刻意做作的文章技巧，而确实是有感要发，有情要抒。刘熙载在《艺概·赋概》中指出，"赋必有关著自己痛痒处。如嵇康叙琴，向秀感笛，岂可与无病呻吟者同语"，充分肯定了《思旧赋》的艺术感染力。

最后是以虚代实尺幅千里。哀吊类文章贵在短小，不宜过长，这是文章家的共识，此即《文心雕龙·哀吊》指出的："奢体为文，则虽丽不哀。"不过，在历代赋史中，《思旧赋》的正文仅一百来字、二十四句，在篇幅的短小上，堪称罕见。向秀在第三层"托运遇于领会兮，寄余命于寸阴"两句中，把挚友的冤屈诿之于"运遇"，读者已能感受到作者内心无尽的悲愤。但向秀却惜墨如金，不作发挥，而是宕开一笔转写邻人寥亮的笛声，仿佛听到故人悠扬的琴声，嵇康似乎还在旧居弹琴，而实际上他已被司马昭杀害，令人更生人琴俱亡之痛。至此，作者把思旧悼友的感情推向了一个新高度，他完全可以在这一高层面上，酣畅淋漓地大做抒情文章。但向秀却似毫不在意地说，自己这就要起程返回了，援笔就写这些心里话吧。全文突然终止，给人以一种言犹未尽之感。作者这么处理，一方面固然与政治压迫有关，另一方面也是根据哀吊短赋的艺术特点，有意做出的构思。中国艺术精神向有以少胜多、以虚代实的美学方法，《思旧赋》正是实践这一法则的成功范例。它在可以议论抒情的地方，留下了必要的空白，让读者自己去补足、品味和领悟。而整篇赋在进入高潮后戛然而止，与音乐中"此时无声胜有声"的休止，有异曲同工之妙，与中国画中半边空白的布局，有殊途同归之效。二百多年后，文学理论家刘勰指出，哀悼文的成功前提在于"情主于痛伤而辞穷乎爱惜"。向秀以其沉痛短小的《思旧赋》表明他是早就深谙其中三昧的杰出作家。

1931 年，柔石等"左联"五作家惨遭虐杀，当时的政权"禁锢得比罐头还严密"。在那"吟罢低眉无写处"的时代，鲁迅在悲愤中奋笔撰文，特别提到了这篇名赋。他说："在中国的现在，还是没有写处的。年轻时读向子期《思旧赋》，很怪他为什么只有寥寥的几行，刚开头却又煞了尾。然而，现在我懂了。"鲁迅不仅是向秀的知音，还是敢于"抚哭叛徒"的吊客，他含蓄却坚定地宣示："即使不是我，将来总会有记起他们，再说他们的时候的。"在《为了忘却的记念》里，我们分明可以看到《思旧赋》的深沉影响。鲁迅为后人理解向秀之赋指明了一种时代氛围，时隔一千六百多年的两篇名文在追悼亡友、抗议专制这点上都无愧是传世之作。

本文原载《文史知识》2017 年第 11 期

从赵孟頫的《岳鄂王墓》说起

一

在所有凭吊岳坟的诗词名作中，最令人难忘的有两家，一是元代赵孟頫，一是明代文徵明。虽说是凭吊岳飞，却对南宋前期那段历史寄寓着无限感慨。

先来看赵孟頫的七律《岳鄂王墓》，其诗云：

> 鄂王墓上草离离，秋日荒凉石兽危。
> 南渡君臣轻社稷，中原父老望旌旗。
> 英雄已死嗟何及，天下中分遂不支。
> 莫向西湖歌此曲，水光山色不胜悲！

据元末陶宗仪说，杭州栖霞岭下岳飞墓"自国初以来，坟渐倾圮"，到至正九年（1349）才重加修葺（《南村辍耕录》卷3《岳鄂王》）。从"秋日荒凉石兽危"的倾圮景象来看，这首诗或作于宋元鼎革后不久，他已过及冠之年。作为赵宋宗室，赵孟頫做过官，后来出仕元朝，大为声名之累。但至少这首诗里，他还是寄托着深沉苍凉的家国之感。他感慨地追根溯源：自从岳飞冤死，便铸成了"天下中分"的局面，一直苟延到覆灭。由此可见，炎兴之际南渡君臣的所作所为，不仅左右着南宋初期的政局走向，而且影响着整个南宋的政权格局与历史命运，很值得深入探究。

再来看文徵明的《满江红》，其手迹落款说明为"题宋思陵与岳武穆手敕墨本"，"思陵"即宋高宗陵，这里即指宋高宗。其词云：

> 拂拭残碑，敕飞字，依稀堪读。慨当初，倚飞何重，后来何酷！果是功成身合死，可怜事去言难赎。最无辜，堪恨更堪悲，风波狱！
>
> 岂不念，中原蹙，岂不念，徽钦辱。念徽钦既返，此身何属！千载休谈南渡错，当时自怕中原复。笑区区一桧亦何能，逢其欲。

《明史》本传说文徵明"主风雅数十年"，"四方乞诗文书画者接踵于道"，给人以寄迹书画而忘情政事的艺隐形象。然而，在反思南宋前期政治上，他却显现出金刚怒目的另一面相。这首词的上半阕令人悲愤地勾勒了宋高宗对岳飞从倚之"何重"到杀之"何酷"的史实，揭露宋高宗不思恢复，为保住一己统治，悍然制造岳飞冤狱。下半阕入木三分地解剖与抉发了宋高宗的阴暗心理，将其钉上了历史的耻辱柱。文徵明不可能有专制集权的现代观念，但在岳飞冤狱上，却洞烛到宋高宗至为关键的作用，而秦桧至多奉迎其私欲而已，由此也赢得了《词统》作者"自具论古只眼"的点赞。联想起 20 世纪 70 年代末叶，学界有过究竟谁才是杀害岳飞元凶的争辩，比起为最高皇帝辩护而将罪责推诿权相的辩方来，文徵明识见之高明岂以道里计？

当然，无论赵孟頫，还是文徵明，都是文人，诗词毕竟属于文学作品，发抒的也只是一己之感，与史学研究所追求的客观理性仍有学科的分殊。也许说来机缘巧合，笔者初习宋史也是从两宋之际那段历史入手的；近年以来，我将研究视野再次折回这一时段（具体说来，即南宋高宗时期），更多关注宋高宗与绍兴体制的关系，刊出了数篇书评或访谈。承蒙书界友人高谊，建议我将这些文章辑集刊行，于是便有了这册小书。

不言而喻，书名截取自赵孟頫诗句，大致还算切题。"南渡"点明的是时代大势。"君"当然指宋高宗（也包括他禅位以后的太上皇身份）。至于"臣"，诸文涉及的其他南宋前期人物无不在内：岳飞与韩世忠、张俊、刘光世后来被刘松年无所轩轾地画进《中兴四将图》，陈东与欧阳澈终于进了元修《宋史》的《忠义传》，张邦昌、刘豫与苗傅、刘正彦打进了《叛臣传》，黄潜善、汪伯彦，秦桧与万俟卨贬入《奸臣传》；其他诸如宗泽与李纲傲立于南渡之初，吴玠与吴璘叱咤于川蜀之间，朱胜非、吕颐浩、张浚、赵鼎与李光等相继主政于庙堂之上，刘锜与虞允文先后驰名于一战之功，即便啸聚洞庭湖的钟相、杨幺，炮制《中兴瑞应图赞》的萧照、曹勋，也无一不是君主政体下的一介臣民。

尽管赵孟頫诗里的"南渡"说的是"建炎南渡"，但历史上中原政权有过两次南渡，前有东晋元帝的南渡，后有南宋高宗的南渡。为了让普通读者一瞥书名就能明白所指，责编以书业眼光建议加个副题"宋高宗及其时代"。在这册小书里，宋高宗倒确是无所不在的，但毕竟不是对他的全方位研究（这一方面有王曾瑜先生的《荒淫无道宋高宗》，河北人民出版社 1999 年版），主要仍集中在政治史层面；即便讨论"中兴语境"与《中兴瑞应图》时涉及了思想文化等领域，着眼点仍在政治，社会经济领域几乎无所涉及，还远称不上名副其实的时代史，这是必须说明的。也就是说，现在的副题主要出于醒目的考虑，真正的时代史只能期待将来。

二

本书辑入诸文的刊布年代跨度颇大，最早一篇在 20 世纪 80 年代中期，距今已三十余年；而几篇书评与读书记则是近年作品，也是重点所在。撰作之际各文既有侧重，结集以后尽管聚焦明确，但就全书而言，仍有若干问题有待抉发，置于首篇的《绍兴体制与南宋史诸问题》便有这种导读性质，也基本上表达了近年以来我对南宋史的总体性思考。在我看来，既然刘子健把中国转向内在的历史坐标点定格在南宋高宗时代，绍兴体制又是宋高宗一手打造的，毋宁说这是内在转向在政治体制上的集中表现，其间必然存在着内在关系。倘若将转向内在论与绍兴体制说两者结合起来考察，或许能对南宋史形成一种通贯性的诠释架构。从理论上说，政治体制一经改变，必然会对整个社会的其他领域产生一种统摄性的弥散影响。但这种影响波及政治生态、社会经济、思想文化诸领域时，究竟造成怎样的具体表现，又是如何在全局的共性下表现出个性的特征的。就我而言，诸如此类的许多问题迄今尚未思考得很清晰与很成熟，仍有待于深入的研究。这篇导论只是供进一步探索的一份提纲。

《从靖康之变到建炎南渡》展示了从靖康之变北宋王朝刹那间溃灭到建炎南渡宋高宗政权初步立足的历史过程；《莫道西线无战事》补叙了前文未说及的宋金西线战况。《苗刘之变的再评价》与《刘豫与杨幺》分别论述了南宋政权立足初期所面临的御营武将反侧、境内民众动乱与中原叛臣立国的严峻挑战。《秦桧、张浚、赵鼎与李光的四重奏》围绕着绍兴体制确立前四位主政大臣间的进退杯葛，勾勒出宋高宗与宰辅大臣之间错综曲折的君臣关系，以及他为何最终独相秦桧的幽微考量。《宋高宗手敕岳飞〈起复诏〉的始末与真伪》《绍兴和议与岳飞之死》都是以民族英雄岳飞为主角的，再现了在宋金和战上宋高宗与岳飞的君臣关系如何从"倚飞何重"向"后来何酷"逆转的；前文借助于考辨赝品手诏，从侧面反映出绍兴六年宋高宗对岳飞的倚重，后文既描述了岳飞抗金的卓著战功，也回顾了他是如何招致杀身之祸的。《宋代第二次削兵权》探讨了南宋初年在武将崛起的情势下，宋高宗与各派朝臣如何以祖宗家法为圭臬共谋收夺诸大将兵权的。《大宋的军队必须姓赵》虽仍以削兵权为主题，论域已拓展到南宋君主政体运行模式的逆转与绍兴体制的确立，自觉较之前文开掘更见深入。《张俊供奉的御筵菜单》与《秦桧专政形象的自型塑与被型塑》先后以宋高宗最倚信的大将张俊与权相秦桧为对象，前文仅是以御筵菜单为话头的随笔，后文以秦桧形象为切入点，分析了绍兴体制下权相专政的历史实相，分量之重是前文无法相比的。《从绍兴更化到绍兴内禅》概述了后秦桧时期宋高宗的绍兴更化、对金和战与绍兴内禅。《南宋高宗朝中兴语境的蜕变》从历时性角度勾画出整个宋高宗朝中兴语境的蜕变轨迹，在"中兴"解释权上如何从未定一说转向定于一尊的，在"中兴"话语权上是如何从各抒己见变为不许妄议的，以国家权力如何诱导操控政治话语为视角，力图揭示出绍兴体制的极权底色。

本书叙事虽以南宋高宗朝为主体，在时段上却适度下延到宋孝宗时期，其时宋高宗作为太上皇，宋孝宗作为今皇帝，实际上不过是君主政体下一种特定的君臣父子关系。《两代君主同堂时》叙述了宋高宗以太上皇之尊所拥有的特权，包括在个人物欲上的挥霍享受，在宋金关系上的干预掣肘。《中兴圣主与他的〈中兴瑞应图赞〉》是宋孝宗乾道末年两代君主共同拍板的政宣型名画，借助于政治背景的钩隐索微与图像文本的历史解读，指出这不啻是太上皇借助图像宣传以期最终型塑"中兴圣主"与着力维护绍兴体制的政治遗嘱。

殿尾那篇《中国为何转向内在》，是我研习《中国转向内在》的读后感。在这部名著里，刘子健深刻阐述了两宋之际的传统中国为何与如何转向内在的。而导致这一转向的根本动因，也正是《南渡君臣》探寻的主题：宋高宗一手打造了绍兴体制，最终致使北宋全盛期中枢权力相对制衡的良性政体彻底逆转为君主极权体制。以这篇书评来曲终奏雅，既可视为全书的代结语，更表达了我对前贤的敬意。说到底，这些文章之所以结集梓行，就是企望对读者深入理解"中国转向内在"这一命题，能略尽我的绵薄之力。

三

对南宋高宗时代为何中国转向基本定格，近年以来，我的思考确实经常萦绕在怀。倘若说《绍兴体制与南宋史诸问题》主要侧重从较宏观的视野提出了系列性的问题，那么，我也业已关注到《历史学宣言》（乔·古尔迪、大卫·阿米蒂奇著，孙岳译，格致出版社，2017年）的提示："我们不是要用宏观史去反对微观史，而是要提出大问题，这些大问题源于特定案例研究。将宏观和微观、长期视野和短期主义相融合，这才是关键。"而本书对"中兴语境"与《中兴瑞应图赞》的研究或可视为我对"大问题源于特定案例研究"的一种尝试。这种特定个案的研究尝试，在绍兴体制的大问题下，我仍期待能继续推进与深化。

在历史研究中，政治史无疑是最具魅力的场域。其根本诱惑在于，自跨入文明门槛之后，说到底，人类社会就是一种政治性的存在。政治史所关注的王朝兴亡、体制嬗递、时局异动、战争杀伐、政派起落、人事浮沉等，最足以令后代读史者同情、悲悯、痛惜，抑或激愤、抱恨、扼腕，从而激起慨叹，触发通感，促成反思，获取启迪。政治史研究的价值，也许正如西方史学家波里比阿（Polybius）说过的那样："学习历史是熟悉生活和政治的最好的途径；另一方面，了解别人不幸的遭遇是最好和唯一的办法使我们勇敢地接受命运的考验。"

目前，史学界有一种见解，认为历史研究不应以所谓的"后见之明"来论定"前代之史"，而应该充分体察"前代之史"之所以那样一路衍变过来的内在逻辑。这一说法强调研究者对史事演进多一分理解，自有其可取之处。然而，有必要指出，在某种意义上，历史研究也是读史者或治史者以其"后见之明"对前代之史的一种复盘，以便揭示"前代之史"在推进过程中，包括在历史的分叉路口，哪些人为决策因素导致历史走向了岔路，从而深刻影响到其后历史的格局。准此而论，在分析评价绍兴和议与宋金对峙格局时，就不能以绍兴和议导致宋金地缘政治相对平衡的定局来排除此前宋金战争的另一种可能性。也就是说，倘若宋高宗与秦桧不是贯彻其一味屈膝求和的既定决策，而是抓住绍兴十年岳飞北伐屡败金军的大好形势，动用朝廷的既有权威，协调韩世忠等大将协同作战，宋金战争就有可能出现南宋占有绝对优势的结局，将宋金边境北推至黄河为界也是完全可能的。在这种情势下，即便双方最终订立和议确是势所必然的，但南宋在谈判桌上就占有了强势的话语权，不仅和约中未必再有屈辱性条款，议和以后南宋内部的政治生态或许也不至于那么急速地转向高压与专制。

最后，说回赵孟頫的那句诗。毫无疑问，"轻社稷"的"南渡君臣"仅指宋高宗与权相秦桧及其追随者。"轻社稷"云云，却让人想起《孟子·尽心》篇里的名言："民为贵，社稷次之，君为轻。"三者关系略如现代所说的人民、国家与领袖的关系。对孟子这句最富民本思想的警句，朱熹发挥说："盖国以民为本，社稷亦为民而立，而君之尊，又系于二者之存亡，故其轻重如此。"（《孟子集注·尽心章句下》）赵孟頫诗里的"中原父老"当然也属于"民"，宋高宗建炎南渡，弃之而不顾，其后又扼断岳飞恢复中原的可能战机，他绝不是以"民为贵"的。"社稷"当时即指赵姓国家，宋高宗倒也并非完全弃之不顾的，否则他之为"君"便没了着落；但也绝不是置于首位，只要有"君"可做，哪怕屈膝乞和与"天下中分"。宋高宗念兹在兹的是"君为贵"，独相秦桧专政，钦定岳飞诏狱，订立宋金和议，逆转政体模式，归根结底，只是为了确保一己的君权。王夫之对他有一段激愤之论：

> 忘父兄之怨，忍宗社之羞，屈膝称臣于骄虏，而无愧怍之色；虐杀功臣，遂其猜防，而无不忍之心；倚任奸人，尽逐患难之亲臣，而无宽假之度。孱弱以偷一隅之安，幸存以享湖山之乐。恬滞残疆，耻辱不恤，如此其甚者，求一念超出于利害而不可得。（《宋论·高宗》）

一言以蔽之，在这位"中兴圣主"那里，他的所作所为只是出于确保专制君权的利害计算。在他那里，三者次序依次是"君为贵，社稷次之，民为轻"。在极权模式下，任何君主的骨子里莫不是如此排序的！

本文为《南渡君臣：宋高宗及其时代》
（上海人民出版社 2019 年版）自序

何以文人不自由

——读《明代文人的命运》

　　《明代文人的命运》（樊树志著，中华书局 2013 年版，下称《命运》）选择了有相当知名度的十八个文人，包括刘基、宋濂、方孝孺、解缙、康海、唐寅、徐渭、祝枝山、王守仁、何心隐、李贽、顾宪成、高攀龙、钱谦益等，分六个专题，对他们的坎坷命运进行了类型解读，勾画出风涛险恶的政治生态下各具个性的面影。

　　文人，古时也称士大夫，现代划入知识分子的范畴。一说到文人，不禁让人低吟陈寅恪"最是文人不自由"的名句，也令人联想到宋代刘挚"一为文人，便无足观"的旧训（原作"一命为文人，无足观矣"）。在君主专制政体下，文人是否"足观"和"自由"，其实具有某种匹配关系。文人"足观"与否最终取决于"自由"与否，而这种自由度主要来自两个方面。首先是社会大环境为文人划定的思想、言行的政治空间，任何朝代的文人只能在这一空间里周旋腾挪，别无抉择的余地。然而，自由不仅仅指现实的政治空间，还有另一层面，即文人自身的精神自由度，这种空间的大小与文人自身的人格修为、价值追求乃至思想高度都密切相关。

　　相对说来，在中国古代，宋代文人具有较高的自由度（其属性与现代自由自不应等量齐观），其关键在于对知识分子的基本国策。用今天的话说，宋朝制度的顶层设计远比明朝来得宽松，立了不杀士大夫和言事人的祖宗家法（虽偶有特例，但整体还是执行的）。就大环境言，明代文人享有的政治自由度大不如宋代，其根本原因在于君主政体越发内敛与专制。由此可见，由制度顶层设计建构起来的历史大环境，无疑是文人能否相对自由的首要前提。

自儒家成为主流价值之后，中国的文人士大夫，始终赖其作为安身立命的根本。当然，在既定大环境里，一个文人能否执着坚守价值观，在精神思想层面获得最大的自由度，自身的抉择还是起相当权重的。《命运》提供了足资对照的两个典型：高攀龙"祸患突临，从容就义，有内省不疚、不忧不惧气象"，达到了"原无生死"的最高境界，备受后人仰慕；而钱谦益在精神自由度上把持不住，先为逆党翻案，继而腆颜新朝，终为后世不齿。

明朝政治生态的大背景严重恶化，却仍有文人坚守既定的价值观，尽管类型有别，命运各异，但都值得肯定。方孝孺、何心隐、李卓吾与高攀龙等志士仁人，或为儒家纲常而宁诛十族，或为异端思想而以身殉道，或为澄清朝政而视死如归，洵为难以企及的文人类型。也有像唐伯虎、祝枝山那样的文人，彻底失望于政局，深知做不成宋濂、刘基那样的达者来兼济天下，也学不来方孝孺、李卓吾那样的烈士去杀身成仁，便适性避世，放浪形骸。明朝专制尽管严酷，但自外于体制的文人，仍有一定的自放空间（最可怕的是那种犹如水银泻地般把人全部控住的专制政体）。嘉、隆、万时期，社会经济比较发达，文人不入体制，尚有其他生存之道，就像唐伯虎、祝枝山，至少还能以书画立身名家。由此可见，文人要想守护价值底线，除了制度环境以外，还要有安身立命的物质基础。或中产之家，或一技之长，才能够远遁江湖，适性自放，不俯仰体制鼻息讨生活，不必为专制政体唱赞歌。

自儒家学说成为主流以后，历代"以天下为己任"的士大夫，都有一种"铁肩担道义"的家国情怀。这种担当意识，无论古今，都值得肯定。宋濂、刘伯温类型的文人，深受儒学主体价值的作育熏染。在元末大动乱后，出了平民出身的朱皇帝，再加上朱元璋礼聘他们出山，在这种情况下，作为志在兼济天下的文人士大夫，既被一时"知遇之恩"所感动，更受儒学价值观的内在驱动，没有理由不为苍生黎民成就一番治国平天下的事业。然而，这类从政文人既要守住价值底线，又要顾及身家性命，总被君主专制逼入进退维谷的死角，落得悲凉惨酷的下场。后人或以他们没勘破功名、看穿红尘来一言论定，未免过于轻率而失之公允。既然"修齐治平"是每个传统士大夫的价值取向，既然家国社会总要推出知识精英来治理运作，他们怀揣"吾辈不出，苍生奈何"的理念，走上功名仕途，原本无可厚非。至于他们以悲剧谢幕的最终原因，不能归咎其自身，而应问责于文人从政与专制政体的两难悖论。

揆之常理，朱元璋出身贫寒，在艰难创业创立新朝后，理应善待辅佐过他的文人大臣，但他却大开杀戒，甚至连其表彰为"君臣道合"、劝谏他"不嗜杀人"的侍从宋濂，也"天威一怒，全族皆沉"。这固然是朱元璋政治心理阴森惨刻，也是君主专制政体彻底异化了他的人性，把天下江山视为一姓私产，唯恐当年以文韬武略助其逐鹿问鼎的文人武将反成君主皇权的最大威胁，必处心积虑除之而后快。正是专制政体导致了君主人性的高度扭曲，刘伯温、宋濂等即便再谨言慎行，如履薄冰，奉行功成身退的谦抑之道，也无计逃脱命运悲剧。

毛泽东曾以"皮之不存，毛将焉附"设譬，指出知识分子不是独立的阶级，必须依附于某一个阶级，来为其服务。唯其如此，作为国家机器，其政策如何，以及这种政策造成的政治生态如何，起着至为关键的作用。五四时期，吴虞论及李卓吾之死，一针见血地指出了专制杀人："卓吾产于专制之国，而弗生于立宪之邦，言论思想，不获自由，横死囹圄，见排俗学，不免长夜漫漫之感。"由此可见，一个时代的政治制度无所不在地影响着每个文人，而一个好的制度也绝非仅靠某个君主的某道圣旨便一劳永逸。

文人总是以自己的思想言论与擘画献策，来影响当时社会与统治者。文人从政也好，文人论世也好，倘有良好的制度保证，附在皮上的毛便能有效地保暖御寒，于皮于毛两得其所。倘要从根本上解决文人从政与论世的制度保证，给他们的思想言论营造出最充分的自由空间，就必须跳出专制政体这个磁力场。只有在制度层面上确保每个知识分子都能够自由公开地发表自己的思想，说出自己的主张，才不会出现明代"直言贾祸""异类遭剪""为道而死"等不同类型的文人悲剧。知识分子只有获得以制度保障的政治自由，才能最大限度地以"自由之思想"与"独立之精神"，从事精神思想的生产，体现出文人的价值与尊严，臻于"足观"的境界。而这，也许是《命运》蕴含的历史启示。

历史学在某种意义上也是人学，其使命之一就是表彰人性的善，鞭挞人性的恶，还要寻根溯源，究诘造成人性恶的制度根源。《命运》以生动的笔墨与悲悯的情怀讲述了一个个明代文人的遭际命运，不时在字里行间感慨其结局的压抑与苍凉。作为一部大众读物，《命运》借助故事细节与叙述倾向，成功敷演出一幕幕历史悲剧，也贯穿着对专制主义的尖锐抨击。诚如著者所说，"悲剧带来的震撼，给人的启示，无可估量"；而读者"思考消逝了的人与事，对于理解过去与现在或许不无裨益"。这正是《命运》的价值所在。

本文原载《中华读书报》2013 年 10 月 30 日

晚明的体制性贪腐

明代算是农民造反坐龙庭的王朝，但贪贿之风似比其他朝代更为凶猛。开国之初，明太祖也下决心惩治过贪腐，官吏贪赃60两以上，不仅一律枭首示众，而且处以剥皮楦草之刑。府州县衙左侧的土地庙，就是剥贪官皮的刑场，也叫皮场庙；官衙的公座两旁各挂一个塞满稻草的贪官人皮袋，让官员胆战心惊而清廉守法。如此严刑峻法来反腐惩贪，也许是中国君主政权反贪污斗争最激烈的时期。即便如此，在明太祖治下，贪贿仍未绝迹，"掌钱谷者盗钱谷，掌刑名者出入刑名"，连朱元璋也哀叹："我欲除贪赃官吏，奈何朝杀而暮犯！"还是明史专家吴晗说得深刻："这是社会制度所决定的，朱元璋尽管是最有威权的皇帝，他能够杀人，却改变不了社会制度。"总之，明代的贪腐，完全是体制性的不治之症。

一

吴晗曾统计入《明史·循吏传》的125人，从嘉靖帝即位到崇祯帝吊死的123年中，仅有5人；其余120人都出在其前的153年。这并非说，嘉靖以前政治清明，贪贿绝迹。先看在宣宗、英宗两朝做了21年江南巡抚的周忱，曾被吴晗赞为"爱民的好官"，为能干点实事，他馈赠朝中达官，资送来往要员，出手从不吝惜；对手下胥吏中饱私囊，也眼开眼闭。他指望以贿买来抵消做事的阻力，因而"屡招人言"，已折射出体制性贪腐的磁场引力。

但循吏的年代分布，也从侧面证明：在专制王朝衰减律的加速度下，这种体制性贪腐，在嘉靖以后犹如癌细胞那样急遽扩散，严重恶化。明人陈邦彦指出了这一趋势："嘉（靖）、隆（庆）以前，士大夫敦尚名节，宦游来归，客或询其囊橐，必嗤斥之。"嘉靖以前，士大夫官僚未必都"敦尚名节"，但至少仍知道羞耻，问及为官进账，还耻于启齿，尚未到丧心病狂的地步。而嘉靖以降，风气大变，士大夫官僚无不"以官爵为性命，以钻刺为风俗，以贿赂为交际，以嘱托为当然"。整个官场正如陈邦彦所描述的："今天下自大吏至于百僚，商较有无，公然形之齿颊。"获知吏部任命，派到肥缺就额手称庆，发落穷差便形影相吊。"宦成之日，或垂囊而返，则群相姗笑，以为无能。"以贪贿为得意，笑清廉为无能，官场是非已完全颠倒，这才是最可怕的。即便偶有清廉的官员，既与贪污大潮格格不入，也往往难有善终。天启朝吏科给事中魏大中，有谁上门送礼，他就举报，从此没谁敢上他的门，最终却被阉党魏忠贤逮下诏狱，毙杀囹圄。

二

嘉靖以前，敢大肆受贿的，例如英宗朝的王振、武宗朝的刘瑾与穆宗朝的李广等，主要还是近幸太监。嘉靖以后，位高权重的内阁大臣与纠贪反腐的御史巡按也频频上演纳赃受贿的连台本戏。

嘉靖时，翟鸾初入内阁辅政，尚有修洁之声，后以重臣巡边，节制边地的文臣武将，大吏们都"橐鞬郊迎"，"馈遗不赀"，巡边结束，

"归装千辆，用以遗贵近"，得以再入内阁为首辅，"声誉顿衰"，终遭削籍。

其后，严嵩入阁擅政，收贿敛财肆无忌惮，细节由其子工部侍郎严世蕃一手打理。他凭借老爸的权势，"私擅爵赏，广致赂遗。使选法败坏，市道公行。群小竞趋，要价转巨"。除了严世蕃这个官二代，平时为之牵线搭桥者"不下百十余人"，而"尤甚"者就是严世蕃之子、堪称官三代的锦衣严鹄与中书严鸿。严嵩倒台，抄没的珍宝异物清单居然可编为一册《天水冰山录》。

张居正在政治上不失为颇有作为的改革家，但贪贿也是不争的事实。南京刑部尚书殷正茂曾贿送他两个金盘，盘中各植高达三尺的珊瑚。据《万历十五年》说，追赃上缴的各种财物约值 10 万两以上，其子供称还有 30 万两寄存各处，抬进宫门的抄没财物达 110 扛。张居正去世不久，有臣僚上疏抨击：朝中"开门受赂自执政始，而岁岁申馈遗之禁何为哉？"

在赵志皋做首辅时，綦江捕获一个奸人，搜出四份函件以及黄金五百、白金千两与虎豹皮数十张，再三审讯，他才供认是去打点内阁票拟。这种贿买内阁，票拟作弊的情况，在崇祯朝更司空见惯。有携带黄金请托某中书舍人去行贿某个内阁大学士，让送贿者弄个副都御史做的。这种案例，居然让巡逻士卒人赃俱获，足见其概率之高。

崇祯朝首辅薛国观受贿案，让晚明政斗大爆好戏。御史史䗖贪污案发，崇祯帝怒褫其职。史䗖"急携数万金入都"打点，寄放薛家，合谋对策。政敌侦知揭发，史䗖下狱瘐死。史家门人举证史某"所携赀尽为国观有"，其事坐实，薛国观也被罢相。他出都时辎重累累，再次被举报，"得其招遥通贿状"，最后"法司坐其赃九千"，成为继嘉靖朝首辅夏言之后"辅臣戮死"的第二人。就在薛国观死后数年，明王朝也走到了尽头。

在君主政体下，御史主职就是纠肃贪贿，但在体制性贪腐下，连他们也大索其贿。尽管武宗朝已有御史胡节贿赂宦官刘瑾案，但受贿现象却未见普遍。及至嘉靖末年，御史也卷入贪贿之风，形成猫鼠共眠的局面，致使在肃贪职责上"无闻以赃吏上闻者"。巡按御史黄廷聘过衡山县，知县陈安志不满他托大无礼，一怒之下打开其行箧，暴露"金银诸物甚夥"。事情闹上朝廷，黄廷聘虽受"冠带闲住"的处分，却保住了官籍。御史陈志先按察江西，途中丢失四件行李，为地方官查获，发现"其中皆金宝"，还有受贿簿，记载受贿"不下数万"，也被"革职闲住"。隆庆时，淮扬巡盐御史孙以仁"侵匿盐银千余两"，事发，革职审查。殷正茂以右佥都御史巡抚广西，"岁受属吏金万计"。当轴正仰仗他平定僮民起事，首辅高拱竟然声称：拨给他百万金，即便"干没者半，然事可立办"。为了稳定统治，居然放纵贪贿，活脱脱自曝体制性贪腐的本质。

按明代规定，巡抚与按察御史查获赃贿，都贮放州县作为公费。但万历时，都御史李采菲之流却打起了赃银的主意，"预灭其籍"，销毁起赃记录，然后中饱私囊。沈汝梁巡视下江，"赃贿数万"；祝大舟巡按江西，"临行票取多赃"；巡察云南御史苏酂也"贪肆赃盈巨万"。在这些大案中，犯案御史分别遣戍卫所或免为庶民，处分远较嘉靖朝为重，却已难挽御史贪污的狂澜。

及至崇祯朝，御史贪赃纳贿已完全肆行无忌。御史史𡸫尤其"无行"，巡按淮扬，把库中赃罚银10余万两都装入私囊；兼摄巡盐课后，又悉数吞没前任贮库的20余万赃银。他还为吏部尚书田唯嘉受贿八千金从中居间，自己向富人于承祖勒索万金。事发彻查时，首辅薛国观还为之庇护，但"侵盗有据"，"不能讳者六万金"，无法交代合法来路，最后下狱瘐死。

三

内阁辅臣是最高行政长官，御史巡按是中央监察大员，也都如此贪赃枉法，嘉靖以后整个官场的体制性腐败也就可想而知。太监自不必说，连宗王、军队与举子都加入了贪腐的行列。

万历时，太监冯保曾收受殷正茂送上的金珠、翡翠、象牙。天启朝秉笔太监李永贞为人贪婪，利用督造宫殿、营建王邸之机，上下其手，"侵没无算"。崇祯帝即位后，他佯作引退，暗求奥援，一次就给司礼秉笔太监王体乾与司礼太监王永祚、王本政贿送15万两黄金。但平心而论，明代后期，除魏忠贤大有后来居上之势，一般宦官的收贿程度，还赶不上英宗时王振与武宗时刘瑾。

万历年间，军队的贪腐也够触目惊心的。其一，将官们上下联手冒领军饷，具有集体作案的趋势，吃空额是最常用的手段。在任职九年间，庄浪参将杨定国与下属把总们串通一气，每年冒支军粮约二千石。其二，大小军官全都卷入贪贿的狂潮。不仅大将接受偏裨的赃赂，文职也收纳武人的贿送。大鱼吃小鱼，小鱼吃虾米，低级军官则向士兵勒索，千户李鸾、胡志就因受贿而被处罚。到崇祯朝，虚冒空额变本加厉，不仅将领、勋戚、宦官与豪强也都加入进来，狼狈勾结，"以苍头冒选锋壮丁，月支厚饷"。崇祯末年，京营名簿登录士兵达11万多，但有人估计，其中"半死者，余冒伍"。明亡前一年，南京营兵号称10万有余，实际"不过三万"，空额超过七成，"而饷不减"，都装入了将领的腰包。这样贪腐的军队，在起义军与满清军的凌厉攻势下，自然兵败如山倒，明亡的命运早就铸定。

不仅内阁、御史与文官、武将热衷贪赃收贿，诸王宗室也深谙此道。嘉靖时，交城、怀仁、襄城三郡王近支绝后，按例不应续封，但三邸之人为保住封地与爵禄，也千方百计乘间行贿，"所籍记贿十余万"。万历间，有人告发楚王华奎行贿请封异姓子，首辅沈一贯有意庇护，不予勘问。朝臣郭正域主张：事关宗室，台谏当言。万历帝同意查勘。楚王惶恐，贿送百金给郭正域，让他不要死缠烂打，表示事成之后"当酬万金"。

唐宋以后，科举考试向来是王朝选拔后备官员的关键程序，晚明的贪贿也令其公正性荡然无存。仅万历四十年（1612），以贿买考中进士的就有刘琛、朱良材等多人，所出价格"或三千金，或五百金"，买通的对象或为房考行人，或是司经。

内阁公卿与巨阉贵戚剧贪聚敛于上，胥吏衙役与门客豪仆则自辟财路于下。嘉靖朝，掌锦衣卫陆炳专用豪恶之吏，"富人有小过，辄收捕没其家，积赀数百万"，而爪牙胥吏也分肥其间。严嵩父子广受贿赂，其家仆严年与幕客不仅为之居间牵线，自己也大捞一把。严年尤为桀黠，行贿者给他取了个"鹤山先生"的外号。鹤山原是南宋学者魏了翁的号，隐喻任何打不通的关节到他那里都能搞掂，即所谓能"了"之"翁"。严嵩生日时，严年"辄献万金为寿"，出手阔绰如此，足见其私囊受贿之多。

万历朝，张居正的家客游七也收受殷正茂贿送的金珠、翡翠、象牙等珍宝。至崇祯时，贪污受贿已成胥吏财富的最大来源，史称"吏书借为生涯，差役因之营活"。他们雁过拔毛，无所不用其极，"任其影射，重累百姓，一遇赦除，则百姓不沾，奸胥饱腹"，即便审计部门将其劾罚，主管上司将其降谪，仍不能让他们有所收敛。上行下效，无孔不入，从来是体制性贪腐的必然结果。

四

综观晚明官场，行贿者买官，收赃者卖官，已成公开的秘密。嘉靖朝，刑部主事项治元行贿一万三千金转任吏部美差，举人潘鸿业花二千二百金买了个知州做。正如御史邹应龙所诘问的："司属郡吏略以千万，则大而公卿方岳，又安知纪极！"吏部掌管官吏任命，当然是受贿最便而得利最厚的肥缺。据《万历野获编》，万历时，先入吏部为官者在"称病"离职时，必推荐一人自代，按例可得五六百金的酬谢。据赵南星亲见，每次退朝，三五成群的官员就像人墙那样，围追堵截住吏部主事者讲升迁，讲调动，讲起用，讲任所，他或是唯唯，或是诺诺；一堵又一堵人墙，令其唇焦舌燥不得脱身；回到吏部衙门，或是私人书信，或是三五联名的公书，填户盈几，应接不暇。在求情通函的背后，就是权钱交易。崇祯朝，尽人皆知"吏部考选行私"，吏部尚书田唯嘉贿收周汝弼八千金，便报以延绥巡抚之职。乃至崇祯帝要亲策诸臣，决定任命。沈迅、张若麒经亲策入选刑部主事，两人懊恼得此冷官，结交兵部尚书杨嗣昌，才改任兵部，足见兵部的买卖也不赖。

崇祯即位后，官员如欲升迁求缺，全靠贿赂。卖官买官，几如市场购物："一督抚也，非五六千金不得；道府之美缺，非二三千金不得；以至州县并佐贰之求缺，各有定价。"县令欲谋部职，须向礼部送贿二千，兵部也要一千；连胥吏的优差，也"俱以贿成"。既成市场，便有追加赃银与送贿打折的情况：一个监司官以五千金求任边地巡抚，唯恐不到位，追加二千，"卒得之"；某个六部郎官谋求外放浙海道，索价五千金，他只给三千，竟也得一郡守之职。明码标价，讨价还价，贪贿之风已席卷整个官场。

五

反观晚明，不仅升迁求缺等环节，风行买官卖官，其他如朝觐、到任、考绩、访缉、谢荐等场合，也都靠钱财打点，贿赂开道。

嘉靖朝，据户科给事中杨允绳说，总督巡抚到任，照例遍贿权要，名为"谢礼"；有所奏请，仍须捎上贿赂，名为"候礼"；至于任满谋求升迁，畏难指望调动，犯罪打算遮掩，失责希图庇护，更是"输贿载道，为数不赀"。这样，督抚受贿于下官，下官索取于小民；而不肖胥吏又干没其间，指一敛十，小民百姓"孑遗待尽"，就只能"挺而为盗"。

隆庆时，官员朝觐，公然"进献羡余"，还一度"限为定制"，堂而皇之让行贿合法化，布政司三百两，按察司二百两。到万历朝，连皇帝也承认，派往各地的抚按官虽受朝廷重托，却"岁时庆贺之仪，不胜奔走，廪饩常供之外，复多馈遗。司道官又借视听于窝访，取私费于官库。以致贪官污吏，有恃无恐。收征则增加火耗，更添劝借名色。听断则无端株连，惟求赃罚充盈"。凭借疯狂的受贿，有的上任仅四个月，就受贿"扛至三十九抬"，还有的"旬日而积羡过一千"，转眼暴富。

崇祯即位，晚明官场进入了贪腐总动员，把接受请托叫做"开市"。明亡前一年，一个小小的锦衣卫签书为其乡戚寄进的羡余竟高达八千金，官场上下贪赃送贿的程度不难推想。贪污行贿的手段也花样出新。上司勒索，不是说"无碍官银"，就是说"未完抵赎"；过境打秋风，名为"书仪"，少则十金以下，多则十金以上，还只是常例；

欲结心知，"岁送不知几许"。官员获巡按推荐，关系仕途甚大，受荐者按例应致送每个荐主百金，给列名推荐者五十金，"近且浮于例"，行情水涨船高。州县官每次考绩朝觐，"或费至三四千金"。外官赴京办事，潜规则名目繁多，连正常公务，也必须行贿。部队到京城领饷，"凡发万金，例扣三千"，以致有"长安有饷不出京"的谣谚。

六

官场免不了交际往还，据《玉堂荟记》，地方官派人入京疏通人脉，从内阁到六部，起初送礼"至厚不过肆十金"，京官受纳后还回馈二匹或四匹帛，打的都是"交际"的幌子。明代官场还有一种惯例，外任官回京前，必以官俸刻印一书，以一书一帕馈赠朝官。以书帕为馈送，总算是雅事。但在体制性贪腐下，书帕逐渐变味，据顾炎武说，"书帕自万历以后，改用白金"，一书一帕以外还须附加银两。先是"书帕少者仅三四金"。其后，尽管三令五申"严禁交际"，旨在防贪，其实禁不胜禁，"津要之地，日益加多，秘诡万端，乃所谓贿赂非交际也"。书帕竟成"雅贿"的遮羞布，数量也增至三四十两，有所谓科（给事中）三道（御史）四之说。一边是冠冕堂皇地"严旨屡申"，一边却是贪赃送贿的不断加码。据《枣林杂俎》，崇祯末，官员致送贿赂，已动辄成百上千两，"都门严逻"，"苦于赍重"，但上有政策，下有对策，检查尽管严厉，行贿收赃却"径窦愈广"。先以高价值的黄金淘汰白银，取其易于挟带，在馈送书帕的名刺上写明"经稿几册"，实即"黄金几两"的隐语，把雅贿发挥到极致。其后，黄金"犹嫌其重，而易以圆白而光明者"，即"以美珠代精金，其挟持尤易，而人不觉"。京城盛传"白变黄，黄变白"的谣谚，价昂物小的黄金、美珠、人参、异币，特受贪官污吏的青睐。

七

　　崇祯三年（1630），兵部尚书梁廷栋算了两笔账："朝觐、考满、行取、推升，少者费五六千金。合海内计之，国家选一番守令，天下加派数百万。巡按查盘、访缉、馈遗、谢荐，多者至二三万金，合天下计之，国家遣一番巡方，天下加派百余万。"这还仅仅是选任守令与巡按出访两项，整个官场类似环节不知凡几，贪贿总数就是天文数字。在他看来，贪风不除，即便不派"辽饷"，老百姓仍会"愁苦自若"。也就是说，明末体制性贪腐转嫁给百姓的负担，远比辽饷之类的三大饷还要严重。

　　即位之初，崇祯帝还以"文官不爱钱"诫勉朝臣，给事中韩一良列数官场送贿常例，直白地指出：而今何处不是用钱之地，何官不是爱钱之人。原来以钱换官的，怎能不以钱偿还？都说县官是行贿之首，给事是纳贿之最。言官都归咎守令不廉洁，但守令怎么廉洁？官俸有多少，上司要索取，过客打秋风，推荐、朝觐都靠钱铺路。这些钱不从天降，非自地出，想要清廉，有可能吗？据韩一良说，他还算交际寡少的，两个月来就拒收"书仪"五百余金，其他贪得无厌的科道官，受贿数可想而知。他的结论："今日之势，欲求人之独为君子，已不可能！"

　　明亡前一年，刘宗周以县令为例，也做过一番分析，结论与韩一良如出一辙："上官之诛求，自府而道，自道而司，自司而抚而按，而过客，而乡绅，而在京之权要，递而进焉，肆应不给。而至于营升、谢荐，用诸巡方御史者尤其。"一个小小的县令，必须满足层层叠叠各级上司的贪心欲壑，还必须向左右其仕途的巡方御史送礼行贿，只要他还在这个体制内，只有一条路可走，那就是把向上行贿的巨大成本转嫁给县内的老百姓。这样，"一番差遣，一番敲吸，欲求民生之不穷且盗以死可得乎？"

至此，可以对这种体制性贪腐做一个概括：整个社会创造的财富，已经失去了相对合理的分配机制，而是最大限度地流入了掌控从中央政权到地方权力的各级官员与胥吏们的私囊。这些官员与胥吏，作为统治阶级的主体，理应负有保护国家利益与社会财富的职责，但体制性贪腐却遵循着按官等分红利的潜规则，把他们中最大多数成员拖入了腐败的磁力场，成为大大小小的实际受益者，欲为君子而已无可能。与此同时，体制性贪腐逼使卷入其中的每个官员在向上送贿与向下贪赃的两极之间恶性循环，饮鸩止渴而欲壑难填。这种恶性循环的必然结果，就是把不断扩大的送贿负担转嫁给处于社会最底层的弱势群体，从而使整个社会的基本秩序彻底崩溃，把广大民众逼上"穷且盗以死"的绝境。可以断言，把明王朝最终送上不归路的全国大起义，正是这种体制性贪腐的必然结果。

有意思的是，李自成农民军攻下北京，勒令朝中达官贵戚"输银助饷"，规定内阁大臣十万两，京卿与锦衣七万或五万，给事中、御史、吏部与翰林五万到一万不等，各部属吏数千，勋戚无定数。这种输银的级差与晚明官场贪污受贿的数额等级倒是相当匹配的。

吴晗说过："一部二十四史充满了贪污的故事。"《明史》作为二十四史殿尾，晚明的故事让人想起杜牧的话："后人哀之而不鉴之，亦使后人而复哀后人也！"

本文原载《东方早报·上海书评》2013 年 5 月 5 日，
原题为《晚明的贪腐：体制性的不治之症》

利玛窦眼中的中国人陋病

——读《利玛窦中国札记》

今年是利玛窦逝世 400 周年，中华书局适时推出了《利玛窦中国札记》的精装本。继《马可·波罗游记》以后，由金尼阁整理的该书一经出版，再次轰动欧洲，让西方重窥天朝大国的一抹斜阳。

国人与学界多从东西文化交流的视角，强调利玛窦对欧洲文明东渐与中华文明西传的独特贡献，这固然没错。利玛窦堪称明代白求恩，不远万里来到中国，书中有许多赞美中国人聪明伟大之类的话，这是国人喜闻乐见的。他也批评中国的陋病，尽管总是"小心翼翼用谅解的词句提出自己的论证"（页 658）。即便如此，我们还是能从这位"世界公民"的中国札记里，读出他者之眼对中国人劣根性的犀利观察。

一踏上中国的土地，利玛窦强烈感受到中国人那种根深蒂固的中国中心论，"他们把自己的国家夸耀成整个世界，并把它叫做天下"（页 179）。他指出："中国人声称并且相信，中国的国土包罗整个的世界。"（页 583）顾及一向秉持天圆地方说的中国人"深信他们的国家就在它的中央，他们不喜欢我们把中国推到东方一角上的地理概念"（页 180），利玛窦在献给明代皇帝的世界地图中特意把中国置于世界中央，照顾国人中国中心论的虚荣心。

在利玛窦看来，正是这种中国中心论，导致中国人"对海外世界的全无了解却如此彻底，以致中国人认为整个世界都包括在他们的国家之内"（页 46），而对绝大多数外国，"完全没有察觉这些国家的存在"（页 5）。据他的观察，"与他们国家相邻接的少数几个王国，——在他们知道有欧洲存在之前就仅知道这几个国家——在他们的估计中几乎是不值一顾的"，这些不值一顾的邻国，指的是安南、朝鲜、日本、占城等。

据利玛窦的敏锐观察，外国朝贡体制纯粹是中国中心论妄自尊大、凸显中心的外在政治形式需要。他作为旁观者也已发现，在向明朝纳贡的国家中，"来到这个国家交纳贡品时，从中国拿走的钱也要比他们所进贡的多得多，所以中国当局对于纳贡与否已全不在意了"（页 9）。因而一针见血道："所谓进贡倒是有名无实的"，"中国人接纳来自其他很多国家的这类使节，如交趾支那、暹罗、琉球、高丽以及一些鞑靼首领，他们给国库增加沉重的负担。中国人知道整个事情是一场骗局，但他们不在乎欺骗。倒不如说，他们恭维他们皇帝的办法就是让他相信全世界都在向中国朝贡，而事实上则是中国确实在向其他国家朝贡"（页 561）。

如果说朝贡体制从制度层面支撑了中国中心论，那么中华文化优越论则从精神层面满足了中国中心论。利玛窦说，"总的说来中国人，尤其是有知识的阶层，直到当时对外国人始终怀有一种错误的看法，把外国人都归入一类并且都称之为蛮夷"（页 216）。他说得不错，"偶而在他们的著述中，有提到外国人的地方，他们也会把他们当作好像不容置疑地和森林与原野里的野兽差不多。甚至他们表示外国人这个词的书面语汇也和用于野兽的一样，他们难得给外国人一个比他们加之于野兽的更尊贵的名称"。中国历代正史的《蛮夷传》与《外国传》，坐实了利玛窦的观察。

在利玛窦看来，这种超过阈度的中华文化优越感，使得当时中国

人"不知道地球的大小而又夜郎自大，所以中国人认为所有各国中只
有中国值得称羡。就国家的伟大，政治制度和学术名气而论，他们不
仅把所有别的民族都看成是野蛮人，而且是看成没有理性的动物。他
们看来，世上没有其他地方的国王、朝代或者文化是值得夸耀的"
（页181）。"他们的骄傲是出于他们不知道有更好的东西以及他们发
现自己远远优胜于他们四周的野蛮国家这一事实"（页23）。据利玛
窦的细致观察，当时中国人"为了表示他们对欧洲人的蔑视，当葡萄
牙人初到来时，就被叫做番鬼，这个名字在广东人中仍在通用"（页
175）。"番鬼"这词至今仍在广东话中流行。

　　与中华文化优越感如影相随的，就是当时中国人对外部世界抱着
一种盲目的疑惧与反感，以至于"从不与他们国境之外的国家有过密
切的接触"（22页）。正如《中国札记》所说，"中国人害怕并且不信
任一切外国人。他们的猜疑似乎是固有的，他们的反感越来越强，在
严禁与外人任何交往若干世纪之后，已经成为一种习惯"（页174）。
利玛窦认为，中国人"不是出自任何个人考虑才起来反对外国人的，
他们声称他们的动机是基于保全国家的完整，维护他们祖先的法制"
（页579）。明朝这种誓死捍卫"祖先法制"的做法，不啻是如今中国
特色鼓吹者的异代知音。

　　利玛窦发现，正是出于这种超阈度的文化优越感，"中国人是那
样地固执己见，以致他们不能相信会有那么一天他们要向外国人学习
他们本国书本上所未曾记载的任何东西"（页155）。在他看来，这种
对外来文明的顽固拒斥，使得"他们甚至不屑从外国人的书里学习任
何东西，因为他们相信只有他们自己才有真正的科学与知识"（页
94）。

　　利玛窦来华的年代，正是西方文明迅速反超中华文明的关键时
期。由于拒绝外来文明中的先进因素，以促成中华文明的与时俱进，

中国在世界之林中的地位日渐低落，利玛窦也成为中华帝国文明夕照的最后目击者之一。他在华长达 28 年，以外人的眼光看中国的症结，往往切中要害。这里列举的，只是他对明朝人中国中心论与中华文化优越感的细微观察，已让四百年后的国人有入木三分之叹。

《利玛窦中国札记》英译本序言指出："古老的文明可能走到一定的尽头，但是无论在中国建立什么样的政体，或者强加给它什么样的政体，这个民族的基本特征是不会改变的。"（页 35）这一论断，褒贬俱在，却让人如芒在背。难道在超阈度的中国中心论与中华文化优越感上，利玛窦所摘发的痼疾仍会旧病复发吗？但愿国人正视这个问题，不要让英译本序言的这段话不幸而言中！

本文原载《南方都市报·阅读周刊》2011 年 1 月 16 日

从《封琉球》说起

——有感《琉球王国汉文文献集成》出版

 偶尔读到一则《封琉球》的笑话，出自明代万历间赵仁甫所编的《听子》：

> 刘求者，为人佣。一日谓侪辈曰："我将封，富贵来逼我矣！"侪辈笑曰："子何所闻而云尔也？"曰："吾闻之主人翁曰：上遣朝使封琉球。得非封我乎？"

这个笑话，借助"刘求"谐音"琉球"抖包袱，笑点不高，却发人深省。如今，前往冲绳的中国游客恐怕不少，但有几人事先知道，这里曾是存世长达五百年的琉球国所在地呢？在这个意义上，晚明的刘求也许仍活在当下。

 上海书展前夕，我参加了《琉球王国汉文文献集成》新书发布会。全书图像彩印，煌煌36册，布面精装，将现存琉球版汉籍七部与琉球人著作52部分为上下编，附编收12部"琉球官话"著作。为"从周边看中国"的学术前沿，复旦大学出版社继《越南汉文燕行文献集成》和《韩国汉文燕行文献选编》之后，再次呈献了一部体例谨严、整理精当的大型文献史料集。会议册里有书影选萃，朱墨灿然，把玩之下，让人不忍释手。关于琉球王国，会议册有一段简介：

历史上的琉球王国，主要是指从 1429 年尚巴志建立统一政权起，到 1879 年被日本吞并为止，在日本九州和中国台湾之间的琉球群岛上存续了 450 年的一个统一王国。琉球王国统一之前，琉球群岛上有山南、中山、山北（所谓"三山"）三个小规模的地方政权，它们早在明代初年即已相继朝贡中国。1429 年统一三山的尚巴志原本是中山王，他建立琉球王国后，承续前规，定期遣使赴北京朝贡，并接受中国朝廷的册封，因此在明清两代，琉球和朝鲜、越南一样，是中国的属国。虽然日本萨摩藩主岛津氏曾于 1609 年一度侵略琉球，割其岛土，逼其进贡，江户幕府亦在此后一再命令琉球向其派遣使节，但直到十九世纪中后期，琉球在公开外交场合一直以中国属国自居，中琉之间也一直保持着东亚传统册封朝贡体系中所有的基本关系。1879 年，日本明治政府以十分罕见的方式"废琉置县"，将琉球国王掳掠至东京，清王朝则因祸起西北，自顾不暇，琉球王国随之灭亡。

据《明史·琉球传》，早在洪武五年（1372），明太祖就遣使"以即位建元诏告"中山国，其王即派其弟随使入贡。也就是说，中国与琉球的关系已达五百年之久。

关于琉球王国文献的出版整理，近年以来颇受重视。这部《集成》无疑为研究琉球王国奠定了文献初基，但仍有进一步发掘的空间。不仅要继续搜录琉球王国的汉文文献（据说，继《集成》后又发现 40 种左右琉球汉文著述，出版方拟出续编），而且应着手汇辑琉球王国存续期间日本与朝鲜关于琉球的全部文献（其绝大多数也是以汉文文献体式呈现的）。企盼复旦大学出版社再接再厉，为琉球研究，向学术界提供最全面的域外文献集成。至于琉球王国的中国文献，本世纪初，北京图书馆出版社就先后影印了《国家图书馆藏琉球资料汇编》《续编》与《三编》，以辑入明清时期国人的琉球行记为主；而由人民出版社推出的《中琉历史关系档案》，则收录中国第一历史档案馆馆藏的中琉关系文档，正逐朝往下编，今年已出到了嘉庆朝。但明清两代琉球册封使颇有诗文集留存至今者，其中相关散篇也仍有辑集汇印的价值。

在当时东亚秩序中，明朝与琉球始终维持着宗主国与藩属国的稳定关系。据 1999 年日本帝国书院版《地図で訪ねる歴史の舞台》（日本卷），"南西诸岛：以中转贸易而繁荣的琉球王国"下有一统计，有明一代，东亚诸国入贡明朝，日本 19 次，李氏朝鲜 30 次，安南 89 次，琉球高居榜首，竟达 171 次。与日朝相比，足见琉球与中国关系之亲密，其国君即位，也例请明帝遣使册封，难怪《明史·琉球传》结语赞道："其虔事天朝，为外藩最云。"正是这种频繁的册封与通使，连帮工刘求的东家都知晓皇帝"遣朝使封琉球"。

然而，明代厉行海禁，"寸板片帆不许下海"（郑和下西洋乃特定事件，今人好作别解，此不具论）；隆庆以后，海禁虽除，但"终明之世，通倭之禁甚严"。于是，当时朝野对琉球在内的海外世界，始终有雾里看花的隔膜与懵懂。这从明朝册封使陈侃《使琉球录·群书质疑》对《大明一统志》与《大明会典》等官方典籍的纠谬，不难得到印证。明王朝这种自我封闭的国策，与其自我陶醉于来贡往封的宗主国地位，实是同一枚钱币的正反面，适足暴露其中国中心论的颠顶与昏昧。由于仅仅餍足于"所覆声教，咸暨琉球，越在海表，世奉正朔"的天朝心态，从《明史·琉球传》中，完全看不出明朝对琉球在东亚格局中的要冲地位有任何清醒的认识，更遑论采取主动的决策了。那位帮工把"封琉球"曲解为"封刘求"，不过是举国昏昏背景下的草民戏谑而已。

倘从海权论的眼光以今视昔，在明清为宗主国的东亚朝贡体系中，在整个东亚秩序的政治版图上，琉球王国也许是最不容忽视的重要岛国。对明清帝国而言，它既是驶向海洋的最佳前哨，也是进而掌控整个东海岛链的理想抓手。然而，反观琉球王国与中日两国的关系，从明代交往最密切的藩属国，到不得不屈服于德川幕府下萨摩藩的武力威逼，再到周旋折冲于清王朝与日本幕府之间，终至被日本废国设县而直属于明治政府。围绕着琉球问题，就海洋意识而言，中日两国识见的远近，决策的成败，高下立见，胜负自明。在长达五百年的东亚政治秩序中，琉球地位的斗转星移与兴衰存废，其中况味是最值得中国人咀嚼与反省的。历史当然不能假设，但倘若不是在琉球的角逐上失了先手，钓鱼岛也就不会有今日的风急浪高。

相比之下，对琉球战略地位，日本似乎早有充分的认识。且不说1609 年萨摩藩主岛津氏对琉球王国的动武出于幕府的授权，就在1700 年成书的《日本水土考》里，著者西川如见绘制《亚细亚大洲图》时，已经准确标示出从日本四岛中经琉球、台湾岛直到吕宋岛的第一岛链，其视野足以令人刮目。西川是从事外贸的日商后裔，这种岛链的勾画，是否折射出江户时代日本朝野的海洋意识，一时遽难断论。但这种岛链眼光，与明治政府敢冒大不韪"废琉置县"，有何种内在逻辑，却值得深思。

中国学界对琉球王国的关注，二战以前已失先机，延宕至世纪之交前后才逐渐升温。由中国第一历史档案馆主办的"中琉历史关系研讨会"，2013 年已经办到第十届。随着琉球王国历史文献的不断搜辑出版，研究也必将向纵深推进。新书发布会上，与会者提出，这种研究应该严格把握学术问题与现实政治的此疆彼界。

历史研究，当然应该让人回味与反思。但这种回味，并非重温那种宗主国的自大旧梦，而是"对曾经存在过的与中国有密切关联的琉球王国的历史人文的尊重"，"从一个特殊的侧面重现中华文化在东亚广泛流布的历史轨迹"。而这种反思，也决不应该急功近利地服务于当下的岛争，而是追诘历史上的中国何以海洋战略完全缺位，以致最终在东亚国际秩序中坐失主导地位的。这样的研究成果才经得起历史的磨砺与淘洗，为中国的未来奉献理性的思考与路径的借鉴。

本文原载《东方早报·上海书评》2013 年 9 月 29 日

诗里莺花稗史情

——魏源诗话

　　"梦中疏草苍生泪，诗里莺花稗史情"，这是魏源《寰海后》中的两句诗，写作时间大约在中英南京条约签订后不久。这里的"莺花"借指煎熬鸦片用的罂粟花，是鸦片战争的最大诱因。后一句诗也表明魏源的诗歌是历史的诗、诗的历史。魏源的诗有《古微堂诗集》，岳麓书社 2005 年出的《魏源全集》比中华书局 1976 年版《魏源集》多收 12 首。这里不想全面评价魏诗的思想性，只想借助其诗作为"稗史"资料，以诗话形式来论述魏源的改革思想及其历史命运。

一、时代风雨与改革思想

　　二十来岁的魏源，以今文经学家刘逢禄的高足弟子而名满京师。当时，他虽吟咏过"文章声价贱，书史忧患真"，但所谓忧患并没有真确的内容。在这以后到鸦片战争前夜的二三十年间，中国社会经历了大厦将倾的风风雨雨。魏源也目睹人民"满耳号饥寒""四海日疮痍"的处境，吟出了"城中奇淫过郑卫，城外艰苦逾唐魏"的杜甫式诗句，认识到"酿寇"之由是因为"民除抗租抗赋无饱啖"。西方列强对中国的觊觎，也引起魏源的密切关注。"水陆承平藏盗贼"，"渔阳铁骑朝扣关",这是他从阶级矛盾与民族矛盾两方面向清王朝发出的警告,但统治阶级却醉生梦死,"骊山舞马犹杯欢"。

虎门一声炮响,魏源自始至终关注着这场战争。针对《南京条约》的签订,清王朝以"百万金缯万虏欢","保障半壁东南土",他悲愤地写下了"城上旌旗城下盟,怒潮已作落潮声"的诗句作为抗议。作为身历者,魏源深切感受到鸦片战争给中国社会带来的巨大影响:列强的入侵更加肆无忌惮,"华夷估舶自成群","沿江魑魅窥人过";中国人民在双重压迫与剥削下更加灾难深重,"荒年谷贵丰年玉,下赋田征上赋钱"。他这样评价鸦片战争对中国的毁灭性打击:"谷改陵颓逆若潮,怀襄以来未今朝。"老大帝国会像楚怀王、楚顷襄王时遭强秦打击那样,将江河日下,不可收拾。

正是亲历了中国社会的深刻危机与急遽变动,才使得魏源从今文学派的高足弟子一变成为与林则徐、龚自珍鼎足而三的早期改革派代表。这时,他发出了"何时起行雨,一洗苍生瘼"的呼声,就不再是青年时代那种"书生读史谈形势"的泛泛之论了。随着风云变幻,魏源的改革思想逐渐形成并成熟。这种思想主要见诸政治论著,但诗歌中也颇有折射与反映。

鸦片战争前后中国社会的剧变,使魏源痛感只有以变应变,才能跟上急遽变化的时代。他有诗云:"今日之今,风风雨雨,俄焉瞩之,已化为古。"如果不马上变革,就会被历史淘汰出局。变化的思想,发展的思想,是魏源改革主张的思想基础。正基于此,他提出了"变化谁知天地意","断无百载不更弦"的变革要求。魏源举了扁鹊见齐桓公的例子,提醒当局不要拒绝他开出的变革药方,落得"太乙雷公齐束手"那种无药可医的结局。他更以六朝兴亡警告清王朝,如不变革,"地气辄随王气尽,前人留与后人愁"的悲剧将会重演。魏源以为:当今社会不变也得变,不变的话,"行尽源头路亦穷",不过是被动挨打的变罢了，到那时，"沧桑陵谷感"，"太息复太息"，也已晚矣！

鸦片战争中，人民群众不畏强暴，抵御外敌，挽救民族危亡，无疑给魏源以难忘的印象。他在抗战派裕谦幕下，参加过浙江抗战，亲眼看到与清政府腐败的军队不同，"渔舟枭贩尽精兵"，因而在鸦片战争失败以后，曾怒问过投降派，"谁道东南乏水兵"！当三元里人民抗英斗争的消息传来，他更是热情讴歌："同仇敌忾士心齐，呼市俄闻十万师，早用秦风修甲戟，条支海上哭鲸鲕。"活生生的事实，促使魏源重视人的作用，也在一定程度上意识到人民的力量，"地天人力尊"，在与天地自然、外国侵略势力的较量中，人的作用是首位的，这是魏源改革思想的可贵之处。

与林则徐一样，魏源是中国近代第一批睁眼看世界的有识之士。他在直觉上敏锐地感到资本主义对封建制度的优越性，但在他那里，在他所处的时代，革新思想还未构成一个完整体系，于是他只能提出"鼎新革故"的笼统口号。当时，官僚制度昏庸腐败，达官重臣墨守成规，魏源讽刺他们只会"书小楷，诗八韵"，也居然"将相文武由此进"。他认为再也不能株守传统的老套，大胆提出"痈瘵苟不瘳，尧禹亦何为"。魏源主张改革科举制度，"大开直言之科筹国计"，"再开边材之科练边事"，他主张选拔切实有用的人才，"市骨招骏人才出，纵不拔十得五终得一"。

魏源曾到过港澳，了解"夷情"，受林则徐委托编纂了《海国图志》，是比较了解西方资本主义的。他指出中国之所以落伍，就是以世界中心天朝上国自居，夜郎自大，"不知此界外，更有几重天"。他辛辣嘲笑那些不知世界大势的昏聩官僚，居然"为问海夷何自航，或云葱岭可通大西洋"；沉痛指出，"始知避世人，避今还太古"，因为拒绝研究外国情况，拒绝了解与引进外国先进的科学文化，这才造就了行将就木的僵尸式"古人"。他在诗中大声疾呼:"船炮何不师夷技,欲师夷技收夷用","何不别用海夷译馆筹边谟,夷情夷技及夷图,万里指掌米沙如"。闭关自守的政策就是自杀的政策,"风气华夷无界限,始知关锁一长城",封建时代的万里长城把中国与世界隔绝开来,而自世界进入资本主义时代以来,就绝不会容许中国与世界有什么界限。早在一百多年前,就能有这种深刻的思想,这是魏源的高明之处。

"欲拔长鲸牙,须是摩天手",魏源不愧是鸦片战争时期卓有识见的改革派思想家。

二、改革思想的历史命运

但是,魏源的改革主张在鸦片战争前后,始终未被清政府采纳施行,付诸实践。据魏耆的《邵阳魏府君事略》,魏源本人也终于在1855 年前后隐居起来,"不与人事","寄僧舍,闭目澄心,危坐如山",皈依了佛教。产生这一悲剧的原因何在?以魏源为代表的改革派思想为什么会遭到如此的冷遇?

在实质上,魏源的改革主张是试图通过改良途径使中国进入资本主义社会,但当时中国资产阶级作为一个阶级尚未产生。而执掌国家大权的统治阶级则绝不容忍这些改革主张,哪怕改革派旨在挽救的正是他们统治下的江山社稷,在他们的心目中,危机还没到火烧眉毛的程度。那么,魏源这样的改革派从哪里去寻找支持变革的力量呢?人民吗?他们虽在一定程度上感受到人民的力量,但也不过是林则徐所说的"民心可用","用者",利用也。魏源曾以为,只要有几个像林则徐这样"凌天衢"的"玄鹤",像他这样的"摩天手",就能扭转乾坤。他错误地认为，倘若变革，"上策唯一选节旄"，就是遴选像他那样的人才出任方面大员；顽固地认为"柳如民庶松大臣"，老百姓只是随风倒的杨柳。从根本上说，魏源这样的改革派，与人民群众是格格不入的。也难怪他在太平天国起来后哀叹"十月苦盗贼"，并在高邮知州任上武装狙击北上的太平军。总之，魏源的改革主张还缺乏厚实的社会基础，没能形成后来戊戌变法那样的运动。他始终有一种孤独感，"沉沉万梦中，中有一人晓"，他的改革主张犹如游荡半空中的氢气球，无所归依，最终只有破灭。

魏源不是资产阶级改良派，而是具有进步思想倾向的地主阶级改革派。他试图在不根本触动旧制度的前提下，搞些补天的玩意。魏源把实施变革的希望，寄托在他想改革的那个体制的总代表皇帝的身上。1844年殿试结束，魏源离开北京时还赋诗说"昆明自昔楼船地，曾宴来庭万里羌"，联系到他大约三十年前曾心向往之地怀念"恭惟三纪前，九宇殊丰熙"，表明他只希望恢复"英夷入贡，赐游昆明湖"的乾隆盛世。在魏源的思想中，实质上的资本主义诉求与主观上的君臣际遇情结，是一对不可克服的矛盾。他指望最高统治者能够实施变革，解决这个悖论，"我梦排云诉天阙，赐对瑶堵万言列"之类诗句，在集中俯拾皆是。他一厢情愿地以王昭君自喻，"入宫十年不见知"，愿意"士感一言死知己"，但庸懦无为的道光帝并不领他的情。魏源失望了，"我欲叫阊阖，阊阖苍莽垂"，"帝闻不可达，泪若天河翻"之类的诗句，在诗集中也不胜枚举。到1844年，魏源在一首诗里感慨承认，自己在鸦片战争中祝愿"君臣远胜靖康秋"实在迂阔，长叹当时"那识君臣际会难"。晚清政府正像北宋末年一样腐败，"汴城闭，言路开"，"风雷未竟霾雾起，又见汪、黄蹙宗、李"。林则徐这些改革派，只落得"可怜精卫空流血，孤臣放子号怨恫"的结局，确实令人扼腕。魏源曾寄诗龚自珍："前途怅森森，后辙悲茫茫，惊河如海涛，欲济川无梁。"而当林则徐流放新疆，魏源在江口和他会晤，情况就更凄惨："万感苍茫日，相逢一语无。"魏源虽以刘禹锡遭贬时"去国桃千树"的典故激励他，实在也只是空洞的安慰。魏源也好，林则徐也好，没有最高统治者道光皇帝的点头，作为地主阶级改革派，他们的改革主张到头来只能是一张无法兑现的支票。

魏源的改革思想中虽有资产阶级的思想因素，但从本质上看，还是以儒学为主体糅合佛道而成的大杂烩。"评法批儒"时期有文章抓住魏源诗文中的片言只语，使其跻身法家及法家诗人的行列，却视而不见他对法家是颇有微词的。"底事尽成刀笔吏，申韩自昔短孙吴"，即是一例。魏源虽反对过以"虫鱼注"为"屠龙技"的腐儒，但绝不能因此说他反儒。相反，他倒是坚持孔孟儒学的。"儒通天地人，四海民命寄"，他把儒学不但作为自己，而且作为四海万民安身立命之所在。"直将周孔书，不囿禹州讲"，魏源这两句诗不仅概括了自己改革思想的指导方针，也是中国近代史上"中学为体，西学为用"的最早诗化表述。朦胧之中，他试图实行的也是"中体西用"式的资本主义。然而，企图在不改变君主专制的前提下，仅仅引进一些先进的夷技，就误认为改革开放，大功告成，只能是一厢情愿，中国近代史的全部进程也已经证明了这一点。总之，魏源的改革思想是一个大拼盘，资产阶级的改革思想在他那个时代，在那一代改革家的头脑中，还没有成为一个完整充实的思想体系。而他们的改革主张，一旦得不到皇帝的青睐，就像出土的木乃伊那样马上风化了。改革思想的幻灭，促使魏源转向自己思想深处原先就杂拌着的宗教思想讨生活。他在晚年一首诗的小序里自称，对"色相俱空"的禅诗"心甚服之"，认为"儒门读之，亦可别开眼界"，也就毫不足怪了。

"扫地焚香坐，心与香俱灰"，后人简直难以相信，这万念俱灰的诗句竟出自当年写下"梦中疏草苍生泪"的魏源之手！作为近代第一代的改革思想家，魏源的命运是思想的悲剧、时代的悲剧、民族的悲剧。

从魏源开始，中国近代史上形形色色的改革思想家及其悲剧组成了整整一个序列。

本文原载《古今多少事》，长春出版社 2007 年版

人间何处有天国

——读《上帝与皇帝之争：太平天国的宗教与政治》

2011 年岁杪，总觉得还有某个历史大事件没有大张旗鼓地纪念。直待看到托马斯·H. 赖利的《上帝与皇帝之争：太平天国的宗教与政治》（李勇、肖军霞、田芳译，上海人民出版社 2011 年版）与史景迁的《太平天国》（朱庆葆等译，广西师范大学出版社 2011 年版），这才恍然大悟，2011 年恰是金田起义 160 周年，也是逢十的大年头。

无论学术著作还是通俗读物，从罗尔纲到陶短房，从简又文到唐德刚，读书界不难找到关于太平天国的图书。去年出版的两种，未见得是最佳作品。当然，如果你觉得"学术著作太深奥，教科书又太枯燥"，不妨去读史景迁妙笔生花的《太平天国》。赖利表扬史景迁"以戏剧性的方式聚焦了洪秀全这个人，写下了一部生动感人的记叙"，但潜台词只是肯定其可读性，对它的深度似乎并不以为然。赖利自称他的研究"试图建构一个更广阔的宗教和意识形态背景"（页15），认为洪秀全发动的"是一场深刻的转变意识形态的革命"（页19）。这一说法，与毛泽东把洪秀全、孙中山列为"代表了中国共产党出世以前向西方寻找真理的一派人物"，在落脚点上有那么一点契合。赖利一厢情愿地把太平天国运动诠释成基督教本土化过程的顶点，进而对"太平基督教"（即"拜上帝会"）不吝赞词，但读完其书，却感到他对这段历史颇有错判与误读。

一

对于太平天国运动，学界往往纠结于"叛乱"与"革命"的定性。史家立场决定史实表述，誉之者颂其为民族革命（例如萧一山）、阶级革命（例如罗尔纲）；钱穆《国史大纲》称之"洪杨之乱"，《剑桥中国晚清史》（下称《晚清史》）称之为"太平军叛乱"。与其急于正名，不如首先征实，即确定这场运动最深层的动因与主要的参与者。

鸦片战争后，清帝国被动纳入资本主义的世界体系，这种在坚船利炮威逼下的被迫开放，付出的代价是巨大的。不妨说，正是鸦片战争为太平天国运动种下了外部的因。太平天国运动爆发不久，马克思在《中国革命与欧洲革命》中指出，"鸦片贸易所引起的金银外流，外国竞争对本国生产的破坏，国家行政机关的腐化，这一切就造成了两个后果：旧税捐更重更难负担，此外又加上了新税捐"。对业已席卷中国南部的巨大风暴，马克思在揭示其"国家行政机关的腐化"的内因时，也深刻指明了鸦片战争给中国社会带来的根本性破坏。

然而，正如唐德刚所说，在中国历史里，"外患"往往都是偶发的，而"内乱"则多是历史的"必然"，晚清历史蹒跚走到太平天国时，已进入"玉石俱焚的周期性内乱"（当然，前述外因不仅缩短了这轮周期性，也加剧了内乱的惨烈度）。

整个社会的严重不公，官僚政治的全面衰败，官员道德的普遍沦丧，虽是历次王朝危机的共性，在鸦片战争前后十年间却于此为烈。早在洪秀全闹事的12年前，素称富庶的东南地区，经贪官污吏层层加码，原先规定缴入国库的三升税米竟激增到一斗，愤激的农民无以卒岁，只得杀了耕牛另找出路。龚自珍在《己亥杂诗》中吟道："国赋三升民一斗，屠牛那不胜栽禾！"

由于鸦片战争，一方面，传统的农村经济遭受深度的摧残，另一方面，为偿还赔款，头会箕敛变本加厉，贪污腐败与时俱进。及至1850年，连曾国藩都承认："吏役四出，昼夜追比，鞭扑满堂，血肉狼藉。"也难怪起事民众在文告中抗议："天下贪官，甚于强盗；衙门酷吏，无异虎狼"；"官以贿得，刑以钱免，富儿当权，豪杰绝望"。据官方报告，金田起义前，杀官绅、占城池的群体性事件已遍及广西七府一州。道光状元龙启瑞描述当时局势道："如满身疮毒，脓血所至，随即溃烂"。

以农民为主体的中国老百姓是世界上最能隐忍，也最好说话的，不到走投无路，绝不会铤而走险的。在农民战争史成为史学研究"五朵金花"之一的二十世纪五六十年代，有一种见到"盗匪"滋事就捧为农民起义的偏差。但也绝不应该由此走向另一极端，把那些逼上梁山的下层民众都说成是天生的流氓暴民，而对他们遭受的不平、苦难与发动的抗争与革命，全然泯灭了起码的史家良知，缺乏应有的"理解的同情"。

在历史研究中，固然不能把阶级分析方法奉为万应灵药，但在面对群体性事件时，完全无视参与主体的阶级构成，肯定是非历史主义的谬种。那么，金田起义与整个太平天国运动的主体参与者究竟是哪些社会阶层呢？

且不说金田首义的八大领袖中半数是下层知识分子（洪秀全、冯云山、韦昌辉与石达开），对这些始作俑者，近年学界颇有指责他们动机不端的说法。然而，像陈玉成与李秀成这样起自部伍的将领，也都出身最贫苦的农民阶层。李秀成自述"在家孤寒无食"，"度日不能，度月更难"，才投身太平天国的。史景迁说：

> 最早参加拜上帝会的人在银坑或在零星分布的煤矿里劳作，
> 有木匠、铁匠、磨坊工人、居无定所的剃头匠和算命先生，兜售
> 药品、盐巴、鸦片或豆腐的商贩、船民、柴夫、烧炭工人、牧
> 人、挑夫，还有那些逐活而生的零工。（页112）

这一说法，既有史家简又文的实证研究为支撑，也有李秀成的口述史料做印证："从者俱是农夫之家，寒苦之家。"

太平军由桂入湘，声威大震，关键在于贫农、矿工、船夫、会党等苦难民众赴义如云，据《李秀成自述》，他们"实因食而随"。太平军的号召力之所以剧增，固然有《奉天讨胡檄》以"务期肃清胡氛，同享太平之乐"鼓动满汉冲突的因素，但当时满汉对立未臻于白热化，其排满强度远不及辛亥革命前夜来得激烈，故不宜纯粹界定为反满性质的民族革命。

太平天国运动最深层的社会原因，"在于民众对富豪权贵普遍抱有敌意"（《晚清史》，页302），阶级的不平等已经突破社会所能容忍的张力。不胫而走的底层民谣也许最能表达广大民众的愤怒呐喊：

> 百万身家欠我钱，不穷不富任耕田。
> 无食无穿跟我去，穷饿老天保尔安。

社会结构的顶端是"百万身家"的少数富豪权贵，却仍贪得无厌，对穷人欠钱不还；而作为中间阶层的"不穷不富"的自耕农不再构成社会的主体；整个社会的绝大多数都已沉沦到"无食无穿"的"穷饿"境地，只能祈求老天的保佑。社会不公已逾极限，作为对这种不公的

自发反应，马克思在《中国革命与欧洲革命》里说，"连绵不断的起义已延续了10年之久"。而腐朽的清政府除动用国家机器镇压外，已别无让社会切实回归稳定的良方妙招，导致革命的社会危机已无计化解。正是在这种情势下，有人登高一呼，鼓吹"太平一统光世界"（洪秀全诗句）的天国理想，号召"无食无穿跟我去"，对穷饿乞天的广大民众，自有极大的吸引力，而洪秀全趁势而起充当了这样的角色。

纵使有论者怀疑并论证洪秀全在起事动机与鼓动手段上居心叵测，以便坐实太平天国运动不过是洪秀全（及其首义同盟者）一手促成的叛乱，但这些论者不仅过分夸大了个人在历史上的作用，而且忘记了恩格斯关于革命的经典论断："任何地方发生革命动荡，其背后必然有某种社会要求，而腐朽的制度阻碍这种要求得到满足。"毫无疑问，太平天国运动正是千千万万民众连基本生存权都不能得到起码满足的社会生态下爆发的革命，即便领袖人物的起事动机别有用心，即便这场革命后来变质，也不能否定其社会革命的基本性质。

二

鸦片战争使中国社会发生了深层的变动，被迫开放后，包括基督教在内的外来新观念强烈冲击了中国既有的社会价值观念。第一次鸦片战争期间，约有二三十万中国人皈依了基督教。洪秀全借助这一外来宗教的某些碎片，拼缀成号召民众、组织运动的旗幡，但也只限于利用而已。

作为出身下层的造反领袖，洪秀全的库存里并没有多少可资其有效运用的思想资源。既然旨在颠覆现存秩序，他难以从传统儒学与既有宗教中找寻思想武器，便转而借用外来的基督教。通过拜上帝会，洪秀全认上帝为爹，拉耶稣当哥，以"爷哥带朕坐天朝，信实可享福万样"，为自己打上了作为领袖的卡里奇玛光环。基督教关于上帝面前人人平等的教义最能够凸显当时社会的尖锐矛盾，也容易煽动底层民众的内心不满，而天国理想不失为动员民众为之奋斗的彼岸灯塔。洪秀全借助基督教外衣，创立拜上帝会，无非要让天下的老百姓与自己的追随者坚信不疑：上帝已选定他来为贫苦大众建立地上的天国。直到 1861 年，天王洪秀全还念念不忘鼓吹："上帝基督下凡，再建上帝殿堂在天京天朝。"

拜上帝会与太平天国运动相始终，洪秀全的用意无非如恩格斯所说，"要掀起巨大的风暴，就必须让群众的切身利益披上宗教的外衣"，纯粹出于利用。赖利说洪秀全"他们积极宣传天国的政见，并说服人民承认他们所从事之事业的正当性"（页 143），与恩格斯的论断并不扞格。但赖利过于夸大太平教义的进步成分，将其说成是"一个革命的信仰"，认为对洪秀全他们来说，拜上帝会"不是抗议者的工具，而是他们的信仰"（序言页 1），并把太平天国运动说成是"基督教本土化的过程"（页 79），是一场"带有政治色彩的宗教运动，转变为全然的政治运动"（页 77），却未免颠倒了目的与手段、本质与表象之间的关系。

说到底，太平教义对洪秀全来说，只是一种中国古已有之的神道设教，只不过这次设教的神道不再纯粹是土生土长的，而具有土洋结合的杂交优势。美国传教士罗孝全与洪秀全、洪仁玕都有深度接触，他在一封信里指出，太平宗教"充其量不过是用来推广和传播他自己的政治宗教的摆设，使他自己和耶稣基督平起平坐，耶稣基督、天父上帝、他本人和他的儿子，构成主宰一切的一体的主"。耶稣、上帝俱已往矣，剩下的只有洪秀全本人与他的儿子，太平教义最后成为通向世袭君权的神道。这种中国特色的"太平基督教"，在本质上，已是与西方基督教风马牛不相及的怪胎。以这一教义为构建模式的太平天国，最终肯定不是上帝天国的人间版。在中国近代向西方寻找真理的历程中，类似这样的橘枳之变，也许，洪秀全与拜上帝教是第一个著例，却肯定不是最后的个案。

三

赖利刻意在中国文献中找出皇权与王权的原则区别，强调洪秀全"只称王不称帝的重要性"，即只有天父才能称"帝"，他只能称"王"，从而断言他以上帝信仰摧毁皇权，"不只是要对抗这一个皇帝，而是要推翻整个帝王体制"（页93）。然而，在中国对君权的描述中，"皇权"与"王权"并无本质的不同。洪秀全尽管搬来了西方的上帝，赖以在起事之初摧毁中国传统中皇帝与皇权的神圣性，但他绝不是要彻底铲除专制君权。即便如赖利所说，洪秀全借助上帝反对偶像崇拜与皇权崇拜，但其最终目的还是建立新的偶像崇拜与天王崇拜，至于其名号叫"天王"还是叫"皇帝"，只是换个说法而已，实在无关宏旨。

天京政权的建立，标志着一个新国家机器的成型，由于太平教义预留了君权的席位，这一政权便向君主专制急遽转化，洪天王也就毫无悬念地成为新天朝的君主。

金田事件后，洪秀全不仅没有赖利所说"推翻整个帝王体制"的部署，反而对专制君权表现出极度的迷恋。在长沙时，他就置备了"万岁"玉玺。定都以后，天王府有门联大书："众诸侯自西自东自南自北，予一人乃圣乃神乃文乃武。""乃圣乃神乃文乃武"不啻是四个伟大，而"予一人"历来是中国君主的自称。洪秀全不仅刻制了文曰"天王洪日"的玉玺，还在《圣经·启示录》上批"朕是太阳"。在专制语境中，"太阳"历来象征君主，联系到"太平天日"的称号，天王特别钟情红太阳的尊号。1861 年，天王颁诏，国号改成"天父天兄天王太平天国"，天父天兄不过是幌子，洪秀全才是这个天国的独有者。

起事之初，洪杨等首领与"下逮兵卒贱役，皆以兄弟称之"（曾国藩《讨粤匪檄》），人际关系还相对平等。但"永安颁布的禁止豪奢的法令直接表明已经出现了一个生活汰侈的新特权阶级，他们的个人生活不受那些要求普通士兵遵奉的清规戒律的约束。"（《晚清史》，页 304）只举一例：就在永安，洪秀全已有 36 位后宫娘娘，其他新封诸王也都与贵妃"王娘"合府居住；而基层将士却必须奉行男营女营"不得混杂"的天条，即便"夫妻私犯天条者，男女皆斩"。

自定都天京，以天王为首、诸王为主，中高级官员为基干，构成了一个新特权阶级。绝对的权力造成绝对的腐败，与晚清政府相比，这一新特权阶级的腐化淫佚程度，完全有过之而无不及。

新落成的天王府周围十余里，比明清故宫还大上一倍。不必赘述天王殿与金龙宝座的金碧辉煌，连御用的浴盆、马桶、溺壶都是黄金打造的。天王有名位的妃嫔达 88 名（这让只有 18 个有名位妃嫔的咸丰帝也相形见绌），"王娘以下备媵妾者一千二百余人，而侍女不与焉"。洪秀全无视基督教一夫一妻的约束，声称上帝与耶稣"恩准朕多娶妻妾"。他一头栽入六朝金粉里，赋诗云"苑内游行真快活，白鸟作乐和车声"，活脱脱皇帝游幸后宫的陶醉。天王后宫也准备推行太监制，但阉割技术不过关，找来 80 个男童，竟阉死了 77 人，惨无人道一至于此。

其他诸王也基本如此。东王府"回环数里，垣高数仞"，"以耀同侉，百姓震惊"；"所储珠玉宝器，价不可以数计，陈设纵横，五光十色"。东王每次出行，役使达千数百人，盛陈仪仗，"鼓乐从其后，谓之'东龙'"；他还造龙车，"使侍妾裸曳而行"。天王恩准东王可备妻妾 11 名，但杨秀清曾令天京城内 13 岁至 16 岁少女到官府备选，至少占有 60 个"王娘"。天京内讧前，每逢洪、杨、韦、石的生日，御营总管蒙得恩就献上海选的美女，天王、东王各 6 人，北王 2 人，翼王 1 人，还美其名曰"天父赐来美女"。洪仁玕在香港时曾反对一夫多妻制，入京任干王后也妻妾成群，还以天王梦中所得"上帝新旨意"强为辩解。就连素称不好女色的陈玉成，在安庆、庐州、天京等地英王府里，也都有留守的"英王娘"。

集权制必然以等级制为基石。天京政权等级森严而固化，连每级官员吃多少肉都有明文区分，与"无处不均匀"的标榜适成讽刺。整个官僚队伍由王、侯两级世袭贵族与 11 个等级的官员构成。东西南北翼诸王"世袭罔替"，幼西王"斗鸡走狗，为暴于闾里"，其他"王二代"也都是纨绔无能之辈。太平天国后期，其他诸王与天王的兄长可置 6 名妻妾，其他高官 3 名，中级官员 2 名，小吏与一般人必须一夫一妻，在妻妾占有上也是等级分明。

家天下的痼疾也在天朝全面发作。韦杨事变后，天王"专信同姓之党"，把朝政交给王长兄与王次兄等打理，其亲侄、族兄、族侄十余人，乃至乳臭未干的小孩都相继封王，史景迁称之为"家党"。据《李秀成自述》，辅政的王长兄、王次兄"未有才情，不能保国"，王长兄洪仁发更是"贪冒聚敛，无所不为"。

新特权阶级为满足自身的"贪冒聚敛"，必然最大限度地攫取社会物质财富。早在永安时期，太平军就推行"圣库"制。为此，洪秀全颁布诏书："有银钱须要看得破，不可分尔我。更要同心合力，同打江山，认实天堂路来跑。目下苦楚些，后来自有高封也。"借上帝的名义，以天堂相号召，以"高封"为许诺，规定"天下农民米谷，商贾资本，皆天父所有，全应解归圣库"。而赖利居然认为，圣库制"确保了上帝的所有财产，都能在他的所有的儿女之间平等地分配"（页142）。倘若确能在"所有的儿女之间平等地分配"，圣库制还不失为军事共产主义的临时措施。但前述史实已足以证明，圣库制的主要目的之一，无非是天王为首的新特权阶级为确保一己的骄奢淫逸，而占有太平军民所创造的剩余劳动与历史积累的社会财富。圣库制以天国理想为幌子，以国家权力为后盾，对太平天国全体军民在物质财富上实施了强制性剥夺。这种剥夺，让天京居民嗟怨不绝："荡我家资，离我骨肉，财物为之一空，妻孥忽然散尽。"

正如有研究者指出："太平天国的政治是神权专制政治，政制是极端中央集权。"（《郭廷以口述自传》，页182）在这样一个君权与神权相结合的专制政体中，君权为体，神权为用，君权依旧中国特色，神权杂糅外来元素。对这样一个为新专制君权张目的神权，赖利竟然以其书献上了一曲"太平宗教，这个生气勃勃的中国基督教信仰"的颂歌（页172）。他还把天京政权说成是上帝在人间营造的天国："在洪秀全关于历史救赎的观点中，天国是不必等待的；它不久之后就要来临；上帝在世间的统治以天京的建立为起点。"（页111）无论出于隔膜，还是囿于偏见，都未免离史实太远。

四

金田起义时，广西有民谣唱道：

　　洪杨在山招招手，山下百姓昂着头，

哪管石头成粉碎，跟着洪杨到白头。

（《太平天国诗歌选》，页 46）

作为太平军主力的广大底层民众，之所以投身太平天国运动，一方面固然是因为当时的社会现状迫使他们无以为生，另一方面也因洪秀全宣传的天国让他们充满憧憬，鼓舞他们矢志不渝地为之奋斗。据曾国藩奏，天京城破，太平军"无一降者，至聚众自焚而不悔"。有论者说，曾国藩这样奏报，意在摆功。但英人吟唎亲见，晚期太平军"坚守阵地，毫不畏缩，这种坚忍不拔的精神令人难以置信"。其间显然有一种为理想而献身的精神在激励着他们。

范文澜认为："政治上经济上两大平等，是在封建压迫之下困苦不堪的广大人民主要是农民的迫切要求，也是中国社会进一步发展的必然条件。"（《中国近代史》，页 96）太平军将士多来自下层社会，现实社会的不平等让他们朦胧产生要求均贫富的平等思想。在洪秀全的全部鼓吹里，尽管有许多昏话，但也有合理的成分。在早期，例如《原道醒世训》指出：

> 天下一家，共享太平。几何乖漓浇薄之世，其不一旦变而为公平正直之世也！

定都天京后，《天朝田亩制度》也的确部分传达了贫苦农民和无地劳动者的素朴要求：

> 有田同耕，有饭同吃，有衣同穿，有钱同使，无处不均匀，无人不饱暖……天下皆是天父上主皇上帝一大家，天下人人不受私，物物归上主，则主有所运用，天下大家，处处平匀，人人饱

暖矣。

　　这类理想展望与社会启示，以表面许诺的平等与私有权来博取支持，对太平军民的影响，"看来很可能远比汉族主义或宗教热忱的影响为大"（《晚清史》，页301）。从这个意义说，太平天国运动所要完成的与其说是民族革命或宗教革命，还不如说是一场全面深刻的社会革命（当然也包含着推翻晚清政权的政治革命）。

　　历史学家吕思勉在剖析太平天国运动所面临的任务时指出：

> 　　社会革命和政治革命，很不容易同时并行，而社会革命，尤其对社会组织，前因后果，要有深切的认识，断非头脑简单、手段灭烈的均贫富主义所能有济。（《吕著中国通史》，页478）

相对说来，政治革命还是浅层次的（即便这个任务，太平天国运动也未能完成），而社会革命所面对的挑战更全面，更深刻，也更艰巨，其全部内涵囊括近代中国转型的所有大问题。纵观中国近现代史，不仅太平天国与其后辛亥革命隐含着社会革命的内在诉求，即便国民党领导的国民革命与共产党领导的新民主主义革命，面对的仍是社会革命的严峻考验。

　　这里且说洪秀全政权如何应对社会革命深层次课题的。诚如吕思勉所说，天京政权的基本方针只是"头脑简单、手段灭烈的均贫富主义"，集中表现在《天朝田亩制度》中。且不说这一土地制度压根儿没有土地再分配的观念，因而在田亩分配的空间上与田亩所有的年限上缺乏实际的可操作性；即便是平分土地的最低许诺，在天国政权存续的十余年间也从未兑现过，始终只是望梅止渴的一纸空文。

　　开出这类空头支票的，还有洪仁玕及其《资政新篇》。在应对政治改革与社会改革上，洪仁玕对"新天新地新世界"的蓝图设计，比《天朝田亩制度》还来得严密、清晰与全面，不无可取之处。但问题症结仍在于，不是纲领说了什么，而是施政做了什么。这位干王，一方面在《资政新篇》里强调"用人不当，适足以坏法；设法不当，适足以害人"，另一方面却全无愧色地推行自己明确反对的"恶政"，例证之一就是他与洪秀全滥封诸王达 2 000 余人。在这样新特权阶级的主政下，还有可能指望他们领导一场彻底而持久的社会革命吗？

反观太平天国的纲领口号，起初也许有几分真实的愿望，未必如有的论者所说，一开始就具有欺骗性与虚伪性，只是为了煽动民众。但随着永安封王，尤其是定都天京，主政者们大权在手而缺乏制约，迅速蜕变为新特权阶级而骄奢腐败，作威作福，太平天国实质上成为另一个君主专制政权。曾经鼓舞民众的纲领与蓝图也时过境迁，被这些新特权阶级弃之如敝屣。与晚清政府相比，天京政权只不过换一个旗号，换一批角色，有些弊害甚至还变本加厉。当初，广大底层民众受到这些纲领口号的召唤与引领，并为之付出了沉重的代价，甚至巨大的牺牲，只希望为自己与同命运的兄弟姊妹营造理想中的天国。但最终建成的却只是新特权阶级的"人间天堂"，最广大的太平军将士怀揣着天国的憧憬，不过是充当了为新特权集团营建"天上人间"的垫脚石或过河卒。当初标榜的天国理想与最终建成天京政权之间，形成反讽式的鲜明对照。洪秀全规划的天国蓝图，对广大"跟着洪杨到白头"的贫苦民众，不啻是一场不堪回首的愚弄与欺骗。

太平天国运动，在社会革命层面，除去纸面文件与口头许诺，在实质上无所建树；在政治革命层面，尽管建立了天京政权，也不过是独据一方的改朝换代，难以走出所谓历史局限性的怪圈。孙中山指出，"洪氏之覆亡，知有民族而不知有民权，知有君主而不知有民主"（《太平天国战史序》）。说洪秀全"知有民族"，未免过誉，但说他

"知有君主"，却一语中的。在新的君主专政下，不要说包含民权、民主在内的社会革命的深层次任务无从谈起，就连最浅层的政治革命也必然归于失败。

从金田起义到天京失陷，太平天国运动历时 13 年。昔日读史，也曾扼腕天京的陷落。然而，读到马克思在 1862 年了解真相后对天国统治者的一段评论（经查，除《马克思恩格斯全集》本，中国各种普及版的《马克思恩格斯选集》编入了马克思在 1853 年肯定太平天国的《中国革命与欧洲革命》，却失收这篇文章）：

> 除了改朝换代以外，他们没有给自己提出任何任务，他们给予民众的惊惶比给予老统治者们的惊惶还要厉害。他们的全部使命，好像仅仅是用丑恶万状的破坏来与停滞腐朽对立，这种破坏没有一点建设工作的苗头。（《中国纪事》）

这才让人若有所悟：天京政权倘若恒久存在，影响晚清历史走向另作别论，对这一政权治下的广大民众来说，却肯定是一场新的灾难，他们必然还会揭竿而起，发出"逝将去汝，适彼乐土"的怒吼。

完稿于 2012 年 1 月，时距金田起义恰 161 年

本文原载《东方早报·上海书评》2012 年 2 月 26 日

蔡元培与五四学潮

——读唐振常的《蔡元培传》

"从五四到人权同盟，先生之行在民主自由"，这是周恩来挽蔡元培的下联。一提起五四运动，人们无不认为蔡元培是其最积极有力的支持者与领导者之一。然而，五四运动这一概念，至少有三种既相联系又相区别的内涵：一是 5 月 4 日以北大学生为主体的天安门集会游行和火烧赵家楼等组成的五四爱国学潮；二是由此发端的全国规模的五四爱国运动；三是五四新文化运动。蔡元培对三者的态度与作用是应该分别而论的。即如他对五四学潮，倘将唐振常所著《蔡元培传》（上海人民出版社 1999 年第 2 版）与《蔡元培全集》第 3 卷（中华书局 1984 年版）相关文献对读，就不能以"支持"一语而简单论定。

一

在讨论蔡元培与五四学潮的关系以前，先应谈谈他对学生运动的根本态度。作为教育家，蔡元培始终认为：对学生来说，"救国之道，非止一端，根本要图，还在学术"。他在《我在北京大学的经历》中明确表达了对学生运动的根本看法："我对于学生运动，素有一种成见，以为学生在学校里面，应以求学为最大目的，不应有何等政治的组织。其有年在二十岁以上，对于政治有特殊兴趣者，可以个人资格参加政治团体，不必牵涉学校。"这段自白，充分表明他从不赞成学生离弃学业去参加"牵涉学校"的学潮。

正基于此，早在五四前一年，北京各校学生为抗议《中日共同防敌军事协定》到总统府请愿，他特地在队伍出发前一小时赶到北大，"多方劝告，并许以代达意见于大总统"，还因劝告无效而请求辞职。五四学潮后二年，北京各校师生向政府请愿拨发教育经费，血染新华门。蔡元培考察欧美教育刚回北京，就在欢迎会上指出：教师与学生放弃教育与学习的唯一天职，"以前所用的罢课手段，实在牺牲太大了"，坚决反对使用这种"极端非常的手段"。凡此种种，都证明他反对学潮（哪怕是出于爱国目的）的坚决性与一贯性。

有不少回忆录声称，那天北大学生到天安门示威，蔡元培"是积极支持的"，称颂他"不仅仅是精神上的指导者，简直就是实际上的行动者"（许德珩《吊吾师蔡孑民先生》）。这种说法既有悖史实，也与蔡元培一贯的主张大相径庭。持此说者，根据大概有二。根据之一，就是五四前一天，蔡元培召集学生代表，告知了北京政府密电在巴黎和约上签字的内情。此事不虚，却只能说明在反对巴黎和约上，蔡元培与学生们的反帝爱国之心是息息相通的。有传记说北大学生得知消息，5月3日晚在法科大礼堂开会，"事先也得到蔡元培的赞同"。这次集会因在校内举行，蔡元培如果赞同，也不过与学生人同此心而已，此即他在5月10日《告北大同学诸君》所说"诸君本月四日之举，纯出于爱国之热诚。仆亦国民之一，岂有不满于诸君之理"，并不能说明他主张或支持学生采取出校游行手段来表达爱国热诚。次年1月，五四运动尘埃落定，蔡元培在《去年五月四日以来的回顾与今后的希望》里，首先肯定当时爱国学生"牺牲他们的可宝贵的光阴，忍受多少的痛苦，作种种警觉国人的工夫"，而后指出："学生界的运动，虽然得了这样的效果，他们的损失，却也不小。"他不仅认为，相比罢工、罢市，"罢课的损失还要大"；而且强调，就运动的社会功效与学生的自身损失相比，"实在是损失的分量突过功效"。因而，从蔡元培透露和会内幕与赞同校内集会，来推断他必定支持北大学生离校到天安门游行示威，显然有点想当然。

根据之二，就是蔡元培在《我在北京大学的经历》里也承认的："到八年五月四日，学生又有不签字于巴黎和约与罢免亲日派曹、陆、章的主张，仍以结队游行为表示，我也就不去阻止他们了。"这段自述，措辞略为含糊；而唐著《蔡传》径直认定"当系回忆之误"。据张国焘《我的回忆》，北大学生集队出发时，蔡元培"出来劝止，他沉痛的向我们说，示威游行并不能扭转时局。北大因提倡学术自由，颇为守旧人物和政府所厌恶，被视为鼓吹异端邪说的洪水猛兽。现在同学们再出校游行，如果闹出事来，予人以口实，这个惨淡经营、植根未固的北大，将要首先受到摧残了。"忧心国事的学生们表示"示威游行势在必行"，"恳求校长不要阻止"，最后由张国焘与其他几位学生"连请带推的将蔡校长拥走"，游行队伍才得以出发。这段回忆并无失实之嫌，因有杨晦1959年《五四运动与北京大学》的回忆可以印证："临出发时，蔡先生在出口那里挡了一下，说有什么问题，他可以代表同学们向政府提出要求。不过，同学们不肯，他也就让开。"两相对照，蔡元培对学生离校游行确实是阻止过的，谈不上鼓励与支持。至于他对学生火烧赵家楼，怒殴章宗祥，更是明确反对的。在《辞北大校长职呈》中，他尽管肯定学生出于爱国热诚，却仍称他们的作为是"骚扰之举动"。这种措辞不仅见诸堂皇的公文，即便对学生也从不回避地指出过："你们这回做得过火些。"不能认为这些都是作为北大校长在虚应故事，即便在他5月9日辞职南下到9月

20 日复职归校的四个月间，在多种场合，蔡元培在肯定学生爱国热忱的同时，仍对学潮不表赞同与支持，这有《蔡元培全集》第 3 卷里诸多文献为证。

在五四学潮中，蔡元培曾奋力呼吁："救国不忘读书，读书不忘救国。"这是他毕生服膺的口号。这种看法近乎固执，以至于直到 1931 年学生抗日运动高涨时，他还告诫学生："因爱国而牺牲学业，则损失的重大，几乎与丧失国土相等。"在专制统治下，这个口号只是一厢情愿，反而为当局压制与消弭爱国学生运动奉送上借口。总之，一旦学潮发生，学生所蒙受的损失大大超过学潮所产生的作用，这是蔡元培对包括五四学潮在内的所有爱国学潮的基本衡估。后人没有必要为尊者讳，更没有必要把蔡元培塑造成支持与领导五四学潮的历史人物。

二

然而，当爱国学生被捕入狱后，蔡元培却大义凛然，坚定沉毅，日夜奔走，竭力营救。他认为学生爱国热诚应该维护，政府镇压有悖公理。他亲自参加了 5 月 4 日晚北大学生在法科大礼堂的请愿集会，邀请法学家王宠惠商议对付警察厅的法律程序，还向学生慨然允诺："被捕同学的安全，是我的事，一切由我负责！"次日下午，蔡元培与北京其他大学校长开会，决议"若指此次运动为学校运动，亦当由各校校长负责"，他的态度最为决绝，声称只要能保出学生，"愿以一人抵罪"。蔡元培不惜以北大校长之尊，亲率北京校长团赴警察厅、教育部、国务院、总统府交涉，恳请当局"曲谅学生"，"宽其既往"。迫于舆论压力，北京政府在 5 月 7 日放回经保释的学生。当天，在沙滩广场迎接出狱的学生，蔡元培"含着眼泪，强作笑容，勉励学生，安慰学生"。当时对他已有"焚烧大学，暗杀校长"之类的恫吓与流言，但他"镇静而强硬"，慨然表示"危及身体而保全大学，亦无所不可"；"非俟各学生一律安宁无事，决不放手也"。

5月8日，有一个与当局接近的人传语蔡元培道：

> 君不闻此案已送检察厅，明日将传讯乎？彼等决定，如君不去，则将严办此等学生，以陷君于极痛心之境，终不能不去。如君早去，则彼等料学生当无能为，将表示宽大之意敷衍之，或者不复追究也。

考量再三，为了不让当局找到进一步严办学生的借口，蔡元培当天就提交辞呈，次日悄然出京南下。出乎北京政府与蔡元培的意料之外，北大乃至北京与全国都掀起挽蔡学潮，当局只得敦促其复职，他则"以不办学生为复职条件"，一片苦心只为眷护无辜学生不受迫害。诚如张国焘《我的回忆》所说："蔡氏事先虽曾劝阻学生的示威行动，但事后却完全站在学生方面，抗拒各种摧残学生的压力。对于释放学生一事，奔走尤力。"

在示威后，局势正如蔡元培事后所说："学生尚抱再接再厉的决心，政府亦且持不做不休的态度。"这场对峙，双方剑拔弩张，多亏蔡元培居间其中，让当局未能对学生痛下毒手，爱国学生则因而保全了生命安全与沛然元气。对蔡元培这些壮举，共产党人在1940年延安《新中华报》社评《追悼蔡子民先生》中也不吝赞词，称颂他是"拥护民主自由和团结救国，反对压迫专制独裁"。可惜的是，其后爱国学潮仍有发生，却未见有蔡元培那样的大学校长，而当局专制独裁则变本加厉，致使类似"三一八"惨案那样喋血天安门的事件一再上演，让人更生出对蔡元培的无尽怀念与无上崇敬。

蔡元培尽管始终反对学生以罢课游行等极端手段来表达政治诉求或爱国热情，却更严厉谴责当局对进步学生采取逮捕杀戮的做法。他历来认为："青年们极为可爱，不为他们奋斗，我们治学做事有什么意思？"许钦文在悼念文中指出："先生的眼光远大，知道青年学子，即使一时思想陷于错误，任情乱干，也不难用教育手段，使得渐归于正，留作将来之用；如果轻意屠杀，摧残青年，那是损害国家民族的元气的。"五四学潮平息以后，蔡元培在北京学界欢迎他的大会上说："这回学生举动对不对，且不论；但因此可以证明学生很有自动的精神，我们应该维持他们这种很好的自动精神。"他所要维持的青年学生的"自动精神"，就是许钦文所说的"国家民族的元气"，与"天下兴亡，匹夫有责"的传统是一脉相承的。

五四次年，蔡元培发表《洪水与猛兽》一文，将洪水比作新思潮，将专制政府比作野兽，并愤怒斥责："现在天津、北京的军人，受了要人的指使，乱打爱国的青年，岂不明明是猛兽的派头么？"正是出于为国家民族保护一脉元气的教育家的爱心，正是出于为爱国热诚伸张正气的爱国者的良知，尽管事先事后都不赞成采取学潮的方式，但青年学生身陷囹圄遭受迫害之时，蔡元培却演出了五四学潮中崇高悲壮的一幕，赢得了青年学生由衷的爱戴与崇敬。

三

后人不必因其营救学生的壮举，而不加分析地称颂蔡元培是支持五四学潮的；也不必因其历来不赞成学生动用学潮手段，而抹杀蔡元培在五四运动三个不同层面上的积极作用与巨大影响。

梁漱溟对蔡元培有一段中肯精当的评价:"核论蔡先生一生,没有什么其他成就,既不以某一种学问见长,亦无一桩事功表见。然而他成就之伟大,却又非寻常可比。这就是:他从思想学术上为国人开导出一新潮流,冲破了社会的旧习俗,推动了大局政治,为中国历史揭开了新的一页。"

"循思想自由原则,取兼容并包主义",无疑是蔡元培思想中最具光彩的精华;而出长北大使他有了实践这一思想的舞台。各种新思潮凭借着他经营的舞台雨后春笋般地应运而生,北大也因而成为五四新文化运动的摇篮。蔡元培对五四时代的最大贡献,就是他在北大的成功实践,促成了现代中国真正意义上的思想解放运动,在中国近现代思想史与教育史上竖起了一座无与伦比的丰碑。

"护持思想自由者,共拜先生德泽章",这是许寿裳献给蔡元培七十一岁贺诗中的两句。事实也确实如此。即以共产主义思想而言,中国共产党人就从蔡元培的"护持思想自由"中,受到了莫大的泽惠。罗章龙晚年回忆:"北大,在我国革命史上产生过不可磨灭的影响,也是我国最早学习和传播马克思主义,最早成立共产主义小组,也是我党建立初期党员最多之地。"或许如此,颇有论著与回忆录称蔡元培为"马克思主义者的盟友",但这却是谬托知己。

蔡元培对北大马克思主义研究的护持,完全是秉着他素所主张的"思想自由,兼容并包"的原则行事的,他没有也不可能把马克思主义作为一种政治的运动而给予保护,而只是将其当作一种学理、一种思想而留出一席之地。他在1933年还认为:"研究马克斯,不必即信仰马克斯。"至于马克思主义因此而传播,共产党人因此而壮大,是他始料所未及的,唐著《蔡传》认为,"甚至可以说与他本心相违的结果",确是实事求是之论。但共产党人从其倡导的"思想自由,兼容并包"中获益匪浅,却是不争的事实。

蔡元培在北大的实践，德泽遍及包括马克思主义者在内的整整一代青年与学者，他是五四新文化运动开一代风气的奠基人。正如梁漱溟在《纪念蔡元培先生》里所指出的："因其器局大，识见远，所以对主张不同，才品不同的种种人物，都能兼容并包，右援左引，盛极一时。后来其一种风气的开出，一大潮流的酿成，亦正孕育在此了。"在这点上，连李大钊、陈独秀、鲁迅与胡适都无法替代他的地位与作用。在某种意义上也许可以说，没有蔡元培，就不会有新北大；没有新北大，就不会有五四新文化运动；而没有五四新文化运动的启蒙与催发，五四爱国运动也许压根儿就不会爆发。因此，在五四爱国运动中，蔡元培虽不是正面出马冲锋陷阵的主将，却是造就与训练这支大军的导师与护法。

即便就狭义的五四爱国学潮而论，也可以作如此观。在"思想自由，兼容并包"的新文化运动的氛围下，北大学生一旦受到外患内忧的压迫与刺激，引发为爱国学潮，完全是题中应有之义。尽管这与蔡元培素不赞成以学潮来爱国的初衷相违背，但正是他的思想原则培育出了这批掀动学潮者，应了他"只有青年有信仰，也只有青年不怕死"的论断。这位历来反对学潮的大教育家，却成了五四爱国学潮的孕育者，这大概就是历史的吊诡之处。

本文原载《南方都市报》2009 年 5 月 3 日

也说晚清民国学术及其他

　　"思勉原创奖学术研讨会"主办方指派给我的任务，是评点葛兆光教授的发言。他的题目是《温故知新》，如果我的猜想不太离谱的话，他从事《中国思想史》写作时，就温故言，第一，当然要重温中国史上有名者或无名者的思想史料之"故"，采铜于山，这是人文学科原创的第一要件；第二，学界在他之前已有同类名著，所以也要温习前辈研究之"故"，才能找准自家的原创点。说到知新，我想，他的大著能够荣获"思勉原创奖"应该是评审专家对其原创性的肯定，用不到我再来饶舌。不过，我发现，他的发言没在这两点上现身说法，或许是那部大著的《导论》卷已有充分的阐述，自然也无须我来辞费。他的发言围绕着晚清民国学术与所谓国学，倒是说了许多高见，我只得临阵磨枪，活学活用，说点一孔之见。

　　先说晚清民国学术。拿出那一时期的学术来说事，与当下的学术当然是互为参照系的。葛兆光教授认为，人文学术的朝代间比赛，标准既不统一，排名也难作数。他从典范转移角度让关公战秦琼式的比武者闭嘴，大有四两拨千斤的巧劲。在他看来，晚清民国学术，发生了库恩所说的"范式革命"，借助新发现，做出新解释，成就新学问，完成了传统学术向现代学术的转型，不仅当下从事的学术仍在这一范式的延长线上，而且后来追加的新发现、新解释也都延续着晚清民国的路向，他在别处说及，即便他倡导"从周边看中国"，也"在追踪晚清民国前贤的足迹"。他没明说两个时代学术的高下优劣，也许怕一旦点明，会刺激朝代比武论战的某一方。但他的结论不言自明，我不仅赞同，还想进而说点人文学术朝代间比赛的标准。就人文学术而言，库恩"范式"论不失为硬指标：凡能创立范式者是大师，在大师所创范式引领下，在推进本学科研究上形成独特流派者是大家。倘若论战双方都认同这一量化标准，不妨各取一个等长时段，列出前后时段创立范式的大师，孰优孰劣是不难决出高下的。

再说所谓国学问题。葛兆光教授还是从业已转型的现代学术潮流（实际上就是新范式开创的路径与方向）出发，认为现在所谓回到"国学"，比起原先包融经史子集四部之学的传统学问还要狭窄，如此这般，岂非要让现代学术退回到晚清民国之前；倘若如此，现代学术所致力于"新知"的新材料、新问题、新方法与新解释，也都无从谈起。这一担忧，我同样心有戚戚焉。

然而，我还想指出的是，当下，对这两大论题的言说者来说，还有一个分辨其言说环境的问题；而言说环境又可以剖分为不同层次加以把握与玩味。

例如，在晚清民国学术与当代现今学术高下论中，就有言说者的个人语境，拿着本朝功劳簿者就会倾向今胜于昔，而抬出前朝万神殿者或许有拿不到本朝功劳簿的酸葡萄味。至于在言说者个人语境之外，隐身在争论双方背后，那种是今非古派与以古非今派之间不同群体的价值取向，也是不言自明的。

再如所谓国学问题，清末民初创立国学概念时，那是民族主义的语境；21 世纪初"国学热"再起时，则是呼唤人文传统重新回归的语境（在这一语境下，我也使用过"国学"概念，做过"国学"的讲演）；但"国学热"后，语境也随即转换，四五年前，我把曾经的讲稿收入学术随笔集时就特别强调："自那以后，'国学'大有被别有用意者劫持之意，这与我的初衷是大相径庭的。"至于现在，犹如葛兆光教授在别处所指出的，"国学不仅得到官方首肯，而且被列入体制作为学科，各地纷纷成立国学院"，显然又是另一番语境，这且不深论吧。

这里，我也要略说葛兆光教授的言说语境问题。他的发言电子稿是据其学术随笔集《余音》序文改写的，我把刊在今年第 11 期《书城》上的这篇文字找来，发现他对颁奖发言与序文发表时不同语境的斟酌拿捏还是颇费苦心的。即如讨论到晚清民国学术中"新范式"确立与旧学术转型的第三大关节时，序文提的是"自由环境"与"时局刺激"，对两者都作了相对肯定的论述，原文俱在，可以覆案。而在发言时，他把"自由环境"淡化为"学术环境"，尽管主旨不变，但缓冲了敏感性。序文说明，由于晚清民国"那个时代机缘凑合，时势催人，确实促成了人文学术的现代转型，也拓展了人文领域的知识扩张，更成就了一批至今还值得纪念的大学者"，而机缘时势里当然包括"自由环境"造成"丰富内涵和多元取向"。

葛兆光教授在研究或讨论晚清民国学术时，也免不了与当下学术作比较与反思。针对当下学界缺乏从容沉潜，充斥庸俗实用，他在几年前反思学术史时随口套用过一句话："这个学界会好吗？"他在那篇序文里承认，对这一问题，直到现在"也不知道答案是什么"。这一问，虽然不以钱学森之问高攀，也确实有点悲怆苍凉的。

以我的理解，也许葛兆光教授自己也比较纠结：一方面承认"时势比人强"，这也是他认为晚清民国学术大师辈出的时代原因（我个人以认为，就人文学科而言，大师时代已告结束，何时到来尚难预测）；另一方面，他秉持着学者的良知，依然执着地认为，不能坐等"时势"，而应保持"一种拥有自己的真理，不与流俗和光同尘，不事王侯高尚其事的精神"，以学术作为自己的使命，"也许，这个学界才能变好，现代的学术超越晚清民国时代才有可能"。我认为，倘若仍有学者秉持着这种精神，即使一时不能像晚清民国那样涌现出诸多开宗立派的大师，原创性大家终会代有人出，思勉原创奖也仍将后继有人的！

本文为作者在 2015 年 12 月 20 日第三届思勉
原创奖学术研讨会上的发言

也是历史

高考1977：不应该仅仅是感恩

《高考1977》正在热映，全国首映式就是在我所供职的上海师大举行的。那天，放映礼堂外的红地毯与大屏幕，校园主干道两侧密匝匝竖立着的主演照片，让我这个参与1977年高考的过来人，也不禁有点亢奋起来。其后，看了电影，也读了上海辞书出版社同步推出的同名小说。也许，比起观赏电影，文字阅读更有利于理性的思考。

去年至今，一直在鼓吹的主旋律，就是纪念改革开放三十周年，而《高考1977》无疑是彰显这一主旋律的高音符。诚如电影出品人在小说文本序言里所说，"被记忆着的东西往往会对后人产生启迪与感悟。1977年，中国发生了许多载入史册的事件，这些事件一直影响到今天，与今天的社会状况有着不能割舍的因果关系。"从这个意义上说，1977年高考是激动人心的，《高考1977》也够激动人心的。正是这场高考，揭开了三十年改革开放的序幕，因而把这个成千上万人的集体记忆说成"共和国的历史记忆"，也是理所当然的。

电影主创人员都是1977年高考的受益者，"内心有许多感恩，这种感恩之心不仅是整整一代人的集体记忆中的集体感情，而且涵盖了整整一个时代"（出品人语），也是人之常情。就个人而言，我也庆幸1977年高考对本人命运的改变。但是，倘若整部电影，只是停留在"感恩"的主题上，无形之中就会削弱作品的深刻度。而"感恩"正是电影主创者定下的基调，甚至上升到"感恩是一种责任"。于是，整个《高考1977》就成为"对一个民族的伟人，一个中国人民的儿子邓小平的感恩"；而在电影里，也许那些知青们还要感恩分场长老迟菩萨心肠下的公章放行。还是电影里强子在宣布绝食前说得正确，高考"不是谁的恩赐，更不是谁可以用自己的权力另搞一套的"。在正常的社会里，高考是每一个人应有的权利，在那个荒诞的年代里，它却被人"用自己的权力另搞一套"，硬生生给剥夺了。1977年高考，对我们这代人来说，不过是重新获得了原来就应该享有的权利。从根本上说，不存在什么感恩的问题，倒有必要进一步追究被剥夺高考十一年的损失到底该由谁来负责的问题。正如电影里陈甫德责问的那样："人生能有几个十一年?"因而，电影力图把感恩情绪塑造成当下的一种时代精神，值得深长思之。

社会民众在政治生活中的感恩思想，实际上是由来已久的臣民意识的一种历史积淀，对民主精神来说则是一种消解与腐蚀。它只会让广大民众在历劫无奈中，企盼大救星（在日常社会生活中，可能是清官；在国家政治生活中，可能是领袖）来解民于倒悬，然后对大救星三呼万岁，感恩戴德。我们的民族曾经因为感恩意识而付出过惨痛的代价，因而时至今日，政治上的感恩意识不应该再成为我们民族的时代精神，在文艺作品中也没必要主题先行地将其放大为"是一种责任"。

1977年高考，在充满苦难的"文革"知青史里堪称是终见亮色的尾章。在"文革"知青史研究中，有一种"苦难与风流"的流行说法：十年浩劫对知青所造成的苦难，也是一种财富，正是这些苦难才造就了类似1977年高考那样的风流。持这种说法者，都是1977年高考的受益者，现在大多是政府、商贸、学术、教育或传媒等各界精英，掌控着各种渠道的主流话语权。这种说法，若就他们个人而言，尽言不妨；倘若就被"十年浩劫"耽误的一整代人而言，未免把这段苦难的历程说得太轻飘飘，对铸就这段苦难的历史因缘未免太容易遗忘，则期期以为不可。对类似电影里小根宝那样"什么好事都轮不上"，只有苦难而没有风流，或者苦难过后仍没有风流的知青来说，倒不妨借用电影角色大声责问："他们犯了什么罪，违了什么法，十七八岁就背井离乡，大好年华的没书读！"遗憾的是，电影对于酿成这一悲剧（也就是造成"文革"，造成荒诞知青史）的历史原因，欲说还休，刻意回避，只是一味渲染感恩，致使这部电影在让全民族对这段历史的深刻反思上，远未达到《芙蓉镇》那样的深度。

电影主创人员通过角色之口强调，"恢复高考比高考本身伟大得多，因为恢复高考，使我们的民族重新恢复对知识的崇敬"。此话当然不差，但似乎还应补上一句，反思中断高考的深层动因也许比歌颂恢复高考的感恩心情更重要。只有这样，我们的民族才有可能永远杜绝灾难。好在艺术形象总是大于先行的主题，电影通过小根宝这一角色，代表那些没有可能考上大学的知青喊出了内心的抗议："像我们这样的人，还能有机会上大学吗？到底是谁，把我们逼到了这样的绝境呢？该谁为此负责呢？"

电影小说文本的序言指出："历史经常会记忆一些东西，但更多的是遗忘。"而从心理学角度分析，无论个体还是集体，记忆的选择与遗忘，都与这一个体或群体的价值取向有关。比如说，就个人而言，也许，刚愎的关羽活下来，只愿意奢谈过五关斩六将的辉煌，而不愿回顾走麦城的流血教训；就集体而言，德国人尽管痛苦与艰难，却还在不断回首自己那段扭曲的历史（最近获得奥斯卡大奖的《生死朗读》就是这种反思在电影艺术上的表现），而日本人则基本拒绝对侵华战争做"剥洋葱"式的回忆。

回到正题，记忆 1977 年高考，固然应该；但有意遗忘或刻意回避那场中断高考的文化劫难，就是绝不应该的。电影只把 1977 年高考转折性的结局呈现出来，就艺术创作而言无可非议。但从历史角度而言，人们就有必要进一步思考与追问，高考为什么会中断，而且为什么竟然会中断十一年之久？

最后，不妨重温这部电影《导演手记》的话："记忆是残酷的，记忆是温暖的，关键是你必须记忆。失去记忆的人是悲凉的，失去记忆的民族是悲怆的。"确实，我们的民族不应该失忆。而 1977 年高考，让整个民族记忆的，不应该只是温暖的历史性转折，而应该是残酷的全民族悲剧；不应该只是温情的感恩，而应该是沉重的反思！

本文原载《南方都市报·阅读周刊》2009 年 6 月 7 日

却顾所来径

——读《一个人的四十年：共和国学人回忆录》

在史学范畴里，四十年属于中时段。对一个人来说，若从成人算起，四十年恰与其实现人生价值的精华时段相契合；对一个国家来说，这一中时段也足以审视其终始之间发生了多大的时代差异与历史变动。这是我翻开《一个人的四十年：共和国学人回忆录》（叶祝弟主编，北京三联书店 2019 年版；下称《四十年》，引文仅标页码）时最先的浮想，随即便想起有相似书名的那本《一百个人的十年》，两个时段恰是衔接的。正如有学者所说："什么时候也不能否定 70 年代末开始的改革开放，因为那是一个使中国由特殊时期回归正常的时刻。"（页 706），也许读了《十年》，更能掂量《四十年》的价值。

主编交代了编纂缘起：2018 年上距有"中国改革元年"之称的 1978 年恰逢四十周年，《探索与争鸣》编辑部推出了"激荡：一个人的四十年"专栏，邀请近 70 位学界名家回顾这四十年，便有了这部回忆录的结集与出版。作者中不乏我过从的师友，阅读起来更觉亲切。读毕全书，我试从历史学者的视角略作评介。

一、立此存照的学术档案

《四十年》的作者大体包括两代学人，一类是改革之初已在学界但声名未著的中生代学人，一类是那年起步伊始的原新生代学人。他们回忆所及几乎涵盖了人文社会界的主要学科；回忆的对象涉及四代学人，既有四十年间先后辞世的两代前辈大家，也有后来先后成为学界领军或主将的上述两代作者。

当改革大闸开启之际，冯友兰、张岱年、费孝通与施蛰存等都已"烈士暮年"。冯友兰完成了《中国哲学史新编》最后一卷，为自己画上了学术的终止符；施蛰存犹如出土文物重返学界，自称"拼老命"地"一鼓作气"（页224），谱就了学术的《黄昏颂》。冯契、王元化、陈旭麓、石泉、萧萐父、蒋孔阳等大家较之前几位年齿略低，多在这一期间完成了传世的代表作，在学术范式与法乳传承上双双引领了学科走向。这两代已故大家大致生在20世纪20年代前，虽未能留下改革岁月的珍贵回忆，却由亲炙传人或至亲好友掇拾了晚年风采。郭齐勇追忆萧萐父在特殊高压下与他结下的超出一般师生的感情，读来令人动容；濮之珍对丈夫蒋孔阳的学术回忆，读来倍感真实。

《四十年》里有多位作者出生在20世纪30年代，樊锦诗应该最具代表性。她不仅追忆了前任院长常书鸿与段文杰对敦煌学的执着坚守，也回顾了自己接棒"莫高精神"后开创数字化敦煌的一路风尘，口述低调朴实，内涵却传神感人。这代学人大多在改革潮起后才著书立说而蜚声学界的。更多的作者是踏着改革元年起跑线，通过恢复高考才进入专业的，整个学术生涯与改革同步开始，而后"好风凭借力"，成长为人文社科界的标志性人物。他们中绝大多数都自述学问人生，也有的在追怀师长时兼述自己的成长之路。尽管有代际差异，但"把损失的时间夺回来"，却是这两代学人的共同心声与行事动力。

不少学人参与了改革过程中学术界的重大活动，他们的回忆不啻是相关学科史的开天遗事。其中，赵修义回放了现代西方哲学研究中三次开局性的全国讨论会，高放还原了国际共运史学界思想解放的早期历程，顾明远回顾了教育学专业学位的建立与进展，朱立元追溯了新实践美学的崛起与流变，乐黛云与王宁回望了比较文学的发展轨迹。《四十年》里无论自述学术路径，还是撷取学科史的吉光片羽，都能感受到改革的脉动。费孝通迎来了晚年学术的新高峰期，许多创见"跟这种改革开放的大背景及其发展成就无法真正地分割开来"（页 244）；何勤华回忆北大法律系 1977 级，则是改革开放的中国"开始社会主义法治建设历程的象征性符号"（页 98）。

上述四代学人，多是主编赞誉的"当今学界执牛耳者"（页 974），他们或琐忆前辈轶事，或自述生平学案，必为后人撰述学人传记所取资；他们对学科往事与学界大师的忆述，必然成为学科史的珍闻实录；而学人、学科与改革潮的互动记录，也将进入改革开放史的库存珍档。这是《四十年》重要价值之一。

二、复盘路径的时代信史

《四十年》里的几代学人都赶上了大时代：当年的中生代感慨，"在不惑之年才真正迎来了学术和人生的黄金时期"（页 981）；当年的新生代承认，"自己的学术生涯几乎与之是同步开始的"（页 685）。唯其如此，时隔四十年，由经历全程的这批学人来复盘这场变革的轨辙，显然更具现场感与征信度。

在《四十年》里，沈宝祥分享了 1978 年初春开始的"真理标准问题"大讨论。这场大讨论迎来了思想解放的春天，并以《关于建国以来党的若干历史问题的决议》公布为标志，宣告了"在指导思想上拨乱反正任务的基本完成"（页 18），其后"每一项重大改革，都是以思想解放为前导"（页 21）。这场思想解放运动"不仅在实践方面赢得了广泛成果，而且在哲学社会科学方面产生了意义深远的影响"，从而"展现出一种生气勃勃的开放进取的姿态"（页 606）。

思想解放运动摧毁了"两个凡是"的思想禁锢，在很大空间上释放了思想市场。《四十年》的作者们从个人经历与不同视角盘点了思想解放是如何催发学术思想界烂漫春色的。

其一，历史反思推动思想创新。回首当年，思想市场一旦开放，历史反思与思想创新接踵而来。仅据《四十年》述及的荦荦大者，就有思想界关于人道主义与异化问题的争论，哲学界对现代西方哲学研究的解冻，史学界对封建专制主义的批判，国际共运史界对"个人迷信"的反思，文学界"伤痕文学"的兴起与人性的再探讨。以笔者熟悉的史学界为例，自 1978 年起十年间，沪上史家陈旭麓与谢天佑都在反思那段特殊的历史，前者的内心独白载入了《浮想录》，"几乎涵盖了民族反思大潮所涉及的所有重要层面"（页 291）；后者将反思"不断撰文批判封建专制主义，笔笔带血，隐有忧虑"（页 367）。思想解放迎来了思想创新。许多学人创立了自己的新理论、新思想、新学说，费孝通的"中华民族多元一体"论与"迈向人民的人类学"，陈旭麓的"近代中国社会的新陈代谢"论，冯契的"智慧说"，张立文的"和合学"，胡守钧的"社会共生论"等，都只是四代学人的主要例证而已。

其二，学术研究介入改革进程。尽管历经磨难，几代学人仍保持着传统知识分子"以天下为己任"的家国情怀，并将其融入自己的学术人生。20 世纪 80 年代初，邓伟志敢闯雷区，连发"邓氏三论"，触及干部特权、官本位与学术禁区等硬核问题，自号"邓争议"，却获得了"高层赞赏"（页 35）。陆南泉自 1978 年起即投身苏东国家体制改革的研究，总结出"苏联不断丧失改革机遇，问题日积月累，最后积重难返"的历史教训（页 464），如其所说，他"研究苏联、俄罗斯的改革，心里想的是中国的改革"（页 469）。朱林兴回忆了 1984 年"全国首届中青年经济工作者研讨会"的背景、过程、内容与影响，这次会议后来被称为"莫干山会议"，既是"经济改革思想史开创性事件"，中青年经济学人集体发声则"成为十二届三中全会的智力支持"，"有力地推进了改革开放步伐"（页 171）。当然，政治学、经济学、社会学与法学等社会科学的学人，有可能因缘际会"直接参与了一些重要政策的'改革'，对于人文学者来说，更重要的可能是'开放'所带来的思想变化"（页 577），犹如施蛰存所说，"文史哲学者是一个时代的文化精神之所寄"（页 218），他们以重建人文精神为学术使命，为大变革贡献了核心价值观。

其三，两大热潮寄寓未来期许。沐浴着思想解放的强劲春风，面对沛然而至的改革大潮，几代学人无不痛感"我们的知识结构很有缺陷"（页 125），伴随着多方面、深层次的反思，"文化问题成为大家共同关心的聚焦点"（页 597）。20 世纪 80 年代应运而生的学术热与文化热"打开的是对中国未来的期许和想象"（页 109）。在两大热潮中，"走向未来丛书"编委会、"文化：中国与世界丛书"编委会与"中国文化书院"相继问世，成为引领当年学术热与文化热的三大文化团体，乐黛云、刘东与陈卫平等对此都有忆述。创立文化书院作为"体制外的大学"（页 110），与丛书编委会的制度文化一起促成了"很有创意的制度变通，也相当贴合当时思想渐趋解放的国情"（页

121）。这在今天看来，几近天方夜谭。

其四，走向世界促成全球视野。随着国门的打开与思想的解放，人文社科学界也开始与世界进行多元交流，掀起了新一波对外学习的高潮，西学热与出国潮构成其具体表现。《四十年》里有多位学人回忆了个人留学、访学与讲学的海外见闻。无论出国与否，几代学人都迫不及待地吮吸新知，感受新潮，在弥补自身知识缺陷的同时，争相将海外最新的学术成果与理论思潮译介到国内学界。有学人这样描述："在久久封闭之后，西风西潮迅速涌入，我们一开始大都是如饥似渴地吸收、学习，然后才有如何自立，如何在自身文化传统和现实社会地基础上发展的考虑。"（页 577）在中国学术重归世界学术的进程中，学人们坚定了一个共识：为了重新融入世界与定位中国，必须"有一个全球的视野，包括中国在内的全球视野"（页 114）；只有如此，才能在国家关系与科学文化上双双实现中国与世界的真正对话。

相对说来，《四十年》更多回忆了前十年，其原因或如有的学人所说："后来的进步是这十年的惯性发展，后来的迟滞则是这十年前思想惯性的残留。作为一个过来人，当我们述说'80 年代'时，心底里的那份感动与悲怆是后来人很难体味和理解的。"（页 718）回望四十年风雨兼程，无论对学人，还是对国家，都不是一马平川。诚如《代后记》所说，"其中不仅有崇高的叙事、恢宏的体系、理论的建构，还有刻骨铭心的瞬间、饱经风霜的皱纹以及一个个五味杂陈的表情"（页 973）。《四十年》里对此也有涉及。有的学人自述自己的法律生涯"与改革开放以及法治发展紧密相连"，其中"既有无数令人激动的时刻，也有诸多惆怅和遗憾"（页 87）。然而，无论凯歌猛进的激动，还是九曲回澜的波折，都是无可否认的所来之径，学人们秉持良知的理性复盘，足以构成改革开放的一代信史，这也是《四十年》另一层重要价值。

三、鉴往知来的思想智库

史家章学诚认为，"史家之书，非徒纪事，亦以明道"，他所谓的纪事即"欲往事之不忘"，所谓的明道即"欲来者之兴起"。《四十年》里也时有类似的见解："历史虽然是记录过去，却能感悟未来"（页476）。王家范先生指出："学问家唯有透过社会前进的曲折历程，才能不断改善自己的认知，拷问世界也拷问自己。"（页370）改革开放已过"不惑之年"，但较之"改革元年"，当前国内外政治经济环境变得异常错综复杂。李白游终南山诗云："却顾所来径，苍苍横翠微。"作为一代学者与思者，学人们"却顾所来径"时，也清晰记得苍苍翠微下"走过了一条怎么样的崎岖小道"（代后记语），从而思考改革之路下一步应该怎么走。这种思考主要集中在两个层面。

一是对今后中国学术之路的思考。何怀宏期待思想界应有"独立于权力、资本和大众"的独立思考，他将其解释为"内部的独立"，"即尽可能地独立于各种思想学术流派，包括独立于中西思想学术之间来进行思考；即应当总是尽力以探求真知、真理、真相为目的，而不受派别、国别和文化地域的过分影响"（页571）。乐黛云企望比较文学界应该"有自己的理论，有自己的主张，而且有自己的实践"（页118）。但进行"独立的思考"也好，创立"自己的理论"也好，关键在于坚持思想解放决不能动摇。

二是对今后改革开放之路的思考。关于深化改革，陆南泉呼吁，"我国不论经济体制还是政治体制都有待进一步完善，改革需要进一步深化，绝不能停顿，更不能倒退"（页474）。关于法治建设，何勤华预期："中国法治建设的路途十分遥远，过程中也会充满曲折和磨难，但中国法治的进步将是不以人的意志为转移的客观规律。"（页99）关于文化取向，邓晓芒强调："任何一种文化都只有建立在自我否定、自我批判的基点上，努力吸收异种文化的要素，才是有生命力的。"（页588）刘东说得略见圆融："我不赞成完全沿着西方的意识形态走，那只是对于欧洲历史经验的理论总结，但我也不赞成完全排斥西方的理论，因为这只会让我们的头脑更加简陋。"（页127）关于国际关系，田国强直言有的学者提出所谓"全面超越论"等，"在国内外造成了很大的负面影响，中美关系近些年恶化，美国否定中国市场经济地位，不能说和这些论调没有关系"（页967）；俞可平提醒，"国内的媒体总是引导舆论把原因归结为西方国家对中国崛起的惧怕和抑制，我不否认有这方面的原因，但我认为我们也应该从自身找找原因"（页193）。由此涉及科学决策，刘吉重申，"领导一定要倾听专家的意见，第二领导一定要倾听专家的不同意见。我们老祖宗告诉我们，兼听则明，偏听则暗。这是非常正确的"（页186）；穆光宗也主张"解放思想，多元共存，哪怕激烈碰撞，都是兼听则明、科学决策的必要前提"（页900）。

诸如此类位卑忧国的思考与披肝沥胆的诤言，《四十年》里每个学人几乎都有所表达。他们的共识可以归结两点：一是"我们要克服的问题还很多，有的甚至还是相当顽固和致命的，然而空前的'危'和'机'，毕竟是并存的"（页138）；二是"中国一定不能再折腾回去，重走那条老路"（页971）。我们期望，这些鉴往知来的深刻思考，不应该是束之高阁而仅供未来检索的思想档案，而能成为推动今后进一步改革的思想智库。这才是对那段历史的最好纪念，也是这部回忆录的意义所在。

最后有个建议，鉴于这部回忆录作者仅限人文社科学界的学人，倘若在科学技术界与文学艺术界也能各编一部《四十年》，构成一个序列，那将是极有历史价值的。

本文原载《中国图书评论》2020 年第 7 期

从书斋名说起

几年前，承蒙某晚报副刊的厚意，让我取个栏名，写点东西。踌躇了一下，就叫"三声楼读记"。但"必也正名乎"，总得说些理由。这里就拿那篇开场白权为代序。

读书人爱给书房取个雅名，其风盛自宋代。刘禹锡有《陋室铭》，说其中"可以调素琴，阅金经"，金经是泥金写的佛经，这陋室应是他的书房。但"陋室"即简陋的房室，并非书斋别称，可见自名书斋，至少中晚唐还不风行。但及至南宋，徐光溥已编了一本《自号录》，专录宋代士大夫的自号，"亦可以品量其器业之宏狭"。其"斋""庵""轩""寮"等类别中，多是书斋名，著名的有米芾"宝晋斋"，朱熹"晦庵"，辛弃疾"稼轩"。

"三声楼"也算我的书斋名吧。五十年前，我正读初中，课余借了一册《燕山夜话》看，有篇《事事关心》介绍顾宪成写的对联，认为"表示了东林党人在政治上的抱负"。这副对联，我特别喜欢而过目不忘："风声、雨声、读书声，声声入耳；家事、国事、天下事，事事关心。"不料两三年后，姚文元发表《评"三家村"》，《燕山夜话》被定为"最刻毒的借古讽今、反党反社会主义的言论"。《事事关心》也遭批判："东林党是明代地主阶级内部的'反对派'，邓拓这么欣赏'东林党人在政治上的抱负'，是因为'反对派'引起了他内心的共鸣。"对当时说邓拓"反党反社会主义"，作为中学生还难有洞见，却觉得对联倡导关心国事、天下事并没有错，伟大领袖还教导"要关心国家大事，要把无产阶级文化大革命进行到底"呢！

"文革"期间，没去广阔天地接受再教育，待在城里吃干饭。家里有个小阁楼，老上海弄堂常见那种，算是我的起居室。搁架上有限的几本书，就是全部精神食粮。20世纪70年代初，我为这个"一丈多方，三尺来高，欲立碰头"的空间，取了个"一心三声楼"的雅称，还请同窗篆了方印。"三声"即"风声、雨声、读书声"，"一心"即"家事、国事、天下事"关乎一心。"文革"期间，我竟然还念兹在兹这副对联，足见其"流毒"之深。

"文革"过后，读到邓拓诗词，才知他对这副名联情有独钟。1960年，他有《过东林书院》诗云："东林讲学继龟山，事事关心天地间。"《事事关心》写在次年八九月间，应是继这首诗有感再发的。该文之后，他在两年后赠友人诗里又说："当年风雨读书声，血火文章意不平。"显然仍用"风声雨声读书声"之典。对联倡导而邓拓推崇的，正是自古以来中国士大夫以天下为己任的精神。

1999年，我到无锡讲课，特地去了趟东林书院。北宋学者杨时（号龟山）创始的这座书院，明末因东林党人讲学论政而声名大著。暮秋夕阳里，只有我一个凭吊客，踟蹰在修葺一新的讲堂、园林间，在依庸堂里见到了那副名联。想到东林党人的命运，也想到邓拓的遭遇，还回味了自己与这副名联的因缘，在归途写了四句诗：

> 先贤胜迹独追寻，家国文章天下心。
> 踯躅沉思斜照里，明朝犹许党东林。

进入新世纪，我也迁居高楼，比起那小阁楼，读书环境已今非昔比。今年，另一位治印的友人要为我刻书斋印，盛情难却，沉吟一下，还是让他另刻了一方"一心三声楼"印。我想，时代尽管变易，读书人总该有点"家国文章天下心"的情怀吧！

最后说说"读记"。此处"读记"，并非《太平御览》卷六〇八引《博物志》所说"圣人制作曰经，贤者著述曰记，曰章句，曰解，曰论，曰读"的意思。那种"读"与"记"，都是贤者学习圣人经典的读后感。我的"读记"，用意直白，即"阅读"与"笔记"两个动词的合成，也就是将阅读的感兴记录下来，如此而已。当然，阅读的对象是广义的，不妨读书，读史，读人，读世；记下的内容不拘一格，可以是关乎家国的时评，或许是兼及文史的小品，也不妨是一得之见的书话。

引完那篇开场白，作为书的自序，总还少点什么。且据目录，向读者交代一下分辑吧。

前年出过一册随笔书评集，题为《从陈桥到厓山》，都是关于宋史的；故而这册《三声楼读记》，除一篇漏网之鱼，多非宋代话题。第一辑名曰"帝阙斜影"，"帝阙"原来是皇帝居住的皇城门，也不妨借指君主专政。有一张旧照令我过目难忘：一尊狰狞的石狮蹲踞在画面中央，背后是黄昏紫禁城巍峨宫阙的斜长阴影，压抑而森严。这辑重心旨在批判君主专制集权，"斜影"云云，即如开篇揭示：皇帝与皇权，自秦以来，不啻是中国历史的沉重遗产。第二辑名曰"前贤遗籁"，主角为近代以前名人，撷取他们的流风遗韵；有几篇原为某杂志"祭葬名篇"栏目而作，所以偶也谈点文章作法之类，这里一仍其旧。第三辑名曰"学人謦欬"，对象换成现当代的学者，既有吕思勉这样的大师，也有柳亚子、姚鹓雏、钱春绮这样的文人，更有我有幸亲炙的受业之师；摹绘之法一如上辑，不一定取其全貌，有的只勾勒某一侧影，但都有可圈可点处。第四辑名曰"涛声隔岸"，主题涉及中日关系（主要侧重于文化层面），既有皕宋楼与静嘉堂的百年对话，也有内藤湖南与顾廷龙在对方国度的深度游历，有几篇还是我的日本游记或观感，殿以一篇学术对话，聚焦新天下秩序与民族主义下以中日为中心的东亚关系，带点理性反思的味道。第五辑名曰"书味会心"，纯然读书偶得或著书有感，或自述阅读史，或为前哲时贤著述所作的书评。最后那篇《打油诗话》，文体是游戏的，意思是认真的。"风声、雨声、读书声"，毕竟是交响耳畔而萦绕心际的！

本文为《三声楼读记》（广东人民出版社 2018 年版）代序

我为什么研究宋代台谏制度

新版《宋代台谏制度研究》付印在即，按例应有一篇自序。此书出过三版，在初版后记、增订本自序与三版题记里，我分别交代过相关情况，借此机会进一步回顾与这册小书有关的一些问题。

一

作为恢复高考后的首届大学生，我是 1978 年初春进入上海师范学院（现上海师范大学前身）历史系学习的。我曾回忆过当初填志愿时的纠结：

> 究竟报中文专业去学古典文学，还是报历史专业去学中国历史，颇踌躇犹豫了一番。但是，亲身经历了"文化大革命"的折腾，连大哥的命也搭了进去，渴求对中国历史的深入反思，明显压倒了对古典文学的浓厚兴趣，终于决定报考历史专业。（《古今多少事·自序》）

追溯我的学术生涯，与改革开放几乎是同时起步的。在就读专业之际，我就决心以史学作为毕生的志业，而当年改革形势必然投射进我们这代人的学术人生。我曾追述过这种影响：

> 作为恢复高考后的首届大学生，尤其是文科的学生，对专业学习如饥似渴的投入，与对国家命运切肤之痛的反思，两者在付出上几乎是难分轩轾的，在思考上也往往是融为一体的，尤其像历史专业的大学生。历史上中国专制传统的沉重包袱，现实中科学民主自由的再启蒙，都成为我们在课堂里与饭桌上热议的话题。（《那些个旧作旧刊与旧事》，载《敬畏历史》）

记得刚入校不久，"真理标准问题"的大讨论吹皱一池春水。正是这场大讨论迎来了思想解放的春天，并以 1981 年公布《关于建国以来党的若干历史问题的决议》而一锤定音，标志着指导思想上拨乱反正的基本完成。思想解放运动摧毁了"两个凡是"的紧箍咒，在很大空间上释放了思想市场。思想市场一旦开放，历史反思便不断深化。举其荦荦大者，思想界有人道主义与异化问题的争论，哲学界有现代西方哲学的解冻与研究，史学界有对君主专制主义的批判，国际共运史界有对"个人迷信"的反思，文学界有"伤痕文学"的兴起与人性的再探讨。思想解放迎来了学术创新。尽管历经坎坷，好几代学人依然保持着"位卑未敢忘忧国"的家国情怀，各自探索新理论、新思想与新学说，不同程度地汇入了时代的洪流。

再说回我。1982 年毕业留校，两年后继续攻读研究生，这本著作的雏形就是我的硕士论文。从初涉专业到写出论稿，恰是我从而立到不惑的十年，而这十年也是中国改革开放令人最欢欣鼓舞的十年。尽管偶有料峭的倒春寒，但总体说来，举国上下似乎普遍洋溢着对未来的乐观期待。

这一期间，人文学界至少同时共存着 20 世纪一二十年代、二三

十年代、三四十年代与四五十年代出生的四代学人。一位 60 年代初
出生的学者自称是"政治化的一代"。实际上，只要涉足 20 世纪下半
叶中国人文学科的场域，包括上文说到的四代学人，无论追随政治潮
流（例如"梁效"与"罗思鼎"）还是拒斥政治潮流（例如陈寅恪
与顾准），都不妨视之为"政治化的一代"。

　　至于我，小学阶段就记得教育方针是"必须为无产阶级政治服
务，必须同生产劳动相结合"。1966 年，高中刚读一年，就开始了
"艰难探索"的十年，伟大领袖那年号召"你们要关心国家大事，要
把无产阶级文化大革命进行到底"，至今记忆犹新。在"政治挂帅"
的年代里，即便你想回避政治，政治仍会上门来找你。凡是从那个年
代过来的人，对此都应该感同身受的。恰在世界观形成时期，灌输进
"为政治服务"的理念与"关心国家大事"的习性，潜移默化地形塑
了像我这样"政治化的一代"。这也是无可否认的。好在经过改革开
放初期的思想解放，这种"政治化"的现实关怀已经位移到理性反思
的基石之上。就像王家范先生在为小书作序时说的那样：

　　　　在初历阅世更事的年龄段上，"沐浴"于一场感慨系之的
　　"历史运动"，也不是毫无所得。由此而获取的社会体验，很难真
　　正从书本上读得。假如不是因此而特别感受中国问题的刺激，假
　　若不是因此而特别期盼中国问题的解决，或许我们都会甘心做
　　"两足书柜"，满足于"考据饾饤之学"，不可能有今日那种以生
　　命注入史学的痴情，欲以史学而托出义理的追求。

　　他肯定我"以史学而托出义理的追求"，当然只是前辈的揄扬，
但犹如我在初版后记里借用克罗齐的论述自道作意说："被称为非当
代史的历史也是从生活中涌现出来的，因为，显而易见，只有现在生

活中的兴趣方能使人去研究过去的事实。"在读研以前，我已写过几篇宋史论文，对基本史料也有大体的把握，宋代台谏官僚圈在中枢权力结构中的特殊地位、重要作用及其盛衰成败曾引起我莫大的兴趣与强烈的关注。我之所以研究宋代台谏制度，与究诘在那十年里最高权力为何失去最起码的制度约束，思索怎样才能在制度设计上有效防范类似局面再次发生，显然都是密切相关的。

在当年改革大潮中，政治学、经济学、社会学与法学等社会科学的少数学者，甚至参与了国家政策的某些改革活动。而人文学者的学术使命，主要关注于重建一个时代的人文精神。作为起步伊始的历史学人，当然深知个人的微不足道，但仍期望以自己的研究为这个大时代呈献上自己的深思。说到底，这还是"政治化的一代"在其学术人生中无计回避的磁场效应。

拉杂说这些，对读其书而知其世，或许能勾勒出大致的背景。

二

读研那几年是我最用心的岁月，在史料掌握上如此，在史法探索上如此，在史识砥砺上也是如此。

我对宋代台谏制度的研究兴趣，固然由现实生活而触发催生，也希望借此能为现实问题贡献一得之见。在我看来，历史与现实的联系，可以采取两种路向：一是从历史到现实的取径，即以严谨的史学方法对某个历史问题做出本质的认识，取得成果，为现实提供镜鉴与启示；一是从现实到历史的取径，即从现实社会中领悟到必须重温历史上与之近似的某个问题，转而深化对那一历史问题的再认识。当然，这两种路向往往你中有我，我中有你。即以我选择宋代台谏制度这一课题而言，就处于无法割裂的互动状态中。对现实政治中权力必须制衡的关注，引导我有意识地去重新检讨宋代的历史资源；而对宋代中枢权力制衡的剖析，又促使我深层次地去探寻现实政治的症结所在。

台谏制度研究属于中国政治制度史的范畴。倘以理想的范式而言，正如王家范先生说的那样，"以历史学的本色，透出政治学的底蕴"；在研究理路上，当然应该借助政治学的路径，但基本方法仍然必须严格信守历史学的规范。差可告慰的是，在开启研究前，我已具备了充分自觉的学术理性。首先，无论采取何种取径，都必须坚持把历史的东西还给历史，坚持历史事实的真实性。其次，在研究的全过程中，必须尽最大可能恪守价值中立原则，不与现实生活牵强附会，由此获得对历史的本质认识，转而为现实的关怀展示历史的启悟。总之，既不能专注政治学的底蕴而背离历史学的本色，更不能注重"经世致用"的追求而重蹈"影射史学"的覆辙。

历史学的根基是对史料的广泛搜辑与深刻解读。围绕着这一课题，我把宋代有关史料应读的全部读过，应查的尽数查过。历史研究是历史资料与史家思想的有机结合，研究者必须尽可能真实地还原历史过程，然后对建构起来的历史过程给出合理的解释。历史学的学科特点，既应有其叙事性的层面，更应有其解释性的层面，两者缺一不可。大致说来，对于同一课题，搜集史料，复原实相，尚具有相对的客观性。基于对史料的全面占有与深入研判，我对宋代台谏系统进行了真实可信的制度复原，这属于对史料排比梳理的叙事性层面。但仅此是远远不够的，还必须对借助史料建构起来的宋代台谏系统做出总体性阐释，这是史学研究中更为关键的解释性层面。台谏制度属于监察制度的范畴，对中国古代监察制度的阐释与评价，有的学者更多地关注其对君主专制的限制与削弱，有的学者则主要聚焦在君主专制对监察制度的干预与破坏方面，足见这种总体解释显然不可能是绝对单一的。这是因为，历史的解释无可避免地凸显出研究者独有的思想视角与价值观念。

史家的当代意识必须建基于史料构建的历史实相，同时又来自社会现实的感悟兴发，这就必须在历史与现实之间把握好合理的张力。就台谏制度研究而言，首先必须在制度复原上求真坐实，同时又要凭借对社会现实的历史通感去探究这一制度在历史上的功过成败与是非得失。唯有这样，才能在历史与现实之间看似不可逾越的雷池鸿沟上架起沟通的桥梁，实现"一切历史都是当代史"的成功转换，庶几成为"有意义之史学"（陈垣语）。

这些，大体上就是我在研究宋代台谏制度时努力遵循的史法与史识。

三

从大历史的视野来看，自 19 世纪中叶以来，中国就进入了古代君主专制向现代民主政治的历史大转型之中。对这一历史转型，美籍华裔史家唐德刚在 20 世纪末提倡著名的"历史三峡论"，他曾大胆预判："再过四五十年，至下一世纪中叶，我们这一历史转型就可结束。"从大趋势来说，现代中国的历史转型恰似滚滚长江东流水，顺之者昌，逆之者亡；但具体而言，在某段水域出现某种曲折与回澜，也有必要考虑在内。我在《敬畏历史·自序》里说过：

> 以往历史理论一味强调历史是持续进步的。这种历史观让人们对历史进程抱着一种盲目乐观的单向思维，既不符合逆向思维

的思想方法，也会对可能出现的历史逆流放松警觉性，削弱人在历史参与中的选择性。在这点上，我对陈寅恪先生所说，"五十年来，如车轮之逆转，似有合于所谓退化论之说者"，深怀一种同情的理解。他要破除的，正是所谓历史总是进步的决定论。

从长时段来看，既然中国历史的现代转型未必总是呈现线性直行的态势，现代中国的权力制约之路也决不会一马平川。在小书大序里，王家范先生指出："人类的历史原本就是不断试错的历史。古往今来哪有不犯错误的民族？痛自改辙，旧邦维新，惟大智大勇方能为之。"不言而喻，在现代中国的权力制约上也同样应该容许试错。在论及宋代权力制约时，他还提醒：台谏系统"毕竟被关在君主制的鸟笼里，长不大，飞不高，种种变态走形原在预料之中"。宋代历史已经交出了试错的终极答案，这是时代的局限与历史的命运，也是留给后代在推动权力制约进程时的可贵殷鉴。

由君主制的鸟笼，联想到近年以来的流行说法，那就是"把权力关进笼子里"。宋代的试错也为这一说法留下了系列思考题：那个关权力的笼子由谁来打造？由谁来决定将怎样的权力关进笼子里？权力关进笼子后，锁钥究竟由谁来掌控？倘若这些理应互相制约的决定权都来自同一源头，将会导致哪种可预见的结果？

回望20世纪80年代，在经济体制改革高歌猛进的形势下，上至国家最高领导人，下至普通知识分子，都曾经思索政治体制改革的可行性。1986年，被国人誉为"改革开放总设计师"的邓小平"越来越感到进行政治体制改革的必要性和紧迫性"，他曾多次指出：

> 我们提出改革时，就包括政治体制改革。现在经济体制改革每前进一步，都深深感到政治体制改革的必要性。不改政治体

制，就不能保障经济体制改革的成果，不能使经济体制改革继续前进，就会阻碍生产力的发展，阻碍四个现代化的实现。(《关于政治体制改革问题》，《邓小平文选》第 3 卷，人民出版社 1993 年版，第 177 页)

纯属年份的巧合，我的《宋代台谏制度研究》选题恰也确定于 1986 年。现在这样追述，绝非攀附两者之间有什么直接的关联，但也不能绝对排除大环境的间接影响。作为一个普通的史学从业者，当时之所以选择这一课题，无非真情实意地祈望为现代中国的权力制约之路提交一份历史的借鉴与启示。而聊以自我定位的却是契诃夫那个有名的譬喻："世界上有大狗，也有小狗，小狗不该因为大狗的存在而心慌意乱。所有的狗都应该叫……就让它们各自用上帝给它的声音叫好了。"我只想叫出小狗的声音。现在回头来看，这样的叫声压根儿微澜不起。这也让我想起王明珂说的另一个譬喻：

> 如在一个夏夜，荷塘边有许多不同品种的青蛙争鸣。不久我们会被一个声音吸引，一个规律宏亮的声音，那便是"典范历史"；被忽略、压抑的其他蛙鸣，便是"边缘历史"。(《反思史学与史学反思》卷首题记)

在历史的众声喧哗中，我的初稿与小书充其量只是池塘边缘被忽略的那一声蛙鸣。但蛙鸣也罢，狗叫也好，我以自己的声音已经鸣叫过了，如斯而已。

催生这册书稿的 20 世纪 80 年代，距今将近四十年，说长不长，说短也不短，称得上一个中时段。"四十年来家国"，不禁令人感慨系之。回首 1978 年以后的十年，改革开放的大潮将中国的现代转型推入了新时期，但诚如一位同代的学人所说："后来的进步是这十年的惯性发展，后来的迟滞则是这十年前思想惯性的残留。"（张福贵：《改革开放就是人的解放》，《一个人的四十年》，三联书店 2019 年版，第 718 页）时至今日，倘若有谁发心盘点现代中国在权力制约之路上进展如何，这册小书所提示的结论或许仍然有其尚未过时的参照价值。

今年恰是《宋代台谏制度研究》初版二十周年，由衷感谢上海人民出版社将其列入我个人的著作集，我敝帚自珍地视之为决定版。

本文为《宋代台谏制度研究》（上海人民出版社 2021 年版）自序

这也是一段历史

——读新版《历史是什么?》

　　商务印书馆新出了 E. H. 卡尔的《历史是什么?》,收在汉译世界学术名著丛书中,在读书界,这套丛书是有口皆碑的名著名译。译者陈恒先生送了我一本,我致谢说,这本小书,当年可是我们这一代人接受西方史学理论的启蒙读物。

　　这话绝不夸张。卡尔这本书,1981 年的初版,也是由商务印书馆出的,译者为吴柱存。那时国门乍开,正是恢复高考后第一、二届大学生如饥似渴吞食各种理论,吮吸各种知识的当口。我有一个同学,竟像饥饿者抢烧饼那样,一气买了四五本,捧回来分送给同好疗饥解馋。我就是在那种氛围下,读完这本书的,记得当时还做了笔记。这是窗牖初启后,当代西方史学理论的阳光,照射在我们这一代身上的第一缕晨曦。克罗齐那本《历史学的理论和实际》的中译本,要到次年才问世。尽管打那以后,那句"一切历史都是当代史"的名言,成为学史者风靡一时的口头禅,但至少在 1981 年,在学历史的大学生与青年学人中最叫座的还是卡尔的这本书。

　　收到新译本后,我翻箱倒柜试图找出当年的笔记,却遍索不得,有点怅然若失。而后再在自己的书架上寻旧译本,竟然也不知踪影,却找到了一本岩波书店的日译本,是那种小小的文库本。我清楚记得,那是在初读此书的十余年后,20 世纪 90 年代,我访学日本时从神田的旧书肆里买来的。当时重睹此书，就仿佛不经意间在异国他乡邂逅了一向心仪的旧情人，于是赶紧把臂入怀，金屋藏娇。

日译本初版于 1962 年，我架上的这本，已是其初版五年后的第 10 次印刷。据中文新译本所附《卡尔年谱》，卡尔此书的结集出版是在 1960 年，也就是说，日本在两年之后就有了译本。而这年，我们听到的口号，却是伟大领袖提出的"千万不要忘记阶级斗争"，当然也就绝无可能去移译卡尔的书。有一个西方学者说过，进入全球文明时代以来，衡量一个国家国民的文化素质和文明程度，只要看世界公认的名著在这个国家的翻译出版的快慢和普及范围的大小。且不论卡尔的书在中日双方的普及范围，即以首次翻译时间而论，我们就比东邻迟了整整二十年。这让我感到胸闷与气短。差可自慰的是，这次中文新译本距离帕尔格雷夫推出最完备的新版本，仅仅时隔六年。

在茶烟袅袅中，我重新读完了新版《历史是什么?》，论证依然明晰，文风依然机辩，思想的火花也依然不断闪现。但是，二十五年前初读时，那种对集体无意识的巨大震撼，那种对迟钝心智的猛烈撞击，那种击节称赏的会心，那种拍案叫绝的激动，却始终没能再次出现。显然，这与译文无关，我不擅英文，但陈恒先生说他参考了旧译本，有理由相信是后出转精的。甚至这与该书"是急就章"，也没有内在的关联，尽管卡尔"不是职业的历史学家"，此书"有所缺失"，但"仍不失为是一本经典著作"（理查德·J. 埃文斯的《导言》）。问题恐怕主要出在阅读经历的重大变迁上。当年，我们这一代人初读卡尔的书，正是思想经历长期禁锢之后，犹如人在长期挨饿以后，给你一个汉堡包充饥，就视同绝顶美食。及至饥饿期一过，珍馐玉馔纷至沓来，口味也就变得挑剔起来。古人云"食必常饱，然后求美；衣必常暖，然后求丽"，说的就是这个道理。继卡尔的书以后，克罗齐、柯林武德、勒高夫、布洛赫、波普尔等史学理论著作相继被译介进来，我们可以开出一长串这样的人名与书名。于是，在令人目不暇接的同时，也让人有可能做出多样的选择与冷静的比较。在对西方史学理论的阅读与接受上，我们的态度也逐渐趋于理性，近乎鲁迅在《拿来主义》里所说的，"运用脑髓，放出眼光，自己来拿"，而后"或使用，或存放，或毁灭"，不再是饥不择食地一饱为快。

　　寻到了原因，尽管没能找回初读的快感，心情却释然。相比之下，我宁可选择当下阅读的多元、理性与从容。须知二十多年前的阅读刺激，是以十年，乃至更长时期的思想饥荒为沉重代价的，是饥不择食的下意识反应。那种快感，还是让其永远成为一段历史的好！

本文原载《南方都市报》2007 年 11 月 4 日

盛世修典

正应了有人爱引用的那句大俗话，"光阴似箭，日月如梭"，掐指一算，已进入 20 世纪末倒数第三个年头了。强调精神文明的建设，重视传统文化的弘扬，是中国思想文化领域的主旋律。于是，值此世纪末的当口，文化事业也颇有些大举措。报载，《续修四库全书》经部将在岁末年初出齐，史、子、集部的面世自然也为期不远。此外，一部传世的藏书今年即将全部隆重推出，另一部以中华命名的大典也在计日程功地修纂中。在这些跨世纪的文化大工程妆点出中国文化事业靓丽的同时，盛世修典说在文化要员和学界俊彦的讲话文章中也频频登场。

盛世修典在中国是古已有之的。远点的，有宋初修《太平御览》等四大书，书名"太平"，固然是修典恰当太平兴国年间，但年号之取本来就是旨在表明时世升平。《永乐大典》是在靖难之役后官修的，但明成祖时代也当得上是有明盛世。至于清代，一部《康熙字典》令后代大字不识几个的小民都知道这部御纂辞书的盛名，乾隆敕修的《四库全书》直至今日还是影印古籍而不事标校的生财之源，比起嘉、道来，康、乾之际也算得上盛世。历史上这些文化大工程，借乾隆上谕的话，是"国家当文治休明之会，所有古今载籍，宜及时搜罗大备，以光册府，而裨艺林"。即便把"光册府，而裨艺林"也视为目的之一，最根本的用意还是为了证明"国家当文治休明之会"，也就是以修典而颂盛世。

前文所举的那些 20 世纪末的文化大工程，从立项到上马到出版的一些重要环节，往往不仅有文化官员的把关指导，而且还有非文化部门那些政界要人的支持关怀。那部大典的立项批示，据说其规格之高与三峡工程批示在相同级别上。在《续修四库全书》首批图书印行后不久的出版座谈会上，有影响的人士评价说："《续修》的编纂出版，不仅具有深远的历史意义，而且具有重大的现实意义；不仅具有重大的文化意义，而且具有重大的政治意义；不仅具有国内意义，而且具有国际意义。"这六大意义中较难索解的是现实意义和政治意义，还是另一位名望更高的人士在讲话中点明了答案："在这个时候续修这部书，反映了我国在政治上的安定团结"，这应是重大的政治意义；"这不是为了别的，而是为了把我们的基本路线更好地推向前进"，此或是重大的现实意义。收入《续修四库全书》的都是古籍，将此与政治意义、现实意义牵强附会起来，总让人觉得是在蹈袭以修典证盛世的老调子和旧思路，似乎大可不必如此。

领衔这些文化大工程的主编、编委多是学界泰斗、士林耆宿，他们学问之好是有口皆碑的，声名之高是令人起敬的。不过，或年事既高，或世务丛脞，已不可能像当年四库馆臣那样，"鲸钟方警，启蓬馆以晨登，鹤钥严关，焚兰膏以夜继"，大都止于领衔，至多略备顾问而已。然而，正如某一部大书主编自承的那样，他们无不把奉召修典视为"一种学术上的荣耀"。对这种拉名人作虎皮的领衔现象，也称得上名人的钟叔河在 1996 年 6 月 26 日《深圳特区报》的《古籍整理四人谈》中，转述了来访的无名友人的抨击："纪晓岚可不是充壳子的皮，他是皮里的楦头，扎扎实实做事的。如今的纪晓岚在哪里？就是有纪晓岚，拿钱受礼不做事，也早成和珅了！"把领衔文化大工程的学界鸿儒比成《四库全书》正总裁之一的和珅，牢骚也够激烈的，但用意还在棒喝之后，使领衔的名人们清夜扪心自问：是否把虎皮也当成了"学术上的荣耀"？

说到这些大工程的文化价值，因尚未竣工，还难以做出全面评估。但据知，那部投资一亿、意欲传世的大丛书，选目十之八九都已有了标校整理本的出版。于是，不少选书便只消过录句读，就可以领报酬，报成果，评职称。而那部冠名中华的大典，是剪裁现成古籍而成的庞大类书，非专业研究者不可能去使用，专业研究者则不屑于去使用，因为原来的古书尚在，二手货的准确率和可信度总及不上原装货。也许，这部大典也要像《永乐大典》那样，只有在所剪辑的古书亡佚以后才能显现其连城的价值来。然而，对这种可能性，恐怕谁都不会说"但愿如此"的。这样的大制作推出的巨书大典，气魄宏大是毫无疑问的，但究竟是不是社会和民众的迫切需要，还值得三思而论证的。

因为这些文化大工程有工程外的种种意义，盛世修典说对主政者和领衔者都相当具有诱惑力。不过，去年听一位与古籍整理有关的专业官员说起，他在个别场合表达过这样的意见："现在还只是走向盛世……"言外之意，还不是盛世修典的时候。眼下究竟是否盛世，还是走向盛世，是不必横议深论的，但在他委婉话语的后面还保留着一份专业上的清醒。

日前阅报，一权威人士称："九五"期间国家考虑不申办 2004 年奥运会一类世界性的大型盛会，我国还是一个发展中国家云云。在文化大工程上，中国何尝不应该量力而行呢？在文化普及、积累、提高上，许多更为基本、重要、迫切的事情亟待着手而尚未措意，却赶着一个又一个大而无当、劳而寡益的文化大工程上马，在一些人是为了印证盛世，在一些人是为了享受荣耀，窃期期以为不可——尽管因专业和兴趣所在，笔者倒可能会经常去翻翻已经收入清修《四库全书》

和将要收入《续修四库全书》中那些古书的。至于盛世和那份"学术上的荣耀",修典与否并非关键所在,因为有事实在,历史和将来的学术史自会有正确评价的。

本文原载《中国研究》1997 年第 1 期

"国学热"与"经典热"之我见

一、"国学热"与"经典热"背后的忧与喜

一般地说，国学就是指中国的传统之学。过去有经史子集四部之学，即经学（包括小学）、史学（也叫乙部之学）、子学、集部（主要是辞章之学）；从现代学科分类来说，是指那些研究中国古代哲学、史学、文学与语言文字学的专门之学。国学，应该是西学东渐以后才相应出现的叫法，在国内叫国学，在国外则叫做汉学。准此而言，国学是高难度的专门之学，研究者也应是少而又少的部分学者，而且，除了所谓大师（现已硕果无多），每个学者也只对他研究的那一领域有发言权。如此高难度的学科，现在居然掀起了"国学热"，真有点匪夷所思。因而当下所谓的"国学热"，其实是社会大众热衷于国学所代表的传统文化及其相关知识。

今天讨论的经典，当然是仅指国学经典。但无论国学还是西学，说到经典，在它所属领域中至少应该符合两个条件之一：第一，具有原创性的不朽影响；第二，占有里程碑的重要地位。至于文化经典，不言而喻，就是那些在各自文化领域里至今仍保有原创性与里程碑意义的名著。经典，毫无疑问是名著，但反过来说，名著却不一定就是经典。就中国文化经典而言，孔子的《论语》以及《老子》《庄子》

《孟子》《孙子兵法》，才当得起经典的地位。这些经典，应该是人格与知识健全的中国人必读书，是长传不衰的恒温的书，严格说来，不应该存在此前的冷与现在的热。

20世纪30年代，商务印书馆曾推出过数量浩大的国学基本丛书，其中许多是国学经典，也未见过什么"经典热"或"国学热"的说法。因而，现在出现的"国学热"与"经典热"未必是正常现象。透过这一现象，对于整个社会人文素质修养而言，可以说是令人忧喜交集。

说"忧"，是因为这一现象至少暴露出两个问题。第一，反映出我们以往的人文教育实际上是被忽视与不到位的。以至于有那么多读者，还不仅仅是年轻学生，都在如痴如狂地希望通过有关畅销书来补一补自己对文化经典的浅薄与匮乏。毋庸讳言，我们的人文教育，还存在着诸多问题。中学教育，只抓语、数、外，语文教育又只教些言不及义的字词句篇，历史教育更处于可有可无的地位，中学生在进入高校或踏上社会以前，不要说人文精神，甚至连起码的人文常识都出现了空白。再看高等教育，20世纪三四十年代，不论哪个专业，都必须修读大学语文与大学历史。但50年代后，不要说理工农医，就连文科，除了历史专业，包括中文专业也不修大学历史。绝大多数人只有中学里那些可怜巴巴的知识，出现购阅关于经典或历史的畅销书来补上一课的社会现象，也就见怪不怪。

第二，正因为人文教育的缺位，社会整体人文水准下降，一旦脱离机械式教学的课堂与教本，走上社会，在人文学习，包括经典阅读上，该读什么书、怎样读书，完全找不到方向，寻不到感觉，连合理选书与读书都谈不上，更不要说个性化阅读。于是，国学补课与经典阅读就向物质消费的方式看齐，跟风盲从成为一种时髦，只认媒体追捧的那本读物，唯独缺少了个人的知性与趣味，满世界就一个品牌，就好像饮料只知道喝可口可乐，不知道还有上好的碧螺春一样。每个人，依照他的个性特点以及不同的年龄段，对经典的选择未必是万众一心的。如今，一本心得，万众追捧，唯独缺少了自己的个性选择。既然个性化阅读正是衡量一个人人文素质修养的参数，那么个性化阅读的严重缺失，难道不正是折射出社会群体的人文素质还没有达到高位吗？

当然，问题总是一分为二的，"国学热"也好，"经典热"也好，"史书热"也好，确实蕴含着社会人文意识的新走向，表明人们对经典与历史的重视，而对经典与历史的尊重与理解，正是人文素质的题中应有之义。我们常说中国泱泱大国，五千年文化绵延不断，实际上在 20 世纪，我们的人文传统有过中断，这种中断，既有社会转型的因素，也有政治干预的因素。一个人，一个社会，一个国家，总要有一个价值支撑点。十年浩劫过后，传统的价值已遭到唾弃，新立的价值又受到嘲弄。面对着道德滑坡，价值失范，人们这才认识到，蔑弃中华民族传统文化中那些精华的东西，是要遭到报应的。这才感到，有必要重新拾回那些曾经被我们扔掉的东西，拾回中国人之所以成为其中国人的价值观念。这才感到，必须重新补课，重新做人。所谓"国学热"与"经典热"就与这种反思有关，表明了人们希冀通过经典重温，再铸自己乃至整个民族的价值支撑点。对传统经典，经过几十年的折腾，从全面否定，回到重新温习，并形成了"经典热"，毕竟是一种值得庆幸的高兴事，说明一代人在认真思考，走向成熟。

二、"国学热"与"经典热"中的媒体与读者

应该说，目前的"国学热"与"经典热"与媒体炒作大有关系。有人说央视"百家讲坛"在打造"学界超男"与"学界超女"，话虽

然刻薄，却也有一定道理。中国第一媒体一炒，全国其他媒体也紧紧跟上。电视新闻等强势传媒一炒，出版社等其他媒体也紧紧跟上，于是乎，各种有关历史、国学与经典的讲坛节目与通俗读物都一哄而上，企图在市场消费的滚滚热浪中分一杯羹。这样一来，“国学热”“经典热”与“史学读物热”就成为大众话题。

正因传媒的力量是巨大的，这里就有一个导向问题。我们以为，主要有三点值得注意。

其一，主流媒体必须注意自己的价值导向。例如，讲历史，是否一味以权谋为着眼点，津津乐道，以偏概全；是否一味把康、雍、乾歌颂成好皇帝，为君主专制唱颂歌；是否一味推崇好官清官，为臣民意识打基础。其中就有媒体的价值取向在。

其二，应该宣传一种多元选择的意识。媒体在宣传国学或经典及其普及读物时，不要一味跟风，缺乏清醒的不同意见。例如，品三国的书，就还有大家吕思勉的《三国史话》，专家黎东方的《细说三国》，名家林汉达的《三国故事》，各有不可取代的价值。即便对经典，也不要宣传一种顶礼膜拜的盲目态度，让读者知道，每个人对不同的经典及其内涵的摄取，也都是可以有所选择的。我们吃一种思想独步天下的亏还少吗？

其三，不同的媒体要有自己独特的定位与追求。包括出版社在内的各种媒体，由于面对不同的读者群，没有必要往一条道上挤。上海人民出版社出南怀瑾《庄子諵譁》等经典解读的读物，不失为一种选择。20 世纪 30 年代商务印书馆推出国学小丛书的经验，是否也有专业出版社可以借鉴呢？

至于有些读者，在当前的“国学热”与“经典热”中的表现，可以归结为两句话：其一，热情高涨。其二，缺乏主张。先说其一，由于前述人文教育的缺失与缺位，一般民众对“历史读物”乃至“国学

经典"，都有着出乎意料的求知欲望，这种求知欲望来势凶猛，自然
而然转化为对相关传媒及其产品的消费热情。"国学热""经典热"，
都是在这种背景下应运而生的。再说其二，同样由于前述人文教育的
缺失与缺位，一般读者往往缺少个性化的选择，就会随波逐流，把媒
体炒作的那本书作为自己的第一选择或唯一选择。

于是，就出现这种现象：解读经典的书热销，经典的销量却不见
长。这就颇有点买椟还珠的讽刺味道。对一般读者，亲近经典，恐怕
也有个态度问题。不能太急功近利。经典作用于人的素质是潜移默化
的，经典不是应用型、工具性的图书，更不是达喜咀嚼片，几分钟内
立刻起效。对经典应该有一种敬畏感与欢喜心，抱着那种立竿见影、
活学活用的期望值去读经典，十有八九会失望的。至于指望读一本解
读经典的畅销书，就能一蹴而就地把握经典的全部内涵，那是舍本求
末，就好比拿着一本九寨沟的导游书，当成美不胜收的九寨沟一样，
到头来也就只是读一本畅销书或导游书而已。所以，我们以为，阅读
也应该像宋人严羽所说的那样，"入门须正，立志须高"，"学其上，
仅得其中；学其中，斯为下矣"（《沧浪诗话·诗辨》）。只有阅读经
典本身，才是单刀直入，取法乎上，才能直截根源，探骊得珠。读点
导读是可以的，但任何导读都不能取代你自己对经典本身的阅读与感
悟，借用程颢的说法，这是要"自家体贴出来的"。

三、专家学者在"国学热"与"经典热" 中的作为与不作为

这里主要涉及如何看待"国学热"与"经典热"中学术与普及、
专业与不专业的问题。

先说学术与普及的问题，牵涉的是国学的学术功能和社会功能的关系。国学的学术功能主要通过前沿性的研究成果，对国学自身的推进和完善起着重要作用。例如，近年来对战国简、西汉简中儒家经典佚文的研究，非专业的人根本不会了解，但代表了国学研究的前沿，体现了学术积累。国学的社会功能，则主要是对我们民族，对每一个中国人所起的潜移默化的影响。学术功能是社会功能的前提与基础，社会功能是学术功能的延伸与补充。学术功能蕴含着间接长远的社会功能，它的社会价值体现周期长，表现也不直接。国学的两种功能是统一的，不能偏废。

国学实现其社会功能的途径有两条。一是某些领域里的相关人士直接阅读或利用相关的国学前沿成果，但能够这样做，或者有必要这样做的人，是凤毛麟角、少而又少的。二是学者通过通俗化的形式，向社会大众普及包括前沿成果在内的国学知识，这是实现国学社会功能的根本途径。对广大民众而言，他们不可能，也没有必要去直接掌握纯学术化的国学成果，他们需要以一种喜闻乐见的形式来亲近国学与经典。

在优秀学者那里，国学的学术功能与社会功能是可以协调兼顾的。这可以有两种体现方式。一方面，学者在成果表达上尝试多种体裁，既可以是学术专著，也可以同时是通俗读物。例如，钱穆的《论语新解》，从形式上说接近大众读物，从性质上说，却是学术专著。另一方面，学者不妨既写体现研究前沿的学术专著，也写面向大众的通俗读物。例如，吕思勉既有代表其学术高度的《两晋南北朝史》，又有通俗读物《三国史话》，堪称典范。

当然，学者也可以根据各人擅长或秉性而有所分工，有些人只写学术专著，有些人兼顾普及读物。但倘若有人以所谓学术性来鄙薄这种工作，嗤之为小儿科，则是大谬不然的。试问，如果不设"小儿科"，只用脑外科的绝技能医好小孩的病吗？孩子夭折了，或者从小落下病，健全人格的栋梁之材从哪里来？而且学术性与否并不完全取决于著述的形式，通俗读物也可以富有学术含量，成为学术经典，张荫麟《中国史纲》原是高中历史教科书，而其学术价值早就为学界所推崇。至于当前那些为考核而出炉的专著论文是否都一定有学术性，倒是大可以打上一个问号的。

再看专业与不专业的问题。目前，有些因品读历史或解读经典而走红的人，并不都是相关专业圈子里的人，对他们越界飞行，有些专业学者颇有看法。我们认为，首先，专业学者不必有谁动了我家奶酪的小家子气，要有一种多元并存的宽容态度。他们的越界飞行，也许会给国学通俗化与普及化吹来新风，只要史实、论据经得起推敲，作为一种风格，不妨与专业路数并行共存，让读者按自己的口味去作选择。其次，专业学者也应该深刻反省自己的不作为。为什么要由那些非专业的人士越界飞行来做本专业的普及工作呢？而有些专家学者不愿做、不屑做或不会做的国学或经典的普及工作，却一味地不是以"不专业"来非议圈子外人的尝试，就是以"小儿科"来鄙薄圈子里人的努力，那就恐怕只能听任那些越界飞行者来占领解读经典或品读历史的市场了。

当然，我们提倡专家学者应该重视国学普及与经典解读的工作，并不是说让所有专家都涌到国学与经典普及化的路上去。有的学者专业研究是行家，但在普及读物上未必是高手；有的学者可能近期正潜心于前沿学术研究，分身乏术，无暇旁骛。因而，在鼓励专家学者在"国学热"与"经典热"中有所作为时，也要尊重另一些专家学者不作为的选择。

本文原载《文汇报·学林》2007 年 7 月 15 日

对国学的反思与取向

今年，"国学"应该是一个见报率很高的流行词。对这个现象怎么看，仁者见仁，智者见智，为之叫好者有之，斥之虚热者有之。我在今年 6 月的一次"国学与经典"学术论坛上有个发言，《文汇报》7月 15 日以《国学热与经典热之我见》为题刊发了主要内容。今天，借炎黄文化研究会学术年会的机会，还想说一点那篇文章以外的想法。主要谈谈我们对国学应有的认识与应取的态度。

一、国学与传统文化的关系

国学是区别于西学而言的，有人研究，说国学的提法出现在 20 世纪初叶。那时的历史，我们并不陌生。一方面，中国历经甲午战争的战败、戊戌变法的失败，和八国联军的入侵，已经到了开除"球籍"的边缘。另一方面，西方文明也暴露了自身的弊端，西人之中有眼光者，例如罗素，提出以东方文明来补救的论点；国人之中有眼光者，例如梁启超，也已经洞察到这一点。在这种情势下，国学的提出，其背后的历史意蕴是相当复杂的。除了其合理的、积极的层面外，还必须认识到：一方面，是在西方世界政治、军事、经济实力的逼迫下，高扬起国学的旗帜，从文化上捡回尊严的阿 Q 态度；

另一方面，也确有面对汹涌而来的新潮与西潮，以国学为抗衡武器的保守主义倾向与民族主义情结。当然，现在重提国学，就不应有上述态度与情结，主要就是一种在传统文化含义上区别于西学的指称。

国学与传统文化的关系，打个比方，在某种程度上，就像人的灵魂与人的外在形貌言行之间的关系。国学是传统文化最深邃的内核，主要讨论研究学理层面的东西；传统文化是国学在相关社会生活领域里的具体表现，例如礼仪习俗、人际关系、制度法律、伦理道德、思想宗教、文学艺术、科学技术等。对一般的人而言，传统文化主要是耳濡目染得来的，国学原是不必特别理会的事。例如我们父辈、祖辈，从社会上的士农工商，到家庭里的父子兄弟，那些没有经过专业学习的人，可能并不了解什么叫国学，但只要传统文化的气脉不断，他们在日常行为中熏陶与习得的，就是传统文化的那些规范。

国学与传统文化，两者之间是互相依存的关系，互为皮毛的关系，皮之不存，毛将焉附。没有国学，传统文化也就失去了灵魂，自然而然就会凋萎。反过来说，没有传统文化的大环境与大气候，国学也就失去了它的载体，魂不附体，也不可能长久存活下去。我们常说中国五千年传统文化绵延不断，实际上在20世纪，也就是国学概念提出以后，我们的人文传统有过断裂。这种断裂，既有社会转型的因素，也有政治干预的因素，这也直接影响到国学的命运。

先说社会转型的因素，主要就是19世纪末20世纪初，欧风美雨挟带着异质的精神文明与进步的物质文明，借中国委顿无力之际，汹涌而至，外来文化作为一种异质文化，必然会对中国原有的文化传统产生前所未有的冲击力量。这种冲击，在20世纪初叶至五四运动前后，尤其强烈。但正常情况下，两者之间往往通过一定历史期的磨合，会形成一种合理的张力，达到一种协调与平衡，传统会与时俱进地发生一定的变异，旧传统中会注入新因素，但传统文化不会被彻底颠覆或撕裂。在五四以后的思想文化与社会生活领域里，我们不难发现这种磨合的轨迹。

至于政治干预的因素，20世纪50年代以前也有发生，例如国民党政权发起的新生活运动。但50年代以后，这种干预显然更为频繁与严重，动用国家政权力量和宣传舆论工具，批判《武训传》，批判《红楼梦》研究中的唯心论，批判胡适等等；在思想学术领域批"封资修"，在文学艺术领域批帝王将相、才子佳人等。发展到最后，把一切传统文化都视为污泥浊水，都在必须在"横扫"之列，把对传统文化的批判与全国性的政治运动结合起来，破"四旧"（所谓的旧思想、旧文化、旧风俗、旧习惯，就是传统文化），横扫一切牛鬼蛇神，以及与之俱来的"文革"，不仅是中国传统文化的十年浩劫，也是中国人民的巨大灾难。我们反思这段历史，至少有一点共识，那就是问题出在对传统文化错误估价上，而在处理问题的方式上，诸如"千万不要忘记阶级斗争"，"与人奋斗其乐无穷"等等，与传统文化中中庸、和谐的原则，也是格格不入的。

我们应该充分正视传统文化在20世纪后半期的这种中断，承认这种中断带来的严重影响，不仅是国学的急遽衰落与退出历史的前台（我们近年来重新推崇的那些国学大师，包括硕果仅存的季羡林，都是20世纪前半期成才的），而且是传统文化的花果飘零，道德人文价值的普遍失范。记得"文革"开始时，有个"破旧立新"说法，所谓"不破不立，破字当头，立在其中"，结果却是传统文化斯文扫地，旧的破了，新的却始终立不起来。于是，就出现孔夫子说过的情况，"礼失求诸野"，我们很多的传统文化反而在韩国乃至日本保存了下来。

现在，国家提倡和谐社会，在指导思想上是符合传统文化的，也有利于传统文化与国学的共生与发展。也许可以说，现在是数十年来最适合国学与传统文化共生共荣的历史时期，我们应该珍惜与推动这一局面。

二、国学与民族素质的关系

对于国家与民族的发展，从有关决策到一般认识，长期以来，存在着严重的误区。第一个误区，是在自然科学与社会科学之间，或者说在文理取向上，明显地重科学技术，轻社会科学，重理轻文。在20世纪50年代，国家决策层面提出过"向科学进军"的口号，普通民众层面上就相应有"学好数理化，走遍天下都不怕"的说法。重视科学技术的作用，而忽视社会人文科学的作用，只把前者视为生产力与硬指标，而看不到社会人文学科虽然不能成为直接的生产力，但也可以转化为软生产力。打一个比方，理科的知识，或者说科学技术，犹如一辆车子的轮子与发动机，而社会科学则是掌控车子的方向盘，在某种程度上，方向盘才是最终决定这辆车子使用结果的。

第二个误区，是在社会科学中重视经济学、法学、政治学等实用性较强、与现实生活关系密切的社会科学，而忽视与国学、传统文化关系较密切的人文科学的作用。我们绝不否认，一条经济原则，一个法律文本，一条政治建议，对国家发展、民族繁荣的重大作用。但是，我们也要指出，这种作用主要在一定时段、一定领域、一定对象上发生作用的，而国学与传统文化对于一代又一代国人起到了塑造人格与作育精神的巨大作用。这种作用，有助于一代又一代的炎黄子孙深切领会和由衷热爱祖国文化，能使我们以及后代对整个中华文化有一种直入魂魄的感悟与高屋建瓴的把握，其作用的显现虽然不可能立竿见影，但其作用却更深广，更久远。近年以来，我们有时会看到这样的报道，一些重点大学的理工科硕士生、博士生，在专业领域是无可挑剔的骄子，却因为精神世界的无法排遣而自杀，或是人格悖戾而走上犯罪的道路，这正说明了在现今教育中人文教育缺失或不到位的弊端。

傅雷曾经说过："只有深切领会和热爱祖国文化的人，才谈得上独立的人格，独创的艺术，才不至于陷入盲目的崇洋派，也不会变成狭隘的大国主义者，而为世界文化中贡献出一星半点的力量，丰富人类的精神财宝。"傅雷在这里说的"祖国文化"，就是我们所说的传统文化，其核心就是我们所说的国学。要说我们教育的失误，国学教育的缺位无疑也是重大失误之一。我到过日本，日本中小学设有社会课，其中学习的主要就是日本的传统文化与价值观念。中国当代教育里唯独缺乏这一板块，教育部门应该考虑把国学与传统文化作为我们大中小学素质教育的重要部分，乃至设立相应的必修课程。只有这样，才能培养出一代自立于世界民族之林的炎黄子孙，他们既不妄自尊大，又不崇洋媚外。

三、国学的丰富内涵与多元选择

一讲到国学，人们往往有一种错觉，就是孔子与四书五经。这实际上犯了以偏概全、以局部取代整体的错误。国学具有丰富的内涵，这可以分几方面来理解。

首先，国学不仅仅局限于传统的思想伦理层面（尽管是最主要的内核），还包括政治遗产层面的内容，《尚书》《贞观政要》《明夷待访录》都是这方面的经典。另外还有艺术精神层面的东西，例如文学经典从《诗经》《楚辞》到《红楼梦》，美学经典则有《文心雕龙》《诗品》《历代名画记》《法书要录》等。国学还包含中国传统的科学技术，例如以《黄帝内经》为代表的中医药，以《九章算术》为代表的中算。有人甚至把武术称为国术，国术不过是国学基本思想在体育领域的表现。

其次，即便就思想领域而论，也不能说国学就局限于儒学，传统文化仅仅专指儒家文化。汉代班固就说："诸子十家，其可观者九家。"儒法道墨是其中影响最大的四家。汉代以后，则还应该加入佛教与道教。就是儒家思想，也不仅仅是孔孟之道，还有宋明的理学与心学，《近思录》与《传习录》是这两派思潮的经典。

由于国学内涵的丰富性，对国学的取向就不应该是一元的，而应该采取多元的态度。以传统价值观而言，儒家不失为中国传统文化的主导思想，对现实与人生采取积极的态度，崇尚经世致用，以天下为己任，以义利合一为基本价值追求，以德性修养为安身立命之本，以中庸和合为处世待人之道。这种执着的入世主义，不仅是个人奋发有为、积极向上的强大内因，更是中国社会历经劫难而旧邦维新的永恒动力。但是，也不是说，只能以儒家为唯一的价值取向。对儒家思想而言，道家思想（不是道教）不失为一种最好的互补。道家思想在中国传统文化里具有一种准宗教的价值，它以虚无为本，以无为为用，强调独善其身的自我养生，对现实抱着相对主义的容让态度。这种思想与态度，对儒家入世主义可能面临的紧张、困惑与挫折，正可以起一种准宗教性的消解作用与抚慰功能。于是，儒道交相为用，"达则兼济天下，穷则独善其身"，涂绘出中国人人生态度的不同侧面，使他们进退有据，安定自洽。除此之外，法家的尚法理念，墨家的兼爱主张，也不是完全一无是处。总之，不应该走"罢黜百家，独尊儒术"的老路；多元选择，兼容并包，才是对待国学与传统文化的理性态度。

四、亲近国学的方式与态度

以国学为内核的传统文化，其表现大体可以分为两种形式。一是精准高端的前沿研究成果，只适用于专业领域的少数学者，例如大学教师、研究人员等专业工作者（这里暂且不谈）。二是生动活泼的大众普及形式，则针对最广大的社会人群。其中，又可以区分不同社群、层次，大体分为不同阶段的在学学生与走上社会的一般人群。

在学阶段学生的国学教育，应该贯穿小学、中学、大学各个阶段，而且做到循序渐进，环环相扣。对每个人而言，文化不是与生俱来，而是后天习得的。文化习得大体有两条途径：一是通过日常生活而潜移默化地获得，如衣食住行、风俗习惯等（这点，我们还在基本传承着）；一是通过主动学习而系统全面地获得。学校教育的各门课程，就是后一种文化学习，但学习的主要是各门文化的基础知识，而不是有关的经典与文化。譬如，人们学习数学，总是用新编教材，而不会再去阅读西方的《几何原本》或中国的《九章算术》。因而，这种学习所得，主要还是一种知识体系，而缺少一种深层的文化意蕴。而文化底蕴的培育，主要依靠相关经典的学习，这一环节也是可以通过在学教育实现的。以往大中小学的语文教育、历史教育乃至政治教育，都未能很好地承担起这一任务。为此，教育界应与学术界联手，为国学教育走入大中小学而运筹划策。

至于走上社会的一般人群，他们的国学学习，方式更可以不拘一格。其一，文学艺术形式。例如，与国学经典密切相关的戏曲影视

（《红楼梦》《三国演义》等），电视媒体关于传统文化的纪实类采访。其二，通俗读物形式。从20世纪三四十年代的国学小丛书，到现在的《细说中国历史丛书》（最近改版为《黎东方说史·黎东方说史之续》）、《话说中国》，都可让读者自行选择。其三，讲坛讲座的形式。上至央视"百家讲坛"的易中天品《三国》，下至上海深入社区的东方大讲坛，不妨都可以成为普及与学习国学的形式。其四，办班讲学的形式。有些大学面向社会办起了国学班，由文史哲三系的名教授主讲自己最擅长的内容。这类国学班针对业界精英，据说学费不菲，虽然有人怀疑在作秀，但学员说好，也不妨试试。

不过，学习国学，不论采取何种方式，关键在于要有正确的态度。我们认为，亲近国学必须端正两点认识。

第一，不能太急功近利。我曾经打比方说，国学不是达喜咀嚼片，车还没到站，就起效用了。无论社会与本人，都不能抱着那种立竿见影、活学活用的期望值，国学作用于人的素质是潜移默化的。对国学的学习，听讲坛、读心得，当然都是一种方式，但最好、最直接的途径还是自己对国学经典的阅读与感悟，借用程颢的说法，这是要"自家体贴出来的"。

第二，应该批判地继承。不要一说重拾国学与传统文化，就以为国学什么都好，这里仍有个扬弃与选择的问题。例如对孔孟的儒家思想，孝道是要讲的，但鲁迅批判过的二十四孝，无原则的孝，子为父隐，就不能继承；对法家的阴狠刻毒，专制集权，臣民意识，就应该批判与清除；道家的过度消极无为，出世遁世，无是非，无差别，也应该充分认识其负面的影响。总而言之，国学与传统文化，在与中国特色现代化接榫时，也有一个与时俱进的"扬弃"过程，将符合时代需要的东西保存、积淀下来，将违背现时代的东西剔除。这样，国学与传统文化的合理内核才不会随着现代化而被当成脏水泼了出去，而造就的一代新人又不至于是与时代背离而不容于世界民族之林的怪胎。

本文为 2007 年 11 月 30 日在上海炎黄文化研究会
学术年会上的演讲稿

程应镠先生与他的《国学讲演录》

程应镠（笔名流金）先生的《国学讲演录》曾编入《流金集》（上海古籍出版社，1995 年），这是程门弟子为他从教五十周年编的论文集，但出版已在他去世次年。其后又辑入《程应镠史学文存》（上海人民出版社，2010 年）。这次，承蒙北京出版社列入《大家小书》系列，以便面向更多的读者。借此机会，对该书相关问题略作评介。

一

1983 年 9 月，上海师范大学古籍研究所成立，流金师出任所长；古籍研究所成立之日，也是其下属古典文献专业首届开学典礼之时。那年年初，为推进新时期古籍整理人才的培养，全国高校古籍整理委员会决定，除北京大学中文系原设的古典文献专业外，在三所高校增设同一本科专业。经流金师多方努力与再三争取，上海师大与原杭州大学、南京师范学院同时获准。他对文献专业建设极为重视，不但亲自遴选在读的历史、中文两系优秀学生转为文献专业首届本科生，而且亲力亲为地确定了课程设计与师资配备。

1985 年，文献专业通过高考直招新生，与此前从文史两系转入的在读生有所不同，入学之初，他们对中国传统文化即便不是略无所知，也是知之不多的。针对这一现状，在文献专业迎新会上，流金师语重心长地告诫他们：

> 为了国家的需要，建设社会主义精神文明的需要，我们要整理古籍，要建立这样的一个专业。你们将要学习中国古代的文学、艺术、思想、历史、科学。要学好这个专业是不容易的。"先难而后获"，要经历一些崎岖、艰难，才能有所收获。要立志，要下决心为建设我们的新文化作出贡献。要在这方面成为专家，大学四年，只不过打基础。（《程应镠先生编年事辑》，页508）

为了尽快让这批新生进入角色，学好专业，流金师以古稀之年亲上讲台讲授"国学概论"基础课。《国学讲演录》便是当年他为本科生上课的讲义。

此前，他曾讲过经学与史学，但讲"国学概论"中《经学举例》与《史学通说》时仍颇有增删调整，加入了新内容；而《诸子概论》与《文学略说》则完全是新写的。据其《复出日记》，1985年9月22日，"写《国学概论》绪言，得三千五百字"。这是他开笔写讲义之日，其后这类日记颇多：10月13日，他为备课，"重读《先秦名学史》"；12月1日，"写讲稿，写毕韩非子"；12月22日，"写《国学概论》讲稿，完成子学最后一章"。1986年4月4日，"写中国文学略论二千余字"；当月，他数次记及"续写文学讲稿"，最后一条为25日。故可推断，他写《国学概论》讲义终于此日。

这门课程讲授始于1985年新生入学不久，与讲义起稿几乎同步。《复出日记》也有记载：这年10月7日，"上课，孔子还未讲完"；10

月 14 日，"讲孔子毕，开始讲孟荀"；10 月 21 日，"上课，仅讲毕孟子，荀子开了个头"。当年，流金师学术活动频繁，但即便外地赴会，必定及时补上，1986 年 4 月 25 日记有"晚为学生补上两小时课"。同月，他决定辞任所长，在辞职报告里特别声明，"本学期所授《国学概论》一课，当继续讲毕"，足见他对这门课程有多重视。这年 9 月，在改任名誉所长前，他与文献专业学生再次座谈学习及课程设计，在交接讲话时强调："古文献专业，我们已办过一届，事实证明，他们毕业后是有工作能力的，这同我们的课程设置有关。"不言而喻，流金师说的课程设置，当然包括他亲自设席的《国学概论》。遗憾的是，由他精心设计的这门课程，仅上过一轮；但所幸的是，他为这门课留下了相对完整的授课讲义。

二

这册《国学讲演录》的特色略有如下方面。

其一，初级入门的针对性。由于当年听课对象都是未窥文献学之门的大学生，课时也有限制，而国学知识的涵盖面却不容有大缺漏。讲稿必须拿捏得当，体现出独有的针对性。例如，他在《史学通说》里先概述了史籍分类与史书体例，其后仅着重评述了纪传体与编年体，而不再介绍其他类别与体裁。之所以如此酌定，显然考虑到，这两类史书构成了中国古代史的基础史料，是文献专业本科生必须掌握的，其他内容随着他们学习的循序渐进，不难自学解决。而"史与论"一节则较充分地论列了史与论的关系，史料的收集与整理，史论、史识与史德等，也无非认为这些史学理论与方法对学生是必不可少的。再如，《文学略说》开头交代，这部分"小说、戏曲就不讲了"，但随即点明"王国维、鲁迅在这方面的研究工作，都超越前人"，既表明并非把小说戏曲划出国学，也意在开示学生自去参看《宋元戏曲史》与《中国小说史略》，补上这一环节。

其二，教学互动的现场感。流金师对讲课有其境界追求："每上完一节课，就像是写了一首诗，完成了一篇创作。"为了达到这种境界，他习惯将每堂课要讲的每句话写成讲稿，及至开讲却并不完全受讲义拘束。他在《国学讲演录》中，往往将自己的经历、体悟与感情倾注其中，讲稿背后有其人在。例如，讲《离骚》时自述曾集《离骚》句为挽联凭吊闻一多，讲词的平仄与押韵时，引自己"历尽风霜"重到杭州作《临江仙》以寄感慨，都令读者能想见其为人。国学内容尽管专深，但从讲义仍能一窥他授课时语言的生动性与叙述的细节化。例如，他讲汉高祖"不好儒"，却召儒士叔孙通定朝仪，牵缠《史记·郦生陆贾传》所载说："刘邦不欢喜他，至于他是否也被刘邦脱掉帽子，在里边撒过尿，就不知道了"；"叔孙通大概也是很识相的，弟子有一百多，他一个也不向刘邦推荐，推荐的尽是'群盗壮士'"，形象生动地凸显了汉初儒学的落寞命运。

其三，一家之言的启悟性。同样讲"国学概论"，每个名家取舍未必尽同，评骘也有出入。这册讲义也是流金师的一家言，其中不乏独到之见。例如，他评黄庭坚诗"落木千山天远大，澄江一道月分明"时，引杜甫"无边落木萧萧下，不尽长江滚滚来"作为对照，提出唐诗是音乐、宋诗是图画的审美观。再如，在论及私撰正史时，他直言道："《新五代史》实为最无价值的一种。从史料学言，是如此；从史学言，也是如此。"作为宋史专家，他当然明白欧阳修"义例史学"在宋学形成中的地位，但彼是思想史上的价值，此是史学史上的评判，两者不容混淆。对这些一家之言，读者尽可以赞同或商榷，论其初衷也旨在给人启发与令人思索。

三

作为学术文化概念的"国学"出现在清季民初，其大背景是西方列强以坚船利炮轰开中国大门之后，整个国家民族面临三千年未有之变局，西学也挟西潮澎湃之势沛然而至。而"国学"的提出，毋宁说是学术界为固守中国本位文化，对西学刺激的应激反应，毋庸讳言，其中也掺杂着民族主义的偏颇。"国学"概念从最初提出到广为接受，尽管与当时中国政治现状息息相关，却是学界与学人自觉自发的学术行为，未见有国家权力刻意运作其间。自20世纪初叶"国学"一词流行以来，曾如有学者所说：什么是国学、国学是否妨碍中国"走向世界"以及国学（或其后来的变体"中国文化史"）自身怎样走向世界，都是当年学人与学术社会非常关注并一直在思考和争辩的大问题（参见罗志田《国家与学术：清季民初关于"国学"的思想论争·自序》）。实际上，从1919年到1949年间，学界与学人已大致认同将"国学"趋同于中国传统文化，章太炎、吕思勉与钱穆等大师那些以"国学"命名的名著都传达出这一旨趣。

但细加推究，各家指涉的范围却颇有异同。1922年，章太炎演讲《国学概论》（由曹聚仁记录），除概论与结论外，仅包括经学、哲学（也即子学）、文学三部分。1935年至1936年，他在章氏国学讲演会的《国学讲演录》新增了小学与史学，或应视为他对国学范畴的晚年定论。据此，章氏的国学内涵大体对应中国传统的四部之学，从现代学科分类来说，国学即指研究中国古代经学（包括小学，即语言文字学）、哲学、史学、文学的专门之学。1942年，吕思勉为高中生讲《国学概论》（有黄永年记录稿），内容仅限中国学术思想史；据黄永年说，其师当时为学生同时开设"中国文化史"，并不认同"国学"变体为"中国文化史"的取向，在吕思勉看来，"中国文化史"还包括社会等级、经济情况、生活习惯、政治制度，以至学术宗教等各个方面，应作综合的历史的讲述。1928 年，钱穆完成其《国学概论》的全部讲稿，如其《弁言》所说，范围限于"二千年来本国学术思想界流转变迁之大势"，"时贤或主以经、史、子、集编论国学，如章氏《国学概论》讲演之例，亦难赅备，并与本书旨趣不合，窃所不取"，与章氏明确立异。约略言之，20 世纪上半叶，在"什么是国学"上，大体就是章太炎式的四部之学、吕思勉—钱穆式的学术思想史、变体的中国文化史这三种路向。尽管取径各有异同，却都是在学术共同体内自然而然地形成的。

进入 20 世纪下半叶，中国人文传统出现了严重断裂，"国学"之说自然不可能出现。直到改革开放后，国人反思曾经的文化破坏与价值失范，这才认识到，蔑弃中华传统文化中那些精华的东西，是要遭报复的；深感有必要重拾那些曾被"革命"摧毁的东西，找回中国人之为中国人的价值支柱。于是，在 20 世纪末至新世纪初，出现了新一波"国学热"，大背景尽管仍与当时社会息息相关，却依然是学界与民间自发自觉的推动，但民族主义的偏见已颇有消退。不过，随着建制性的介入，这波"国学热"开始走音跑调，随之引发了诘疑、责难乃至抨击的声音，近年甚至有直斥国学为"国渣"者。这些现象的出现，剔除其中的情绪化因素，归根结底，还是在究诘 20 世纪上半叶就在思考与激辩的老问题：什么是国学？国学是否妨碍中国"走向世界"？这一困惑，应该说当下依然存在。实际上，只要有理性的思考，这一困惑是不难破解的。诚如 1931 年钱穆在《国学概论》"弁言"里指出的："学术本无国界。'国学'一词，前既无承，将来亦恐不立。特为一时代的名词。"既然作为学术概念的"国学"，其成立、存在与延续，仅仅只是对西学东来的一种应激性反应，那么，当中国人对中国文化具有真正的自信，对外来优秀文化秉持真正的包容，这种应激性归于平复之时，"国学"作为一时代的名词也将自然而然地退出学术舞台。

流金师为大学生讲国学，尚在20世纪末那波"国学热"兴起之前。论其用意，一方面固然出于文献专业的教学之需，一方面何尝不是在对老问题给出自己的回应。他为学生开讲之初便说："国学就是中国之学。中国古代文化典籍是非常丰富的，至隋始以经、史、子、集为四部，至清不改。国学也就是四部之学。"与此同时，他也指出，"四部之学，包括的范围极广"，也涵盖了中国古代医学、农学与军事学等，但"我们要讲的，只能限于哲学、史学与文学"。足见他认同章太炎设定的国学边界。

至于国学是否会妨碍中国转型成功，真正走向世界，关键不在于国学自身，而是取决于我们如何正确对待国学及其与西学的关系。在《国学讲演录·引言》里，流金师就明确指出，"西方哲学，认识论求真，美学求美，道德学或伦理学求善。要建立社会主义的道德，也要有所继承。"他同时指出，在国学里，"当然，精华是与糟粕并存的"，但"肯定是有一些好东西，我们是要拿过来的，是要继承的"。也就是说，在中国转型中，就文化而言，既不能拒绝西学为人类文明贡献的共同遗产，也不应遗弃中国文化的优良传统。这些理性包容的持论正是这册讲义的根本立场。

面对当下有明星将儒学元典熬制成一锅浅薄自慰的心灵鸡汤，更有一种将国学与制度化儒学曲意钩连与有意接榫的异常倾向，读书界却未见有一册合适时代的国学读物，有助于初入其门者全面、完整、准确地了解国学与传统文化的精髓。有鉴于20世纪上半叶那些以国学命名的大师名著，对当下初学者来说，或是内容略显艰深，或是范围略欠周备；而 20 世纪下半叶几乎没有老一辈学者的国学新著面世，相形之下，流金师的《国学讲演录》"讲的都是国学中的精华"，又具有前述三大特色，不失为一册精义赅备的入门书。

四

这册收入"大家小书"系列的《国学讲演录》，分正文与附录两部分。

这次付印仅改正了前两版的手民之误，讲演正文一仍原貌。例如，《文学略说》开头说，"这一部分打算讲诗、散文与文艺理论，小说、戏曲就不讲了"；但现存讲稿仅有诗歌部分，未涉及散文与文艺理论，究竟是写过而佚失，还是课时来不及讲而未能成稿，已难确知。再如，讲稿行文往往节引典籍，颇有删略，我校读时发现，有的删节纯属与论题关系不大，有的删节则因为他能背诵全文而有意省略的（例如评康有为《大同书》时引《礼运篇》论大同那一大段文字，仅引首末两句，中标省略号，即属这种情况），即便后一情况，这次也仍其旧。至于讲义称典籍或用略名（例如以《汉志》指《汉书·艺文志》），称人名兼用字号里贯（例如以"丹棱"称南宋史家李焘），这些原就是中国文化史知识，在阅读中也是不难掌握的。毋庸赘言，《国学讲演录》评介国学经典的研究成果与参考书目，进而言之，包括讲义的若干用语与提法，都定格在成稿当年的节点上，读者对此想必是能理解的。

流金师指出，"对中国古代文化的评价，并不等于对我国四部书的评价"（《引言》），也就是说，国学并不完全等同于中国文化史；但谈及为什么要讲国学时，他又认为，"主要是想让大家了解一点我国古代的文化"，这是基于国学构成了传统文化的主干与核心。为了全面呈现流金师对国学与中国文化的立场与观点，本书选了他相关六篇文章作为附录，有几篇在不同场合也作过讲演稿。

《中国文化三题》与《论新中国文化的创造》，可视为流金师对中国文化的总体观。前文作于 1987 年，即讲"国学概论"课同时，论述了中国历史与中国文化的关系，勾勒了中国文化的形成概况，探讨了向西方学习和全盘西化的问题。他的结论是：中国"在一个很长时期，以优秀的、先进的文化，熔铸各族于一炉，同时也吸取了各族优秀的东西"；"以迄近代的接受西方文明，莫不是在学习先进，取其有用之物，来提高自己，丰富自己"；而"这种学习，也就是取人所长，去己所短，一方面吸收输入外来之学说，一方面不忘本来民族之地位"。与此同时，他也强调："我们文化中也有许多坏东西"，诸如"血统论""朕即国家"；而"迷信神、迷信鬼、迷信领袖（天王圣明，臣罪当诛）绝对不是科学的态度"。《论新中国文化的创造》作于 1949 年 3 月，文章以历史的观点讨论整个中国文化衍变与社会经济基础的互动关系，再将中西文化作宏观的比较，而后认为，"近代以前的西洋文化和我们的文化，是大同而小异的"，及至资本主义生产方式兴起，"我们的文化和近代的西洋文化才大不相同"。他的结论是："新中国文化的创造需要一个根本的技术的革命和社会政治的革命"；而"在某一阶段，不适合的文化，就必须加以人为的力量，使之迅速告退"。这一结论迄今读来仍具穿透力。

《历史的真实与通变》与《谈历史人物的研究》是对讲稿中《史学通说》的提升与推进。前文结合自身的读史体悟、治史经验与人生阅历，在历史观、史料学与史学方法论诸层面都有独到的阐发，内容涉及理论的学习与运用，史料的辨证与阐释，史事的认识与把握，史感的全局性与史识的通贯性，历史学的尊严，治史者的良心，说者胜义纷披，读者启迪良多。在后文中，他结合自己的研究，对历史人物研究的重要性与全局观，人物个体与时代、地域及群体的关系，历史传记的表现手段与叙事风格，娓娓道来，示人门径，予人金针。

《国学讲演录》论经学之在魏晋另一种表现时，特别注明参见他的《玄学略论》，故将其与《玄学与诗》都收为附录。两文所论都属于流金师治史专长所在，分别讨论了玄学与经学的关系，玄学对社会政治、人际关系、学风文风与诗歌创作的影响，自应视为对讲义相关论述的补充与发挥。他在《玄学略论》里引阮籍《咏怀》论魏晋玄学与政治的关系，读来令人动容：阮籍"既不能死去，又不能变节以求荣，在那种残酷的政治斗争中，优劣之势已经判然，绝望是必然的"；还说，有些好诗，"年轻时所不懂的，年纪大了，就懂了"。

最后，寄语试图一窥中国传统文化的入门者，原先不懂的，读了这册小书，你们也一定会懂的。

本文原载《国学讲演录》，北京出版社 2020 年版

史书畅销既非幸事，亦是幸事

——答《社会观察》记者问

在出版界，易中天说史的文字版《品三国》引起热销。请谈谈对《品三国》一书的看法。

很抱歉，我没有完整读过易中天的《品三国》，只是在央视"百家讲坛"偶尔看过片段讲演，应该说还是能吸引一般观众的。但讲课式与著书还是有所区别的，文字版应该更有阅读的快感与回味的余地。

《品三国》的热销，充分显示了央视作为国家第一传媒的巨大威力。有人从这个角度把易中天说成是传媒打造的"学界超男"，虽有点刻薄，却也不无道理。谁上《百家讲坛》，谁的书就会身价百万。这不是书本身的价值，而是央视的品牌效应与广告效应。否则，你在大学里，讲课再生动，学问再出色，文章再漂亮，你的大著也不会飙升到那个发行量。这点，谁做当事人，都不会忘乎所以的。

黎东方先生的细说体系列，据说也是在早年各地讲史的基础上完成，您也参与了《细说宋朝》的写作，细说体系列的特点是怎样的，与《品三国》能否作一个比较？

细说体的发端可以追溯到抗战时期，当时黎东方在大后方售票开讲三国史事。那时，电视还没有成为大众传媒，他的细说也没有电台转播，纯粹是现场开讲，他以售票演讲所得支付了往返香港的包机费，其风头或许盖过如今的易中天。而后不久，他的演讲以《新三国》的讲义形式面世，也是一炮走红。此外，他还讲过《中国战史研究》，后来也出了书。《新三国》虽然已有细说体之实，但细说体其名之立则迟至十余年后《细说清朝》的问世。由此看来，细说体的成立，也是口头讲说在先，笔之于书在后。

胡适读了《细说清朝》，看出了这一史书新体裁的独特价值，劝黎东方将历朝历代都细说一遍。而黎东方后来也确实把细说中国历史作为自己的名山事业，直到他去世，已完成《细说元朝》《细说明朝》《细说清朝》《细说民国建立》和《细说三国》，《细说三国》是根据《新三国》改写的。

上海人民出版社在四年前出齐了"细说中国历史"丛书，除以上五种，还有根据黎东方遗稿整理的《细说秦汉》，另外约我与沈起炜、赵剑敏先生分别续写了《细说宋朝》与《细说两晋南北朝》《细说隋唐》。

说到细说体系列的特点，最大的特点就是以其历史感和可读性的高度统一而赢得读者的。这也是我在写《细说宋朝》时追求的境界。所谓历史感，不仅所叙述的每一句话都是言之有据、考订翔实的，而且所评说的每一句话都有历史的眼光，即既有全局观，又有大见识，即一般所说的史识。所谓可读性，也就是行文引人入胜，深入浅出，使非专业读者也能够饶有兴趣地读下去，而不是只有狭窄同行圈子的学术论著。

如果要把细说体系列与《品三国》作一个比较，我想，相似的大概有两点。一是面对的对象，无论听众还是读者，都是对历史有兴趣的普通民众，因而都属于普及型通俗性的读物；二是表达的方式，都必须考虑到接受者的专业水平与阅读兴趣，能够做到让读者一开卷就能够兴味盎然地读下去。要说有什么不同，因为没有读过《品三国》全书，在史实与史识上，不便信口雌黄。唯一能说的就是，从门道上说，细说体系列严格遵循史家路数。倘若以壁垒分明的现代学科眼光看来，《品三国》则属于越界飞行，也许更近于文学家派。但我是历来主张文史一家的传统说法的，在可读性、趣味性上，这种越界飞行，也许会给史学通俗化吹来新风，即便出现类似文人修史文胜于质的倾向，只要史实经得起推敲，只要不是夸饰过度而近于诬，作为一种风格，也不妨与史家路数并行共存，让读者按自己的口味去做选择。

史书畅销背后反映了民众怎么一种社会心态和文化动向？

近来，以《品三国》热卖为标志，史书畅销成为一种令人关注的社会现象。这一现象，对于整个社会人文素质修养而言，可以说既非幸事，又是幸事。

说不是幸事，绝不是危言耸听，因为这一现象至少暴露出两个问题。

第一，反映出我们以往的人文教育，尤其是历史教育，实际上是被忽视与不到位的。以至于有那么多读者，还不仅仅是年轻学生，都在如痴如狂希望通过历史畅销书来补一补历史常识的浅薄与匮乏。毋庸讳言，我们的教育，乃至整个社会，就评价体系与指导思想而言，对于包括历史教育在内的人文教育，存在着诸多问题。中学教育，只抓语、数、外，历史教育往往处于可有可无，甚至被主课挤占的状态，中学生在进入高校或踏上社会以前，往往连起码的历史知识都出现了空白。再看高等教育，20世纪三四十年代，不论哪个专业，都必须修读大学历史，但 50 年代以后，不要说理工农医，就连文科，除了历史专业，连中文专业也不修历史。绝大多数人只有初中所学的那些可怜巴巴的知识。出现购阅历史畅销书来补上一课的社会现象，也是见怪不怪的。

第二，正因为人文教育的缺失，社会整体人文水准下降，一旦脱离机械式教学的课堂与教本，走上社会，在人文学习，包括历史阅读上，该读什么书，怎样读书，完全找不到方向，寻不到感觉，连合理选书与读书都谈不上，更不要说个性化阅读。于是，知识消费就向物质消费的方式看齐，跟风盲从成为一种时髦，只认媒体追捧的那本读物，唯独缺少了个人的知性与趣味，满世界就一个品牌，就好像饮料只知道喝可口可乐，不知道还有上好的碧螺春一样。就说有关三国的通俗读物罢，据我所知，选择的余地就很大，书市也都有货，黎东方的《细说三国》，吕思勉的《三国史话》，林汉达的《三国故事》，方诗铭的《三国人物散论》，有大家的，有名家的，有专家的，哪一本都不比那一本差。史书畅销与其他消费品畅销，相同点就在于畅销即流行，不同点在于阅读更具有个人化的特点，流行的未必就是你投缘的。既然个性化阅读正是衡量一个人人文素质修养的参数，那么个性化阅读的严重缺位，难道不正是折射出社会群体的人文素质还没有达到高位吗？

当然，问题总是一分为二的，史书畅销也确实蕴含着社会人文意识的新趋向。这一现象毕竟表明人们对历史的重视，而对历史的尊重与理解，正是人文素质的题中应有之义。西方历史学家克罗齐说过："只有现在生活中的兴趣，方能使人去研究过去的事实。"史书畅销显示出人们对过去事实的兴趣，实际上也是他们希望对现实能有更深刻理解的一种追求。古罗马西塞罗说：不知道你出生之前的历史的人永远是个孩子。准此而论，史书畅销，也许表明我们的民众正在努力地脱离童稚、走向成熟。

在认识社会、完善自身、脱离童稚、走向成熟的人类实践中，历史学是可以发挥作用的。从宏观方面说，历史学能够对社会前结构提供一种科学解释，从而使人们创造历史的活动有一种自觉的理性认识，司马迁说"通古今之变"，与此也有相通之处；从具体方面说，历史能够为我们提供经验教训，完善知识结构，提高认识水平，俗语说"前事不忘，后事之师"，培根认为"读史使人明智"，就是这一意思。从个人修养说，学史可以明辨善、恶、美、丑，认识到什么是公正、进步、正义，从中陶冶人格情操，增强人的社会责任心与历史使命感。

当然，读史学史对于人的素质的作用是潜移默化的，史学不是应用型、工具性的学科，不能指望读一本畅销史书就能一蹴而就。对历史缺少一种敬畏与兴趣，抱着那种立竿见影、活学活用的期望值去读畅销史书，十有八九会失望的，到头来也就只读一本畅销书而已。

有一种倾向认为史学普及化是"小儿科"，许多专家也不屑于做这项工作。您的观点是怎样的？

试问，如果不设"小儿科"，只用脑外科的绝技能医好小孩的病吗？孩子夭折了，或者从小落下病，健全成熟的栋梁之材从哪里来？对这个问题，还有必要从史学功能的角度进行剖析。

史学功能可以分为学术功能和社会功能两个层面。学术功能主要通过前沿性的研究成果对史学自身的发展、进步和完善起着重要作用。例如，三国研究中的走马楼吴简研究，非专业的人根本不会了解，但代表了史学研究的前沿，体现了史学成果的积累。社会功能主要是指对人类社会所起的进步作用和积极影响。学术功能是社会功能的前提与基础，社会功能是学术功能的延伸与补充。学术功能蕴含着间接长远的社会功能，它的社会价值体现周期长，表现也不直接。史学的两种功能是统一的，不能偏废。

在优秀史家那里，这两种功能是可以协调兼顾的。一方面，史家可以在史学成果的表达上尝试多种体裁，既可以是学术专著，也可以是通俗读物。例如，顾颉刚《秦汉的方士与儒生》，从形式说是通俗的，从性质说，却是学术专著。另一方面，史家不妨既写体现研究前沿的学术专著，也写面向大众的通俗读物。例如，吕思勉既有代表其学术高度的《两晋南北朝史》，又有通俗读物《三国史话》，各擅胜场，令人叹绝。

当然，史学工作者根据各人擅长而有所分工，有些人只写学术专著，有些人兼顾普及读物。但倘若有人以所谓学术性来鄙薄这种工作，嗤之为小儿科，那就大谬不然。首先，学术性与否并不取决于著述的形式，通俗读物也可以富有学术含量，成为学术经典，张荫麟《中国史纲》原是历史教科书，其学术价值早就为学界所推崇，你能说它不具学术性？其次，当前那些个专著论文就都一定有学术性？对任何一个跨入治史门槛的人来说，为自己的论著整上几十条引文，借此披上学术化华衮，谁都知道不是难事，而这些论著其实并无学术性可言。

有些学院派认为，直接阅读或利用他们的高文典册，就是体现了史学的社会功能。史学实现其社会功能的途径有两条：一是某些领域里的相关人士直接阅读或利用相关的史学前沿成果，但能够或有必要这样做的人真是凤毛麟角；二是历史学者通过通俗化的形式向社会大众普及包括前沿成果在内的历史知识，这是实现史学社会功能的最基本途径。对广大民众而言，他们既不可能直接掌握纯学术化的史学成果，其至也很难要求他们去阅读枯燥乏味的历史教科书。他们需要以一种喜闻乐见的形式来亲近历史，而不是那种令人生厌的高头讲章。

实际上，历史知识如何普及，始终是史学的大课题。自梁启超提出"新史学"以来，普及的努力也从未停止过。其中，章节体教科书功不可没，蔡东藩历代演义改造章回体也成绩斐然。但随着人们阅读习惯的改变，这些普及形式与民众的阅读习惯也渐行渐远。而细说体系列与"百家讲坛"系列都不失为一种可贵的尝试。

《品三国》热销与易中天现象，说明了历史学家在史学普及化方面还存在着严重的不作为，以至于要由一位文学教授来"越俎代庖"。而有些人不愿做、不屑做或不会做的史学普及工作，却一味地不是以"不专业"来非议圈子外人的尝试，就是以"小儿科"来鄙薄圈子里人的努力，那恐怕就只能坐视"戏说"类的影视独霸史学庸俗化（不是史学通俗化）的领地。

本文原载《社会观察》2007 年第 1 期

如此"越界"绝非坏事

——答《社会观察》记者问

在当前学科专业化的背景下，您作为职业历史学家，看到杜车别的"越界"作品，第一反应是什么？是不屑一顾，还是饶有兴趣地读下去？

首先，我想问一下历史学是什么？从学科形成角度上看，现在意义上的历史学，是在人类社会进入近代以后才形成的一门人文社会科学，但人类对过去历史的关注和思考从古代就开始了。广义地说，所谓历史就是人类对过去的一种理性反思，原本不存在专业不专业的问题。在学科专业化之前，中国古代，包括西方以前的大学者都是兼跨几个专业。从这个角度看，不存在什么"越界"问题。

即便历史学后来成为专业，成为某些人专门从事的职业后，专业界限也不应该那么严格。有一些历史专业出身的人，只知道照本宣科，完全缺乏历史感，如何会有真知灼见？而一些非历史专业出身的人，出于对人类历史的兴趣，主动思考问题，有时也会有真知灼见。举个例子，著名历史学家童书业，他在成名之前，是一个邮电局的职员。他在邮电局的工作岗位上发表了关于先秦史的一系列文章，受到史学大家顾颉刚的青睐，聘请他做自己的助手。这样的"越界"行为，对于历史学的发展不是一件幸事吗？

中国的传统学问，包括史学在内，实际上有一个"为己之学"和"为人之学"的问题。一些非历史专业的人，对历史的思考，往往是出于自己的需要，实际上将历史当作了"为己之学"。当历史成为专业以后，有时候反而成为"为人之学"了。我对当下把历史当作一种职业的倾向，也很迷惘。职业和自己的专业兴趣能很好地融合在一起吗？拿项目、评奖项、学术论文评级，这些外在的、量化的东西，在激发历史学者急功近利地"多写快上"的同时，也引发了一些浮躁的情绪，这样，怎么能出传世之作呢？所以我第一眼看到杜车别的作品，感觉他是一位很有自己个性的青年人。一个学数学的，居然能定下心来，对行情冷清的历史学做研究。就以我自己来说吧，我的第一篇历史学论文，也是在过去当中学语文代课老师时写的。大概因为共同的"越界"经历，让我对杜车别的文章感到有点亲切。

杜文中有一部分是作宋代和明代比较的。我注意到文章有这样一个细节，他说："尽管在事实上宋朝是不允许商人子弟参加科举考试的，但具体落实过程中，能得到多大程度的执行是很成问题的。"但并没有展开详细的论证。我认为这个细节很重要，因为他关于宋代平民知识分子或曰资产阶级过早掌握政权的立论建立在对相当多的工商业者通过科举制度进入政权的假设上。您是宋史研究专家，对此有何见解？

在宋代科举制度问题上，他的直觉和历史感还是不错的。比如，他说宋代科举人数在量上有了一个重大突破，被录取进士的仕途要远远好于唐代，还有科举制度的发展得到印刷术等技术层面的支持等。这些观点，我基本上是同意的。

关于工商业者能否参加科举的问题。唐代初期规定工商业者不得入仕，晚唐规定改业三年后方可入仕。应该说，宋代工商业者是可以参加科举考试的，这一点，我倒是可以给他提供一个有力的证据。宋太宗即位后，也明诏"工商杂类不得应举"，但同时补充说明，"如工商杂类人内有奇才异行、卓然不群者亦许解送"。在中国古代社会，政策规定一有特例，往往可以成为惯例。但是，宋代工商业者科举入仕，是否就代表他所说的资产阶级，学理层面上仍有值得讨论的余地。可以从几个方面来看，第一，工商杂类的子弟通过科举考试进入他所说的文官集团的比例是多少？按照我对宋代科举入仕身份和名额的了解，我直觉这个比例不会太高。第二，即便是有少数工商杂类子弟通过科举进入文官集团，能不能说这个文官集团都成为工商业者的代言人？第三，最关键的是，宋代整个社会的性质是什么？究竟是以地主与农民为主体的传统农业社会，还是以资产阶级与雇佣劳动者为主体的近代资本主义社会？工商业者是否就可以说成他所谓的资产阶级？这些都是值得推敲的。

您对杜车别文章的总体评价如何？

总的看来，从具体内容上，他对政治史的关注要比经济变迁和社会结构具体而且深入；从朝代分布上，他对明史的了解比宋史多。文章里面对宋史不多的议论中，有些问题有独立见解。比如，他讲到宋代社会中有一些看来涣散的个性解放，宋代士大夫比如台谏有了一些舆论力量，制约皇权的观念在程朱理学创立者里已经有所反映，以及宋代科学精神的建立等。但是，在文章中，杜车别经常把宋明两朝连起来议论，容易造成某些混淆。宋明两朝确实有历史的连续性和继承性，但不是直线上升式的。比如说，他提到明代的文化和思想远远超过宋代。实际上，从整个思想文化史中考察，宋代文化要远比明代高。陈寅恪先生认为宋代文化是中华文化的一个顶峰，曾说过："天水一朝之文化，竟为我民族遗留之瑰宝。"

资本主义萌芽问题是杜车别论述的一个核心问题，现在学术界多数将其视为一个伪问题，而不再提起。杜车别认为，对历史的思考并不存在伪问题，我以为还是有一定道理的。而且从为什么中国没有资本主义萌芽的出现，为什么中国没有走西方近代那样的历史之路这个角度来看，资本主义萌芽的概念也不是绝对不可以提。不过，在整个论述过程中，他的文章中确实有一些值得商榷的问题，甚至可以说是硬伤。比如他引述宋史专家葛金芳关于宋代工业发展状况的介绍，将其作为宋代资本主义萌芽发展的一个论据。但对于葛文紧随其后的结论"对于宋代原始工业化所获得的成就当然不应估计过高"，却避而不谈。又比如，他认为《梦溪笔谈》是理学思想运用到科学实践的产物，这个提法也有问题。因为理学的全面确立是在南宋，而《梦溪笔谈》的形成是在北宋，理学在那时还没有成为主流思潮。

我和杜车别根本的分歧，还在于宋朝政权体制的定性问题。杜车别认为宋朝正处于资本主义萌芽发展到真正资本主义的阶段，我不赞同。我认为，宋代有一些新因素的出现，比如思想相对的平等与自由，对君主权力的相对制约。但最基本的估计，我认为宋朝还是君主专制体制，而且正是由于君主专制体制，有一些体现新型社会的因素，没有办法在母体里正常孕育出来。

总的来说，他对于学术前沿的论著是比较关注的。也可以看出，他对历史的思考，其实是落脚在当前的现实生活中。克罗齐曾经说过："人们思索过去总是出于一种现实的动机或兴趣。"杜车别对资本主义萌芽的再思考，让我想起20世纪80年代初，我在读大学时，历史学界那场"关于中国封建社会长期延续原因"的争鸣，其实质是走出"文革"后人们对国家未来和民族前途的反思和讨论。

当然，在历史研究的规范上，杜车别还需进一步努力。比如，所引用材料多是转引自今人著作中的二手资料。今人的论著不是不可以引，但工夫还是要下在对最原始史料的解读和发掘上。又比如，对纯理论的纠结比来自史料的研究多得多，史料和观点还存在不能水乳交融的问题。在内容方面，他提到的三个北方民族女真金、蒙元、满清对中原政权北宋、南宋和明朝正常发展的打断问题，我认为倒是颇具启发意义，值得进一步发掘与探究的。希望他在"为什么会被打断""在什么路径上被打断"等问题上，深入研究，给史学界贡献更多的见解。

您如何看待网上历史写作浪潮涌动的现象？

听说网上的历史论坛很热闹，我不大浏览，大体感觉这些历史写作可以分为几类。第一类是即兴式的。有些人读了今人的著作，需要一个话把来随口说说，满足自己发表的欲望，一些言语情绪化很重。第二种是评点式的历史随感。评点的著作有今人著作，也有原始史料，角度主要侧重于政治史，也出现一些佳作，但总的来说深度还不够。第三种是学理式的。这些作品是对某一方面的历史或宏观历史的认真思考。杜车别的文章可以归入第三种。

网上历史作品广泛流传说明了什么？第一，我们已进入新传媒时代，历史研究应充分重视这一史学传播的新方式。当前的历史热，相当程度上就是电视、网络、图书等媒体合力推动的结果。第二，现代化信息检索手段使得史学研究收集资料的途径大大拓宽、效率大大提高。目前各种期刊网和网上图书馆，提供了大量今人的研究成果，乃至于许多原始资料。在这种情况下，历史研究的手段就不能再满足于卡片式、剪刀加糨糊式，而应充分利用网络新资源。例如，上海古籍出版社新出版的一本写明末传教士的著作，书名叫做《两头蛇》，就利用了大量的网络资料，被书评家称为"网络时代历史写作的创新作品"。第三，网络提供给历史爱好者一个相对自由的平台。一些非历史专业人不需要通过业界学术刊物的承认，就能广泛传播自己的研究心得和成果。这是一个值得重视和珍惜的言论空间。我们应该在不违背宪法规定的前提下，提倡多发表学理性的历史反思和文章，但不要情绪化地泄愤，更不能谩骂式的攻击，要以理服人。对于网络历史写作，应该贯彻一个基本原则：我并不一定赞成你的观点，但我维护你发表言论的权利。

本文原载《社会观察》2007 年第 9 期

向格拉斯致敬

　　之所以要向君特·格拉斯致敬，主要不是诺贝尔文学奖得主的原因，而是他在回忆录《剥洋葱》里所表现出来的反省的勇气。《剥洋葱》原版是去年问世的，今年已由译林出版社引进出版，时效上相当及时。此书甫出，在德国引起轩然大波，指责他长期隐瞒经历。在德国，对纳粹的清算不遗余力，这一指责自有其道义上的合理性。然而，揭露自己过往的过错，对一个人、一个民族、一个国家来说，都不是轻松与容易的事。格拉斯自然也不例外。

　　《剥洋葱》的书名是一个比喻，就来自作者得诺奖的作品《铁皮鼓》的描写：各色人等在战后匮乏的年代里，花高价到洋葱地窖夜总会去剥洋葱，借洋葱味的刺激让自个儿痛哭流涕，回忆平日不愿回忆的过去。在这一黑色幽默中，格拉斯对战后人们拒绝反思表达了不满。可以想见，此时的他，也在对自己进行着灵魂的拷问。最后，他终于自曝六十年前参加党卫军的经历。旁人可以用更高的要求说他的曝光过于迟到，但对他来说，尽管战后"避而不谈，保持沉默，但是，负担依然还在"。这次，他自剥洋葱，则是深刻反省后终成正果。

　　二战结束不久，格拉斯的同胞、思想家雅斯贝尔斯发表了《罪责问题》，表达了他对二战的历史反思。他提出了区分四种罪过的概念：刑事罪过，指直接参与法西斯杀戮行为；政治罪过，指虽未具体杀人，但参与了法西斯战争，他认为，二战后幸存的德国公民都负有政治罪过；道德罪过，只是那些在道义上认同法西斯主义的个别人；形而上学罪过，指从思想理论上鼓吹法西斯主义。这四种罪过并非每个德国人都有，其程度是由低层次向高层次递升的。例如，也是格拉斯的同胞，著名思想家海德格尔在二战中不仅与纳粹政权合作，而且从哲学思想上鼓吹纳粹主义，就不仅有道德罪过，而且还必须承担形而上学罪过。

以雅氏的罪责论来衡量，格拉斯"没动手干坏事"，没有刑事罪过，但参与了法西斯战争，应该承担的，也就是每个战后幸存的德国公民都不能推卸的那份政治罪过。问题的关键是对这种全民性的政治罪过的反省态度。格拉斯说得很实在："要找借口的话，唾手可得。"然而，他最终反思道："自称当初无知并不能掩盖我的认识：我曾被纳入一个体制，而这个体制策划、组织、实施了对千百万人的屠杀。即使能以没动手干坏事为自己辩白，但还是留下一点儿世人习惯称为'共同负责'的东西，至今挥之不去，在我有生之年肯定是难脱干系了。"这种对政治罪过的深刻反省，真可谓一挞一道血，一鞭一道痕，才是真担当。也许正是全体公民较普遍地具有这种政治罪过的反省精神，德国对纳粹法西斯主义的清算就比较彻底，赢得了世界的谅解与尊重。

在日本法西斯形成过程中，有一次臭名昭著的"大逆事件"。1911 年，日本当局以所谓"大逆罪"处死了无政府主义者幸德秋水等 11 人，社会舆论却噤若寒蝉，对法西斯主义的抬头"集体失语"。事后，著名文学家永井荷风对自己未能像左拉那样对德雷福斯事件中仗义执言而羞愧不已，他也自剥洋葱道："面对这一事件，自己没有发言，对一个文学家来说，是良心上难以忍受的痛苦。"以雅氏罪责论而言，永井自认为在"大逆事件"中负有道德罪过。正因有此反省，在日本侵华前夜，荷风不仅毅然辞去帝国艺术院会员的头衔表示消极的抗议，而且指出，日本当局"无异于将现代日本带回到欧洲中世纪的黑暗年代"。当然，这种反省后的自觉，来得太晚，而且完全不成气候，终于没能阻止日本法西斯的战争步伐。

舆论认为，东邻日本战后对罪责的反省，远不能与德国相比。就政府而言是吞吞吐吐，欲说还休，朝野都有死不认账的极右势力，甚至要否定东京审判所定下的刑事罪责。在日本法庭拒绝华人劳工索赔与日本政府拒绝慰安妇索赔时，其判词也总是以战争的特殊状态作为遁词。由此可见，在承担战争罪责方面，日本实在缺乏德国人"剥洋葱"的反省精神。

中国有句俗话，叫做"法不责众"，既然大家都有责任，因而大家也就不必承担具体的罪责，也就不必再去进一步反省自己应该承当的那份政治罪过或道德罪过。我不知道"剥洋葱"意识在日本的缺位，是否与这种思想逻辑有关。不过，"法不责众"的思想逻辑可是我们的国粹，不禁也让人反躬自问，我们民族是否有自觉的"剥洋葱"精神呢？今年恰是改革开放三十周年，记得在三十年前，也就十年"浩劫"刚刚结束的那几年，对于十年"浩劫"中的刑事罪过也有过清算，上有对江青、林彪集团的审判，下有对"文革"三种人的清查。但是，全体国民对于自己在十年"浩劫"中曾经有过的狂热与追随，可曾有过深刻而痛苦的反思？当时经常听到的说法，是"全国人民都是这场灾难的受害者"；不知多少人轻描淡写地用一句"那是历史环境造成的"，作为回避反省的理由。

最近有一篇书评说，一位中年出租车司机看到有人拿着一本《在"五七干校"的日子》的新书，居然发问："'五七干校'是什么学校，在哪儿？"书评作者感慨系之："'集体失语'固然可怕，'集体失忆'才更可怕！"实际上，昨天的"集体失语"会造成今天的"集体失忆"，而今天的"集体失忆"又会造成明天"集体失语"，两者是互为因果的。而究其原因，则是国民与民族"剥洋葱"精神的缺失。我想，从那十年走过来的人，都应该反省：自己在其中有没有格拉斯所说的应该"'共同负责'的东西"，而不是以当年"年轻无知""不知内里"或者"毕竟是书生"之类说辞来自我开脱或辩解。总之，有了每一个过来人的"剥洋葱"的回忆，才有可能保存整个民族的集体记忆，整个民族才不至于集体失语。就在这点上，也该套用一句那十年中的时髦口号：向格拉斯学习，向格拉斯致敬！

本文原载《南方都市报·阅读周刊》2008 年 3 月 9 日

福冈访古

年节刚过，去了趟日本九州。最后两天没"血拼"任务，便与大学旧友作访古游。福冈是距中国最近的港口之一，留下了中日关系的许多遗迹，自然是寻访的重头戏。

一

听说志贺岛是中日交往发轫的胜地，先去一探究竟。岛原在海中，现与陆地有长堤连接。乘船过博多湾，到西户崎，打个出租，转眼就到金印公园。矗立的石碑上以汉隶镌刻着"汉委奴国王金印发光之处"。尽管《史记》说徐福率数千童男女入海，却未明言去日本，只能是传说。我国正史首载两国来往，在东汉建武中元二年（57），倭奴国"奉贡朝贺"，光武帝"赐以印绶"。有意思的是，1784年，这里农民修渠时掘出了这方金印，坐实了《后汉书》记载。金印长2.3厘米见方，高2.2厘米，重108.7克，近乎纯金打造，上镂"汉委奴国王"五字（"委""倭"相通）。这枚日中交流的最早证物，作为日本重要"文化财"，在福冈博物馆常年展出。

1975年，两国正处在复交蜜月期，当地辟为金印公园。还有两块石碑，一块是1980年杨尚昆题词——"带水横陈，两市相望，友谊永恒"，这年福冈与广州结为友好城市，他正主政广州；另一块是郭沫若诗碑，诗作于 1955 年访日期间，书迹乃 1974 年专为建碑挥毫的，末联说："此来收获将何有，永不愿操同室戈"。福冈是其留学客居地，博多湾边留下过他的足迹与诗歌，立诗碑也是相宜的。

公园平台上雕嵌着两国隔海相望图，标明从福冈到中国主要城市的公里数。介绍铭牌或是当年行文："由此遥望美丽平静的景致，令人感受到与大陆文化进行的越海交流。如今，极目远眺博多湾对岸的海滨与福冈市，矗立着福冈电视塔与收藏金印的福冈博物馆，在暮色时分尤有韵致。"但来游当日，寒雨霏霏，对岸海滨恍惚依稀，阴霾之中几无韵致可言。

历史风云也真是阴晴无凭。从公园北行千米左右，就是"蒙古来袭古战场"，一眼瞥见"元寇史迹蒙古冢"的石碑。日本史也将"蒙古来袭"称作"元寇来袭"，并以天皇年号将两次攻防战分称为"文永之役"（1274）与"弘安之役"（1281）。我们不妨以干支纪年，称之为"甲戌之役"与"辛巳之役"。两次战役都是元朝发动的，最终也都以飓风骤至而宣告失败，日人视为有"神风"护佑（太平洋战争末期，日寇做最后挣扎，组建"神风特攻队"，命名即缘于此）。"蒙古冢"就是溺死或毙命博多湾上的元军殡葬处，当地旧称"斩首冢"。进入 20 世纪，这些遗冢大多湮没。1927 年，福冈日莲宗僧人高锅日统倡建"蒙古军供养塔"，塔碑上端特镌"南无妙法莲华经"字样，表明立塔之际曾诵念《妙法莲华经》超度亡灵。

供养塔建成后，1938 年，伪蒙古德王来参拜过；1941 年，伪蒙疆政权兴安南省东科后旗长包尼雅巴斯尔一行也来过，参拜石柱迄今犹在。尤其令人关注的是，一方铜碑上镌铸着《大日本志贺岛蒙古军供养塔赞》，落款竟是"中华民国东三省保安总司令张作霖"。供养塔落成在 1927 年 9 月，次年 6 月，张作霖就殒命皇姑屯，这篇《塔赞》

应立在这几个月内。对皇姑屯事件前夜的中日关系，这篇五言赞文似有特殊的价值。赞文回顾了历史："何意忽必烈，泪海兴雄师。被馘诸健儿，荒原血长碧。博多大海湾，往往骷髅哭。迄今六百载，遗冢多湮没。"还算说在理上，尽管镰仓幕府拒绝通好擅杀使者在先，但元朝调发蒙汉、高丽与江南诸军，致使中华健儿殒命异国，毕竟是悲剧。但接下来，赞文却揄扬所谓"大东亚"论，鼓吹"中日同种族，文教通沆瀣"，"俾亚细亚洲，蒸为大和宇"。当年的张作霖，也许还幻想与甚嚣尘上的日本军国主义势力虚与委蛇，指望他们"推此悲愍心，普及于东亚"，保护自己在东北的权益，却浑然不知，日本关东军早将其视为独占东北而必欲除去的对手。至于从冢中"枯骷亦虚空"出发，张作霖提倡"敌我何畦畛"，"无我无敌人"，却是战争无是非论，客观上助长了日本军方的狼子野心。

二

既然"元寇来袭"是日本史的重头话题，次日，便继续寻访相关史迹。甲戌之役后，为预防元军再次来袭，镰仓幕府下令博多湾沿岸赶筑工事。从 1276 年 3 月起的半年间，西起今津、东至香椎的岸线上，砌起了日人称作"元寇防垒"的石筑工事。这条高约 2.5 米至 3 米，绵延长约 20 公里的防线，在辛巳之役中有效阻止了元军上岸。好不容易，我在福冈西南学院大学附近找到了一段防垒遗址。早在 1931 年 10 月，日本文部省就将其列入"史迹名胜天然保护物"，定为国家史迹，还建起了"元寇神社"。其时，正当"九一八事件"不久，日本从元朝的受侵者摇身一变为中国的入侵者，全然忘却了元军来袭时的民族感受。

面对防垒遗址，联想到蒙古冢，我不禁一度陷入沉思。昨天乘出租车去志贺岛时，日本司机问："去那里看什么？"我那同窗用日语答道："参观蒙古冢。"司机随口道："蒙古来袭好厉害啊。"同学当即打趣说："是啊，如果没有台风，日本已成蒙元的属地，那咱们现在就该用蒙古话交谈啦！"这日本老头倒也不以为忤，说了声"是啊"。我却想起战后一部日本电影里一句雷同台词，名导小津安二郎让日本主人公感慨道："战胜的话，现在你和我就都在纽约。"这种论调奉行的是"历史不责备胜利者"的价值观，以这种观念来讨论战争，实际上抹杀了具体战争的是非与对错、正义与非正义。就中日两国而言，无论古代，还是近现代，都曾兵戎相见。我们反对战争，祈求和平，也不主张永远背负着战争引起的仇恨，以致影响未来的和平进程。但绝不是说，就同意这种战争无是非论与胜者无罪论，只有坚持历史事实，分清楚具体战争的正义方与非正义方，才能真正理性地反思战争，面向未来，迎接和平。

即如辛巳之役，元朝调发了新征服的江南地区近 10 万士兵，遗民诗人郑思肖说他们"此番去者皆衔怨"。听到战败消息，他"鼓掌一笑"，赋《元鞑攻日本败北歌》表示欢迎。郑思肖不但在诗里揭露了东征强加给人民的苦难："已刳江南民髓干，又行并户抽丁语，凶焰烧眼口竟哑，志士闷闷病如蛊。"还在序里抨击元朝"竭此土民力，办舟舰往攻焉，欲空其国所有而归"，斥其发动的是不义之战。作为遗民，他之肯定败战，或许还怀着新朝灭其故国的家国之恨，但对不义之战的批判精神却值得肯定。宋元之际，类似的反战诗人不止其一人，汪元量在《燕歌行》里也控诉过征东之役："岂知沙场雨湿悲风急，冤魂战鬼成行泣！"如果说，七百多年前的元日之战，虽说镰仓幕府无理在前，但日本民众毕竟是元军东征的受害方，而两次战役也让蒙汉、高丽与江南的参战士兵遭遇了灭顶之灾；那么，七十年前那场战争，日本是侵略者，是非正义方，中国是受害者，是正义方，早是盖棺论定的历史公论。当年，郑思肖、汪元量们能区分战争的正义与否，这种理性认识与悲悯情怀，对当下双方来说都不失为一帖清醒剂。今人的价值观总不至于比古人还倒退吧！

三

　　离开"元寇防垒"，踏访了福冈城遗址，再乘地铁至祇园站，出站不远就是名刹东长寺。山门前立着一尊石碑，上款是"弘法大师开基"，正中大书"密教东渐日本最初灵场"，落款为"西安青龙寺住持宽旭"，碑额镌刻着"南岳山东长密寺开创千贰百年纪念"。这位弘法大师，便是鼎鼎大名的日僧空海。804 年，他随遣唐使抵达长安，问学于青龙寺僧惠果，获受密教嫡传。次年，惠果圆寂，他受千余会葬弟子公推，为先师撰写碑文。在日中文化交流上，空海的佳话或许堪与鉴真媲美：作为文论家，他的《文镜秘府论》迄今受到中日文学史界的推重；作为书法家，他据汉字草书创制了沿用至今的日语平假名。806 年，他自浙江泛海归国，在博多湾一登陆，就营建了这座寺院，作为弘扬密教的最初道场。眼下，山门与五轮塔整饰一新，应该连同山门前那方追溯空海佛缘来源的纪念碑，都是 2006 年这座密寺创立 1 200 年时的留痕吧！

　　踏出东长寺，天色尚早，趑向几百米外的承天寺。这座敕赐禅寺是 1242 年由太宰府贵族捐地营建的，迎请刚从南宋归国的圣一国师圆尔辨圆为开山祖。寺院当年占地数万坪，现存殿院仍然不少。有日式庭园以白碎石波涛状泻地，墙角虬曲一桠白梅，大有文人禅趣。一个院落里竖着三方石碑，两方与开山祖圆尔有关：居中碑上镌刻着

"御馒头所",靠左那方上刻"馄饨荞麦发祥之地"。圆尔在 1235 年远赴南宋,居留六年之久,历访天童、净慈、灵隐等名刹,后入径山寺师从无准,得其心传,继其法统。取道博多湾归国时,他不仅禅学名播遐迩,还带来了面食制作法。据说,日式馒头(まんじゅう)就是他最早带到这里的,那碑上"御"字是表敬前缀词,"所"字表示供奉的"处所"。而荞麦(そば)与馄饨(うどん)这些风行日本的面食,也是他从宋朝首传当地的,故而才立"发祥之地"碑。据日本学者木宫泰彦说,日本镰仓时代,"食物的烹调方面也时兴宋朝的做法,这可以从(镰仓)圆觉寺开堂斋中用了馒头一事看出一斑"(《日中文化交流史》)。从这两方碑石看,福冈竟是宋朝面食烹调法的传入窗口。

旁边庭院还有"茶筅供养塔"碑,不能确证是否与圣一国师有关。但日本茶筅(ちゃせん)也从宋朝传入,福冈作为首传之地,似乎没有疑问。茶筅是冲抹茶时搅动茶块的茶具,朱熹《家礼》一再提及,《大观茶论》有具体描写:"茶筅以劲竹老者为之,身欲厚重,筅欲疏劲,本欲壮而末必眇,当如剑瘠之状。盖身厚重,则操之有力而易于运用,筅疏劲如剑瘠,则击拂虽过而浮沫不生。"这是因"宋时用茶饼,将此搅之",而日本茶道保存的正是宋人饮茶法,故茶具中必备茶筅。入明以后,我国饮茶改用片茶冲泡法,以致清代有家礼研究者对茶筅已不甚了然,令人有"礼失求诸野"之慨。

四

踏出承天寺山门,落日已经苍茫。两天福冈访古,倭奴国金印、蒙古冢、元寇防垒、密教东渐第一寺、宋朝面食输入地、茶筅供养塔……诸多片段蒙太奇式交相叠印，大有剪不断理还乱之感。而这，也许就是中日关系史的某种缩影：两国之间，既有挥之不去的宿怨新痛，也有一衣带水的文化往来。基于这一缩影，在纪念抗日战争与世界反法西斯战争胜利 70 周年的今天，自然应有充分理性的深入思考。

当下，无论世界政治版图，还是亚太政治版图，中日两国都是举足轻重的大国；两国既是隔海相望的邻国，自近代以来又有着太多的宿怨旧仇。更为棘手的现状是，作为侵略方与加害方，日本右翼并未像德国那样完成了全民反思，拥抱战败；而中国作为被侵略方与受害方，也还有人未脱极端狭隘的民族主义情绪，时有"中日必有一战"的网论。确实，就像两家邻居在利益交集处会有纠纷一样，中日作为邻国，无论岛屿主权的确认还是海洋权益的划分，也必然会引起摩擦与纷争。毫无疑问，在原则问题上，坚持历史事实，明确是非对错，是完全必要的。但这并不意味着，在解决争端时，有理方就可以轻率诉诸所谓"必有一战"。

正如 2015 年 5 月 23 日习近平在中日友好大会上指出："邻居可以选择，邻国不能选择。"这句话意味深长。邻居之间有纠葛，即便闹得不可开交，乃至打得人命关天，最后还留有迁居搬家一走了之这一招，而邻国则必须世代相处下去。因此，对两国政治家与老百姓来说，关键是否愿意承认：双方和平共处，不仅符合两国人民的根本利益，而且构成亚太稳定的基本保证，如此双方都是赢家；而倘若为了眼前权益而动辄诉诸兵戎，对两国民众都将是一场灾难，对两国前途都将是一次厄运。只要这一前提能达成共识，余下的任务便很明确：双方政治家运用政治智慧，两国老百姓保持理性认知，真正做到相向而行，竭尽可能去争取和平相处。

本文原载《中华读书报》2016 年 1 月 13 日

猴年打油诗话

小　引

　　中国农历以干支纪年，十二生肖逐年亮相，每年春节几为娱乐节目与报章副刊的保留话题。今年是猴年，猴故事最喜闻乐见，一部《西游记》可为明证。在生肖群里，与人的关系，似也数猴最为密切。人是万物之灵，但动物分类学则把人与类人猿、猴归入同类。一般老百姓才不去深究达尔文进化学说，只简单说成"人是猢狲变的"。中国古文献里，猴也称猱、狙、猿、狨等，不一而足，毋庸獭祭；其中猿猴故事往往混说，实际上却涉及灵长类的不同科目，也暂且不去管它。套用马克思"猴体解剖是人体解剖的钥匙"，考察猴性或是反思人性的津梁。丰富复杂的猴性与人性确实最贴近，中国古代猴故事也都在说人间世。春假无事，遂搜寻猴掌故，配上打油诗。知我者谓我心忧，不知我者嗤我打油。诗味寡淡，或为诗坛名宿与文苑新俊笑，然不作无益之事，何遣有涯之生？是为引。

一、猢狲称王

猢狲重聚练刀枪，一统齐天日月长。

且喜山中无老虎，看俺弼马再称王。

"山中无老虎，猴子称大王"，这句谚语引自《冷眼观》，这部小说刊行于 1907 年，但谚语形成肯定早得多。何时流传，笔者腹俭，无力考实。鲁迅致其母亲信说："海婴已以第一名在幼稚园毕业，其实亦不过'山上无老虎，猢狲称大王'而已。"足见同一含义的谚语，在民间有不同说法，当然都来自老百姓的日常观察。查阅《西游记》里的花果山，虽说石猴出世后，也提及"与狼虫为伴，虎豹为群，獐鹿为友，猕猿为亲"，但或是泛写。石猴穿过瀑布进入"花果山福地，水帘洞洞天"后，便对小的们道："你们才说有本事进得来，出得去，不伤身体者，就拜他为王。我如今进来又出去，出去又进来，寻了这一个洞天与列位安眠稳睡，各享成家之福，何不拜我为王？"于是，"将'石'字儿隐了，遂称美猴王"。小说自此没再写这封闭的洞天福地里有"虎豹为群"。这句谚语或许也用得上。

二、沐猴而冠

项王毕竟少雄图，衣锦还乡焚帝都。

冷眼楚伧成富户，沐猴冠戴学鸿儒。

先说成语出典。据《史记·项羽本纪》与《汉书·项籍传》，楚王项羽攻入秦都咸阳，杀了秦王子婴，放火焚烧秦朝宫室，大火三月不灭，然后收其财货美女，准备东还。有韩生进言："关中襟带山河，土地肥饶，足以建都称霸。"项羽看到秦宫都被烧毁残破，又见人心思归，便说："富贵不归故乡，就像穿上绣衣锦袍走在黑夜里，有谁知道你！"韩生说："有人讲楚人沐猴而冠，果然如此！"项羽听说，把他给烹杀了。但成语来自生活，耍猴人让猿猴学人冠戴，应该早已有之。《庄子·天运》说："今取猿狙而衣以周公之服，彼必龁啮挽裂尽去而后慊。观古今之异，犹猿狙之异乎周公也。"意思是说，你让猿猴穿上周公的衣服，它必定撕咬扯裂个干净才会惬意。考察古今不同，就像猿猴之不同于周公一样。《庄子》这段话与沐猴而冠说的是同一个道理。"沐猴"，据学者考证，应即"猕猴"或"马猴"，但古籍里也有解释为"猴好拭面如沐"的，说的是猴子自己抹脸戴冠，欲学人样，仍是猴相。

三、阇婆国猴

阇婆海国有群狙，等级森严似帝居。
君后饱餐鲜果后，众猴方可食其余。

据《诸蕃志》说，阇婆山里多群猴，生性从不怕人，如呼以"霄霄"之声就出山来。倘投以果实，就有两只大猴先到，土人说这是猴王与猴夫人。等它俩享用完毕，群猴才有资格吃剩下的东西。阇婆即元明时的爪哇国，今地在印度尼西亚的苏门答腊岛。这条记载已从群居秩序角度去观察猴群，但猴群内这种等级性具有普遍性，并不限阇婆与爪哇。

四、猢狲供奉

伴驾随班性抚驯，著绯罗拜入丹宸。

我为供奉君休笑，却识天墀换主人！

唐朝末年，朝廷完全丧失权威，901年，连唐昭宗也被宦官劫持到凤翔，直到903年才返回都城长安。据《幕府燕闲录》说，在这播迁期间，皇家艺人只有一个耍猴的随驾。他调教的猴子倒颇驯顺，也与廷臣一样随班上朝，昭宗一高兴，就赐它穿上红色官袍，唤作"孙供奉"。诗人罗隐下第不久，听闻此事，忿忿不平，写诗抨击："十二三年就试期，五湖烟月奈相违。何如学取孙供奉，一笑君王便著绯。"一个读书人指望科考改变命运，十来年里连湖光山色都无暇观赏，却不及一头猴子，逗乐皇帝就能著绯当官。罗隐的愤慨揭露了深刻的危机：一个王朝堕落到这种地步，不亡又何待！果然如此，唐昭宗回都后就被军阀朱全忠掌控，次年，这位"全忠"就把他杀了，不久自己当上了皇帝，即后梁太祖。梁太祖即位，唐朝旧臣纷纷觍颜转事新朝。新主对"孙供奉"倒也不薄，仍让它殿下起居。不料陛见时，也许那猴儿发觉殿上换了主子，径直奔向御座，跳跃奋击不止，被梁太祖下令杀死。有感于人臣的节概竟不及一头猴子，《幕府燕闲录》作者一声叹息："唐臣愧此猴多矣！"

五、母狙指腹

触网牝狙双泪垂，叩头频指腹中儿。
人猴母性同情理，后主虑囚生大悲。

据《湘山野录》，南唐李后主天性宽恕，少行威令。有一次青龙
山狩猎，一头母猴在山谷中误入罗网，一见到他就泪流如注，磕头搥
胸，一再自指腹部。后主十分怪讶，让围猎者守护好它，当天夜里，
母猴生下两只小猴。李后主大生感慨，回来视察大理寺，亲自录问在
押囚犯，多所宽贷。有一个在狱孕妇，产期一满就该处死。不久，她
产下双胞胎，李后主有感于母猴故事，改判她流放远方。这一改判于
法合理与否另当别论，李煜看到待产母猴起恻隐之情，无疑充满了悲
悯心。最感人的还是那只泪流满面的母猴，在母性上，猴性有时真不
输于人性。

六、槛猿如豚

山林自在性情舒，踉跳腾翻最逸如。
诱逼关将笼槛去，灵猴日久变呆猪。

《淮南子》指出："置猿槛中，则与豚同，非不巧捷也，无所肆其
能也。"意思是说，把猿猴关进笼子里，那它将与肥猪无异；并非它
不再矫健敏捷，而是空间逼仄迫使它无法一展所长。将这层意思推衍

开去，再聪明的后代，再出色的社群，倘有限制"无所肆其能"的笼子，后果不言而喻。《野人闲话》还有一个猴故事。五代后蜀时，有弄猴人杨千度擅驯猢狲，让猴群能懂人的言语。一天，后厩的猴群挣断索缚，走上了殿阁，后蜀主命人射杀，搞了三天却不见成效，就让千度来试试。千度先让经过训练的十余头猴子在殿前嬉戏，那些挣脱约束的猴群都在房舍上窥探。杨千度喝道："奉诏把房上猢狲招下来！"由于同伙呼朋引类，逃脱的猴群果然立马罗列殿前。有人问他调教术，回答说："猴子实在不解人语，先以灵砂为诱饵，改变其兽心，然后就可调教了。"解放的群猴之所以再就范，完全出自同类的诱导。

七、朝三暮四

限粟只缘家匮粮，狙公小技费思量。

朝三暮四群情怒，朝四暮三怡未央。

这个成语耳熟能详，出自《列子·黄帝》。春秋战国时，宋国有个狙公，喜欢猴子，养了一大帮。狙公懂得猴子好恶，猴子也大得他欢心，乃至于尽己所能，满足群猴的口腹。不久，家赀开始匮乏，他打算减少供食，唯恐猴群不再俯首听命，先诳骗它们："给你们的栗子，早三颗，晚四颗，足够了吧？"众猴群起不满，大为愠怒。过一会儿，狙公再说："给你们的栗子，早四颗，晚三颗，这足够了吧？"群猴都乖乖匍匐，面露喜色。统治者就像狙公，朝三暮四的故伎也一再袭用，被统治者却经常甘当被耍的群猴而其乐洋洋。

八、金猴除妖

坐骑下凡成祸胎，大鹏甥辈是如来。

金猴纵有千钧棒，叵耐妖魔有后台。

　　说到猴年吉祥物，拜《西游记》之赐，孙悟空当是不二之选。
"金猴奋起千钧棒，玉宇澄清万里埃"，历来成为人们的美好梦想。但
在《西游记》里，朱紫国的金毛犼是观音的坐骑，通天河的灵显大王
是她莲花池养的金鱼，最后都被收服，安然回归菩萨麾下。狮驼岭三
怪中，就数金翅大鹏鸟本领最大，他与佛祖的老妈乃一母同胞，致使
孙悟空对如来大不满："这般比论，你还是妖精的外甥哩！"南山大王
艾叶花斑豹子精，则是佛祖所在西牛贺洲的山主。有其他来头的妖怪
还可举出一些：寿星老儿的脚力来到比丘国变为白鹿精；金鼻白毛老
鼠精管托塔李天王叫"干爹"；金兜洞的独角兕出自太上老君家；弥
勒佛家的司磬童儿成为设套小雷音的黄眉怪；天竺国的兔子精可是月
里嫦娥的小宠物噢！哪个都仰仗后台出场搭救，被主子假惺惺嗔骂一
声"逆畜"，就轻松过关重归天庭，继续过它的好日子。难怪读者吐
槽：被孙悟空打死的，怎么都是没靠山的精怪？能从金箍棒下安然逃
生的那些妖魔，无不傍着强有力的后台，谁能奈其何！

九、老猴纵火

猿猱生息在杉林，伐木斤斤杀气森。

　　　　　焚屋唯求能避难，猴权天赋上谁心？

　　据《汀州志》，唐朝大历（766—779）间，古田杉林中有猴群数百活跃其间，当地人打算砍伐杉木，把群猴斩草除根。这时，但见一只老猴，忽然跳到最邻近的那家农户，点起火来，烧了房舍。乡人大惧，急忙回走救火，群猴这才逃难而去。我们不妨转换视角，将故事来一番新解读。假设有"猴权"的话，那应与人权相似，最基本的也该是生存权。以人类的法治而言，老猴纵火属以恶制恶，当然犯罪，却是那人类必杀技下的绝望选择。你们人类不是把人权叫得震天价响吗，却要毁灭俺猴们的生存空间，还准备赶尽杀绝，剥夺俺猴们的生命权。人啊人，也该为"天赋猴权"鼓与呼一下吧！

十、杀鸡骇猴

　　　　西墙骇煞小猿狖，东主才抓报晓鸡。
　　　　刀俎了将煨炖煮，谁教夜半自由啼！

　　杀鸡骇猴，其意与"杀一儆百"相同，类似说法还有"宰鸡教猴""杀鸡给猴子看""杀鸡给猢狲看"等。各种辞书的书证最早溯源到晚清《官场现形记》："所以兄弟特地想出一条计来，拿这人杀在贵衙署旁边，好教他们同党瞧着或者有些怕惧。俗语说得好，叫做'杀鸡骇猴'，拿鸡子宰了，那猴儿自然害怕"。杀鸡骇猴，确是历代统治者惯用伎俩。但揆之以理，应该先有谚语，然后提炼为成语的。谚语来自生活，也许从驯猴人杀鸡放血吓唬猴子逼其就范的场景概括出来的罢。

十一、母猴复仇

恃强凌弱下飞鸢，对母食儿雁罪愆。

快意恩仇兼智勇，猢狲自撰报应篇。

据《景溪闲言》，有人养了一对子母猴，一天，一只飞鸢突然从天而降，抓住猴崽，当着母猴的面，啄其脑而食其髓，母猴哀鸣不已，三日不食。思考再三，径从厨房中取来一片肉，顶在头上，走到庭院中，好像在窥守着什么。不一会儿，飞鸢果然俯冲下来，抢夺那块肉，母猴两手扯裂其双翅，也咬其脑而食其髓。一旁众人围观，都十分快意。这只母猴目睹自家猴儿惨遭毒手，也未见主人有所作为，便决定自己为子复仇，旁观者也都为这种快意恩仇拍手称快。在正义无法伸张的环境里，弱者迫不得已，往往孤注一掷，为"伸冤在我，我必报应"，不惜铤而走险。

十二、三峡猿鸣

惊涛裂岸夺瞿塘，三峡猿啼欲断肠。

前哲卜期谁谒问：轻舟指日入汪洋？

《水经注》那段优美文字让三峡猿声闻名遐迩："每至晴初霜旦，林寒涧肃，常有高猿长啸，属引凄异，空谷传响，哀转久绝。故渔者歌曰：巴东三峡巫峡长，猿鸣三声泪沾裳。"三峡猿鸣与大江东去不知有何关系，也许猿猴听到拍天狂涛才惊恐啼鸣的，但李白与杜甫已将两者牵连起来写入名篇。由此联想到唐德刚著名的"历史三峡论"，他说到中国正经历有史以来"大转型"：

> 这次惊涛骇浪的大转型，笔者试名之曰"历史三峡"。我们要通过这个可怕的三峡，大致也要经历两百年。自 1840 年开始，我们能在 2040 年通过三峡，享受点风平浪静的清福，就算是很幸运的了。如果历史出了偏差，政治军事走火入魔，则这条"历史三峡"还会无限期地延长下去。那我们民族的苦难日子就过不尽了。——不过不论时间长短，"历史三峡"终必有通过之一日。这是个历史的必然。到那时"晴川历历汉阳树，芳草萋萋鹦鹉洲"，我们在喝彩声中，就可以扬帆直下，随大江东去，进入海阔天空的太平之洋了。

这段大气磅礴的宏论，也许是他最好的文章。他预言的年份，为期已经不远。但面对历史大转型，也时闻不和谐的凄哀猿鸣。而对"历史三峡论"，乐观者有之，悲观者也有之。就像同样面对三峡猿鸣，李太白曾是乐观的，放声高唱过"朝发白帝彩云间，千里江陵一日还，两岸猿声啼不住，轻舟已过万重山"；杜工部则是悲观的，孤愁低吟出"风急天高猿啸哀，渚清沙白鸟飞回，无边落木萧萧下，不尽长江滚滚来"。唐德刚在其谠言高论里巧妙嵌入了"如果"的但书，真是"脚踩西瓜皮，滑到哪里算哪里"，以免作为历史学家而被人诟病为算命先生，后人也无法起而诘问之，也够狡黠的。但中国这艘大船能否通过"历史三峡"，顺流直下，扬帆东去，关键看怎样把舵行驶，终究无关于猿鸣的。

本文原载《新民晚报·夜光杯》2016 年 2 月 22 日、
29 日，3 月 24 日

附录

史学大纲

——为《国学读本》而作

所谓国学，即中国传统学问，一般指经史子集四部之学。倘按天干排序，史学位居第二，故也叫乙部之学。若按现代学科大体分类，经部与子部可对应哲学，集部大体对应文学，史部则对应史学。

说到史学，应该首先把握三个概念：其一是客观存在过的真实历史，即史实；其二是当事人与后来者对客观历史的记载，即史料；其三是后人借助史料对真实历史的认识，即史学。一般人往往将这三个概念都不加区分地称为历史。

史学是人类社会记载、叙述与研究自身以往发展过程的学问。中国是唯一保持历史连续性的世界文明古国，这是中国历史与中国史学值得自豪的地方。在中国，虽然迟至东晋初年始见"史学"一词，但中国史学作为独立的专门之学，成立的时间却早于其他国家与民族。

前人指出："欲知大道，必先为史""灭人之国，必先去其史""国可灭，而史不可灭"。这些议论充分揭示出：中华民族对史学的关注远较其他民族更为自觉与强烈。唯其如此，钱穆强调："历史与文化就是一个民族精神的表现。所以没有历史，没有文化，也不可能有民族之成立与存在。如是，我们可以说，研究历史，就是研究此历史背后的民族精神和文化精神。我们要把握这民族的生命，

要把握这文化的生命，就得要在它的历史上去下工夫。"（《中国历史精神》）

在现代国民的总体素质中，历史素养是必不可少的。史学的社会功能旨在让全体国民知晓历史，敬畏历史，借以造就必备的历史素养。这种素养能为人们把握自身历史的前结构提供科学的解释，从而提高认识问题、分析问题的综合能力，在思考问题、处理问题时更趋全面、理性、周密、慎重。司马迁说"通古今之变"，培根说"读史使人明智"，无非都是这层意思。

史学教给公民的，不仅是那些具体的历史常识，更是一种与时代契合的价值观。对整个民族与国家来说，正面的历史教育是振奋民族精神，弘扬爱国主义的重要环节；对每个公民来说，学史可以陶冶人格情操，增强现代人的历史责任感，判别何为善、恶、美、丑，明辨何为公正、进步、正义，从中汲取力量，有所追求，有所摒弃，有所进取。

本文主要介绍中国史学的发展历程与传统史部的要籍分布，有志进一步学习中国历史的读者，或能从中寻到深入史学殿堂的路径图与遨游历史瀚海的指南针。

上篇　史学流变

发轫期（先秦）

一

借助于口耳相传与结绳刻木的方式，人类社会形成了自身最早的历史记忆，而位尊年耄者在记忆传承中天然拥有其权威性。从伏羲与女娲的婚姻，到炎帝与黄帝的角逐，诸如此类流传至今的创世神话与先民传说，是华夏民族自述历史的草创阶段。与世界上其他民族与地区一样，中国史学的原始形态也无例外地穿上了神话传说的外衣。迄今为止，尚未发现可供释读的夏朝文字，综观夏朝历史，一方面仍寄寓于神话传说，一方面已有区别于神话传说的史事成分。在夏禹治水与禹启传国的故事里，两种因素兼而有之。但随着时代的推移，神话传说与历史成分呈现出此消彼长的趋势。及至夏桀故事，历史成分已明显压倒了神话因素。

二

文字的出现，为历史的记载创造了条件。殷商甲骨文已有"史"与"册"，分别表示记录史事的史官与典册。"惟殷先人，有典有册"，反映了商朝史学文献的概况。商朝的"史"，负责记录先公先王世系以及在位商王的重要言行与国家大事，但其实际身份与"巫""卜"同属宗教官范畴。殷人"率民以事神，先鬼而后礼"，殷商卜辞多是这类"知天之断命"的内容。这种巫史同源，既构成中国文化的早期形态，也涂抹出殷周史学的基本底色，同时彰显了历史话语权的主体归属。甲骨卜辞文字简略而难以完整地记述史实，但多已略备时、地、人、事等历史要素，累积成中国史学的最早文献。从商朝发足的史官制度，后世虽有变化盛衰，却绵延存续至清代，成为中国史学的一大特色。

进入西周，周天子听政，《国语》记载有"史献书"，"瞽史教诲"，"而后王斟酌焉，是以行事而不悖"，既折射出历史经验在君王政治中不可或缺的教训功能，也表明了巫史文化中宗教成分的逐渐淡化。从殷商覆亡的前车之鉴，周天子对历史观有所修正，一方面仍"祈天永命"，保持着对上天的尊崇；另一方面提炼出"敬德""保民"思想。统治者已认识到历史有其变动性，"不敬其德，乃坠厥命"，上天就会收回授予的权力。从这种历史观出发，西周历史纪事尤其关注夏桀、殷纣与文王、周公的正反典型意义，以从中汲取经验与教训。

西周时期，见诸文献的史官不仅名目众多，而且变化不一，但内史负责书录王命，太史职掌记载政事，与"左史"记言、"右史"记事之说对应，显然是最主要的史官。当时，不仅周王朝史官建制齐全，诸侯国也多有专职的史官。西周史学著述大体呈现三种形式。一是铸刻在青铜重器上的铭文，其叙事完整性已远胜于殷商卜辞；二是保留在《诗经》里《生民》《公刘》《文王》等商周史诗，充分展现出西周史学的文学成就；三是以《尚书》《逸周书》为代表的史学典籍。《尚书》是以西周为主兼及夏商的历史文献，由西周史官编辑成书，西汉以后将其归入经学范畴。《逸周书》是与《尚书》相仿的文献选编，个别可能完成在战国时期，但相当部分都是西周篇章。

三

进入春秋时代，迎来了中国史学的第一次辉煌。

就史观而言，"敬德保民"的观念继续盛行，但"德"的内涵却与时俱进，已将忠孝、仁义、贞信、智勇等涵括在内；而"民"的权重逐渐压倒了"天"。"天道远，人道迩"；"民，天之所生，知天，必知民矣"，这种观念既是对前代天命观的挑战，也是对殷商以来巫史文化的纠偏，史学明确转向人事与理性。

就史权而言，一方面，连僻居西隅的秦国也已有健全的史官制度，开始"有史以纪事"；另一方面，在学术下移的总趋势下，史官世袭制逐渐向任命制过渡。及至春秋晚期，深刻激剧的社会变动，学在官府的局面全面式微，促成了官方文献的扩散与传播，为私家学者利用史料自撰史著创造了条件。时代的剧变引发了史权的松动。

就史法言，围绕着直笔实录，史官面临着强权的干预，从而上演了史权争夺战。齐太史兄弟三人不畏杀戮，前赴后继，实录了齐国权臣崔杼弑君；晋国大臣赵盾的亲信杀害晋君，史官董狐追究其责，直书"赵盾弑其君"。"在齐太史简，在晋董狐笔"，成为中国史学"直笔"传统的典范，被誉为天地正气而影响久远。

就史著而言，墨子见到过百国《春秋》，孟子也提及"晋之《乘》，楚之《梼杌》，鲁之《春秋》"，而现存《春秋》以及号称其"内传"的《左传》与"外传"的《国语》，都是春秋史学的不朽之作。《春秋》纪事虽失于简略，但以鲁国为中心，记录了春秋时期的大事，奠定了中国编年史的雏形。《春秋》和号称其三传的《公羊传》《谷梁传》与《左传》，自汉代起尊为儒家的经典。《春秋》虽是中国编年史的草创者，但《左传》才是宣告编年体成立的里程碑。《左传》最擅记述辞令和描写战争，其行文叙事"跌宕而不群，纵横而自得"，无愧为中国历史文学的开山之作。在中国传统史学里，它足以与《史记》《资治通鉴》等同列屈指可数的伟大著作。章太炎认为，"《公》《谷》属经，《左传》属史"，确是有识之见，但《国学读本》遵循传统，还是将其具体介绍划归经学。《国语》以国别体的形式保存了与《左传》同时期的史事，尤详于晋国与周室，在史实上颇有参证互补之功，在历史编纂学上却有上下床之分。

就史家而言，孔子与左丘明堪称春秋史学的双子星座。在国学中，孔子一般定位为经学家，但他对中国史学仍具有头等的影响。在历史观上，孔子一方面主张"疏通知远"，即不仅承认历史的变化，还力图从这种变化推究未来；另一方面则推崇"惩恶扬善"的史学功能，其道德史观尤其强调"一字之褒，荣于华衮，一字之贬，严于斧钺"。在历史编纂学上，孔子"信而好古，述而不作"，编订了《诗》

《书》《礼》《乐》与《春秋》等文献；他以《春秋》为范本，制定了严格系统的史笔"书法"，对史学的影响历久而不衰。左丘明生平后人所知有限，他约与孔子同时或稍前，应是鲁国贵族中博学有识的瞽史，《左传》最终成书虽有孔门后学的助力，但左丘明似非孔门弟子。

四

春秋战国的百家争鸣，为中国文化，也为传统史学，注入了前所未有的思想活力。先秦诸子都以历史作为开宗立派的思想资源，提出了自己的历史观。战国诸雄沿袭旧制续编国史，各诸侯国都有类似《秦记》的本国史，唯遭秦火而未能传世。

战国时期学术自由，史权随之进一步松动，非官方史籍也开始编纂与传世。1975年出土的秦简中有私家编年史《大事记》，前半部以秦国大事为主，后半部以秦吏喜的行年为主，记录了公元前306年至前217年间的秦国军政大事，折射出一般官吏对国事与家史的高度关注。已佚的《虞氏春秋》采撷成败，类编史事，旨在为国君提供历史教本，其"刺讥国家得失"的编纂宗旨，反映了社会大变动中对历史经验的高度重视。《战国策》辑录了战国时期谋臣策士的议论主张，也颇见以史议政之论，记载了政治、军事与外交的大事件，是现存的有关战国的基本史料。《战国纵横家书》是现代出土的战国新史料，内容性质与编纂方式与《战国策》相似。

《竹书纪年》以编年体叙述了上起三代下迄战国的史事，东周以后详于晋事，战国以后尤重魏史，当属魏国的史书。《世本》记载黄帝以来迄于战国赵王迁（前235—前228年在位）之间的史事，以《帝系》《王侯谱》与《大夫谱》各纪帝王、诸侯与卿大夫的世系，以《纪》《世家》与《传》分叙帝王、诸侯与卿大夫三种人的事迹，以《居》篇记帝王都邑，以《作》篇记重大发明，《居》《作》颇类后代书志。如果说《竹书纪年》是最早的编年体通史，《世本》则是规模更大、体裁兼备的综合性通史。这两部早期通史尽管篇幅有限，却力图贯通古今，说明了战国时期史学范围的拓展与史著体裁的创新，在史学史上的意义不容忽视。

独立期（两汉至中唐）

一

然而，战国秦汉之际战乱不已，社会动荡，客观环境不利于史学的发展。汉帝国建立之初，总结秦亡汉兴的经验教训，探讨长治久安的治国方略，统治阶级亟须发挥史学的功用。陆贾的《楚汉春秋》（仅存辑佚本）专论秦"所以失天下"，汉"所以得天下"，当时大获好评，与贾谊的《过秦论》同为汉初史学为现实服务的代表作。

经过近百年发展，大一统的西汉王朝迎来了社会的长期安定、经济的长足进步、文化的高度繁荣，为中国史学的完全独立奠定了基础。司马迁创作了划时代的史学巨著《史记》，最终拉开了中国史学独立的大幕。他卓绝地利用了尚未褫夺的史权，网罗先秦以来的载籍档案，参之以实地调查与亲身闻见，通过抉择考证，成功创用了本纪、世家、列传、表与书等体裁，秉持直书实录的精神，编著了长时段全景式的中国通史。《史记》包容范围之广已突破了中国的局限，成为我国首部具有世界视野的通史。在论述历史时，司马迁自觉清理了附会其上的神意，基本终结了巫史并存的局面，他注重以经济条件与生活基础来说明人们的社会地位、思想意识与政治制度，但也不偏废形势利导、人心向背与用谋得失等因素。司马

迁提炼了"究天人之际，通古今之变，成一家之言"的历史观，成
为中国史学精神的经典表述。他在历史观、史料学、历史编纂学、
历史文学、历史评论等领域都有开创性贡献，无愧于中国"史学之
父"的美誉。

　　《史记》的影响是巨大而深远的，其最切近的辐射之一，就是班
固的《汉书》。班固沿用司马迁创立的纪传体范式，让其在断代史编
纂上更具规范性与可操作性。他不仅改《书》为《志》，并新有创辟
与调整，还废弃了《世家》，但最大的贡献还在于确立了断代为史的
体制，《汉书》也因而成为中国第一部断代史。章学诚称赞《汉书》
"因迁之体而为一成之义例，遂为后世不祧之宗"。班固虽然保持了
"通古今之变"的史学传统，在历史观上却涂抹上强烈的正统色彩。
这种抬高本朝的正统史观，与"独尊儒术"的主流思潮息息相关，迎
合了统一王朝利用史学的政治需要。尽管如此，《汉书》仍与《史
记》前后辉映，成为中国史学进入独立期的标志。

二

　　《汉书》对后世史学产生了两方面影响。其一，纪传体成为汉唐
史书的主要体裁。陈寿的《三国志》与范晔的《后汉书》最称白眉，
与《史记》《汉书》并称"前四史"。《三国志》在历史文学上取得较
高的成就，为魏、蜀、吴各立一书，也是对纪传体的创新。但陈寿入
晋修史，碍于晋承魏统，对魏晋史事不无曲笔讳饰。尽管如此，他在
史料剪裁与史笔斟酌上仍临文不苟，力图屈折暗示历史的真相。在专
制时代的历代史著中，这种史法时有所见，与直笔传统几乎并行而不
悖。魏晋时期，继东汉官修《东观汉记》后，有关东汉史的私家著述
多达十余种，其中又以纪传体居多，而三国时谢承的《后汉书》，入
晋后司马彪的《续汉书》与华峤的《汉后书》等，都堪称翘楚。但自

范晔书出，诸家后汉史大多亡佚。范晔新创了许多类传，拓展了叙事范围，从不同视角反映独特的历史现象，这些类传大多为后代正史所袭用。继《后汉书》之后，仅纪传体正史就有南朝四史、北朝三史与《晋书》《南史》《北史》《隋书》等十一部之多。

其二，断代史成为汉唐史学的主流趋势。这种风气不仅表现在如上称述的纪传体正史上，史家还往往新著或改编前朝的断代史，以史为鉴，表达己见。荀悦的《汉纪》与袁宏的《后汉纪》都是这方面的代表作。荀悦生当汉祚将尽之时，却坚持"神器有命""圣汉统天"的理念，他奉诏修史，将纪传体《汉书》删、改、抄、增，改造成编年体《汉纪》，再附以"荀悦曰"的史论，力图为现实提供史鉴。关于东汉的史籍，魏晋之时已颇行世，袁宏都深致不满，便自撰《后汉纪》，借前代史迹阐扬名教，弘敷王道；他对曹魏代汉的记载与评论，也寄寓着对现实政局的关怀之情。《汉纪》与《后汉纪》自觉强化了史学投射政治的功能，正统观念过于强烈，但两书在完善断代编年体规模，推动编年史繁荣上功不可没。汉魏六朝时期，编年史作者之广、史著之多，令人瞩目，几乎每个王朝或政权都有一部乃至多部断代编年史，孙盛的《晋阳秋》、干宝的《晋纪》与裴子野的《宋略》，都称名作，惜多亡佚。

三

自汉魏之际到隋唐之际，中国历史进入了民族关系的变动期，史学也呈现出自身的特点。

其一，随着纸张普遍用于书写，史学的发展拥有了坚实的物质基础，私人著史蔚然成风，史学名家灿若星汉。这一时期近四百余年，其史书总量几乎是殷商至两汉一千八百年间的六倍多。

其二，由于朝代更迭频繁，新建政权急切关注政法礼仪的制度建设，需要及时记载本朝的历史，起居注、实录、职官、仪注、刑法、旧事等史书新体裁应运而生；地理志、传记、史注、史评也成为这一时期的主要史体。

其三，伴随着门阀士族的兴起，史权也随之位移。谱学成为史学的新门类，家传与谱牒共同构成士族史的基本体裁；人物传记中耆旧、先贤、名士、文士、高士、孝友、列女等类传，无不以士族为主体。

其四，民族政权与中原政权的多元并存、民族战争与民族融合的双重变奏，成为史学必须直面的问题。南北各政权借助史权为本族政权争夺正统，贬斥对立政权为"蛮夷""僭伪"。从十六国到北朝政权，不仅重视设官修史，甚至不惜锻铸史狱，密切掌控修史导向。但民族融合与民族统一的大趋势，在这一时期史学中也不绝如缕。陈寿的《三国志》并立三书，成为完整统一的三国史。其后北魏崔鸿的《十六国春秋》、南朝梁萧方等《三十国春秋》，也都以中原政权年号编年纪事，将其他民族政权或割据政权兼容并包在同一史籍内，著成各民族共同的发展史。

其五，中国史学进一步成长为独立门户的学科。《史记》《汉书》虽是中国史学走向独立的标志，但在《汉书·艺文志》的图书分类中，史学依旧在经学《六艺略》"春秋家"的卵翼之下。然而，《史》《汉》以后，史学前行的步伐已非经学所能完全拘束。319年，后赵创设"史学祭酒"，为"史学"首见文献之始。宋文帝设置儒、玄、文、史四学，召集与传授史学门徒。西晋荀勖在《中经新部》里将史书单立，位居丙部；到东晋李充的《四部书目》，又将史书提至乙部，仅次于甲部的经学。与此同时，史学的门类也在稳步地拓展。史注有南朝宋裴松之的《三国志注》，史考有三国谯周的《古史考》，史纂已有东晋干宝的《晋纪》始立凡例，史论更有南朝刘勰《文心雕龙·

史传篇》专文论说。

四

　　继两汉以后，隋唐再建大一统帝国，一方面，历史的借鉴资治功能再次提升到重要的地位；另一方面，统治者对修史权限也明显收紧。唐初，魏徵奉命监修梁、陈、北齐、北周与隋朝五代史，提出了"鉴国之安危，必取于亡国"的鉴戒史观。及至重修《晋书》，唐太宗"御撰"晋宣帝、武帝两纪与陆机、王羲之两传的史论，既旨在贯彻修史鉴戒的宗旨，更意在强化对史权的把持。自汉以后至唐以前，尽管王朝控制修史的举措日渐严密，官修与私修的双轨趋势仍长期并存。隋朝建立，曾明令禁止私修国史。唐太宗即位不久，在禁中别置史馆，专掌国史，严格划分本朝史（即国史）与前代史的修史权限。自此以后，国史完全官修，成为中国史学的不变原则。唐初对前代八部纪传体正史的修撰，虽分为完全官修（《隋书》与《晋书》）、奉诏私修（《梁书》《陈书》《北周书》与《北齐书》）与私修官定（《南史》与《北史》）三种形式，却呈现出私修向官修的转向轨迹，也是国家政权加强掌控史权的表现。

　　综观汉唐之间史学，著述繁富，体裁众多，正史独尊，史论始兴；及至唐初，最高统治集团尤其重视史学的社会功能，强化修史的制度控制；唐修前代八部正史与《贞观政要》等典籍，堪称汉唐史学殿军之作。正是基于这些丰富而长期的史学实践，刘知幾撰著了《史通》，第一次从理论高度全面总结了中国史学，在历史观、史学思想、史家修养、史学方法论、历史编纂学、历史考据学与历史文学等方面，都有独到的建树，为独立期史学走向成熟期史学树起了一座承前启后的里程碑。

成熟期（中唐到乾嘉）

一

唐宋之际，中国历史经历了重大变迁，致使其后的政治制度、经济生活、社会结构与思想文化，都与其前发生了显著的不同。这种变化也影响了成熟期的史学，从而表现出与独立期有所不同的新特点。

其一，由于急剧而深刻的社会变化，注重"通变"，强调"会通"，成为史学亟待解决的根本问题。自中唐杜佑以"酌古之要，通今之宜"为宗旨编纂了《通典》，经北宋司马光著《资治通鉴》意在"监前世之兴衰，考当今之得失"，而南宋郑樵自诩"百代之宪章，学者之能事"尽在所著《通志》，再到宋元之际马端临撰《文献通考》乃因"变通张弛之故，非融会错综，原始要终而推寻之，固未易言也"，都贯彻着同一倾向。这一倾向在宋代史学中尤其引人瞩目，代表着成熟期史学的最高成就。

其二，随着史学认识的深化，修史制度的完备，著史条件的优越，这一时期史书的新体裁颇有创新。专记典制的通史与断代史开出了政书的新领地，纪事本末体也应运而生，与纪传、编年、政书共同构成中国史籍自成序列的四大系统。以《元和郡县图志》为先声，地图地志也演进到成熟形态。宰相监修国史自唐代起已成定制，史馆建制、史官选任、记注规则等官修史书制度日趋完备，国家政权全面垄断了当代史的修撰特权。国史、会要、日历、时政记等先后成为官修当代史的新样式。尽管如此，这一时期私人修史的优良传统并未中绝，史权并未完全官方化，无论编年体、政书体与纪事本末体，还是地理志、金石学、目录学与学术史，私修的传世之作都远超过官修的史书，史观的进步与史识的独到也是官方史学望尘莫及的，这些恰与官修前代正史和当代国史形成了必要的张力。

其三，辽夏金元等民族政权的相继崛起或并存，少数民族史学在民族主义的自觉驱动下有了充分的发展。表现之一是汉文载籍大量保存了各民族及其政权的史料，唐代樊绰的《蛮书》、署名耶律隆绪的《契丹国志》与宇文懋绍的《大金国志》堪称其中白眉；表现之二是元代主持编纂了作为正史的《辽史》与《金史》；表现之三是少数民族政权，尤其是蒙藏民族，以本民族文字自觉记载了自己的历史，佚名的《蒙古秘史》《蒙古黄金史》与索南坚赞的《西藏王统记》等都是传世的名著。

其四，随着新儒学的兴起，宋学主流思想开始向史学领域全面渗透，直接推动了史学评论的勃兴。不仅史学家与理学家，甚至文学家也都涉足史论领域。史论体裁多样，名作迭出，也是前代无法比肩的。理学主流在著史宗旨与编纂义例上强调内圣外王与天理人欲的伦理道德观，史论的内涵也由注重褒贬惩戒、探究治乱盛衰进而表彰华夷正统、名节大义。孙甫的《唐史论断》与范祖禹的《唐鉴》都有理学向史学渗透的迹象。这一倾向进入明代后愈演愈烈，即便声名鹊起的张溥《历代史论》，也未能脱此窠臼；唯有晚明李贽的史论才冲破藩篱，成为这一时期史论的别样余晖。

其五，由于印刷术的普及，史家取得史料的渠道大为拓展；大规模的官方校史刻书活动，提升了校雠学的水平；金石学的兴起更将金石资料引进史学领域，这些文化学术的有利条件，有力推动了史考方法的完善与史考论著的问世。宋代勃兴的实证性史考，恰与宋代发轫的史学理学化走向形成良性的互补，有效防止了一种倾向对另一种倾向的异化。宋代史考成果不仅见诸专著与史书，还大量保存在笔记、文集、注疏与类书中。宋代史考笔记之精之多，是前所未有的，王应麟编纂的类书《玉海》更是全方位开拓了典制考证的新领域。及至明代，史考水平虽总体逊于宋代，但王世贞的《弇山堂别集》、胡应麟的《少室山房笔丛》与焦竑的《笔乘》上承宋代史考之余波，下启清代史考之高潮，也应该给予一席之地。

二

总体说来，成熟期史学在宋代臻于高峰，受到后人高度的推崇。与此相比，元代由于统治民族的文明程度，明代因为专制集权的政治生态，史学的发展虽然上承宋代之余波，却遭遇到严重的瓶颈，呈现出中衰的趋势。及至明清之际，空前激烈的王朝鼎革与社会动荡，激活了史家的思想，深化了历史的认识，唤醒了史权的自觉，史学再现了前所未有的新气象。但随着清政权立足稳固，高度集权的专制统治驱迫这种走势陡然转入逼仄压抑的困境。历史大背景决定了清代史学先扬后抑的基本轨迹。

综观明清之际的史学发展，关注现实，抨击专制，博古通今，经世致用，奏响了史学主旋律。顾炎武对清代史学具有方法论的示范意义，王夫之的史论达到了前所未有的高度与深度，黄宗羲的《明夷待访录》蕴含有历史哲学的意味，共同汇成了当时史学的黄钟大吕。他们主张，史家应该"力行求治之资"，史学应该"见诸行事之征"；在史学方法上，重视实地调查，注重当代史料，强调文献会通，擅长实证研究。他们各以自己的代表性成果，为其后的中国史学贡献了经典范式。明清之际的史学，继承了司马迁以来"成一家之言"的优良传统，以富于民主性的精华与开拓性的成就，在中国史学史上写下了浓墨重彩的辉煌篇章。

清代确立了全国性统治以后，对知识分子实行怀柔与镇压并用的两手政策，在史权上贯彻着类似的伎俩。一方面通过设馆修史与开博学宏词科等手段，笼络史家与其他学者；一方面，在康雍乾三代大兴文字狱，加强思想专制，涉及私史的狱案就有庄廷鑨明史案、戴名世

《南山集》案与陆生楠史论案等。因私修《明史》而深陷囹圄或身首
异处的史家士人大有人在，前代史修撰正是从清代起成为敏感的禁
区。统治者寓禁于修，将官修《明史》视为禁脔，尤其关注晚明史的
修撰。在私修无望的情况下，进步史家万斯同等以不受禄、不署名的
形式进入清朝史馆主持修撰《明史》，力图在艰难的条件下客观真实
地保存一代信史。

　　然而，清朝史馆组织之严密、规模之庞大超乎前代，其官修史书
之多、卷帙之大是前所未有的，不仅有实录、会典、起居注、时政记
等，还有"续三通""清三通"与《一统志》等。为美化开国历史，
遮掩民族压迫，涂饰内部权斗，清朝在官修本朝国史时，篡改历史真
相，抽毁文献史料，绝非个别的现象。

三

　　清朝前期，统治者滥施高压淫威，公然标榜"千古之是非系于史
氏之褒贬，史氏之是非则待于圣人之折衷"，康雍乾三朝大肆罗织修
史狱案，史馆垄断了前朝正史与本朝国史的编撰权。这种恶劣严酷的
政治文化生态，迫使私人既无可能染指当代史的修撰，也无胆量涉足
前朝史的著述。经世致用的史学传统遭到了政治强权的酷虐阉割，史
学主潮被迫背离了明清之际的正确走向，转而以"圣意"为准，唯本
朝是颂。这一格局到乾隆朝彻底定型，从而进入了乾嘉史学时期。乾
嘉史家有鉴于专制的严酷，面临着两种抉择：或是"失身"于官方史
学，完全沦为侍候现实政治的婢女与弄臣；或是回避现实，另辟蹊
径，把研究的视野转向旧史的完善、专史的编著与方志的纂修，以守
住史家良知的最后底线。正是后一选择构成了乾嘉史学阴沉郁闷的
基色。

　　清代史学完善旧史的工作，集中在对旧史的考证、补编、校注、

辑佚与改编诸方面。考证旧史以乾嘉三大家钱大昕、王鸣盛与赵翼的全史考证最值得称道。他们在考证典制与史实上颇有超越前人的创获，但在考据上隐忍不发，在史论上就事论事，不仅对当代未见指责，还标榜"实事求是"，掩饰畏惧退缩。补编旧史主要是增补历代正史所缺略的表、志，这方面成果大都已由近人编入《二十五史补编》，而以万斯同的《历代史表》堪称翘楚。在校注旧史上，清代学者对归入经部的《尚书》与《春秋》三传等史籍以及《史记》以下正史几乎都有系统的考注，前者有胡渭的《禹贡锥指》、阎若璩的《古文尚书疏证》、洪亮吉的《春秋左传诂》等，后者有梁玉绳的《史记志疑》与晚清王先谦的《汉书补注》与《后汉书集解》等，都是功力深厚的传世之作。在旧史辑佚上，乾隆时开四库馆与嘉庆时开《全唐文》馆，先后从《永乐大典》辑出《旧五代史》《续资治通鉴长编》《东观汉记》与《宋会要》等重要史籍；在私家辑佚上，马国翰的《玉函山堂辑佚书》与王仁俊的《续编》《补编》专辑唐代以前佚书达千余种，其中颇有史籍。旧史改编相对成绩略逊，但吴任臣的《十国春秋》仍值得一提。清代完善旧史成果卓著，但史家们远离现实，埋首故纸，对明清之际史学潮流却不啻是一种倒退。

在专史的编著上，以学术史的成就最引人瞩目。沿袭明清之际黄宗羲以《明儒学案》所开创的范式，其子黄百家与门人全祖望续完了《宋元学案》，约略同时与稍后，孙奇逢撰《理学宗传》，万斯同著《儒林宗派》，其后汤斌的《洛学编》、江藩的《汉学师承记》与《宋学渊源记》，唐鉴的《清学案小识》，虽各有侧重而良莠不齐，但对学术史研究仍有所推进。而阮元《畴人传》对中国科技史的关注，朱彝尊《经义考》对经学史的总结，却都是专史研究的重大成就。

在历史地理学上，明清之际顾炎武的《天下郡国利病书》与顾祖禹的《读史方舆纪要》，对历史地理学的发展有示范推毂之功。随着清朝疆域的扩大与交往的密切，边疆史地之学也崭露头角。考论东北史地的有吴振臣的《宁古塔纪略》等，载述西藏山川形胜与人文历史的有佚名的《西藏志》，记录新疆地理形势与民族人文的有刘统勋的《西域图志》与徐松的《西域水道记》等，西南边疆与东南海疆也各有要著传世。

随着社会的稳定与经济的恢复，清代方志学也成长为专门之学，其体例之纯熟、类别之完备与数量之丰富，是前代难以比肩的。清修方志总数多达 6 500 余部，而且一地的方志往往一再重修，上级政区与下辖政区的方志之间有机补充，内容涵盖政治、军事、经济、文化各个方面，不啻是一部地区性的百科全书。清代方志具有连续性、广泛性与互补性的特点，成为历史研究的史料渊薮。综观清代，全国一统志、各省通志与府州厅县志一般多由官方修纂；而镇乡以下方志与各种专门志则多由士绅学者民间私修。许多史地学者分别参与了官修与私修的编纂方志活动，不仅颇有名志佳作流传后世，而且涌现出诸多名家。许多方志学名家不仅有成功的修志实践，在方志学理论上也卓有建树，其中尤以章学诚贡献最大。章学诚明确标举"志为史体"，认为方志是无所不载的"一方全史"，"可为一朝之史所取裁"；在编纂体例上，他主张方志应仿效正史之体而作"志"，仿效典制之体而载"掌故"，仿效文选之体而载"文征"；他还建议各州县设立"志科"，专门培养修志人才。

在令人抑郁的乾嘉史学中，崔述与章学诚无疑是另类的亮色。崔述以治经为使命，从考据为手段，博及群书，尊信史实，遍考三皇五帝、唐、虞、夏、商、周的历史与尧、舜、禹、汤、文、武、周公、孔子及其弟子、孟子等事迹，完成了考证上古史真伪的巨著《考信录》。他在研究中始终坚持怀疑、辨伪与考信的原则，致使其成果超越了他尊经卫道的预设初衷，成为疑古精神最具实证性的个案。这种疑古精神是在乾嘉考据的磐石下苗长出来的，并在百年之后浇灌滋养了新史学中的古史辨派。章学诚继承了明清之际经世致用的史学精神，反对乾嘉之世埋首考据的学术主流，志在"为千古史学辟其榛芜"。他既反对只"务考索"，也反对"惟腾空言"，推崇会通之旨与独断之学，强调"辨章学术，考镜源流"。章学诚的《文史通义》并非仅为文史而作，却是中国传统史学理论的巅峰之作。他的史学理论虽为乾嘉史学主流所埋没，但经过蛰伏，最终成为转型期史学乃至近代新史学的思想资源。

转型期（晚清）

一

进入 19 世纪，清朝衰像渐现，西方势力东进，鸦片战争的炮声轰开了老大帝国的门户，边疆危机凸显，社会矛盾加剧。与此同时，随着西学的东渐，先进知识分子开始睁眼环顾世界与反思中国。所有这些深刻的变动，直接影响了这一时期史学的走向，清廷专断史权的局面日渐受到内外的夹击，最终导致了中国传统史学向近代史学的转型。

鸦片战争把中国轰入了近代世界体系，史学主潮也随之一改旧观。乾嘉时期远离现实沉溺考据的史学主流受到了剧烈的冲击，重新回归"经世致用"的传统。在这一回归中，今文经学的变易史观成为可资利用的思想武器。龚自珍与魏源借助于公羊学派的据乱世、升平世与太平世的三世说，将其解释为治世、乱世与衰世的循环往复或太古、中古与末世的周而复始，在历史循环论的外衣下蕴涵了历史进化观点。及至康有为，则进一步糅合改良思想与公羊学说，祛除了第一代公羊学派循环复古的神秘色彩，构建起系统完整的历史进化论，继龚自珍、魏源之后，成为把春秋公羊学植入转型期史学的第二代学者。在日渐汹涌的西学东渐大潮中，严复对转型期史学理论的影响尤为深远。如果说其前的历史进化论仍未摆脱公羊三世循环说的局限，严复以《天演论》为代表的西学汉译则将西方进化论注入了传统史学，构筑了转型期历史哲学的新基础，使其获得了前所未有的思想活力。

在史学实践上，通过当代史研究以总结清朝兴衰的原因，通过外国史地研究以探求独立富强的途径，分别成为史学著述的时代特色。如果说龚自珍的成就偏向于历史理论的创新，魏源等的贡献则侧重于史学著作的撰述。魏源的《圣武记》是清朝当代史的名作，他的《道光洋艘征抚记》专记鸦片战争始末。在魏源的推动下，梁廷枏的《夷氛闻记》与夏燮的《中西纪事》也记录了鸦片战争的真实经过。而魏源的《海国图志》与徐继畬的《瀛寰志略》对转型期的外国史研究有导夫先路的贡献。随着清朝官吏与留学生络绎不绝地出洋考察与学习，国人记录海外见闻与观感的著述层出不穷，介绍西学的译著也洛阳纸贵。洋务运动后至戊戌变法间，译介与研究外国史出现高潮，世界通史、古代史、近代史、国别史与人物传记，都有编译著述广为流行。译自日人的《万国史记》与译自英人的《泰西新史揽要》，分别是世界通史与世界近代史的通行之作。在国人研究外国史方面，王韬撰有《法国志略》《普法战纪》，黄遵宪编著有《日本国志》，在历史编纂学上已突破旧史体裁而"实为创作"，成为近代史学方法的报春花信。而康有为《日本变政考》等著作，更是直接借鉴外国历史经验，借以推动中国当时的政治运动。

鸦片战争后，西方列强对中国虎视鲸吞，环伺紧逼，不仅东南门户洞开，东北、西北与西南也边事蜩螗。日甚一日的边疆危机刺激了边疆史地之学的勃兴。姚莹对西藏的实地考察与历史探讨，张穆对蒙古古今史地变化的研究，何秋涛对北部边疆与中俄关系的考述，都把明清之际史地大家的经世传统与乾嘉时期史地之学的朴学方法相结合，代表了新一代边疆史学的最高水平。在边疆史地的推动下，蒙元史研究取得了令人刮目的巨大进步。这与学者有感于元代疆域之广袤、国力之雄强，在研究中寄寓着爱国情怀，都是密不可分的。魏源以《元史新编》对明修《元史》纠谬补阙与删繁弥隙，李文田以乾嘉考据法撰著《元朝秘史注》，都是重要的成果；洪钧以域外史料与汉文典籍互证，撰著了《元史译文证补》，更在史学方法上开拓了新路。

随着内外危机的日渐加剧，晚清的思想文化专制大为削弱，原先划为禁区的南明史研究也开始松动。晚明史，尤其南明史的研究获得了前所未有的发展空间。徐鼒先后著成编年体《小腆纪年附考》与纪传体《小腆纪传》，夏燮在其《明通鉴》后特附南明史事六卷，对南明史研究同有开创之功。晚清的南明史研究，在史料上注重野史的搜集考证，旨在恢复历史真相；在史观上着力表彰抗清殉明的志士仁人，其背后寄托着深沉炽热的民族感情。这种史学取向，在辛亥革命前夜演变为借南明史事排满反清的社会思潮，对推动民族革命有先导之功。

二

戊戌变法以后至辛亥革命前夜，中国传统史学向近代新史学的转型已呼之欲出，史权也呈现出前所未有的开放性与多元化。梁启超在1901年与1902年相继发表《中国史叙论》与《新史学》，对传统史学发起了猛烈的攻击，大声疾呼"史界革命不起，则吾国遂不可救"，正式揭出"新史学"的大纛。他直斥中国旧史学在史观上"知有朝廷而不知有国家"，"知有个人而不知有群体"，"知有陈迹而不知有今务","知有事实而不知有理想";在史法上"能铺叙而不能别裁","能因袭而不能创作"。他借助于严复引进的西方进化论,较系统地构筑了"新史学"的理论,认为历史的进化并非线性的,而"如一螺线",以辩证的因素纠正了从龚自珍至康有为的历史进化观中循环论的弊病。在历史编纂学上,他主张冲破旧史纪传体的局限,采用西方章节体的著史体式。综观梁启超的"新史学",尽管还有地理环境决定论与英雄史观等短板,在历史观与方法论上却标志着传统史学向近代史学转型的发轫,在中国史学史上具有里程碑式的意义。

在向"新史学"的早期转型中,梁启超在史学理论上有首倡之功,但其史著实践却迟至五四运动后才一展身手,这一实践主要由夏曾佑宣告完工。夏曾佑自1904年至1906年陆续出版了《中国古代史》,堪称是"新史学"最具代表性的早期成果。这部中国通史尽管只从上古写到隋朝,却依据进化论学说与考古学成就,对中国历史进行了全新的分期与论述,在历史编纂学上首次采了章节体来叙述中国历史的发展大势。梁启超盛赞作者"对于中国历史有崭新的见解",严复也称誉这部通史为"旷世之作"。

约略同时,中国史学的全面转型在诸多方面蓄势待发。甲骨文的初露真容,敦煌文书的重见天日,流沙坠简的相继出土,以及清季民初探险考古发现的异族与域外史料文书,都为"新史学"转型的完成提供了新史料的渊薮。王国维对这些新史料运用"两重证据法"的原创性成果,虽然正式问世尚待时日,但已在酝酿培植之中。章太炎以"有学问的革命家"的自觉,在《訄书》等早期论著中,对新史学的理论创建,对新史学论著致用于民族民主革命,对新史学的观念方法在中国史(尤其学术思想史)研究中的运用,都有足与梁启超相颉颃的贡献。他的《中国通史略例》全面擘画了新史学视野下中国通史的编纂蓝图,"精言胜义,阂识孤怀,颇能发前人所未发"。所有这些,

犹如山雨欲来，不仅宣告了旧史学的终结，也昭示着"新史学"的
到来。

下篇　史部要籍

在四部之学中，史部的学科性相对纯粹，也就是说，史部的著作
毫无疑问都可归为史学著作。当然，现代意义上的史著，在经部与子
部也有所分布；前者例如《尚书》与《春秋》及其三传，后者包括子
部杂家类与小说家类的纪实性笔记。

倘若从史部要籍来看历代史料，有三个显著特点。其一，不间断
性，自公元前841年起，中国就未曾中断过历史记载。其二，系统
性，中国史籍诸体兼备，纪传体、编年体、纪事本末体与政书体都自
成体系，构成相对完整的四大序列，足以互补与印证。其三，丰富多
样性，综观中国史籍，既有官修的国史与实录，也有私撰的杂史与笔
记；既有历代正史，也有明清档案；既有全国性的地理总志，也有区
域性的地方志，可以满足不同领域与不同层次的研究查阅之需。

章学诚有"六经皆史"说，即六经都可视为上古史料。以现代史
学论，不仅仅六经，子部与集部的典籍也都应列为史料。然而，无论
章学诚的说法，还是现代史料观，不免过于宽泛。这里，还是依据传
统四部分类法，着重介绍狭义的史部要籍，只在必要时，才兼及现代
意义上那些归入经部与子部的史学著作。还须说明的是，史部类别的
划分与具体要籍的归类，各种目录学名著并不一致，我们以《四库全
书总目》与《中国丛书综录》为基准，必要时权加参酌，略作变通，
幸毋以胶柱鼓瑟而求全责备。

纪 传 体 正 史

　　纪传体正史，实际上包含着两层概念。所谓纪传体，就是纪与传两种基本体裁的并用与互补，"纪以包举大端，传以委曲细事"。除了纪与传必备，纪传体还可兼用志与表等体裁。正史固然都是纪传体，但纪传体并非都是正史。所谓正史，只是指经列代王朝钦定的那些纪传体史书。此即《四库总目提要》所说："盖正史体尊，义与经配，非悬诸令典，莫敢私增，所由与稗官野记异也。"在现存文献中，正史之名始见于南朝宋阮孝绪的《正史削繁》。至《隋书·经籍志》才专设正史门，列有《史记》《汉书》《后汉书》与《三国志》四部正史，后人称其为"前四史"。宋代将"前四史"与《晋书》《宋书》《南齐书》《梁书》《陈书》《魏书》《北齐书》《周书》《南史》《北史》《隋书》《新唐书》与《新五代史》，定为"十七史"；明代增《宋史》《辽史》《金史》与《元史》合称"二十一史"；清修《明史》成书，遂称"二十二史"，乾隆帝命补入《旧唐书》，又从《永乐大典》辑出《旧五代史》与《新五代史》并列，合称"二十四史"。后民国政府下令将《新元史》也列入正史，便有"二十五史"之名；学界也有以《清史稿》代替《新元史》而合称"二十五史"的。二十四史与《清史稿》都有中华书局标点本，最便于阅读使用。

　　《史记》位居正史之首，记载了汉武帝以前的中国通史。司马迁参酌古今，发凡起例，对纪传体史书有开创之功。他作本纪以序帝王、世家以记诸侯、十表以系时事、八书以详制度、列传以志人物，五种体裁交相为用，八书更开后代正史史志与各种政书之先河。《史记》旧注有南朝刘宋裴骃的《集解》、唐代司马贞的《索隐》与张守节的《正义》，史称"三家注"，对研究《史记》颇有参考价值。

　　《汉书》记西汉一代历史，其最大贡献在于以《史记》为蓝本创立了纪传体断代史的体制。班固从实际出发，删弃了世家，改八书为十志，十志除包容八书内容外，还新创《刑法》《五行》《地理》与《艺文》诸志，极大地丰富了纪传体的纪事内涵，也为后代正史所沿袭。《汉书》行文古拙，阅读费解，唐代颜师古采集其前诸家注释，汇为集注，最便后人。晚清王先谦汇集唐代以后四十余家旧说，详加考证，著成《汉书补注》，无愧为《汉书》功臣。

《后汉书》记东汉一代历史，著者范晔去世时未能完成原定的十志，南朝梁刘昭便将司马彪《续汉书》中八志抽出，为之作注后补入《后汉书》，两书原为单行本，北宋真宗时才合刊行世。司马彪八志较《汉书》新增《舆服》《百官》二志是其所长，不立《食货志》乃其所短。《后汉书》新创《党锢》《宦者》《文苑》《方术》《独行》《逸民》与《列女》等类传，便于记载独特的群体，多为后代正史袭用。《后汉书》纪传有唐代李贤注，志有南朝刘昭注。

《三国志》尊魏为正统，但分立《魏书》《蜀书》《吴书》，以表现三国鼎峙的客观历史。陈寿史笔简约爽洁，叙事裁制得法；但其书只立纪传，不作表志，不无缺憾；其对魏晋史事多有曲笔，也为后人诟病。南朝宋裴松之为《三国志》作注，习称"裴注"，他采集群籍二百余种，注目丰富，引文完整，裴注总字数略与陈书相当，而补阙、考异、正谬、论辩之功最堪嘉许，在《三国志》正文简略的情况下，裴注价值尤其不宜轻忽。

唐代官修《晋书》成书，其前十八家私修晋史尽废，《晋书》便成为记载两晋历史的基本典籍。《晋书》新创《载记》，从实际出发保存了十六国史迹，因崔鸿《十六国春秋》已佚，其史料价值最宜珍视。《晋书·食货志》追述前代经济状况，也可弥补《后汉书》与《三国志》的缺略。但《晋书》行文"竞为绮艳，不求笃实"，颇遭后人非议。

在南朝四部正史中，《宋书》诸志博洽多闻，远起三代，近及汉魏,尤详晋宋,补前史所未备,颇有特色。《南齐书》往往在一人之传中连带叙述其他诸人,这种类叙法省立其传而不没其人,在历史编纂学上洵为创新。《梁书》与《陈书》同出唐代姚思廉之手,都不立志表,是其一短;但《梁书》由他将父姚察未竟之稿撰成定本,去取谨严,结撰精心,持论公允,颇得好评;《陈书》则纪传简略,叙事回护,质量远未能后来居上。

在北朝三部正史中,《魏书》在诸帝本纪前创立《序纪》,追述拓跋氏先世史迹;新增《释老志》,专记佛道源流与斗争始末,都属难能的创新。然而,魏收好用曲笔,难免有"秽史"之讥,但北魏一代史料舍此无从他求,其价值终究无法抹杀。《北齐书》记东魏、北齐的历史,原书在中唐后逐渐佚缺,至北宋初,五十卷仅存十七卷,现存通行本乃杂取《北史》等配补而成,时见体例不一、记事抵牾。《周书》记西魏与北周的历史,原书五十卷到北宋初也有七卷残缺,但并不严重,其史料价值高于《北齐书》。两书不立志书,致使典制难明。

《隋书》在正史中堪称佳构,最应称道的是其十志,实为南朝梁、陈、北朝齐、周与隋史而作,也称《五代史志》,详于隋而略于梁、陈、齐、周,但统括南北朝典章文物的沿革,可补诸史不立志书的缺憾。十志中,《经籍志》在古典目录学上的地位仅次于《汉书·艺文志》,《刑法志》保存隋律的内容,是中国法制史的重要文献。《南史》记载南朝的历史,据《宋书》《南齐书》《梁书》与《陈书》删减编定,可与南朝四史相参校;《北史》记载北朝与隋朝的历史,据《魏书》《北齐书》《周书》与《隋书》四史削繁撰成,也可与北朝四史相对读。两史都不立志,借助于《隋书》的《五代史志》,庶几尽善。《南史》与《北史》好为一姓一家立传,乃是门阀政治在史学编纂上的折光。

《旧唐书》原名《唐书》，自欧阳修等新撰《唐书》出，为加区别才称《旧唐书》。大体以唐穆宗为界，因成书仓促，《旧唐书》前后质量差异明显，其前尚有国史与实录可资利用，其后唯有赖于史官的采访搜集，于是出现了后不如前的现象。但《旧唐书》列传对少数民族的记载远详于前史，突厥、回纥与吐蕃诸族史料尤称详备。《新唐书》新设《兵志》记军事制度，增立《选举志》记科举制度；恢复了《史》《汉》列表的体例，立《宰相》《方镇》《宗室世系》《宰相世系》诸表；在列传上新增三百余传，删削六十余传，纪事容量大为扩展。这些都是值得肯定的。两《唐书》各有短长，不应偏废，总的说来，本纪部分旧书优长，表志部分新书取胜；就史法严谨、史笔雅洁言，新胜于旧，就史料原始、史实详备言，旧或胜新。

这一评价，也大体适用于新旧《五代史》。《旧五代史》仿效《三国志》，每代独立成书，五书之后，另有《世袭》《僭伪》与《外国》三传与十志。今本《旧五代史》辑自《永乐大典》，已非原书，今人陈尚君的《旧五代史新辑会证》在恢复原本上贡献良多。《新五代史》则仿效《南史》与《北史》，打通五代，将列代的纪、传依次统编，列传采用类传；改立《司天》《职方》两考，略如志书；重设《世家》与《十国世家年谱》，记十国史事；末有《四夷附录》，叙述契丹等周边民族历史。《新五代史》效法《春秋》，强调义法，在史学思想史上自有不容抹杀的地位，但就史料价值论，新史却不足以取代旧史。

元代官修宋辽金三史，互不统属，各编一史，是契合历史实际的。《宋史》在二十四史中卷帙最多，这与两宋传世史料浩繁丰硕密切相关。但《宋史》编纂草率，详于北宋而略于南宋，晚宋列传尤见敷衍，失于考证与剪裁处所在多有，故难逃芜杂之讥。《宋史》后代虽有改作《宋史新编》者，却未能取而代之，迄今仍是研究宋史的基本典籍，其中关系国计民生的诸志尤宜重视。《辽史》据契丹实际情况新创《营卫》《兵卫》二志；附《国语解》注释全书以契丹语记载的典章名物；充分运用诸表以补纪传不足，都独具特色。但全书过于简略，清代厉鹗的《辽史拾遗》与杨复吉的《辽史拾遗补》颇有增补考证之功。三史之中，《金史》编撰最为得体，文笔少《宋史》之繁芜，载记无《辽史》之阙略，诸志系统详备，首创《交聘表》以记录金与诸国外交往来。三史关系密切，自应互参对读。

《元史》成书仓促，取材不周，考订不严，史笔不佳，后人不满略同《宋史》，但其本纪源出元朝《实录》，志表多据《经世大典》，史料价值仍不容忽略。后代改编《元史》的成果远胜于《宋史》之重撰，最重要的成果就是民国初年列为正史的《新元史》，著者柯绍忞广泛利用新材料与前人研究成果，虽不足以取代，却值得并存。

清修《明史》历时近一世纪，其间经历了复杂的斗争。万斯同以"布衣"身份主持撰定的《明史稿》，后经总裁王鸿绪曲意迎合点窜删改，晚明部分改动尤多。这一篡改稿再经反复修改，到乾隆四年（1739 年）最终定稿，列为正史。在正史中，《明史》以体例严整、材料丰富、讹误少见而著称于世，是唐代以后评价较高的官修正史。其诸志内容充实，编撰得法，最获好评；在体例上新创传目，以《阉党传》记宦官祸国的经过，增《土司传》记西南民族的情况，设《流寇传》记明末起义的历史，立《贰臣传》贬黜前明的降臣，有与时俱进的眼光。

《清史稿》是民国时期设馆官修并明令发行的，实已列为最后官颁的前代正史。对《清史稿》立场观点的争议颇多，但其取资于清代实录、国史、诏书、典志、列传与各种纪事，纪、传、表、志一应俱全，不失为了解有清一代的基本史料，且至今未见有第二种《清史》可以完全取而代之。《清史稿》立《交通》《邦交》二志，创《畴人》

《藩部》《属国》三传，设《诸臣封爵》《大学士》《军机大臣》《部院大臣》《疆臣》《藩部》六表，在编纂体例上也有推陈出新。

以现代史学论，正史的命名凸显出强烈的王朝正统观，诚然不足为训。但综观正史系列，以纪、传、表、志等各种体裁交相为用，融编年、纪事、政书、传记于一体，无论出自私撰，还是成于官修，大都能涵盖一代历史的基本状况，构成了中国历史的基础史料，在历史典籍中确有首屈一指的重要价值。

编 年 体 史 籍

与纪传体以人物为中心不同，编年体是以年月日时间顺序记载历史的体裁。其优点是便于查考史实发生的具体年代，易于了解史事之间的前后联系；其缺点是同一历史坐标点上分列杂陈诸多史迹，难以集中记载年代跨度长的历史事件，纪事也往往偏重政治、军事而略于经济、文化。编年体史书至春秋时期已相当成熟，经孔子笔削的鲁国《春秋》不过是硕果幸存而已。《春秋》后来被推为编年体的始祖，但其纪事太过简略，难为编年体垂范立则，而相传辅翼《春秋》的《左传》堪称编年体杰作。但自汉代起，《左传》就与辅翼《春秋》的《公羊传》《穀梁传》被尊为经学典籍，故而《国学读本》将其归入经学介绍。但成书于战国前期的《竹书纪年》，是今存先秦时期的编年体通史。

自司马迁以《史记》为纪传体奠立规模，相形之下，比其先出的编年体便有点黯然失色。编年体与纪传体素来号称史家二体，司马光以前已有东汉荀悦的《汉纪》与东晋袁宏的《后汉纪》，虽也位列名作，但依然缺少一部犹如《史记》那样的通史，让编年体有足够底气与纪传体相颉颃。直到《资治通鉴》出来，编年体才扬眉吐气，大放异彩，毫无愧色地与纪传体分庭抗礼，司马光也与司马迁被人尊称为

"两司马"。

　　司马光为编年体开出了通鉴学派，其中因继承的侧重不同，又各为流派。其一为续作派。即以司马光的义例史法，续作新书。司马光的助手刘恕赓续了《通鉴》前史，著有《资治通鉴外纪》。南宋李焘最得司马光真传，他的《续资治通鉴长编》是上接《资治通鉴》的北宋编年史。紧接李焘之书的有南宋李心传的《建炎以来系年要录》，这是南宋高宗朝的编年史。南宋二李堪称续作派的翘楚。清代毕沅的《续资治通鉴》与夏燮的《明通鉴》，与司马光的《通鉴》依次衔接，尽管未能达到前后辉映的水平，但也构成了编年体史书的序列。

　　其二为改作派。即以《资治通鉴》为蓝本，或自出机杼，或另立义法，改编新书。改作派第一个代表是南宋袁枢。他把《资治通鉴》改抄成《通鉴纪事本末》，无意之中创立了全新的史书体裁，后文还将详论。第二个代表就是朱熹。他在三个方面不满意司马光：正统观念不够鲜明，评价人事尚有出入，作为教材仍太冗繁。于是，另做一部《通鉴纲目》，篇幅仅原书五分之一。他为其书亲定义例，重定正统，大字为纲，体现褒贬，好比《春秋》，小字为目，记载史实，好比《左传》。朱熹身后地位日隆，其书名气也骎骎然凌驾乎《资治通鉴》之上。后人群起仿作，竟形成了所谓纲目体。明代商辂的《通鉴纲目续编》，清康熙帝与乾隆帝的《御批通鉴纲目》与《御批通鉴辑览》之类，都是《通鉴纲目》的继承者。而吴乘权等著《纲鉴易知录》，包罗自上古至明末史事人物，过去视为学史入门书。

　　其三为注释派。为《资治通鉴》作注释的，以胡三省的《资治通鉴音注》最有盛名，后人简称胡注。胡注对《通鉴》中疑难的字词音义、典章故实、地理沿革和叙事脉络一一注明，还指出了个别失误，可谓《通鉴》第一功臣。他身处宋元易代之际，许多注文寄托了故国遗民之思，体现了爱国史家的现实关怀，这正是宋贤史学的真精神。

　　司马光《资治通鉴》及其续作派，汇成了编年体的主流，但另有实录系统也是编年体的大宗。唐代以后，每一嗣位之君都命史官为前代君主撰修实录，沿为定例。但唐代仅存《顺宗实录》，宋代唯余《太宗实录》残本，只有卷帙浩繁的《明实录》与《清实录》保存至今，成为两朝史料的渊薮。除此之外，断代的编年体史书也颇有杰构，例如南宋徐梦莘的《三朝北盟会编》与元代佚名的《宋史全文》，明清之际谈迁的《国榷》，清代蒋良骐的《东华录》与王先谦的《十一朝东华录》，连同民国时期朱寿朋的《光绪朝东华录》，分别是研究宋史、明史与清史的基本史籍。

纪事本末体史书

　　纪传体以人物为本位，难以兼顾时间顺序与事件关系；而编年体在表现人物生平、历史事件与典章制度上也有其短板。南宋袁枢爱读《资治通鉴》，有时为查某事原委，前后翻检，颇感不便，便独出机杼，自立义法，以事件为中心，立了239个题目，将《资治通鉴》改抄成一部新书，名曰《通鉴纪事本末》。这就抄出了史书新体裁，叫做纪事本末体。仅仅比袁枢相差九年，南宋章冲也把《春秋左氏传》改编为《春秋左传事类本末》。迄今没有证据表明两书有效尤之嫌，尽管袁枢的名气大于章冲，故仍应认为，两人独立开创了本末体。有意思的是，其后不久，卷帙浩繁的《续资治通鉴长编》也由杨仲良改编成《续资治通鉴长编纪事本末》。

　　尽管《通鉴纪事本末》编得并不理想，例如战国史事仅剩一头一尾的《三家分晋》与《秦并六国》，全书对经济变革与文化流变也几无涉及，但宋孝宗将其分赐臣下，大为嘉许说"治道尽在是矣"，足见这种专题式史书颇能满足学史资政的需求。纪事本末体毕竟由袁枢开出，在史学编纂史上自有其一席之地。这一体裁受到章学诚与梁启超交口称赞，前者说："本末之为体，因事命篇，不为常格，非深知古今大体，天下经纶，不能网罗无遗。文省于纪传，事豁于编年。决断取去，体圆用神。"后者说："欲求史迹之原因结果，以为鉴往知来之用，非以事为主不可。故纪事本末体，与吾侪之理想的新史最为相近。"

纪事本末体编纂形式灵活与主题内容清晰，大受读者欢迎。袁枢以后，《左传》《宋史》《元史》《辽史》《金史》《明史》分别被明清学者改编为纪事本末体，再加上《西夏纪事本末》与《三藩纪事本末》合称为九种纪事本末，也俨然成为史学大国。纪事本末体叙事条理完整，立目往往关系一代大事，故最便初学，其便与纪传体、编年体、政书体成为中国传统史籍的四大体系。

纪事本末体大致可分两类。一是朝代类纪事本末，例如以上九种纪事本末。这类名著还有马骕的《绎史》，记上古先秦的史事典制，取材弘富，考据精审，后世推为杰作。二是专史类纪事本末，例如魏源的《圣武记》专记清代开国以来的重大武功，其他还有清代《剿平粤匪方略》等为数众多的方略或纪略，也属于这类本末。

政　　书

中国传统史学把专记典章制度的史书体裁称为政书体。有人将政书体追溯到经部的《尚书》与《周礼》，似乎牵强附会。实际上，《史记》设立八书，《汉书》改设十志，这些书与志不妨视为政书的滥觞，但因寄居在纪传体的屋檐下，尚未自成门墙。记载历代典制，自应梳理沿革，会通今古，纪传体正史以断代为限，不免有割裂之弊。随着朝代的推移与正史的增加，倘要全面了解历代制度，只有去翻检历代正史的书与志，何况并非每部正史都有书志的。正是有鉴于这种不便，杜佑才撰著了《通典》，此书成为中国第一部专述典章制度的通史。出于"经邦济世，富国安民"的需要，《通典》专立了食货、选举、职官、礼、乐、兵、刑、州郡、边防九门，记事起自上古，下迄唐玄宗天宝末年，开创了政书的新体裁。梁启超认为，政书体"旨趣在专记文物制度，此又与我侪所要求之新史较为接近者也"。政书类又可细分为通制、仪制、职官、邦计、军政、法令、考工、诏令、奏议等支属。

通制类政书有两大系列最引人注目。一是"三通"到"十通"系列。"三通"即指唐代杜佑的《通典》、南宋郑樵的《通志》和元代马端临的《文献通考》。但《通志》包括纪、传（内含世家、载记）、略和年谱，与《通典》《通考》那样专记典制的政书不同，说其类似《史记》那样的纪传体通史，似更符合实际。之所以列入"三通"，或是强调其精华所在的"二十略"具有政书的性质。直到《清朝通志》完全删去纪传、年谱，这才准确地归于政书体。《文献通考》仿效《通典》而大有改进，在分类上更显细密严整，将《通典》的九门增改为二十四考，田赋、钱币、户口、职役、征榷、市籴、土贡、国用、选举、学校、职官、郊社、宗庙、王礼、乐、兵、刑、舆地、四裔等十九考，都沿袭《通典》旧有而分立子目，新增了经籍、帝系、封建、象纬、物异五考。全书断限上自远古，下至宋宁宗嘉定年间（1208—1223年），虽通贯古今，却尤详宋代。在编纂体例上，叙事部分称"文"，顶格编排；论事部分称"献"，低一格编排；独抒己见部分称"考"或"注"，低二格编排。《文献通考》在门类齐全、史料详赡、时段跨度上都超过《通典》与《通志》，文献考注相辅相成，有机互补，构成中国史学史上前所未有的规制宏大的中国文化制度通史。"三通"贯通古今，注重实学，不仅成为政书的代表作，在中国史学史上也占有重要地位。清朝乾隆时续修《续通典》《续通志》《续文献通考》，分别与"三通"相衔接，还修了《清朝通典》《清朝通志》《清朝文献通考》，合称九通；民国初年，刘锦藻续编了

《清朝续文献通考》，于是便有"十通"之称。"十通"合起来不啻是一部包罗宏富、贯通今古的典章文化史，其中典、志、考三个系列互有重复，而以四《通考》系列最称完备，也最方便使用。

二是历代会要系列。会要体创自唐代苏冕，现存成书最早的会要是北宋初年王溥编纂的《唐会要》与《五代会要》。宋代以后，本朝会要的修撰权便由私修转为官修，现存卷帙最大的《宋会要辑稿》，就是原由宋朝官修而在清代辑佚的。后代学者又陆续补编了自《春秋会要》至《明会要》的前代会要，大体构成了断代前后衔接的会要系列。而《元典章》与《明会典》《清会典》虽不以"会要"命名，但也专重制度法令，实可视为"会要"的别体。尤其是官修的明清《会典》，卷帙繁富，部类细密，是典制研究的重要文献。除以上两大系列外，通制类政书还有宋代李攸的《宋朝事实》与李心传的《建炎以来朝野杂记》，元代的《通制条格》等，也是重要典籍。

除此之外，"仪制"之属中有《大唐开元礼》与朱熹的《家礼》，"职官"之属有唐玄宗主编的《唐六典》、清乾隆敕撰的《历代职官表》，"军政"之属有南宋陈傅良的《历代兵制》，"法令"之属有唐长孙无忌等撰修的《唐律疏义》、北宋官修的《宋刑统》与南宋宋慈的《洗冤集录》，"考工"之属有北宋李诫的《营造法式》，都是政书类的传世之作。至于"诏令奏议"之属，北宋宋敏求编有《唐大诏令集》，明代杨士奇等编有《历代名臣奏议》，分别是诏令与奏议的名作。自晚明陈子龙等编纂了《明经世文编》，清代贺长龄、魏源等编有《皇朝经世文编》（其后复有多种续编、补编与新编本），分别收录明清两朝有关一代政事的奏议文章，在政书类中具有特殊的价值。

别 史 与 杂 史

别史相对正史而言，犹如别子之于大宗。自《隋书·经籍志》创设正史门，同时为与正史相区别，专立了杂史门。降及南宋，陈振孙在《直斋书录解题》里为那些既不能升入正史，又不便混厕杂史的史书，特立别史门。别史的范围十分广泛，杂史的边界又相当模糊，诚如张之洞所说，"别史杂史，颇难分析"。他在《书目答问》中定了大致的原则："以官撰及原本正史重为整齐，关系一朝大政者入别史；私家记录中多碎事者入杂史。"关系一朝大政的别史名著为数颇多，例如《世本》与《逸周书》记先秦史事，《东观汉记》记东汉史实，清代吴任臣的《十国春秋》专记五代时期十国历史，南宋王称的《东都事略》、旧题叶隆礼的《契丹国志》与宇文懋昭的《大金国志》分别记述北宋与辽、金史事，清代吴广成的《西夏书事》记载西夏史，蒙元佚名的《元朝秘史》则记蒙元早期史，近代屠寄的《蒙兀儿史记》记载蒙元史，清代万斯同的《明史稿》与查继佐的《罪惟录》记明代史，徐鼒的《小腆纪传》与《小腆纪年附考》记南明史，都是别史名著。

大体说来，杂史记载的内容虽事系庙堂，语关军国，但不像别史那样为"一代之全编"，而是颇涉琐事遗文。先秦成书的《国语》《战国策》堪称杂史的经典。西汉刘向的《新序》《说苑》，东汉袁康的《越绝书》与赵晔的《吴越春秋》，唐代吴兢的《贞观政要》，北宋司马光的《涑水纪闻》，南宋王明清的《挥麈录》，元代陶宗仪的《南村辍耕录》，明代沈德符的《万历野获编》、清初计六奇的《明季北略》与《明季南略》，清代钱泳的《履园丛话》、昭梿的《啸亭杂录》与梁章钜的《枢垣记略》等，对研究相关断代都有不容忽略的参考价值。

人 物 传 记

顾名思义，传记类史籍专记人物事迹。其著述的体例可分为总录（综录通代或一代、一地、一姓各类人物的传记）、专录（即以著录传主的身份分类归属，年谱也属于专录性传记）与杂录（无以归类的私人日记与叙述专人的琐记轶闻）。其具体分类，各家目录并不一致，一般不妨从时代次第与传主身份两方面加以把握。

在总录类传记中，著名的有南宋杜大珪编的《名臣碑传琬琰集》、元代苏天爵编的《元朝名臣事略》、明代焦竑编的《国朝献徵录》，清代钱仪吉编的《碑传集》与缪荃孙编纂的《续碑传集》（与民国前期闵尔昌编的《碑传集补》、汪兆镛编的《碑传集三编》等合刊为《清碑传合集》），构成了宋元明清四代总录体传记的系列。

专录类传记可谓门类齐全，名作荟萃。名人传记有南宋朱熹编著的《五朝名臣言行录》与《三朝名臣言行录》，清朝李元度编纂的《国朝先正事略》。学林传记以黄宗羲的《明儒学案》与《宋元学案》最具开创性，江藩的《国朝汉学师承记》步武其后却力有不逮，但大体构成宋元明清学术思想家评传系列。清代阮元编著《畴人传》，其后罗士琳、诸可宝与黄钟骏分别续编《续畴人传》《畴人传三编》与《畴人传四编》，则成为中国科学技术家的系列传记集。文学与艺术家传记有宋代《宣和画谱》与《宣和书谱》，元代辛文房的《唐才子传》。西汉刘向的《列女传》，东晋皇甫谧的《高士传》，传主群体的身份归属，从书名就一目了然。自南朝梁慧皎编《高僧传》后，唐代道宣编《续高僧传》、宋代赞宁编《宋高僧传》与明代如惺编《明高僧传》，构成了历代高僧的传记序列。

综观传记杂录类，古代部分名著不多，进入晚清，日记类传世之作颇为可观，其中翁同龢的《翁文恭公日记》（即《翁同龢日记》）、李慈铭的《越缦堂日记》与王闿运的《湘绮楼日记》，杂录晚清政界、学林与文坛轶闻、轶事，颇为世推重。实际上，近代这类日记传世颇多，值得重视，远不止以上所谓晚清三大日记。

地 理 类 史 籍

《汉书·艺文志》没有地理类图书，表明这类著作远未集结成群体效应。但随着中国人活动范围的拓展与深入，《隋书·经籍志》不得不在史部下设地理类，且数量已至一千四百余卷。中国传统目录学将地理著作归入史部，这是至为允当的。任何历史的展开，总是以一定的地理空间作为其舞台的。古人有时也用方舆来指称地理。不过，远古先民的活动区域有限，对自身活动以外地理空间的认识不免失真走样。中国最早的历史地理名著《山海经》就有这种缺陷，由于其颇有传说成分，后人多误将其视为纯粹的神话，传统目录学甚至将其归入子部小说家类。相对而言，《禹贡》就比《山海经》更具准确性，后人也就尊其为"古今地理志之祖"。《禹贡》仅千余字，原是《尚书》的一篇，其九州部分历叙各州的疆域、山川、土质、赋税、贡物等情况，其导山导水部分叙述全国主要山脉的分布与河道的走向。从《禹贡》有九州的概念，可知其大约成书于战国时期，它是中国第一部系统的历史地理著作，后世对其研究或注疏之作为数众多。但《尚书·禹贡》与同具历史地理性质的《周礼·职方》，都隶属经部，这里暂不置论。

《史记·河渠书》开史志专记水文地理的先河，《汉书》改称《沟洫志》，其后正史也多有这类专志。《汉书》还首创《地理志》，成为中国第一部以疆域政区为纲的地理著作。《汉志》卷首叙述汉代以前的历代疆域沿革，正文主体部分以郡为纲，以县为目，详述西汉政区地理，卷末历叙中国各大区域沿革、分野、城邑、风俗、习惯。《汉书·地理志》是第一部正史地理志，所记"约而能该，详而有法"，为其后正史《地理志》树立了范例，这一传统直到《清史稿》都能守之不坠，难怪顾祖禹称赞："地理志始于班固，最为雅驯。"

然而，《地理志》毕竟局促于正史的架构下，随着地理著述不断增多，至《隋书·经籍志》便在史部下另设地理类。地理类史籍一般分为总志、方志、专志、杂志、山水、游记、边防与中外交通等门类。

总志是指全国性的地理志。正史《地理志》固然重要，但囿于体例而篇幅有限，随着时世推移，便有编纂全国性地理总志的必要。唐代李吉甫所著《元和郡县图志》是现存最早的全国性地理总志。这部总志虽继承了《汉书·地理志》以郡为纲、以县为目的体例，但在建置、沿革、户口以外，还系以山川、城邑、关塞、亭障、古迹、物产等，并开创了辖境、贡赋、四至八到等项目，为其后的地理总志与州县方志之滥觞。宋代传世的这种地理总志，北宋有乐史的《太平寰宇记》、王存等编撰的《元丰九域志》与欧阳忞的《舆地广记》，南宋有王象之的《舆地纪胜》与祝穆的《方舆胜览》，都各有取舍而自具特色。自元代起，各朝官修所谓《一统志》来取代全国性的总志，于是就有《大元大一统志》（已残）、《大明一统志》和《大清一统志》，卷帙浩繁，记载详博，远超过唐宋总志。顾炎武的《肇域志》则是以一己之力编纂的全国性总志，反映了明清之际的全国地理沿革与概貌。比起正史《地理志》来，全国性地理总志内容堪称丰富充实，但面面俱到，仍难以在某一方面有所侧重。明清之际有两部全国性的历史地理著作弥补了这种不足：顾炎武的《天下郡国利病书》是全国性的侧重历史经济地理的名作；顾祖禹的《读史方舆纪要》则是全国性的侧重历史军事地理的巨著。

正史《地理志》同样难以具体详备地记载某一地区的风土人情，于是就有详记一方历史地理的著作。现存最早最完整的这类著作，当推东晋常璩的《华阳国志》。这书所记范围大体包括晋朝的梁州、益州与宁州，原来都属于《禹贡》"华阳黑水惟梁州"的区域，故用以名书。《华阳国志》的内容与体例对后来的地方志颇有影响，但晋唐方志大多佚失。自宋代起，地方志便大量传世，现存最早的北宋方志是宋敏求的《长安志》。其后以迄清代，不仅每省都编有通志，下至府州厅县，甚至小到卫所乡镇都有志书传世，往往还有不同朝代的重修本，其名作佳构不胜枚举，在数量上也是汗牛充栋，构成了中国史料的另一大渊薮。

专志指宫殿、园林、寺观、书院等专题性志书。其中，宫殿志有汉代佚名的《三辅黄图》，佛寺志有后魏杨衒之的《洛阳伽蓝记》，都是传世名作。杂志则杂记一地的风土人情与掌故轶闻，体例不似方志、专志那样严谨，取材也较自由随性，颇类杂家笔记体。清代顾炎武的《历代宅京记》以一书专记历朝都城而久负盛名，南宋孟元老的《东京梦华录》、吴自牧的《梦粱录》与周密的《武林旧事》，明代刘侗的《帝京景物略》与清乾隆帝敕撰的《日下旧闻考》，也都杂志一地而文笔灿然。

在山水类地理史籍中，最负盛名的要推郦道元的《水经注》，全书以汉代《水经》为纲，详加注释，所增水道超过原书九倍，注文几为原文二十倍，成为系统的水文历史地理巨著。清代齐召南的《水道提纲》则是这类著作的后起之秀。

游记在地理类史籍中最具文学性，一般目录学将其分为两类。一类是纪胜之作，晚明徐宏祖的《徐霞客游记》，无愧为这一门类的代表作。另一类是纪行之作，但习惯上把出使域外的纪行归入中外交通类史籍，而与边疆地理有关的纪行之作又划归边防类，于是，只剩下陆游的《入蜀记》那样在中国内地的纪行之作。如果说纪胜之作是较纯粹的旅游记，纪行之作则是负有特殊使命的旅途记录。

在边防类地理史籍中，唐代樊绰的《蛮书》专记云南史地，明代胡宗宪主编的《筹海图编》记述明代海防，都值得重视。及至清代，边疆多事，嘉道以降，边事日亟，边防史籍也蔚为大观，名著迭出，徐松的《西域水道记》、何秋涛的《朔方备乘》、张穆的《蒙古游牧记》堪称边疆史地的三大名著。

　　自古以来，中华文明在向外辐射的同时，也不断融合了外来文化。中外交通史籍便是这种文化交流的产物。这种中西交流，自西汉张骞与东汉班超打通丝绸之路起，即便战乱频繁的魏晋南北朝也在继续。东晋高僧法显西去天竺求佛经，将亲历见闻著为《佛国记》（也名《法显传》），成为中国现存最早的关于海上交通的专著。随着唐代对外交流的拓展，这类史籍大量增加，以玄奘的《大唐西域记》为代表，包括义净的《大唐西域求法高僧传》与杜环的《经行记》，都是中西交通史的名著。宋元时代，在印刷术、指南针与火药西传的同时，马可·波罗以其《马可·波罗行纪》向西方传达了中华文明的无穷魅力，国人也因海上丝绸之路的繁荣而留下了众多的中西交通史籍，代表作有南宋赵汝适的《诸蕃志》与元代汪大渊的《岛夷志略》。明代郑和下西洋，催生了马欢《瀛涯胜览》等一批海上交通的行纪。晚明张燮的《东西洋考》则是研究中国南洋交通史的名著。随着传教士的东来，来华西人介绍世界历史与地理的汉文著作也应运而生，艾儒略的《职方外纪》堪为代表作。但随着明清帝国的不断内在化，中国在对外交流上也日渐自我封闭，清代乾隆时官修的《皇清职贡图》，典型地折射出中国中心论的自大心态。这类地理要籍多已收入 20 世纪中华书局的"中外交通史籍丛刊"。

　　鸦片战争轰开了中国的国门，有识之士开始睁眼看世界，中外交通史著也层出不穷，佳作叠见。夏燮的《中西纪事》、魏源的《海国图志》与徐继畬的《瀛寰志略》，都是早期综合性介绍世界的名著，而类似王韬《法国志略》与黄遵宪《日本国志》那样国别性专史也颇有佳构。至于容闳《西学东渐记》、康有为《欧洲十一国游记》与梁启超《新大陆游记》这类海外行纪，20 世纪末叶出版的"走向世界"丛书颇有收录。

传统史学向来有左图右史之说，但历代书目著录多有疏忽，唯有郑樵《通志·图谱略》颇为重视。现存古地图大多因单独刻石或志书附载而流传至今，很少以结集的方式行世。北宋税安礼编绘了宋代以前的历朝地图，集为《历代地理指掌图》，虽失之粗略，却是历史地图集的草创之作。及至南宋，程大昌编绘的《禹贡山川地理图》成为后来居上的历史地图集名作。明代《郑和航海图》是中国现存最早的航海图册，也是当时记载外国地域最广阔、著录地名最丰富的地图集。罗洪先以元代朱思本的《舆地图》（已佚）为基础，绘制成明代《广舆图》二卷，反映了元明间全国地图集的绘制水平。晚清杨守敬与其弟子熊会贞编绘有《历代舆地图》，以实测的《大清一统舆图》为底图，古今对照，朱墨套印，绘制了自春秋至明代的各朝政区沿革与山川形势，代表了清代历史地图学的最高成就，对其后的历史地图学有不容低估的参考价值。

目 录 学 著 作

图书典籍作为人类文化的重要载体，随着历史的推移与时俱增，倘若不加以合理的分类编排，就不便在总体上把握与利用。古代中国到西汉成帝时，图书已积累到相当规模，刘向、刘歆父子奉命整理宫廷藏书。他们为每一种书写一篇提要，名为《叙录》，汇编成《别录》；又把全部藏书分类编目，由刘歆著成《七略》。这是中国第一部图书分类目录，以六艺略、诸子略、诗赋略、兵书略、术数略、方技略六种分类来部伍图书，再加上总说明性质的辑略，故称《七略》。《别录》是最早的图书提要，只保存下来寥寥几篇；《七略》原书失传，好在班固以它为蓝本，撰写了《汉书·艺文志》，后人还能借此窥其涯略。

《汉书·艺文志》沿用《七略》的六分法，将总说明"辑略"分散安排在其他六略的相关部分下。《汉书·艺文志》是中国现存最早的图书目录，被称为"目录之祖"，清人甚至说：不通《汉书·艺文志》，不能读天下之书。《汉志》开创了在正史中立《艺文志》的先河，其后不少正史都有《艺文志》或《经籍志》。后人把历代正史、其他史籍（例如"十通"类政书也多收书目）与地方志里的书目称为"史志目录"。在史志目录中，历代正史的《艺文志》或《经籍志》有助于后人鸟瞰一个时代图书文献与学术源流的概况与全貌，无疑有重要的地位。延至清代，那些原先缺编《艺文志》的正史，目录学者也都为之作了补编，从而构成了中国历代史志目录的完整序列。

如果说两汉是中国目录学的创始期，魏晋隋唐则是发展期。西晋荀勖编过《中经新簿》，不再沿用刘歆与班固的六分法，而改用甲、乙、丙、丁四部分类法，甲部收六经，乙部收诸子，丙部收史书，丁部收文集。东晋李充在编《四部书目》时，甲部与丁部所收对象不变，将乙部改为史书，丙部改为子书，后人从此也称史学为乙部之学。《中经新簿》与《四部书目》都未留传后世，但四部分类法却被《隋书·经籍志》所继承，并正式确定了经、史、子、集的命名与顺序，一直沿用到清代。值得一提的还有南朝目录学家阮孝绪，其所编《七录》虽已亡佚，但他在《纪传录》下始设"簿录部"，《隋书·经籍志》沿用其法，在史部下仍立簿录类，据此可知，"簿录"所收都是目录类著作。

随着印刷术的推广与藏书的激增，宋明时期是中国目录学的发达期。鉴于前代书目只列书名、卷数与作者，使用者无从得知各书的内容、优劣乃至评价，诚为一大缺憾。南宋晁公武为藏书自编《郡斋读书记》时，把"簿录"类正式更名为"目录"类，并恢复了刘向父子撰写《叙录》的传统，为每部书各写一篇提要。这部现存最早附有提要的私家书目，与稍后陈振孙的《直斋书录解题》并称南宋提要书目双璧。解题目录既为初学者指点门径，也为研究者"辨章学术、考镜源流"起导航作用，在宋代以后大受青睐。伴随印本书的普及，同书异本现象时有所见，尤袤的《遂初堂书目》则是最早反映这一趋势的版本目录。南宋郑樵不仅在《通志》里自创分类法，以《艺文略》著录群籍，还专立《校雠略》，首次对目录学进行理论探讨。元代马端临的《文献通考·经籍考》著录了宋元之际存世图书 5 000 余种，借助辑录前代书目文献的方式创辟了提要目录中的辑录体。这一时期，私家目录的著录范围与时俱进，宋代赵明诚的《金石录》开启了金石专题目录的先河，明代高儒的《百川书志》著录了演义与传奇，让小说与戏曲进入了目录学的视野，都具有鲜明的时代特色。

　　清代是传统目录学的巅峰期。不仅《四库总目提要》无愧为集大成之作，章学诚的《校雠通义》也不失为传统目录学总结性的理论专著。这一时期，公私目录名作如林，各具特色。钱曾的《读书敏求记》开版本鉴赏书志的先河；藏书家黄丕烈的《士礼居藏书题跋记》与校勘学家顾广圻的《思适斋书跋》步武其后，俱称佳构；邵懿辰的《简明四库目录标注》对同一典籍胪列知见的诸家版本，尤便检索；乾隆与嘉庆时先后官修的《天禄琳琅书目》及其《续编》则著录了清宫庋藏的历代珍本；张之洞的《书目答问》精心抉择，取舍得当，以初学书目而享誉士林；朱彝尊的《经义考》博及群书，是儒家经学文献的专科目录；姚际恒的《古今伪书考》专辨伪书，推动了辨伪风气的勃兴；梁启超的《西学书目表》是近代译书目录的代表作，在分类体系与观念方法上标志着现代目录学的发轫。叶德辉的《书林清话》以笔记体介绍古籍版本知识，娓娓道来，引人入胜。

史评类名著

南宋晁公武在其《郡斋读书志》中始创史评类，而《四库总目提要》史部对史评类不再区分门属。倘若细分的话，还可分为史法、史论与史考。

　　史法，有的目录著作也称之为"义法"或"义例"，大体相当于现代概念的史学理论。这方面的代表作，一是唐代刘知幾的《史通》，这是中国史学史上第一部史学理论专著；二是清代章学诚的《文史通义》，其讨论的内容不限于史学理论与方法，实为中国前近代最杰出的学术通论。20世纪初叶，梁启超相继发表了《中国史叙论》与《新史学》，运用西方传入的史学理念全面批判了旧史学，提出了"史界革命"的口号，成为中国史学理论从传统向现代转型的奠基之作。

　　史论，即现代意义上的历史评论，中国史学传统对其向来重视，其出现并不迟，形式也多元。《左传》以"君子曰"与"君子谓"等形式，开传统史论的先声。从《汉纪》中的"荀悦曰"，到《资治通鉴》中的"臣光曰"，下及清代《御批通鉴辑览》中那些"御批"，都是编年体随事点评的方式。自《史记》以"太史公曰"发表史论起，历代正史也都附有史论，其名称各异，《汉书》作"赞曰"，《后汉书》叫"论曰"，《三国志》称"评曰"，《晋书》冠以"制曰"或"史臣曰"；但体例相同，都沿用了卷末史论的体裁。其后，纪传体史书多有这一形式的史论，明代李贽的《藏书》与《续藏书》卷末史论往往独树己见。至于贾谊《过秦论》那样的单篇史论，在汉魏以后学者文人的别集中也时有所见。宋代史学发达，宋儒又好议论，史论专著大量涌现，呈现出与唐代《史通》一花独放的别样局面。胡寅的《读史管见》颇负盛名，陈寅恪所谓"胡致堂之史论，南宋之政论也"，揭示了宋代史论的现实关怀。宋元之际，胡三省的《通鉴胡注》里也颇有这类针对性的史论。明清之际，王夫之著有《读通鉴论》与《宋论》，是对战国至两宋历史的全面评论，堪称传统史论的白眉。

　　史考缘起于对歧出或讹误史料的考订与辨证。南朝宋裴松之的

《三国志注》已包含不少史考的内容，刘知幾的《史通》更以《疑古》《惑经》诸篇探讨了史考的一般问题。史考与史论相似，在两宋也有长足的发展。其中，考证专书的有吴缜的《新唐书纠谬》与《五代史纂误》，王应麟的《通鉴地理通释》与《汉书艺文志考证》。在四部分类中，这类史考往往以学术札记的形式收入杂家杂考类。北宋沈括的《梦溪笔谈》与南宋洪迈的《容斋随笔》、王应麟的《困学纪闻》，都是这类史考的翘楚。

明清之际，顾炎武以其《日知录》为史学考证树起了里程碑，迎来了清代史考的满园嘉卉。乾嘉时期，钱大昕著有《廿二史考异》，王鸣盛著有《十七史商榷》，赵翼著有《廿二史劄记》。大体说来，《考异》以考释功力见长，《劄记》以归纳综合为优，《商榷》居于两者之间而略逊色。三书同为乾嘉史学考证全史的代表作，后人倘在阅读全史时交相为用，必有所获。俞正燮的《癸巳存稿》与《癸巳续稿》堪称乾嘉史考之殿军。与此同时，崔述的《考信录》专门考辨古史真伪，搅动了包括康有为《孔子改制考》与《新学伪经考》在内的近代疑古辨伪思潮，也是研究上古史的必读之作。

图书在版编目(CIP)数据

学史三昧/虞云国著. —上海：复旦大学出版社，2022.1
ISBN 978-7-309-15878-6

Ⅰ.①学…　Ⅱ.①虞…　Ⅲ.①随笔-作品集-中国-当代　Ⅳ.①I267.1

中国版本图书馆 CIP 数据核字（2021）第 167651 号

学史三昧
虞云国　著
责任编辑/史立丽　陈沛雪

复旦大学出版社有限公司出版发行
上海市国权路 579 号　邮编：200433
网址：fupnet@fudanpress.com　http://www.fudanpress.com
门市零售：86-21-65102580　团体订购：86-21-65104505
出版部电话：86-21-65642845
上海盛通时代印刷有限公司

开本 890×1240　1/32　印张 15.25　字数 381 千
2022 年 1 月第 1 版第 1 次印刷

ISBN 978-7-309-15878-6/I·1289
定价：88.00 元